달걀과 닭

달걀과 닭
O ovo e a galinha

클라리시 리스펙토르 지음 | 배수아 옮김

봄날의책

차례

달걀과 닭

O ovo e a galinha

아침에 달걀을 본다. 나는 단 한 번의 시선으로 부엌 탁자의 달걀을 응시한다. 그리고 즉시, 인간은 달걀을 볼 수 없음을 깨닫는다. 달걀을 본다는 행위는 결코 현재 상태로 유지될 수 없다. 내가 달걀을 보자마자, 달걀은 즉시 3천 년 전에 목격된 달걀이 되어버린다. ― 달걀을 시선에 담는 바로 그 순간, 달걀은 이미 달걀에 대한 기억에 불과하다. ― 이미 달걀을 보았던 자만이 달걀을 보는 것이 가능하다. ― 지금 달걀을 본다면, 너무 늦었다. 목격된 달걀은 상실된 달걀이다. ― 달걀을 본다는 것은, 언젠가 궁극적으로 달걀을 보게 되리라는 언약이다. ― 더 이상 잘게 쪼갤 수 없는 초미립 응시. 만약 진실로 생각이 존재한다면. 그런데 생각이란 없다. 있는 것은 달걀이다. ― 응시란 불가결한 도구이며, 나는 그것을 한 번 사용한 다음 던져버린다. 대신 달걀은 계속 간직한다. ― 달걀은 자아가 없다. 달걀은 개인으로 존재하지 않는다.

달걀을 보는 것은 불가능하다. 초음파가 그렇듯이, 달걀은 초가시적이다. 그 누구도 달걀을 볼 능력이 없다. 개는 달걀을 보는가? 오직 기계만이 달걀을 볼 수 있다. 기중기는 달걀을 본다. ― 내가 아주 늙었을 때 달걀이 내 어깨에 내려앉았다. ― 인간은 달걀에 대한 사랑도 느낄 수 없다. 달걀에 대한 사랑은 초감각적이다. 인간은 자신이 달걀을 사랑한다는 것을 모른다. ― 내가 아주 늙었을 때 나는 달걀의 관리인이 되었고, 달걀의 고요를 교란하지 않기 위해 걸음을 살짝 내디뎠다. 내가 죽자 사람들은 내게서 달걀을 조심스레 거두어 갔다. 달걀은 아직 살아 있었다. ― 오직 세계를 보는 자만이 달걀을 볼 수 있으리라. 세계와 마찬가지로 달걀 또한 명백하므로.

달걀은 더 이상 존재하지 않는다. 이미 죽어버린 별의 빛처럼, 엄밀히 말해서, 달걀은 더 이상 존재하지 않는 존재이다. ― 달걀 이여, 너는 완벽하다. 너는 하얗다. ― 너에게 나는 시작을 바친다. 너에게 나는 최초를 바친다.

달걀에게 나는 중국의 나라를 바친다.

달걀은 부유하는 사물이다. 단 한 번도 안착하지 않았다. 달걀이 안착하는 순간, 안착한 그것은 이미 달걀이 아니다. 대신 달걀 아래의 그 무엇이 안착했다. ― 나는 부엌의 달걀이 깨어지지 않도록, 오직 피상적인 주의를 기울여 바라본다. 나는 달걀을 이해하지 않기 위해 엄청난 노력을 기울인다. 달걀을 이해하기란 불가능하기 때문에, 만약 내가 달걀을 이해한다면 그건 착각일 것이다. 이해란 착각의 증거이다. 달걀을 이해하는 것은 달걀을 보는 옳은 방식이 아니다. ― 달걀에 대해 절대로 생각하지 않음, 이것이 바로 달걀을 목격했다는 한 방식이다. ― 내가 달걀에 대해서 아느냐고? 알고 있다고 거의 확신한다. 나는 존재한다, 그러므로 나는 안다. 바로 이런 식으로. ― 내가 달걀에 대해서 모르는 것, 그것이야말로 진짜 중요하다. 정확히 내가 달걀에 대해서 알지 못하는 바로 그것이 내게 달걀을 준다. ― 달은 달걀들의 서식지이다.

달걀은 외재화外在化하는 사물이다. 껍질을 갖는다는 것은 굴복이다. ― 달걀은 부엌을 발가벗긴다. 달걀은 식탁을 비스듬한 평면으로 만든다. 달걀은 드러낸다. ― 달걀 속으로 깊이 빠져드는 자는, 달걀의 표면 너머를 보는 자는, 모두 그 이상의 것을 원한다. 그는 굶주렸다.

달걀은 닭의 영혼이다. 닭은 서툴고, 달걀은 안전하다. 닭은 겁먹고, 달걀은 안전하다. 허공에서 멈추어버린 발사물처럼. 왜냐하면 달걀은 우주의 달걀이므로. 푸른빛을 배경으로 한 달걀. — 달걀이여, 나는 너를 사랑한다, 자신이 다른 사물을 사랑한다는 것을 알지도 못하는 사물처럼, 그렇게 너를 사랑해. — 나는 달걀을 건드리지 않는다. 내 손가락의 아우라가 달걀을 보는 주체이다. 나는 달걀을 건드리지 않는다. — 그러나 나 자신을 달걀의 상상에 온전히 바친다는 건 세상의 삶에게는 죽음일 것이고, 게다가 나는 노른자와 흰자가 필요하다. — 달걀이 나를 본다. 달걀은 나를 이상화하는 것일까? 달걀은 나를 명상하는 것일까? 아니다, 달걀은 그저 나를 보고 있을 뿐이다. 달걀은 상처가 되는 이해력을 면제받았다. — 달걀은 결코 투쟁하지 않았다. 그것은 타고난 재능이다. — 달걀은 맨눈으로는 보이지 않는다. 달걀에서 달걀로 이동하다 보면, 우리는 맨눈으로 볼 수 없는 신에게 이른다. — 달걀은 처음에는 삼각형이었지만, 우주에서 너무도 오랫동안 굴러다니다가 마침내 둥그런 달걀 모양이 되어버렸으리라. — 달걀은 원래 물병일까? 달걀은 에트루리아인이 빚은 최초의 물병이 아니었을까? 아니다. 달걀의 기원은 마케도니아이다. 그곳에서 달걀은 정밀하게 계산하고 힘들게 고안해낸 즉흥성의 산물이었다. 한 남자가 손에 막대기를 들고 마케도니아의 모래 위에 달걀을 그렸다. 그런 다음 맨발로 문질러 그것을 지워버렸다.

달걀은 자신을 신중히 다루어야 하는 사물이다. 그런 까닭에 달걀은 닭으로 변장했다. 닭은 달걀이 시대를 가로지르기 위해서 존재한다. 그것은 어머니의 존재 이유이다. — 달걀은 시대를 멀찌감치 앞서가므로, 항상 달아나는 존재이다. — 하나의 달걀이란, 일시적으로는 늘 혁명이다. — 달걀은 희다는 명칭을 피하기 위해 닭의 내부에서 산다. 달걀은 실제로 희다. 하지만 희다고 불려서는 안 된다. 달걀에게 문제가 되어서가 아니라, 달걀을 희다고 말하는 사람들, 그들의 삶이 죽기 때문이다. 흰 것을 희다고 하는 일은 인류를 멸망시킬 수 있다. 예전에 한 사람이 자기 자신이라는 이유로 고발당했는데, 그는 그 사람이라고 불렸던 것이다. 거짓말이 아니었다. 그는 바로 그 사람이었다. 하지만 오늘까지도 우리는 아직 회복되지 못했다. 우리가 존속할 수 있는 보편 법칙은 다음과 같다. 누구나 '어떤 예쁜 얼굴'이라고 말할 수 있지만, '얼굴'이라고 말하는 자는 죽는다. 주제를 탈진시켰기 때문이다.

시간이 흐르면서, 달걀은 닭인 알이 되었다. 그것은 사실이 아니다. 그런데도 한번 붙여진 별칭은 꾸준하게 살아남았다. 원래는 '닭의 알'이라고 불러야 한다. 그냥 '달걀'이라고 하면 주제가 탈진되고, 세계는 발가벗겨진다. — 달걀과 관련된 위험이 있는데, 아름다움이라고 말할 수 있는 뭔가를 발견할 가능성이다. 즉 달걀의 진실 말이다. 달걀의 진실은 신빙성이 없다. 만약 누가 실제로 진실을 발견하면, 달걀을 억지로 사각형으로 만들어버릴지도 모른다. 여기서 위험은 달걀의 위험이 아니다. 달걀은 사각형이 되지 않을 테니까. (결코 그렇게 될 수 없다고 우리는 보증한다. '될 수 없음'은 달걀의 위대한 힘이다. 달걀의 위대함은 '될 수 없음'의 규모에서 나온다. 그것은 '원하지 않음'처럼 광채를 발한다.) 그러나 달걀을 사각형으로 만들기 위해 분투하는 자는 목숨을 잃게 된다. 그러므로 결과적으로 달걀은 우리를 위험에 빠뜨린다. 하지만 달걀은 눈에 보이지 않기 때문에 우리는 유리하다. 밀교의 입회자들, 그들이 달걀을 변장시킨다.

닭의 몸에 관해서 말하자면, 닭의 몸은 달걀이 존재하지 않는다는 최대의 증거가 된다. 달걀의 존재가 불가능하다는 것은, 닭을 한번 흘깃 쳐다보기만 하면 충분히 명백해진다.

그러면 닭이 하는 일은 무엇인가? 달걀은 닭의 위대한 희생이다. 달걀은 닭이 일생 동안 지고 가야 하는 십자가이다. 달걀은 닭이 영원히 닿지 못할 꿈이다. 닭은 달걀을 사랑한다. 그러나 달걀이 존재한다는 것을 모른다. 자신 안에 달걀이 있음을 안다면, 닭은 스스로 조심하게 될까? 자신 안에 달걀이 있음을 안다면, 닭은 닭으로서의 상태를 상실해버린다. 닭으로 존재함은 생존을 의미한다. 생존은 구원이다. 왜냐하면 삶은 없는 것처럼 보이기에. 삶은 죽음으로 이르는 길이기에. 그러므로 닭이 할 일이란, 오직 계속해서 생존하는 것뿐이다. 사람들이 말하는 생존이란, 죽음으로 이르는 삶에 대항하여 투쟁을 유지하는 것이다. 닭으로 존재한다는 의미는 바로 그것이다. 닭은 우울해 보인다.

닭은 자신의 내부에 달걀이 있음을 몰라야 한다. 만약 안다면, 닭은 닭으로서 스스로를 조심스럽게 다룰 것이고, 이 역시 확실히 장담할 수는 없지만, 달걀을 잃게 될지도 모른다. 그래서 닭은 모른다. 닭은, 달걀이 이용할 도구로서만 존재한다. 닭은 속이 뭔가로 채워지기 위해 생겨났을 뿐이다. 하지만 닭은 그런 상태를 좋아한다. 닭의 몰락은 바로 그 때문이다. 좋아함은 탄생의 항목에 속하지 않았다. 살아남기를 좋아하면 상처가 된다. — 가장 최초에 등장한 것, 그것은 닭을 발견한 달걀이었다. 닭은 심지어 소환된 적조차 없었다. 단지 즉석에서 바로 지목되었을 뿐이다. — 닭은 꿈처럼 산다. 닭에게는 현실감각이 없다. 닭에게 정말 끔찍한 건, 몽상이 끊임없이 방해받는다는 점이다. 닭은 견고한 잠이다. 닭은 정체를 알 수 없는 고뇌를 앓는다. 닭을 괴롭히는 미지의 고뇌는 달걀이다. — 닭은 그것을 어떻게 설명해야 할지 모른다. "내 안의 뭔가가 잘못된 것이 분명해." 닭은 자신의 삶을 잘못이라고 부른다. "도대체 이 느낌의 정체가 무엇인지, 아무래도 모르겠어." 이런 등등의 말.

"이런 등등 이런 등등 이런 등등." 닭은 하루 종일 이렇게 꼬꼬댁거린다. 닭은 풍부한 내면의 삶을 갖는다. 솔직히 말하면, 닭이 정말로 가진 것은 오직 내면의 삶뿐이다. 닭의 내면의 삶에 대한 우리의 시각이, 바로 우리가 '닭'이라고 부르는 것이다. 자신의 내면의 삶 때문에, 닭은 마치 뭔가를 알고 있는 듯 행동한다. 아주 사소한 위협을 가하기만 해도 닭은 죽을 듯이 비명을 지르며 펄쩍 뛰어오른다. 그것은 오직 자신 내부의 달걀을 깨뜨리지 않기 위해서이다. 닭의 내부에서 깨어진 달걀은, 피와 같다.

닭은 지평선을 응시한다. 마치 지평선에서 달걀이 떠오르기라도 할 것처럼. 달걀의 운송이라는 기능을 제외하면, 닭은 아둔하고, 나태하고, 근시이다. 자신이 달걀의 모순이라는 것을, 닭은 어떻게 납득할 수 있을까? 달걀은 여전히 마케도니아에서 온 바로 그 달걀이다. 닭은 언제나 가장 현대적인 비극이다. 항상 아무 의미 없이 현재를 산다. 그리고 계속해서 새로이 수정되고 있다. 가장 적절한 닭의 형태는 아직도 발견되지 않았다. 내 이웃은 전화 통화를 하는 동안, 손으로는 건성으로 연필을 움직이며 닭을 수정한다. 그러나 별다른 방책이 나오지는 않는다. 닭의 본성은, 자기 자신에게 유익하지 않다. 그렇지만 닭의 운명이 닭 자신보다 더 중요하고, 또 닭의 운명이 곧 달걀이므로, 닭 개인의 삶은 우리의 관심사가 되지 못한다.

닭은 자신 내부의 달걀을 알아차리지 못하며, 그렇다고 자신 외부의 달걀을 알아차리는 것도 아니다. 닭이 달걀을 보게 되면, 뭔가 불가능에 가까운 사물을 상대하고 있다고 여긴다. 두근거리는 심장으로, 너무도 미친 듯이 두근거리는 심장으로, 닭은 달걀을 알아차리지 못한다.

불현듯 나는 부엌의 달걀을 보고, 그것을 단지 음식으로만 인식한다. 나는 그것을 알아차리지 못하고, 내 심장은 두근거린다. 내 안에서 변환이 일어난다. 이제 내가 달걀을 인지할 수 없는 상태가 시작된다. 모든 특정한 달걀을 초월하는, 식용인 모든 달걀을 초월하는 달걀은 존재하지 않는다. 이미 나는 더 이상 불특정한 달걀을 믿을 수가 없다. 점점 더 믿는 일이 힘들어지고, 나는 죽는다, 모두 안녕, 나는 하나의 달걀을 너무도 오래 바라보았고,

그 일은 나를 잠에 빠져들게 만든다.

자신을 희생하고 싶지 않은 닭. '행복한' 삶을 선택하기로 결심한 닭. 자신 내부의 달걀을 책 속의 삽화처럼 디자인하며 생애를 보내는 일의 유용성을 깨닫지 못한 닭. 자신을 잃는 법을 모르는 닭. 자기 몸이 깃털로 뒤덮인 것이 너무도 귀한 피부 때문이라고 생각하며, 오직 달걀을 지니고 다니기 위한 완충제로서 깃털이 생겨났음—심각한 고통은 달걀을 망가뜨릴 수 있으니까—을 알지 못하는 닭. — 쾌락이 자신에게 주어진 선물이라고 생각한 닭, 본디 달걀이 생성되는 동안 닭의 주의를 완전히 분산시키기 위해 고안된 장치임을 전혀 알아차리지 못한 채로. '나'란 누군가 전화 통화를 하면서 종이에 건성으로 휘갈긴 어휘 중 하나이고, 더 나은 모양을 찾기 위해 시도하다가 생겨난 부산물에 불과하다는 것을 몰랐던 닭, '나'란 자기 자신을 의미한다고 생각한 닭. 달걀을 해치는 닭들은 그렇듯 끊임없이 '나'로 있는 닭들이다. 그들 안의 '나'는 너무도 항구적이어서, 그들은 달걀이라는 말을 입 밖에 꺼낼 수조차 없다. 하지만 누가 알겠는가. 어쩌면 달걀에게 필요한 것은 바로 그 점일지도 모른다. 그 닭들의 주의가 분산되지 않았다면 자신 안에서 생성되는 위대한 생명에게 주의를 기울였을 것이고, 그래서 달걀을 방해했을지도 모르니까.

나는 닭에 관해서 말하기 시작했지만, 이미 한참 전부터 더 이상 닭에 관해 말하지 않고 있다. 그러나 아직 달걀에 관해서 할 말이 있다.

그런데 나는 달걀을 이해하지 못한다. 단지 깨진 달걀을 이해할 뿐이다. 나는 달걀을 팬에 깨뜨려 넣었다. 이런 간접적인 방식으로 나는 달걀의 존재에게 나를 제공한다. 내 희생은, 나를 내 개인의 삶 속으로 제한해버리는 것이다. 나는 쾌락과 고통을, 내 운명으로 변장시켰다. 오직 자신의 삶 하나만을 갖는 것은, 이미 달걀을 본 자에게는 하나의 희생이 된다. 수녀원에서 바닥을 닦거나 세탁을 하는 자들, 숭고한 목적과 드높은 영광 없이 봉사하는 자들처럼, 내 임무는 기쁨과 고통을 살아내는 데 있다. 나는 겸손을 살아내야만 한다.

　나는 부엌의 또 다른 달걀을 집어 들고, 그것의 껍질과 형체를 깬다. 정확히 바로 이 순간부터, 하나의 달걀은 존재하지 않았다. 무조건 필수불가결하게, 나는 분주하고 정신이 없어야 한다. 나는 필수불가결하게, 부인하는 자들 중 하나가 되어야 한다. 바로 이 순간부터 나는 한 번이라도 달걀을 보았고 그것을 보호하기 위해 그것을 부인한 자들의 비밀결사에 속한다. 우리는 파괴를 포기한 자, 그럼으로써 소모되는 자들이다. 우리, 변장한 첩보원이며 가장 눈에 띄지 않는 임무를 맡아 흩어져 있는 자들, 우리는 종종 서로를 알아본다. 어떤 특정한 응시의 방식, 악수를 하는 특별한 모습에서 우리는 서로를 알아보고 그것을 사랑이라고 부른다. 그러면 이제 변장은 더 이상 필요 없다. 비록 말을 나누지는 않지만 거짓말도 하지 않으며, 비록 진실을 말하지는 않지만 가식으로 꾸밀 필요도 없다. 사랑은, 좀 더 많은 관련이 허락되는 일이다. 사랑을 원하는 사람은 거의 없다. 왜냐하면 사랑은 나머지 모든 것에 대한 거대한 환멸이기 때문이다. 환상의 상실을 견더낼 사람은 거의 없다. 반면에 사랑이 삶을 풍요롭게 해주리라는 믿음을 갖고, 자발적으로 사랑에 뛰어드는 사람들도 있다. 그런데 결과는 정반대이다. 사랑은 궁극의 가난이다. 사랑은 갖지 못함이다. 게다가 사랑은, 사랑이라고 여겨오던 것에 대한 환멸이다. 사랑은 상이 아니다. 그래서 사랑은 자만하게 만들지 않는다. 사랑은 상이 아니다. 사랑은, 그것이 없다면 개인적 고통으로 달걀을 상하게 만들어버릴 자들에게만 허용되는 하나의 조건이다. 그렇다고 해서 사랑이 영예로운 예외는 아니다. 사랑은 바로 형편없는 첩보원들에게, 모호한 예감이 허용되지 않으면 모든 걸 엉망으로 휘저어버릴 자들에게만 보장된다.

모든 첩보원은 달걀을 만들어낼 수 있도록 여러 장점을 부여받았다. 그렇다고 하여 질투할 필요는 없는 것이, 순전히 달걀 생성에 이상적이라는 이유로 더 불리하게 주어진 조건도 있기 때문이다. 첩보원의 쾌락에 관해서 말하자면, 그들은 아무런 자부심 없이 쾌락을 받아들인다. 그들은 모든 쾌락을 준엄하게 경험한다. 더구나 그것은, 달걀을 만들기 위한 우리의 희생이기도 하다. 게다가 우리에게는, 쾌락이라면 조금도 거역하지 못하는 천성이 부과되기도 했다. 그것은 일을 쉽게 만든다. 그것은 최소한 쾌락을 덜 고되게 만든다.

자살을 선택하는 첩보원들이 있다. 그들은 극히 빈약한 지시 내용이 불충분하다고, 그래서 자신들이 홀로 내버려졌다고 생각한다. 첫번째는 자신이 첩보원이라고 공개적으로 누설한 경우였다. 타인들로부터 이해받지 못하는 것을 참을 수 없었고, 존중받지 못해서 견디기 힘들었기 때문이다. 그는 레스토랑을 나서다가 차에 치어서 죽었다. 그리고 두 번째 첩보원은, 심지어 그렇게 제거될 필요조차도 없었다. 그는 울분이 쌓이면서 서서히 스스로 피폐해져갔고, 자신이 받은 한두 가지의 미약한 지시에 그 어떤 설명도 들어 있지 않음을 발견하자, 분노가 터져나왔다. 마찬가지로 제거된 세 번째 첩보원은 어느 날 '진실은 용감하게 말해져야 한다'는 생각이 들었고, 그래서 우선은 진실을 찾는 일에 주력했다. 그는 진실을 위해서 죽었다고 전해지지만, 사실은 너무 순진해서 진실을 발견하기 더 어렵게 만들었을 뿐이다. 용기처럼 보인 그의 행동은 실상 우둔함이었고, 충성에 대한 열망은 단순 무지했다. 충성이란 결백한 행위가 아니며, 세상의 다른 모두를 배반하는 일이라는 걸 깨닫지 못했던 것이다. 위와 같은 극단적인 죽음들을 잔인하다고 볼 수는 없다. 단지 수행되어야 할 우주적 과업이 있기에, 불행하게도 개개인의 사정은 일일이 살필 수가 없기 때문이다. 패배하여 개인이 된 자들에게는 제도와 자선, 그리고 동기를 따지지 않는 이해심이, 즉 우리의 인생이 마련되어 있다.

달걀들이 팬 위에서 지글거리고, 나는 몽롱한 꿈의 상태로 커피를 따른다. 한 줌의 현실감도 없이 나는 아이들을 소리쳐 부른다. 각자의 침대에서 기어 나온 아이들은 의자를 질질 끌어당겨 앉아 아침을 먹는다. 밝아오는 하루의 일거리가 고함으로, 웃음으로, 아침식사로 시작된다. 달걀의 노른자와 흰자, 다투는 와중의 흥겨움, 우리의 소금인 하루, 우리는 하루의 소금이고, 삶은 엄청나게 견딜 만하고, 삶은 우리를 분주하게 만들며 우리의 주의를 흐트러뜨리니, 삶은 우리를 웃게 만든다.

그리고 나를 비밀 안에서 웃게 만든다. 내 비밀이란, 나는 오직 하나의 수단일 뿐 목적이 아니라는 것. 그 사실은 자유의 가장 사악한 유형을 내게 선사했다. 나는 바보가 아니므로, 그것을 최대한 이용할 줄 안다. 뿐만 아니라 솔직히 말하자면 타인에게 해를 입히기까지 한다. 내 진정한 임무를 위장하기 위해 내게 허용된 가짜 역할, 나는 가짜 역할을 이용하여 그것을 진짜 역할로 만들어버릴 뿐 아니라, 달걀이 잘 만들어지도록 내 생활의 편의를 위해 주어지는 돈도 이용한다. 생활비를 착복하여, 다른 용도로 써버리는 것이다. 최근에는 브라마 맥주 주식을 샀고, 부자가 되었다. 그런 행동을 나는 '삶에 필수불가결한 겸손을 지니는 일'이라고 부른다. 그리고 또한 그들이 내게 보장해준 시간, 달걀이 생성되도록 오직 그 목적으로 그들이 우리에게 보장해준 한가하고 영예로운 시간, 나는 그 시간을, 달걀은 완전히 무시한 채로, 허용되지 않은 쾌락, 허용되지 않은 고통을 위해 사용한다. 그것이 내 소박함이다.

그런데 어쩌면 바로 정확히 그런 것들이, 달걀이 잘 여물 수 있도록 그들이 내게서 원하는 바는 아닐까? 이것은 자유일까, 아니면 내가 조종당하는 것일까? 내가 저지르는 모든 오류가 전부 활용되고 있음을 나는 확신한다. 그들에게 나는 아무런 의미도 없는, 단지 값나가는 대상이라는 사실이 나를 분노하게 만든다. 그들은 나를 위해 찰나의 틈도 없이 사랑의 절대적 부재 상태를 조성한다. 나는 단지 값나가는 대상일 뿐이다. 그들이 내게 준 돈으로 나는 최근에 술을 사 마셨다. 신뢰를 악용한다고? 그러나 배신을 저지르는 척하는 임무를 받은 자가, 종국에는 자신의 배신을 스스로 믿게 될 때, 그 마음속에서 어떤 느낌이 드는지는 아무도 모른다. 그의 용도는 매일매일 잊는 것이다. 그는 외관상의 불명예를 강요당한 자이다. 내 거울조차도 나 자신의 얼굴을 아직 한 번도 비추지 않았다. 내가 첩보원이거나, 아니면 내가 한 일이 정말로 배신이거나, 둘 중의 하나이다.

하지만 나는 정당한 자의 잠을 잔다. 내 공허한 삶이 위대한 시간의 진행을 조금도 방해하지 못할 것을 알고 있기에. 도리어 나는 더욱 극심하게 공허해질 것을 요구당하는 것만 같고, 게다가 심지어 정당한 자처럼 잠을 잘 것을 요구당하기까지 한다. 그들은 내가 분주하고 주의가 산만해지기를 원할 뿐, 방식에 대해서는 신경 쓰지 않는다. 내가 실수로 집중을 하거나 심각하게 우둔해지면, 나를 통해서 수행되는 일이 방해받을 수 있다. 정확히 말해서, 원래 내가 타고난 능력은 뭔가를 방해하는 것이 전부이기 때문이다. 내가 첩보원일지도 모른다고 말해주는 것은, 내 운명이 나를 능가한다는 상상이다. 그들은 최소한 그것 하나만은 내게 미리 암시를 주었는데, 나는 아무런 암시가 없으면 항상 일을 더 악화시키는 사람에 속하기 때문이다. 그런데 그들은 내가 정확히 무슨 암시를 받았는지는 잊어버리도록 만들었다. 하지만 내 운명이 나를 능가하고 나는 오직 그들의 목적을 위한 도구일 뿐이라는 짐작은, 흐릿하게나마 내 머릿속에 남아 있었다. 어쨌든 내가 할 수 있었던 건 어떤 일을 위한 도구일 뿐, 어차피 일 자체는 될 수 없었으니까. 이미 나는 독립하려고 한 번 시도해본 적이 있었으나 성공하지 못했다. 내 손은 오늘까지도 여전히 덜덜 떨린다. 내가 좀 더 오래 버텼더라면 아마도 나는 그 대가로 건강을 영구히 잃었으리라. 그때 이후, 실패한 그때의 시도 이후, 다음과 같은 결론을 따르려고 한다. 나는 받은 것이 참으로 많다, 그들은 내게 허용해줄 수 있는 것을 전부 다 허용해주었다. 나보다 훨씬 더 월등한 첩보원들 역시 자신들이 알지 못하는 임무를 위해서 일했다. 마찬가지로 빈약하게 주어진 지시만을 받고서. 나는 받은 것이 참으로 많다. 예를 들자면 이따금씩 나는 특권 덕분에 고동치는 가슴으로, 최소한 내가 아무것도 모르고 있다는 것을 깨닫는다! 감정으로 고동치는 가슴으로, 나는 최소한 아무것도 이해하지 못한다! 신뢰로 고동치는 가슴으로, 나는 최소한 아무것도 알지 못한다.

그러면 달걀은? 그것이 그들의 술책 중 하나이다. 달걀에 대해서 말하는 동안, 나는 달걀을 잊고 있었다. "말해, 계속 말해." 하고 그들은 내게 지시했다. 그 수많은 말로, 달걀은 온전히 보호받는다. 계속 말하라는 것, 그것이 바로 지시사항 중의 하나이다. 나는 너무 지쳤다.

달걀에 몰두하느라, 나는 달걀을 잊었다. 필수불가결한 망각이다. 이기적인 망각이다. 달걀은 회피이기 때문이다. 소유욕에 활활 불타는 내 얼굴을 마주하면, 달걀은 물러나버리고 두 번 다시 나타나지 않을 수가 있다. 하지만 달걀이 잊힌다면, 내 희생이 오직 나만의 삶을 위한 것이고 달걀은 그냥 잊기로 한다면. 달걀이 불가능해진다면. 그렇다면—자유롭게, 미묘하게, 내게 보내는 그 어떤 메시지도 없이—아마도 달걀은 마지막으로 한 번쯤 우주 공간에서 내가 항상 열어두는 이 창으로 이동해올 것이다. 그리고 동이 터올 무렵에는 우리가 사는 집으로 내려온다. 고요하게 움직이며, 부엌까지. 내 창백함으로 부엌을 환하게 밝히면서.

사랑
Amor

살짝 피곤을 느끼며 아나는 전차에 올라탔다. 새것인 뜨개 그물망 장바구니는 장 본 물건들로 터질 듯이 그득하다. 그녀는 장바구니를 무릎에 올렸고, 전차는 출발했다. 편하게 뒤로 등을 기댄 아나의 입에서는 어느 정도 만족스런 한숨이 흘러나왔다.

아나의 아이들은 착했고, 순수하면서 파릇파릇했다. 아이들은 자라났고, 바다에서 수영을 했으며, 늘 그렇듯이 버릇없이 굴면서 점점 더 완벽한 순간들을 달라고 요구했다. 다행히도 부엌은 넓었지만, 오븐이 말썽이어서 툭하면 펑 하는 소리가 났다. 그들이 조금씩 돈을 갚아나가고 있던 아파트는 무시무시하게 더웠다. 하지만 바람이 불어와 그녀가 직접 재단한 커튼을 살랑거리며 흔들 때면, 아나는 하던 일을 문득 멈추고 이마를 쓸어내리며 고요한 지평선에 시선을 고정할 수도 있겠다는 생각이 들었다. 농부처럼. 예전에 그녀는 손에 쥐고 있던 낟알을 뿌렸다. 다른 낟알이 아닌, 바로 그 낟알만을. 나무들이 자라났다. 전기요금 징수원과의 성급한 대화가 자라났고, 물탱크를 채우는 물이 자라났고, 그녀의 아이들이 자라났고, 음식이 놓인 식탁이 자라났고, 신문을 들고 귀가한 남편은 배고픈 미소를 지었으며, 건물 고용인들의 성가신 노랫소리. 아나는 세상 만물에게 그녀의 작고 강인한 손을, 생명의 물줄기를 제공했다.

오후의 어느 특정 시간은 특히 더욱 위험했다. 오후의 어느 특정 시간이 되면 그녀가 심은 나무들이 그녀를 비웃었다. 어디에도 자신의 힘이 필요하지 않으면 아나는 불안해졌다. 하지만 그녀는 어느 때보다 건강하다고 느꼈고, 몸이 좀 불었으며, 아이들

블라우스를 재단하느라 커다란 가위로 천을 싹둑싹둑 자르는 모습만을 보였다. 예술에 대한 막연한 욕망은 하루하루를 아름답고 충만하게 꾸미겠다는 노력 속에서 이미 오래전에 쇠퇴해버렸다. 시간이 흐를수록 장식에 대한 취향이 점점 발전하면서, 그녀 내면의 은밀한 혼돈을 대체하게 되었다. 모든 사물은 개량이 필요하며, 자신이 그 모두에게 조화로운 외양을 선사할 수 있다는 사실을 발견한 것 같았다. 인간의 손이 삶에 형체를 부여할 수 있다고 말이다.

원래 아나는 사물의 단단한 뿌리를 느끼고 싶은 마음이 있었다. 그것은 당황스럽게도 가정이 그녀에게 준 감정이다. 구불구불한 길 위에서 그녀는 여자의 운명으로 떨어졌고, 마치 스스로 만든 운명인 듯 자신에게 잘 맞는다는 사실에 깜짝 놀랐다. 그녀가 결혼한 남자는 진짜 남자였고, 그녀가 낳은 아이들은 진짜 아이들이었다. 지나간 그녀의 어린 시절은 이제 마치 생사를 가르는 질병처럼 낯설어졌다. 점차 그녀는 어린 시절에서 빠져나와 외부로 모습을 드러냈고, 사람은 큰 행복 없이도 잘 살 수 있다는 것을 깨달았다. 행복의 철폐와 동시에 그녀는, 지금까지는 보이지 않던 무수한 사람들, 일하듯이 삶을 살아가는 사람들을 발견하게 되었다. 인내심, 변함없는 지속성, 그리고 기쁨을 가진 자들. 가정을 갖기 이전에 아나에게 생긴 일들은, 이제 그녀가 영원히 닿을 수 없는 영역으로 물러났다. 그것은 견딜 수 없는 행복이라고 자주 혼동했던 어지러운 도취 상태였다. 그 대신 아나는 최소한 납득할 만한 일을 창조해냈다. 어른의 삶 말이다. 그것을 원했고, 그것을 선택했다.

그녀가 신경 쓰는 것은 단 한 가지, 위험한 오후의 시간, 집이 텅비고 그 무엇도 그녀를 요구하지 않는 시간, 태양이 높이 떠오르고 가족 모두가 저마다 각자의 생활로 바쁜 시간을 조심하는 일이다. 가구에 쌓인 먼지를 보면, 그녀의 심장은 놀라서 살짝 오그라들었다. 하지만 그녀의 삶에는 스스로의 놀라움을 상냥하게 돌볼 만한 여지가 없었다. 그래서 살림을 통해 익힌 능숙한 솜씨로 그것을 억눌렀다. 그래서 밖으로 나와 장을 보러 가거나 뭔가를 수선하러 갔으며, 가사를 돌보았고, 가족들은 알아차리지 못하는 상태에서 가족들을 돌보았다. 그녀가 돌아올 즈음이면 오후는 지나갔고, 학교에서 돌아온 아이들은 그녀가 필요했다. 그러다 보면 곧, 평화로운 진동과 함께 저녁이 왔다. 아침이면 그녀는 고요한 의무의 후광에 둘러싸여 잠에서 깨어났다. 가구들은 후회 속에 집으로 돌아온 것처럼, 또다시 먼지가 쌓였고 지저분했다. 그녀 자신, 그녀는 어둡고 으슥하게, 이 세상의 검고 유연한 뿌리의 일부를 이루었다. 그녀는 이름도 없이 삶을 먹었다. 그것을 원했고 그것을 선택했다.

전차는 철로 위에서 흔들리며 널따란 거리로 접어들었다. 축축한 바람이 불어오면서 오후의 종말을, 더 정확히는 불안의 종말을 알렸다. 아나는 깊이 심호흡을 했다. 깊이 받아들이는 그 행위가 아나의 얼굴에 여성적인 기색을 부여했다.

느릿느릿 앞으로 달리던 전차가 멈추었다. 우마이타(리우데자네이루 남부의 구)까지는 한숨 돌릴 시간이 있었다. 그녀는 고개를 들었고, 정류장에 서 있는 한 남자를 보았다.

　그 남자와 정류장의 다른 사람들과의 차이점이라면, 그는 정말로 사지를 꼼짝 않고 가만히 서 있었다는 점이다. 양손을 앞으로 쭉 내민 자세로 가만히. 그는 맹인이었다.

　그 밖의 무엇이 아나의 의혹을 불러일으켜 자리에서 몸을 세우게 만들었을까? 뭔가 심상치 않은 일이 일어나고 있었다. 그녀는 보았다. 그는 껌을 씹고 있었다……. 한 눈먼 남자가 껌을 씹고 있는 것이다.

　바로 그 짧은 순간 아나는, 남동생들이 식사를 하러 올 거라는 사실을 떠올릴 시간이 있었다. 심장이 간헐적으로 쿵쿵 뛰었다. 몸을 앞으로 구부린 그녀는, 우리가 우리를 볼 수 없는 것을 살필 때 하는 그런 태도로, 정신없이 몰두하여 눈먼 남자를 쳐다보았다. 남자는 어둠 속에서 껌을 씹었다. 고통 없이, 두 눈을 뜬 채로. 씹는 입 모양으로 인해 그의 얼굴은 미소를 띠고 있다가 갑자기 미소를 멈추었고, 다시 미소를 띠다가 갑자기 미소를 멈추곤 했다. 마치 그가 자신을 모욕하기라도 한 것처럼 아나는 그를 뚫어지게 쳐다보았다. 만약 누군가 아나 자신을 그런 시선으로 쳐다보았다면, 그녀는 상대편이 증오에 차 있다고 여겼으리라. 하지만 그녀는 눈길을 거두지 않았다. 몸을 점점 더 앞으로 구부리면서. 전차가 갑자기 크게 덜컹거리며 출발했고, 무거운 장바구니가 그녀의 무릎 위에서 바닥으로 떨어졌다. 아나가 비명을 질렀다. 무슨 영문인지 모르는 차장은 일단 전차를 다시 멈추게 했다. 전차가 급정차하자, 놀란 승객들이 고개를 들었다.

아나는 떨어진 장바구니를 주워 올리지도 못한 채, 창백한 얼굴로 몸을 똑바로 세우고 앉아 있었다. 아주 오래전부터 전혀 사용하지 않았던 표정이, 서서히 힘겹게, 그녀의 얼굴에 다시 떠올랐다. 아직은 좀 불확실하며 이해할 수 없는 형태로. 신문팔이 소년이 웃으면서 물건이 가득 찬 장바구니를 그녀에게 건넸다. 그러나 신문지에 싼 달걀은 이미 다 깨진 뒤였다. 노른자와 흰자가 그물망 장바구니 아래로 뚝뚝 흘러내렸다. 눈먼 남자는 껌을 씹던 행위를 멈추고 두 손을 앞으로 뻗었다. 그는 무슨 일이 일어났는지 알아보려고 헛되이 허공을 더듬었다.

달걀을 싼 꾸러미는 장바구니 밖으로 내던져졌고, 승객들의 웃음소리가 요란한 가운데 차장의 신호에 따라 전차는 다시 출발했다.

잠시 후에는 아무도 그녀를 주시하지 않았다. 전차는 선로 위에서 요동치며 흔들렸고, 눈먼 남자는 영원히 뒤에 남았다. 그러나 불행은 이미 일어났다.

그물망 장바구니가 손가락 사이에서 거칠게 서걱거렸다. 그녀가 직접 떠서 만들었던 그 친숙한 느낌이 아니었다. 장바구니는 의미를 상실했고, 전차를 타고 있다는 것은 떨어져버린 끈과 같았다. 무릎에 놓인 이 물건들로 무엇을 할 것인지, 아나 자신도 알지 못했다. 낯선 노래처럼, 세계는 다시 작동을 시작했다. 나쁜 일이 일어났다. 왜? 그녀는 눈먼 남자를 잊었던가? 동정심이 목을 조여왔고, 아나는 힘겹게 숨을 내뱉었다. 그 사건이 일어나기 전에 존재했던 사물들조차 이제는 다들 경계의 기색이 완연하고, 적대적이면서 부패하기 쉬운 얼굴을 내보였다…… 세계는 다시금 불편해졌다. 수년간의 세월이 무너졌다. 수많은 노른자들이 흘러내렸다. 자기 자신의 하루에서 축출되어버린 그녀의 눈에는, 보도를 걷는 사람들이 모두 암흑의 표면에 매달려 위험하게 휘청이면서, 최소한의 균형을 유지하려고 안간힘을 쓰는 것처럼 보였다. 의미의 부족으로 일순간 인간들은 구속에서 풀려났고, 그러자 더 이상 그 누구도 자신들이 가는 방향을 알지 못했다. 아나가 법칙의 부재를 알아차린 것은 순식간의 일로, 그 즉시 그녀는 마치 전차에서 떨어질 것처럼, 고요하게 가만히 있는 사물들이 그 고요함과 함께 몽땅 전도되어버릴 것처럼, 앞에 있는 좌석에 필사적으로 매달렸다.

그녀가 위기라고 부르는 일이, 이제 일어났다. 그 신호는 한 번도 경험하지 못한 엄청난 쾌감으로, 지금 그녀는 놀라고 불안해하면서, 그 쾌감에 휩싸여 사물을 관찰했다. 찌는 듯한 열기는 점점 더 심해지는데, 모든 것은 힘이 세졌고 목소리는 더욱 커졌다. 후아 볼룬타리우스 다 파트리아 거리에는 막 혁명이 일어나려는 것 같았다. 배수관의 창살은 바싹 말랐고 대기는 먼지투성이였다. 껌을 씹고 있던 한 눈먼 남자가 세계를 어두운 탐욕으로 몰아넣었다. 강한 인간들의 마음에는 눈먼 자에 대한 동정심이 부족했고, 그녀는 인간들의 강함에 소스라쳤다. 옆자리에는 푸른 옷을 입고, 얼굴을 가진 부인이 앉아 있었다. 그녀는 황급히 시선을 돌려 외면했다. 인도에 서 있는 한 여자가 자기 아들을 밀쳤다! 연인 한 쌍이 미소 짓는 얼굴로 손가락을 깍지 끼었다……. 그런데 눈먼 남자는? 아나의 심장은 광폭한 자비심으로 터질 듯했다.

그녀는 삶을 능숙하게 달래왔고, 삶이 폭발하지 않도록 잘 다독여왔다. 만사를 밝게 받아들였고, 한 사람 한 사람을 각자 떨어뜨려놓았으며, 옷이란 분명 입기 위한 사물이고, 다가올 저녁 시간을 위한 영화도 신문에서 한 편 골라놓을 수 있었다. ― 하루가 지나면 다음 날이 오도록, 만사는 그렇게 설계되어 있었다. 그런데 껌을 씹고 있던 눈먼 남자가 이 모두를 망가뜨려버렸다. 스스로의 연민을 통해서 아나는, 달콤한 역겨움이 입까지 가득 차오르는 삶을 보았다.

그제서야 아나는 내려야 할 정거장을 한참 전에 지나친 것을 깨달았다. 지금 그녀는 너무도 기운이 빠져 눈에 들어오는 전부가 충격적이기만 했다. 힘이 없는 다리로 전차에서 내려 사방을 두리번거리다가, 달걀찌꺼기로 더러워진 장바구니에 눈길이 멎었다. 잠시 동안 그녀는 자신이 있는 곳을 잊었다. 마치 어둡고 깊은 밤에 전차에서 뛰어내린 것만 같았다.

높다란 노란 벽이 이어지는 긴 거리였다. 두려움에 심장이 격렬하게 뛰었다. 그녀는 필사적으로 이곳이 어디인지 알아보려 애썼으나 헛일이었다. 그 사이에도 그녀가 발견한 삶은 계속해서 고동쳤으며, 더욱 미지근하고 더욱 신비스러운 바람이 그녀의 얼굴을 휘감으며 불었다. 그녀는 멈추어 서서 벽을 올려다보았다. 마침내 그녀는 그곳이 어디인지 알아냈다. 생울타리를 따라서 잠시 걷다가, 보타닉 가든의 정문을 통과했다.

그녀는 야자나무 사이로 난 중앙 산책로를 기운 없이 걸었다. 공원 전체에 사람의 그림자라곤 없었다. 샛길로 접어든 그녀는 장바구니를 땅에 내려놓고 벤치에 앉았고, 거기서 오래 머물렀다.

드넓음이 마음을 안정시키는 듯했고, 고요함은 호흡을 가다듬어주었다. 그녀는 내면의 잠 속으로 빠져들어갔다.

멀리 야자나무 산책로가 보였다. 산책로의 저녁은 환한 빛으로 풍요로웠다. 그러나 샛길은 나뭇가지의 어슴푸레한 그림자로 덮였다.

사방에서 잔잔한 소리가 들렸고, 나무들은 향기를 뿜었으며, 땅 위로 드러난 뿌리들 사이에는 작은 놀라움이 숨죽이고 있었다. 보타닉 가든 전체는 더할 나위 없이 순간적인 오후의 찰나들에 의해 분쇄되었다. 그녀를 둘러싼 이 백일몽은 어디서 온 것일까? 꿀벌과 새들의 잉잉거림과도 같은. 모든 것이 기이하고, 너무도 온화하며 너무도 거대했다.

가볍고 조용한 움직임이 그녀를 깜짝 놀라게 했다. ― 그녀는 황급히 주변을 둘러보았다. 사방은 아무런 동요 없이 고요하기만 했다. 그러나 중앙 산책로 한가운데에 꼼짝 않고 서 있는 커다란 수고양이 한 마리가 보였다. 폭신한 털을 가진 고양이였다. 다시 소리 없이 움직이면서, 고양이는 사라졌다.

그녀는 불안한 눈빛으로 두리번거렸다. 가지들이 흔들렸고, 땅 위의 그림자도 따라서 이리저리 나부꼈다. 참새 한 마리가 땅바닥을 쪼았다. 불현듯 그녀는 함정에 빠진 듯 암울한 느낌이 들었다. 이제야 비로소 서서히 깨닫게 된 어떤 비밀의 임무가, 보타닉 가든에서 진행되고 있었다.

나무에 매달린 열매는 검고, 꿀처럼 달콤했다. 땅바닥에는 바싹 마른 씨앗이, 부패한 작은 뇌처럼 어지럽게 소용돌이치는 모습으로 떨어져 있었다. 벤치는 붉은 과즙으로 온통 얼룩졌다. 민을 수 없을 만큼 다정한 물의 소곤거림이 들려왔다. 반짝이는 거미의 다리가 나무줄기에 달라붙어 있었다. 세계의 잔인함은 고요하고 평온했다. 살인은 깊었다. 죽음은 우리가 생각하는 죽음이 아니었다.

그 상상의 순간은, 깊이 빠져들어간 또 하나의 세계, 풍성하게 흐드러진 달리아와 튤립의 세계였다. 나무줄기는 잎이 무성한 기생식물에 뒤덮였고, 그들의 포옹은 유연하고도 끈적거렸다. 굴복에 앞서 찾아오는 혐오감처럼—매혹적이었고, 여자는 구역질을 느꼈다. 매혹적이었다.

나무들은 짐을 지고 있으며, 세계는 너무도 부유한 나머지 썩어갔다. 굶주리는 아이와 어른들이 있다는 데 생각이 미치자, 아나의 목구멍에 실제로 구토가 치밀어 올랐다. 마치 임신하고 버려진 여자처럼. 이곳 보타닉 가든의 모럴moral은 다른 종류였다. 눈먼 남자가 그녀를 이곳으로 이끌었으며, 빛이 번득이면서 그늘진 세계, 괴물처럼 거대한 연꽃이 가만히 떠 있는 세계에 첫걸음을 내디디며 그녀는 전율했다. 풀밭 여기저기 흩어져 피어 있는 작은 꽃들은 그녀의 눈에 붉거나 노란색이 아니라, 핏빛의 선홍색 혹은 질 낮은 금색으로 보였다. 부패는 깊었고, 향내가 풍겼다……. 하지만 그 무거운 사물들을 바라보는 동안, 그녀의 머리 주변에는 세계에서 가장 격렬한 삶이 보내온 벌레들이 떼를 지어 몰려들었다. 부드러운 미풍이 꽃들 사이로 몸을 밀어 넣었다. 아나는 달착지근한 향기를 냄새가 아니라 인식으로 먼저 알아차렸다…… 보타닉 가든은 너무도 아름다웠으므로, 아나는 지옥의 공포를 느꼈다.

이제 거의 밤이었다. 모든 사물이 가득하면서 무겁게 보였다. 다람쥐 한 마리가 어둠을 가로지르며 도약했다. 발 아래의 흙이 헐거웠다. 아나는 흙냄새를 황홀하게 들이마셨다. 매혹적이었고, 그녀는 구역질을 느꼈다.

그러나 아이들을 떠올리자 아나는 죄책감과 함께 고통스러운 비명을 지르며 자리에서 일어섰다. 장바구니를 집어들고 샛길을 걸어 중앙 산책로까지 나왔다. 그녀는 거의 달리다시피 하면서―위풍당당하게 비인격적인 보타닉 가든 여기저기를 보았다. 그녀는 잠긴 정문을 흔들었고, 거친 나무살을 붙잡고 흔들었다. 경비원이 나타났다. 왜 그녀를 발견하지 못했는지 의아하게 생각하면서.

집 앞에 도착할 때까지, 그녀는 재앙의 가장자리에서 위태로웠다. 한 손에 장바구니를 들고 엘리베이터를 향해 달리는 그녀의 가슴이 쿵쿵 뛰었다. ― 무슨 일이 일어난 건가? 눈먼 남자에 대한 연민은 너무도 격렬하여 마치 죽음의 고통 같았으나, 세계는 그녀에게 속한 듯했다. 더럽고 허망한, 그녀의 세계. 그녀는 아파트의 문을 열었다. 거실은 넓고 사각형이며, 문 손잡이는 깨끗하게 닦여 맨들맨들했고, 유리창은 광채가 났으며, 램프의 불빛은 환하게 빛났다. ― 이곳은 또 어떤 새로운 땅인가? 지금껏 그녀가 누리던 건강한 생활이, 일순간 윤리적으로 미쳐 있다는 생각이

들었다. 눈앞에서 달려오는 아이는 그녀를 닮은 얼굴과 긴 다리를 가진 생물인데, 펄쩍 뛰어오르며 그녀를 안았다. 그녀도 아이를 힘껏 껴안았다. 깜짝 놀란 채로. 그녀는 몸을 떨면서 스스로를 보호했다. 왜냐하면 삶은 위험하므로. 그녀는 세계를 사랑했고, 창조된 것들을 사랑했다. ― 그것들을 역겨움으로 사랑했다. 생굴에 매혹당하는 것과 흡사한, 바로 그런 역겨움, 진실의 언저리에 접근할 때마다 그녀 안에서 솟구치는 희미한 경고의 역겨움. 그녀는 아들을 포용하면서, 으스러뜨리기 바로 직전까지 힘껏 껴안았다. 마치 악이 무엇인지 아는 사람처럼―눈먼 남자 때문인지, 아니면 보타닉 가든 때문인지?―세상의 그 무엇보다 더욱 사랑하는 아들의 몸에 힘껏 매달렸다. 그녀에게 믿음의 악령이 씌었다. 삶은 끔찍하단다, 그녀는 작은 소리로, 허기에 시달리며 아들에게 속삭였다. 눈먼 남자의 부름을 따른다면 어떻게 될까? 그녀는 홀로 떠나갈 것이다……. 그녀의 존재가 필요한 가난한 장소, 부유한 장소들이 있다. 그녀도 그런 장소들이 필요했다……. 나는 두려워, 하고 그녀가 말했다. 팔에 안긴 아이의 가냘픈 갈비뼈가 느껴졌고, 깜짝 놀란 아이의 흐느낌이 들렸다. 엄마, 하고 아이가 불렀다. 그녀는 아이를 밀쳐내고 얼굴을 보았다. 심장이 움츠러들었다. 엄마가 널 잊게 하지 마. 그녀는 아이에게 말했다. 그녀의 포용이 느슨해지는 걸 느끼자마자 아이는 몸을 빼내고 침실 문으로 달려가더니, 더욱 안전한 장소인 그곳에서 그녀를 빤히 바라보았다. 그녀가 한 번도 보지 못한 최악의 눈빛이었다. 피가 그녀의 얼굴로 한꺼번에 몰리면서, 얼굴이 타는 듯 뜨거워졌다.

그녀는 의자에 쓰러지듯 털썩 주저앉았다. 아직도 손가락은 장바구니를 움켜쥔 채였다. 도대체 무엇이 부끄러운가?

달아날 곳은 없었다. 그녀가 빚어놓은 날들의 껍데기에 금이 갔고, 물이 새어 나왔다. 그녀는 생굴과 정면으로 마주했다. 시선을 돌릴 방법이 없었다. 도대체 무엇이 부끄러운가? 이제는 더 이상 연민도 없으며, 또 그것은 단지 연민만은 아니었다. 그녀의 가슴은 살고자 하는 최악의 욕망으로 터질 것 같았다.

자신이 눈먼 남자의 편에 있는지, 아니면 빽빽이 우거진 식물들의 편에 있는지 그녀는 알지 못했다. 그 남자는 점차 배경으로 스며들어갔고, 고통 속에서 그녀는 남자의 눈을 상하게 한 사람들의 편으로 넘어가는 것 같았다. 고요하고 키 큰 보타닉 가든이, 이 사실을 알렸다. 그녀는 자신이 세계의 더 강한 편에 속해 있음을, 충격으로 깨달았다. — 자신의 광폭한 자비심에 어떤 이름을 붙여야만 할 것인가? 그녀는 나병환자에게 입맞추어야 하리라, 왜냐하면 결코 나병환자의 누이로만 머물게 되지는 않을 테니. 한 눈먼 남자가 나를 최악의 나로 이끌어버렸구나, 혼란에 빠진 그녀는 생각했다. 추방당한 기분이었다. 그 어떤 가난뱅이도 그녀의 간절한 손이 주는 물을 받아 마시지 않는다. 오, 평범한 사람이 되기란 성인이 되기보다 더 어렵구나! 세상에, 그녀의 가슴속 가장 깊은 수심을 측량한 것이 바로 연민이었다니! 하지만 그건 사자의 연민이었다.

눈먼 남자가 가난한 사랑을 더 좋아할 거라고 생각하자, 그녀는 굴욕을 느꼈다. 그리고 전율하면서, 왜인지 그 이유도 깨달았다. 달빛이 늑대인간의 본성을 부르듯, 보타닉 가든의 삶이 그녀를 불렀다. 하지만 나는 눈먼 남자를 사랑하는 것인데! 촉촉이 젖은 눈으로 그녀는 생각했다. 하지만 그것은 사람들이 교회에 갈 때 가져가는 감정과는 달랐다. 나는 두려워. 그녀는 거실에서 생각했다. 일어선 그녀는 가정부를 도와 저녁 준비를 하기 위해 부엌으로 갔다.

그러나 삶은 그녀를 벌벌 떨게 만들었다. 학교의 종소리가 들렸다. 길고, 지속적으로. 오븐 아래쪽, 먼지가 뭉쳐 있던 곳에서 거미 한 마리를 발견했을 때의 작은 공포. 꽃병의 물을 갈 때면 그녀의 손을 갈망하며 징그럽게 달라붙는 꽃이 공포스러워서 소스라쳤다. 이곳 부엌에서도 똑같은 비밀의 임무가 수행되고 있었다. 그녀는 쓰레기통 곁의 개미를 발로 짓이겼다. 사소한 개미 살해. 작디작은 몸뚱어리가 경련했다. 수도꼭지의 물방울이 개수대에 고인 물 위로 떨어졌다. 여름 딱정벌레. 무표정한 딱정벌레에 대한 공포. 사방에는 오직 고요하고, 신중하고, 끈질긴 생명들. 공포. 공포. 그녀는 부엌을 왔다 갔다 하며, 고기를 썰고, 크림을 휘저었다. 그녀의 머리 주변에, 전등 주변에, 무더운 밤의 모기 무리가 잉잉거렸다. 연민이 나쁜 사랑처럼 상스러운 저녁. 그녀의 가슴 사이로 땀방울이 흘렀다. 믿음이 그녀를 박살냈다. 오븐의 열기가 그녀의 눈을 태워버렸다.

남편이 왔고, 남동생들이 각자의 부인을 데리고 왔고, 남동생의 아이들이 왔다.

그들은 9층의 열린 창가에서 저녁을 먹었다. 비행기 한 대가 위협적으로 몸을 떨면서, 열기 가득한 하늘을 가로질러 날아갔다. 달걀이 부족하긴 했지만 식사는 훌륭했다. 그녀의 아이들도 잠자리에 들지 않고 다른 아이들과 함께 카펫 위에서 어울려 놀았다. 여름이었고, 아이들을 잠자리로 쫓아봐야 헛일일 것이다. 아나는 안색이 살짝 창백했고, 다른 이들과 더불어 온화하게 웃었다. 저녁식사를 마친 다음에야 열린 창으로 시원한 산들바람이 불어왔다. 가족, 그들은 식탁에 둘러앉아 있었다. 하루를 마친 피곤함, 다툴 필요가 없는 행복, 흠잡을 구석이 없는 선의. 그들은 진심으로 너그럽게, 만사를 즐거워하며 웃었다. 그들을 둘러싸고 아이들이 감탄스럽게 자라났다. 아나는 나비를 잡듯이, 순간이 영원히 사라져버리기 전에 손가락으로 그것을 잡았다.

그리고, 손님들이 모두 돌아가고 아이들도 잠자리에 들자, 그녀는 창밖을 내다보는 야만적인 여자였다. 도시는 무덥고 고요했다. 눈먼 남자가 그녀의 내면에 불러일으킨 것이, 그녀의 인생과 어울릴 것인가? 다시 나이 들게 되려면, 얼마나 많은 세월이 필요할까? 아무 약간의 움직임만 있어도, 그것은 아이를 짓밟게 되리라. 그러나 한편 연인만이 갖는 사악함으로, 그녀는 꽃송이에서 모기가 날아올랐다는 것을, 거대한 연꽃이 호수의 검은 수면 위에 떠 있다는 것을 받아들인 듯하다. 보타닉 가든의 나무 열매들 사이에 눈먼 남자가 매달려 있었다.

오븐이 폭발하기라도 한다면, 온 집은 불바다가 될 것이다! 이런 생각이 든 그녀는 부엌으로 달려갔고, 쏟아진 커피 앞에 서 있는 남편을 보았다. "무슨 일이에요?!" 그녀는 온몸을 부들부들 떨며 소리쳤다.

그는 여자의 공포에 깜짝 놀랐다. 하지만 곧 이유를 깨닫고는 갑자기 웃음을 터트렸다.

"아무것도 아니야. 내가 실수한 거야." 그는 피곤해 보였고 눈 주변에 거무스름한 그늘이 있었다.

아나의 심상치 않은 표정을 알아차린 그는 그녀를 주의 깊게 살펴보았다. 그녀를 끌어당겨 안고 성급하게 어루만졌다.

"당신에게 무슨 일이 생기면 안 돼요, 절대로! 절대로!" 그녀가 말했다.

"일생에 한 번 정도는 오븐이 폭발하는 일도 겪어볼 만해." 그가 미소로 대답했다.

그녀는 기운을 잃고 그의 팔 안에서 축 늘어졌다. 오늘 오후, 그녀 안에서 어떤 고요한 것이 폭발했고 그리하여 집 전체에 유머러스하고도 슬픈 분위기가 팽배했다. "잠잘 시간이야." 그가 말했다. "많이 늦었어." 그녀가 알지 못하는, 하지만 자연스러워 보이는 몸짓으로 그는 그녀의 손을 잡고, 뒤돌아보지도 않고 앞으로 데리고 갔다. 그럼으로써 그녀를 삶의 위태로움에서 빠져나오게 했다.

자비의 아찔함은 사라졌다.

그리고, 비록 그녀가 사랑과 지옥을 통과해왔다고 해도―지금은 거울 앞에서 머리를 빗고 있다. 가슴속에 단 한 점의 세계도 없는 순간을 위하여. 자리에 눕기 전 그녀는, 마치 촛불을 끌 때처럼, 하루의 작은 불꽃을 입으로 불어서 껐다.

장미를 본받아
A imitação da rosa

아르만두가 일을 마치고 돌아오기 전에 집 안을 완벽하게 정돈해놓아야 하고, 그녀도 갈색 드레스 차림으로 남편이 옷을 갈아입는 동안 시중들 만반의 채비를 하고 있어야 했다. 그런 다음 그들은 느긋한 마음으로, 예전에 늘 그랬듯이 팔짱을 끼고 외출하게 될 것이다. 도대체 얼마만의 일인지.

하지만 지금, 그녀가 다시 '건강'해졌으므로, 그들은 버스를 탈 것이고, 그녀는 결혼한 부인답게, 남편과 팔짱을 낀 채 차창 밖을 내다볼 것이며, 그들은 카를로타와 주앙과 함께 저녁을 먹을 것이고, 모두 등을 의자에 느긋하게 기댈 것이다. 아르만두가 의자 등받이에 느긋하게 기대고 앉아 다른 남자와 잡담을 나누는 광경을 본 게 도대체 얼마만인지? 한 남자의 평화란, 아내를 잊고, 다른 남자와 신문에 실린 뉴스에 대해서 이야기를 나누는 것이다. 대신 그녀는 카를로타와 여자들의 관심사를 나누면 된다. 그녀는 카를로타의 권위적이면서 실용적인 관대함 아래 굽히고 들어갈 것이고, 친구의 무관심과 희미한 업신여김, 그리고 당연하게도 무뚝뚝함을 다시 얻지만, 당혹과 호기심이 가득했던 애착은 두 번 다시 얻지 못하다가, 그러다 결국은, 아르만두가 자신의 아내를 까맣게 잊어버리는 모습을 보게 되리라. 그리하여 마침내 감사하게도, 그녀 스스로 자신의 무의미함으로 회귀하리라. 밤 새도록 밖에서 지낸 후 무슨 일이 있었냐는 듯 시치미를 떼고 돌아와, 우유가 담긴 그릇이 말없이 자신을 기다리고 있는 걸 발견한 고양이처럼. 다행스럽게도 그녀가 '건강'해졌다고 느끼게끔 도와주는 사람들이 있었다. 그녀를 똑바로 쳐다보지도 않으면서 다

잊도록 적극적으로 도와주는 그 사람들은, 자신들 역시 똑같은 약병의 똑같은 상표를 읽었는데 그만 다 잊어버린 척 굴었다. 아니면 그들은 정말로 다 잊은 것일까? 그건 모를 일이다. 아르만두가 의자 등받이에 느긋하게 기대고 앉아 그녀를 잊은 모습을 보는 것이 얼마만인가? 그녀 자신은 또 그러기가 얼마만인가?

라우라는 화장대를 정리하다가 문득 동작을 멈추고 거울을 들여다보았다. 그녀 자신 또한, 도대체 얼마 만인가? 가정적인 매력이 있는 얼굴, 머리카락은 커다랗고 창백한 귀 뒤로 넘겼다. 갈색 눈동자, 갈색 머리카락, 황갈색의 매끈한 피부. 이 모두가 더 이상 아주 젊다고는 할 수 없는 그녀의 얼굴에 소박한 여인이라는 인상을 선사했다. 혹시 누군가 그녀의 눈 깊숙한 곳에 박혀 있는, 어떤 놀라운 사건의 거의 알아차릴 수 없이 희미한 흔적에서, 그 안의 아주 작은 상처자국에서, 그녀가 한 번도 낳은 적이 없는 아이의 결핍을 우연히 발견하게 될까?

그녀가 선호하는 정밀한 방법론—학창 시절 모든 리포트를, 내용은 전혀 이해하지 못하는 채로, 아름답고 반듯한 필체로 완벽하게 써내야 했을 때 선호했던 바로 그 방법론—, 이제 와서 다시금 채택하고 선호하게 된 방법론으로, 그녀는 가정부가 쉬는 금요일 오후가 되기 전에 집을 정돈하기로 마음먹었다. 그러면 마리아가 외출을 나가는 즉시, 그녀는 아무것도 할 일이 없을 테니까, 단지 첫 번째로 드레스를 입고, 두 번째로 드레스 차림으로 아르만두를 기다리는 것 이외에는. 아, 그리고 세 번째로, 세 번째가 뭐였지? 아, 그렇다, 그녀가 하려던 일은 바로 이런 것이다. 그녀는 크림빛 레이스 칼라가 달린 갈색 드레스를 입을 것이다. 목욕을 마친 뒤에. 성심 학교에 다니던 무렵 그녀는 정리정돈과 청결에 신경을 썼으며 위생을 중시하고 무질서에 대해 모종의 공포심을 가졌다. 하지만 이미 당시에도 충분히 별난 성격이던 카를로타가 그녀에게 감탄하는 일은 결코 없었다. 둘은 무엇을 하든 항상 반응이 달랐다. 카를로타는 욕심이 많았고 요란하게 웃어댔다. 반면 그녀 라우라는 좀 느렸고, 항상 어느 정도는 느림을 염두에 두고 행동했다. 카를로타는 그 무엇도 두려워하지 않았다. 반면 그녀는 어디서나 과도하게 조심하는 편이었다. 학교에서 『그리스도를 본받아』라는 책이 과제로 주어졌을 때, 그녀는 바보처럼 열중해서 읽었다. 내용은 하나도 이해하지 못했지만, 그래도—신이여 그녀를 용서하소서—그리스도를 본받은 자들은 종국에는 패배한다는 것을 느꼈다. — 빛 속에서의 패배였지만, 위험한 패배였다. 그리스도는 최악의 유혹이었다. 그러나 카를로타는 그 책을 아예 펼칠 생각도 하지 않았고, 수녀들에게는 다 읽었다고 거짓말했다. 그렇다. 라우라는 진짜 레이스 칼라가 달린 갈색 드레스를 입을 것이다.

하지만 시간을 확인하고 깜짝 놀라서 양손으로 가슴을 감쌌다. 우유 마시는 것을 잊었기 때문이다.

그녀는 부엌으로 갔다. 자신의 부주의 때문에 아르만두와 충실한 친구들을 배신하기라도 한 듯 죄책감을 느끼며. 냉장고 앞에 선 채로 겁먹은 느린 동작으로 첫 번째 모금을 마시기 시작하여, 한 모금 한 모금 경건하게 집중했다. 그렇게 하는 것이 다른 이들과 자기 자신을 위한 보속補贖의 행위라도 되는 것처럼. 의사가 "식사와 식사 사이에 우유를 마시세요, 절대 위장이 비어서는 안 됩니다. 그러면 불안감이 생기니까요"라고 말한 이후로, 그녀는 불안에 대한 그 어떤 염려도 없는데도, 불평 한 마디 없이, 한 모금 한 모금, 매일매일, 한 번도 잊지 않고, 두 눈을 꼭 감은 채, 살짝 열정적으로, 자신 안에서 그 어떤 불신의 흔적도 발각되지 않도록, 지시를 그대로 지켰다. 곤란한 점은 단지, 의사의 말에 모순이 있다는 것이다. 의사는 지시사항을 잘 따르라고 하면서, 그녀가 개종자의 열렬한 심정으로 그대로 엄수하겠다고 맹세하자마자, 이렇게 덧붙였던 것이다. "마음 가는 대로 하세요. 편하게 지내시면 됩니다. 무리해서 억지로 애쓸 필요는 없어요 ─ 지나간 일은 말끔히 잊어버리세요. 모든 것은 자연스럽게 제자리로 되돌아올 겁니다." 그러면서 의사는 그녀의 등을 가볍게 한 번 툭 쳤고, 그녀는 좋아서 얼굴이 붉어졌다. 하지만 그녀의 미천한 견해에 의하면, 의사의 한 지시는 다른 지시를 무효화시키는 것이고, 밀가루를 먹으면서 동시에 휘파람을 불라는 것이나 마찬가지였다. 그러니 두 가지를 융합하기 위해, 그녀는 요령을 하나 생각해 냈다. 신비한 능력을 얻게 된 우유, 한 모금 마실 때마다 한마디 말과 흡사한 맛이 나며, 등을 탁 치는 느낌이 매번 되살아나는 우유, 그 우유를 거실로 가져가, "가장 자연스럽게" 자리에 앉은 다음, 무관심을 가장하며, "무리해서 억지로 애쓰지 않"는 식으로, 두 번째 지시를 교묘하게 이행하는 것이다. 뚱뚱해지는 건 아무 상관이 없어, 하고 그녀는 생각했다. 아름다움은 그녀에게 하나도 중요하지 않았다.

방금 되찾은 자신의 집에서, 그녀는 손님처럼 소파에 앉았다. 정돈되고 냉랭한 분위기는 모르는 집에 들어섰을 때의 고요함을 연상시켰다. 그녀로서는 무척 만족스러웠는데, 집을 자기 자신과 매우 흡사한 그 무엇으로 바꾸기를 좋아하는 카를로타와는 반대로, 그녀의 즐거움은 집을 비인격체로 만드는 것이었다. 비인격체이기 때문에 어느 정도 완벽해지는 그 무엇으로.

돌아오니 얼마나 좋은가. 정말로 돌아오니. 그녀의 얼굴에 흐뭇한 미소가 떠올랐다. 거의 빈 우유잔을 손에 든 채, 그녀는 눈을 감고 안락한 피곤을 느끼며 한숨을 쉬었다. 아르만두의 셔츠는 다려놓았고, 다음 날 할 일도 꼼꼼하게 목록을 작성했으며, 아침에 시장에서 소비한 금액도 정확하게 계산을 마쳤다. 사실 그녀는 하루 종일 한 순간도 편히 쉬지 않았다. 다시금 피곤해질 수 있다는 것은 얼마나 좋은가.

화성의 완벽한 종족이 지구로 온다면 인간들이 피곤에 지쳐 늙어가는 걸 보고 놀라면서 동정할 것이다. 인간으로 살기, 피곤을 느끼기, 매일매일 좌절하기, 그 안에 좋은 점이 얼마나 많은지 상상도 못 하면서 말이다. 오직 비법을 아는 자만이 악덕의 미묘함과 그로 인한 삶의 정화를 이해할 것이다.

마침내 그녀는 화성의 완벽함으로부터 되돌아왔다. 한 남자의 아내로 살아가는 삶 이상을 단 한 번도 열망한 적이 없는 그녀는, 매일매일 바닥까지 소진되는 그녀의 역할을 감사한 마음으로 재차 받아들였다. 눈을 감고 기쁨의 한숨을 내쉬었다. 이처럼

진짜 피곤을 느껴본 것이 도대체 얼마 만인가? 하지만 매일 다림
질—예를 들자면 아르만두의 셔츠를—을 하느라 거의 녹초가 되
어버린다. 그녀는 항상 다림질을 좋아했다. 아무리 겸손하게 말
해도, 그녀의 다림질 솜씨는 매우 뛰어났다. 다림질을 하고 나면
기운이 다 빠져버렸는데, 그것은 커다란 보상이었다. 그러면 피
곤의 결핍을 알리는 위험한 경고는 더 이상 울리지 않았다. 텅 비
고 초롱초롱하게 깨어 있으며 무시무시하게 초자연적인 그녀 내
면의 상처자국은 더 이상 없었다. 소름 끼치는 독립은 더 이상 없
었다. 잠들지 않는다는—밤이나 낮이나—가공할 만큼 쉬웠던 편
안함, 피로에 지치고 어쩔 줄을 모르는 남편과 비교할 때, 조심스
럽긴 하지만 그녀 자신이 갑자기 초인처럼 느껴졌던 그 편안함은
더 이상 없었다. 근심에 싸여 침묵할 때면 항상 입에서 구취가 풍
기는 남편 때문에 그녀는 가슴을 찌르는 연민을 느꼈다. 심지어
는 초롱초롱한 각성 상태에서조차, 연민과 사랑을 느꼈다. 그녀
는 휘황한 고립 속에서 초인이었으며 고요했다. 반면에 남편은,
간호사들이 어깨를 으쓱거리며 먹어 치울 사과와 포도를 들고 수
줍은 태도로 찾아올 때마다, 불행한 구취와 굳어버린 미소와 함
께, 남자친구처럼 예의를 차려 방문할 때마다, 어떻게든 이해해
보려고 영웅적인 노력을 기울였으나, 아버지와 사제의 손에서 건
네받은 치주카 출신의 젊은 여자, 마치 물 위에 고요히 떠 있다가
전혀 예상하지 못하게, 날개를 단 듯 불쑥 앞으로 전진하는 배처
럼, 이렇게 초인이 되어버린 여자를 어떻게 대해야 할지 전혀 몰
랐다.

이제 그 시간은 전부 지나갔다. 두 번 다시 오지 않는다. 그건 단지 허약함일 뿐이었다. 독창성은 최악의 유혹이었다. 하지만 그녀는 너무도 완벽하게 이전 상태로 되돌아왔으므로, 자잘한 디테일에 집착하면서 타인들을 지겹게 만들지 않기 위해 처음부터 철저하게 다시 연습해야만 했다. 그녀는 성심 학교에 다니던 무렵 친구들이 이렇게 말하던 것을 아직도 똑똑히 기억했다. "넌 그 얘기를 이미 천 번이나 했잖아!" 그렇다, 쑥스러운 미소와 함께 똑똑히 기억했다. 그녀는 완벽하게 되돌아왔다. 이제 다시금 매일 피곤해졌고, 매일 땅거미 질 무렵이면 그녀의 얼굴은 황폐하게 무너졌다. 밤은 본래의 자기 사명을 회복했고, 그래서 더 이상 완벽하게 별이 빛나는 밤만은 아니었다. 모든 것이 조화롭게 서로 연결되었다. 그리고 전 세계와 마찬가지로 그녀는 매일 피곤해졌으며, 전 세계와 마찬가지로 인간다운 필멸성을 갖추었다. 그 완벽함은 더 이상 없고, 그 젊음도 더 이상 없었다. 한때 환하게 빛나며 퍼져나가던, 암과 같은 그것은, 그녀의 영혼에 더 이상 없었다.

그녀는 졸음이 실린 눈꺼풀을 들며, 손바닥에 닿는 단단한 컵의 감촉을 즐겼다. 하지만 곧, 피곤으로 나른해진 편안한 미소와 함께 눈을 다시 감았다. 신흥부유층처럼 자신의 모든 소유물 속에서, 친숙하면서도 살짝 역겨운 물 속에서 헤엄쳤다. 그렇다, 살짝 역겨웠다. 그러나 무슨 상관이겠는가. 그녀 자신도 살짝 역겹다는 것을 스스로 잘 알고 있는데. 반면에 남편은 그렇게 생각하지 않았지만, 그게 무슨 상관이겠는가. 다행히도 그녀가 머무는 환경은 총명하고 재치 있기를 요구하지 않기 때문이다. 심지어는 똑똑하게 굴라고 그토록 그녀를 볶아대던 학교에서도 벗어난 상태인데. 그러니 무슨 상관이겠는가? 피로감—그녀는 아침에 시장에도 다녀왔으며, 최대한 많은 일을 최대한 즐기려는 경향 덕분에 상당한 시간을 허비했지만, 돌아와서는 아르만두의 셔츠를 다림질했다—안에는 그녀에게 잘 맞는, 조용하고 눈에 띄지 않는 어떤 장소가 있었는데, 일생에 단 한 번 그녀는 자신과 다른 사람들을 엄청나게 당황하게 만들면서 그곳을 벗어난 적이 있다. 그러나 말했듯이 다행히도, 그녀는 되돌아온 것이다.

만약 좀 더 많은 신뢰와 사랑을 기울여 찾아본다면, 그녀는 피로감 안에서 잠이라 불리는 더 나은 장소를 발견하리라. 기분좋게 한숨을 내쉰 그녀는, 느릿한 호흡을, 이미 나른해진 호흡을 더욱 느슨하게 조절하면서 잠들기를 시도해보았다. "잠깐만, 아주 잠깐만." 스스로에게 간청하면서, 그녀는 피로했으므로, 자기 자신에게 매달리며, 마치 남자에게 애원하듯이 간드러지게, 아르만두는 그녀가 이럴 때마다 좋아했는데, 그렇게 애원했다.

하지만 지금은 정말 단 몇 분도 졸 시간이 없다. — 그녀는 부질없이, 위장된 겸손함으로 이렇게 생각했다. 그녀는 너무도 바쁜 여자가 아니던가! "시간이 없어." 이렇게 말하는 사람들을 항상 부러워하며 살았는데, 이제 그녀가 그런 사람이 되지 않았는가. 그들은 카를로타와 저녁식사를 하기로 했다. 만사가 빈틈없이 잘 준비되어야 하는 것이, 오늘은 그녀가 돌아온 후 처음으로 저녁식사에 초대받은 날이기 때문이다. 그들은 너무 늦으면 안 되고, 아무것도 잊으면 안 된다. 만약…… 그래, 이건 천 번이나 말했던 거잖아, 하고 그녀는 멋쩍어하며 생각했다. '너무 늦으면 안 돼.' 이렇게 한 번만 말하면 되는 건데. ― 그 이유 하나로 충분했다. 예전에는 타인에게 폐가 되는 일이 견딜 수 없을 만큼 큰 고통이었다면, 지금은 훨씬 더 심각하게, 그러면 안 되기 때문이다……. 그래, 너무도 당연하게, 잠잘 시간은 절대로 없었다. 그녀가 할 일은 정해진 일과라는, 너무도 잘 알고 있는 그 부유함 속으로 뛰어드는 것―그런데 카를로타가 반복적인 일과에 대한 그녀의 애정을 경멸하니 속상하긴 하지만―, 그녀가 할 일은 첫 번째로, 가정부가 준비를 끝마칠 때까지 기다리기. 두 번째로, 내일 먹을 고기―안쪽 엉덩이살―를 미리 사두라고 가정부에게 돈을 주기. 좋은 고기를 구하기가 얼마나 어려운지, 심지어 그 과정 자체가 흥미로운 화젯거리가 될 수 있음을, 사람들에게 어떻게 납득이 가도록 설명할 수 있을까? 보나마나 카를로타는 경멸스럽게 빈정거리기나 할 텐데. 세 번째로, 일단 정성 들여 샤워를 하고 옷을 입은 후, 자유시간을 최대한 즐기는 일에 온 마음을 다해 투항하기. 갈색 드레스는 그녀의 갈색 눈동자와 잘 어울렸고, 크림색 레이스 칼라는 그녀에게 어린아이와 같은 인상을, 지나간 시대의 소년 같은 인상을 부여했다. 치주카의 평화로운 밤―환자를 무방비 상태의 닭처럼 인슐린의 심연으로 집어 던진 후, 즐겁게 병원을 떠나던 쾌활한 간호사들의 갓 빗질한 머리에서 번득이는 광채가 아니라―으로 돌아간다면, 치주카의 평화로운 밤으로, 그녀의 진실한 인생으로 돌아간다면. 아르만두와 함께 팔짱을 끼고 버스 정류장을 향해 유유히 걸어가리라. 그녀를 '두드러지는 여인'으로 만들어주는 짧고 두꺼운 허벅지를 거들 속에 쑤셔 넣은 채로. 하지만, 속상하게도, 그녀가 아르만두에게, 난소의 문제 때문에 그렇다고 말할 때마다, 자기 아내의 허벅지가 자랑스러운 그는 뻔뻔한 어조로, "아니 그래서 발레리나랑 결혼했다면 뭐가 좋은 건데?" 하고 되묻곤 했다. 그의 대답은 그런 식이었다. 그 누구도 상상하지 못하겠지만 아르만두는 종종 심술궂게 굴었다. 그 누구도 절대 상상하지 못하리라. 그들은 똑같은 대화를 여러 번 주고받았다. 그녀는 자신의 허벅지가 난소의 결함 때문이라고 말한다. 그러면 그는 "아니 그래서 발레리나랑 결혼했다면 뭐가 좋은 건데?" 하고 대답한다. 어떨 때 그는 무례하다 싶을 정도로 함부로 말을 내뱉었다. 그 누구도 상상하지 못하리라. 그들도 은밀한 사생활, 남에게 말하지 못하는 사연이 있다는 걸 안다면 카를로타는 아주 신기하게 생각할 것이다. 그런 일들을 말하지 못하는 것이 간혹 아쉽기는 하다. 그래도 그녀는 카를로타에게 아무 말도 하지 않으리라. 분명 카를로타는 그녀를 정리정돈에 집착하는, 지루하면서 좀 짜증나는 가정주부로만 여기고 있으리라. 하지만 그녀는 지나치게 자잘한 일들로 타인을 지루하지 않게 하려고 항상 조심하면서도, 때로 아르만두에게는 하고 싶은 말을 마음껏 해서 그의 신경을 긁을 때도 있었다. 그러나 큰 문제가 아닌 것이, 그는 항상 귀 기울여 듣는 척하지만 사실은 그녀의 말을 듣고 있지 않기 때문이다. 그래도 그녀는 크게 마음이 상하지 않았는데, 왜냐하면 그녀는 자신의 말이 상대편의 신경에 쉽게 거슬린다는 것을 잘 알고 있으므로. 그래도 고기를 구하지 못했다고 아르만두에게 설명할 수 있어서 좋았다. 비록 그는 고개를 형식적으로 끄덕일 뿐 사실은 전혀 듣고 있지 않았지만. 대신 그녀는 가정부와 함께, 물론 그녀가 훨씬 더 많이 말하는 편이지만, 자주 이야기를 나누었다. 그럴 때도 그녀는, 인내심이 바닥나면 그걸 잘 숨기지 못하고 쉽사리 퉁명스러워지는 가정부의 신경을 거스르지 않도록 주의했다. 그렇게 된다면 순전히 존경심을 자아낼 만큼 점잖게 행동하지 못한 그녀 탓일 테니까.

하지만, 이미 말한 대로, 작고 튼실한 그녀와 키 크고 마른 그가, 그래도 무척 건강하니 참으로 다행이지, 서로 팔짱을 낄 것이고, 그녀의 머리카락은 갈색이었다. 그녀의 갈색 머리카락은, 가정주부는 그래야 할 것 같다고 그녀가 막연하게 느끼는 바로 그대로였다. 검은색이나 금발머리는 너무 과했고, 늘 적당해지고 싶었던 그녀는 한 번도 그런 머리 색을 열망하지 않았다. 눈 색깔을 예로 들어 만약 그녀가 초록색 눈을 가졌다면, 그것은 남편에게 뭔가를 숨기고 있다는 인상을 자아냈으리라. 카를로타가 딱히 어떤 빌미를 주는 건 아니지만, 그녀 라우라는—그럴 만한 기회가 생긴다면 그녀는 카를로타를 열성적으로 변호하겠지만 그런 기회는 한 번도 없었다—어쩔 수 없이 고백해야 하는데, 친구가 이상하고 좀 우스꽝스러운 방식으로, 그렇다고 요즘 흔하게 듣는 소위 '평등한' 관계처럼 군다는 말은 아니고, 설명하자면 복잡하지만 어쨌든, 좀 이상하게 자기 남편을 대한다고 말이다. 카를로타는 좀 독특했고, 그 얘기는 벌써 아르만두에게도 한 적이 있었다. 아르만두도 그녀에게 동의하긴 했지만, 그녀의 견해에 별다른 특별한 의미를 두지는 않았다. 하지만 이미 말했듯이, 칼라가 달린 이 갈색 드레스는…… 나른한 몽환이 서랍을 정돈할 때의 쾌감처럼 그녀를 가득 채웠다. 그녀는 때때로 오직 서랍을 새로 정돈하는 기쁨을 얻기 위해서 일부러 서랍을 어지럽히곤 했다.

그녀는 눈을 떴다. 마치 그녀가 아니라 거실이 잠시 잠들어 있었던 것처럼, 솔질이 된 소파며, 지난번 세탁으로 줄어들어 다리가 우스꽝스럽게 비죽 나와 보이는 짧아진 바지 몰골이 된 커튼이, 모두 새롭게 생기를 얻은 듯 보였다. 아, 모든 것이 정돈되고 먼지 한 톨 없이 깨끗하니 얼마나 좋은가. 그녀의 능숙한 손 덕분에 모든 것이 청결하고, 조용하고, 대기실처럼 꽃병에는 꽃까지 꽂혀 있었다. 그녀는 늘 대기실을 아름답다고 생각했다. 대기실은 엄숙한 분위기를 자아냈고, 비인격적이었다. 평범한 삶이란 얼마나 풍요로운지. 과잉의 영역에서 막 되돌아온 그녀에게는 더더욱. 심지어는 꽃이 꽂힌 꽃병까지. 그녀는 꽃을 바라보았다.

"정말 아름다워." 다소 어린아이 같은 그녀의 심장이 갑자기 이렇게 탄성을 질렀다. 꽃은 그녀가 아침에 시장에서 산 작은 들장미 몇 송이였다. 꽃장수의 말에 넘어가기도 했고, 그녀 스스로도 대담하게 용기를 냈다. 그녀는 바로 그날 아침, 10시의 신성한 우유 한 잔을 마시면서, 그 꽃을 꽃병에 꽂았다.

거실의 빛 속에 잠긴 장미는, 더없이 완벽하고 고요한 아름다움의 광채를 내뿜었다.

이토록 아름다운 장미는 단 한 번도 본 적이 없어. 그녀는 놀라워하며 생각했다. 그리고 방금 바로 그런 생각을 하지 않은 것처럼, 방금 바로 그런 생각을 했다고 희미하게 자각하면서, 자신이 지루한 인간이라는 불편한 인식을 허둥지둥 얼버무리고, 새로운 단계의 놀라움으로 도약하며 생각했다. '정말이야, 이토록 아름다운 장미는 단 한 번도 본 적이 없어.' 그녀는 집중해서 장미를 관찰했다. 그러나 그녀의 집중력은 순전히 집중력으로는 오래 지속되지 못하고 곧 온화한 쾌락으로 변질했으므로, 그녀는 장미를 계속 분석할 수 없었고, 따라서 복종의 놀라움을 똑같은 탄성으로 표현하며 스스로 멈출 수밖에 없었다. 정말 아름다워!

하나의 줄기에 여러 송이가 피어난, 완벽한 장미였다. 어떤 지점에서 장미는 날렵한 욕망에 사로잡혀 서로서로를 타 넘고 기어올랐지만, 그런 장난이 끝나자 전혀 움직임 없는 고요한 상태로 안착했다. 작지만 완벽하게 자란 장미는 아직 완전히 활짝 핀 것은 아니었고, 연분홍빛 색조는 거의 흰빛에 가까웠다. 심지어 조화처럼 보이네! 그녀는 크게 놀라며 생각했다. 완전히 활짝 핀다면 아마도 진짜 흰색이 되겠지만, 그래도 한가운데 이파리는 아직 봉오리 모양으로 동그랗게 말려 있어 색채가 진하게 뭉쳐 보였고, 그래서 꽃의 중심부는 마치 귓불처럼, 불그스름한 기운이 회전하고 있다는 인상을 주었다. 정말 아름다워! 라우라는 놀라워하며 생각했다.

하지만 이유는 알 수 없는 채로, 그녀는 살짝 당황스러웠고, 불안했다. 오, 심각한 건 아니고, 단지 궁극의 아름다움이 그녀를 불편하게 만든 것이다.

그녀는 부엌 타일을 디디는 가정부의 발소리를 들었고, 높게

울리는 소리로 인해 가정부가 하이힐을 신었음을 알아차렸다. 그
것은 곧, 가정부가 외출 준비를 마쳤다는 의미였다. 그러자 라우
라는, 참으로 기이하다고 할 수 있는 어떤 생각이 떠올랐다. 마리
아에게 카를로타의 집에 들러 장미를 선물로 전달하라고 부탁하
면 어떨까?

궁극의 아름다움에 불편해졌기 때문이기도 하다. 불편함이라
고? 아름다움은 위험했다. 아니다, 왜 위험하다는 건가? 단지 불
편할 뿐이다, 아름다움은 경고였다. 아니다, 왜 경고라는 건가?
마리아는 카를로타에게 장미를 전달하리라.

"도나 라우라가 이걸 보냈어요." 하고 마리아는 말할 것이다.

그녀는 생각에 잠겨 미소 지었다. 카를로타는 이상하다고 여기
겠지, 장미를 선물하려면 라우라가 직접 들고 올 수도 있는데, 저
녁식사 전에 굳이 가정부를 시켜서 갖다 주게 하다니. 어쨌든 카
를로타는 장미를 선물받으면 재미있어 하겠지만, 또 '세련됐다'
고도 생각할 거야…….

"라우라, 우리 사이에 이럴 필요가 어디 있어!" 친구는 그녀 특
유의 투박하고 직설적인 어조로 말할 것이고, 라우라는 황홀함을
억누르며 소리 죽인 비명으로 대답할 것이다.

"오, 아니야! 아니야! 네가 저녁식사에 초대해주었다고 보답으
로 보낸 건 아니야! 단지 장미가 너무도 아름다워서, 그냥 충동적
으로 너에게 선물하고 싶었을 뿐이야!"

만약 실제로 그런 상황이 벌어지고, 그녀가 실제로 그럴 만한
용기와 방법을 찾는다면, 그렇다면 그녀는 실제로 그렇게 말할

것이다. 다시 한 번, 뭐라고 말한다고? 잊어버리면 안 돼, 그녀는 말할 것이다, "오 아니야!" 뭐 이런 식으로…… . 카를로타는 라우라의 섬세한 감정에 놀랄 테고, 그 누구도 라우라에게 그런 아기자기한 발상이 떠오를 수 있다는 것을 예상하지 못했으리라. 입가에 흐뭇한 미소를 띤 그녀는 기분 좋은 상상의 장면 속에서 스스로를 마치 제3자처럼 '라우라'라고 칭했다. 제3자, 부드러우면서 바삭거리고 감사하고도 고요한 믿음으로 가득 찬, 라우라, 진짜 레이스 칼라가 달린 얌전한 드레스 차림, 아르만두의 아내, 마침내 가정부와 고기에 대한 그녀의 모든 이야기를 들어주려고 더 이상 억지로 애쓸 필요가 없어진 아르만두, 행복한 남편처럼, 발레리나와 결혼하지 않은 남편처럼, 더 이상 아내에 대해서 생각할 필요가 없는 아르만두라는 남자의 아내.

"장미를 카를로타에게 보내지 않고는 견딜 수가 없어." 라우라는 이렇게 말하리라, 제3자는 정말 정말로…… . 장미를 선물하는 일은 거의 장미 자체만큼이나 아름다웠다.

그렇게 하면 그녀는 장미를 없앨 수 있다.

그러면 무슨 일이 일어날까? 아, 그렇지. 이미 말했듯이, 카를로타는 지적이지도 않고 특별히 착하지도 않은 라우라의 비밀스러운 감정에 대해 놀랄 것이다. 그러면 아르만두는? 아르만두는 건강한 분량의 놀라움이 섞인 시선으로 그녀를 볼 것이다. ─ 단 한 가지 절대 잊지 말아야 할 것은, 그는 가정부가 그날 오후에 장미를 갖다 준 사실을 절대 알 길이 없는 것이다! ─ 아르만두는 귀여운 아내의 즉흥적 아이디어가 사랑스러워질 것이고, 그날 밤 그들은 동침하리라.

아니야, 그녀는 불현듯 어떤 불길한 예감을 느꼈다. 타인들이 놀라서 빤히 쳐다보는 것을 주의해야 한다. 두 번 다시는 타인들이 놀랄 만한 빌미를 주어서는 안 된다. 특히나 만사가 새롭게 시작되는 시점에서는. 무엇보다도 두 번 다시 타인들에게 아주 약간이라도 의심의 고통을 주어서는 안 된다. 두 번 다시 그녀가 타인들의 주의를 끄는 일이 일어나서도 안 된다. 모든 사람이 입을 다물고 그녀를 빤히 쳐다보는 일, 그들의 시선 앞에 무방비로 놓이는 상황이 다시 벌어져서는 절대로 안 된다. 즉흥적인 행동은 두 번 다시는 안 된다.

하지만 동시에 손에 들린 빈 잔을 보면서 생각했다. '그가' 말하지 않았던가, 뭔가를 억지로 하려고 하지 말라고, 어떤 특정 방식으로 행동하는 걸 걱정하지 말라고, 단지 뭔가를 증명하기 위해서, 예를 들자면 난 이미…….

"마리아." 가정부의 발소리가 다시 들리자 그녀는 가정부를 불렀다. 가정부가 들어오자, 도전적으로 성급하게 지시했다. "도나 카를로타 집으로 가서 이 장미를 전해주겠어요? 이렇게 말하면 돼요. 도나 카를로타, 도나 라우라가 당신에게 보내는 겁니다, 하고. 이렇게 말해요, 알았죠, 도나 카를로타…….

"네 알아요, 알아들었어요." 가정부는 참을성 있게 대답했다.

라우라는 엷은 종이를 한 장 찾아왔다. 장미를 조심스럽게 병에서 꺼냈다. 섬세하며 치명적인 가시를 지닌, 너무도 아름답고 고요한 장미. 그녀는 꽃다발에 예술적인 느낌을 불어넣고 싶었다. 그리고 동시에, 장미를 없애버리고 싶었다. 그런 다음 그녀는 외출복을 입고, 그녀의 하루를 계속해서 살 수 있으리라. 물기가 있는 장미를 한 다발로 만든 후, 장미를 든 손을, 자신의 몸에서 멀리 앞으로 뻗어, 거리를 두고 그것을 관찰하면서, 최대한 객관적이고 엄격하게 평가하기 위해, 머리를 옆으로 기울이고 눈을 가느스름하게 떴다.

그녀가 장미를 응시하자, 장미가 보였다.

그리고 다음에, 고집스럽고 온화하게, 그녀는 마음을 가만히 달랬다. 장미를 주어버리면 안 돼, 이렇게 아름다운데.

1초 뒤, 여전히 한없이 온화하게, 그 생각은 살짝 집요하면서 거의 유혹적으로 자라났다. 장미를 주어버리면 안 돼, 장미는 네 것이야. 라우라는 스스로 깜짝 놀랐다. 어떤 사물도 그녀의 것이었던 적은 없었다.

하지만 장미는 그녀의 것이었다. 분홍빛의, 작고, 완벽한 사물. 그녀의 것이었다. 그녀는 믿기지 않는 눈빛으로 장미를 보았다. 장미는 아름다웠고, 장미는 그녀의 것이었다. 만약 생각을 더 계속할 수 있다면, 그녀는 이렇게 생각했을 것이다. 지금까지의 그 무엇과도 다르게, 장미는 그녀의 것이다.

이제 그녀는 장미를 가질 수 있었다. 처음에 장미를 계속 쳐다볼 수 없게 만들었던 그 불편한 기분은 어느새 사라져버렸기 때문이다.

그런데 왜 장미를 선물한단 말인가? 아름다운 사물은 누군가에게 줘버려야 하는가? 더구나 그녀가 우연히 발견한 멋진 사물을, 그냥 갖고 가서 줘버려야 하는가? 더구나 그녀의 것인데. 반복해서 말을 하면 할수록 점점 더 설득력이 생기면서 명확해진다는 단 한 가지 이유 말고 다른 이유는 하나도 없는 채로, 그녀는 스스로를 어떻게든 설득해보려고 했다. 장미는 오래가지 못한다―그런데 왜 그것이 살아 있는 동안에 선물해야 하는가? 장미를 가지는 쾌락은 엄청난 위험을 불러오지는 않는다. ― 이렇게 그녀는 스스로를 기만했다―왜냐하면 그녀가 원하든 원하지 않든, 어쨌든 조만간 장미를 포기할 수밖에 없고, 두 번 다시는 장미를 생각하지 않을 것이기에. 장미는 죽기 때문이다. 장미는 오래가지 못한다. 그런데도 반드시 줘버려야 하는가? 장미가 오래가지 않는다는 사실은 그녀가 장미를 갖는 죄책감을―죄를 범한 여자의 모호한 논리에 따르면―없애줄 것 같았다. 어쨌든 장미가 오래가지 않는 것을 누구나 다 보게 될 것이므로(그러므로 쾌락은 아주 짧고 위험도 없으리라). 더구나―그녀는 최종적으로 승리감에 차서 죄를 부인하는 결론에 이르렀다―그녀는 결코 장미를 먼저 원한 당사자가 아니었으며, 상인이 집요하게 권하는 말에 넘어간 것이고, 누군가 달라붙어서 귀찮게 하면 그녀는 꼼짝없이 허둥거리게 되니까. 그녀는 결코 장미를 사고 싶어 하지 않았다. 그녀는 아무런 죄가 없었다. 그녀는 황홀하게 장미를 바라보았다. 생각에 잠긴 채, 깊이.

정말이야, 평생 단 한 번도 이처럼 완벽한 존재는 본 일이 없어.

좋아, 하지만 그녀는 이미 마리아에게 이야기를 해버렸고, 그걸 돌이킬 수는 없었다. 너무 늦은 것일까? 무심하게 그녀의 손에서 기다리고 있는 꽃송이를 본 순간 그녀는 소스라치게 놀랐다. 그녀가 원한다면, 너무 늦은 건 아니었다……. 마리아에게 한마디만 하면 그만이었다. "마리아, 생각이 바뀌었어요. 저녁식사를 하러 갈 때 내가 직접 들고 가는 편이 낫겠네요." 그리고 당연히, 실제로는 갖고 가지 않으면 되는 것이다……. 마리아는 사정을 알 필요도 없었다. 그녀는 옷을 갈아입기 전에, 잠깐 동안, 아주 잠깐 동안만, 장미를 바라보기 위해 소파에 앉을 것이다. 장미의 고요한 고립을 바라보기 위해. 그래, 일단 그렇게 결정을 내렸으니, 그 기회를 충분히 활용하는 편이 낫겠고, 보상을 즐기지도 못한 채 책임만 뒤집어쓰는 어리석음은 범하지 않으리라. 그렇다, 그녀는 그렇게 할 것이다.

하지만 그녀는, 꺼내 든 장미를 손에 쥔 채 기다리고 있었다. 장미를 다시 병에 꽂지 않았고, 마리아를 부르지도 않았다. 이유는 자신도 몰랐다. 장미를 선물해버려야 하기에. 아 그래, 그녀는 이유를 알았다.

그리고 또한, 뭔가 아름다운 사물이 거기 있는 것은, 주거나 받기 위함이지, 단지 소유하기 위해서는 아니었다. 특히나 단지 '존재하기' 위해서는 절대로 아니었다. 무엇보다도 그런 것이라면 아름다운 사물이 될 수도 없었다. 아름다운 사물은 주는 행위를 요구하기 때문이다. 아름다운 사물은, 심장의 완벽한 고요 속에 보관하듯이, 그렇게 갖고 있을 수 없었다. (그렇지만, 만약 장미를 선물하지 않으면, 그 누구도 그녀가 장미를 선물하려 했다는 사실을 모를 것이다. 누가 알 수 있겠는가? 장미를 갖는 것은 소름 끼치도록 쉬우면서 가능했다. 누가 알 수 있겠는가? 그러면 장미는 그녀의 것이 되고, 그러면 그것으로 그 일은 종결되고, 그 누구도 두 번 다시는 그 일을 입에 올리지 않으리라⋯⋯.)

그래서? 그래서? 희미한 불안을 느끼며 그녀는 자신에게 물었다.

그래서, 아니야. 그녀가 할 일은, 장미를 종이로 싸고, 더 이상 즐기지 않고, 보내버리기. 장미를 종이로 싸서, 실망한 채 보내버리기, 경악 속에서 장미를 없애기. 어쨌든 사람은 일관성이 있어야 하므로, 생각은 맥락을 유지해야 하므로. 장미를 카를로타에게 넘겨주겠다고 즉흥적으로 결정했으면, 그 결정을 지켜서 장미를 주어야만 했다. 순간순간마다 매번 마음을 바꿀 수는 없기 때문이다.

하지만 누구나 후회는 할 수 있어! 그녀는 갑자기 이렇게 반발했다. 장미를 손에 들고 나서야 비로소 장미가 정말로 아름답다는 생각을 했으니까, 장미를 내 손으로 잡은 다음에야 비로소 장미가 아름답다는 것을 진심으로 느꼈으니까. 아니면 그 직전이었나? (게다가 장미는 그녀의 것이기도 하고.) 게다가 의사는 그녀의 등을 한 번 두드리면서 말하지 않았던가. "억지로 건강한 척하지 말아요. 당신은 진짜로 건강하니까요." 그런 다음 그녀의 등을 분명하게 두드렸다. 그러니까 그녀는 일관성이 있어야 할 의무는 없고, 뭔가를 증명해 보일 필요도 없으며, 그녀는 장미를 가질 것이다. (게다가 장미는—장미는 그녀의 것이기도 하고.)

"준비 끝났나요?" 마리아가 물었다.

"네." 라우라는 순간 놀라며 대답했다.

그녀는 손에 들고 있는, 말없는 장미를 바라보았다. 궁극의 아름다움을 갖춘 비인격성. 궁극의 완벽함을 갖춘 장미의 고요. 최후의 의존처인 꽃. 최후의 완성, 찬란한 고요.

사로잡히고 중독되어, 희미한 탐욕을 담은 눈빛으로, 그녀는 미칠 듯이 애태우는 장미의 완벽함을 응시했다. 입안이 바싹 마를 정도로, 그녀는 장미를 응시했다.

그러다 마침내, 느리고, 근엄한 동작으로, 줄기와 가시를 엷은 포장지로 싸기 시작할 때까지. 그녀는 너무도 몰입해 있어서, 포장을 마친 꽃다발을 들고 손을 앞으로 쭉 뻗은 다음에야, 마리아가 방에 없다는 것을 깨달았다. — 용맹스러운 희생과 함께 그녀는 혼자 남겨졌다. 번뇌에 시달리면서 그녀는 장미를 보았다. 뻗은 그녀의 팔 끝만큼 멀리 있는 장미를. — 그녀의 입은 더욱 타들어갔다. 그 질투, 그 욕망. 그러나 장미는 내 것이야, 무한히 움츠러든 채로, 그녀는 말했다.

마리아가 다시 들어와 그녀의 손에서 꽃다발을 받아 들 때, 극히 짧은 순간 탐욕이 거세게 불타오르며, 라우라는 장미를 1초라도 더 오래 간직하기 위해 손을 움츠렸다. — 장미는 아름다워, 장미는 내 것이야, 장미는 아름다우면서 내게 속한 최초의 것이야! 게다가 장미를 사라고 내게 강요한 건 그 남자였지, 내가 먼저 사려고 한 건 아니었어! 운명이 그렇게 만든 거야! 제발, 이번 한 번만! 이번 한 번만 허락된다면, 두 번 다시는 그러지 않겠다고 맹세할 수 있는데! (그녀는 장미꽃 한 송이만 떼어서 가져도 좋았다.

더 이상도 바라지 않았다. 단지 장미 한 송이만이라도. 그녀 혼자만 알고 아무도 모르게, 그러고 나면 절대로 두 번 다시 이런 일은 없으리라, 오, 그녀는 간절하게 맹세했다, 두 번 다시는 완벽함에 홀리지 않겠다고, 절대로 그러지 않겠다고!)

눈 깜짝하는 순간, 그 어떤 절차도 없이, 그 어떤 장애물도 없이—이미 장미는 가정부의 손 안에 있었다. 더 이상 그녀의 것이 아니었다. 이미 우체통에 넣어버린 편지처럼! 이제 돌려받을 방도는 없고, 취소할 기회도 놓쳤다! 비명을 질러도 아무런 소용이 없다. 내가 생각한 건 이게 아니었어! 그녀는 빈 손으로 남겨졌다. 하지만 고집스럽게 분통을 터뜨리는 그녀의 심장은 여전히 말하고 있었다. "지금이라도 계단에서 마리아를 따라잡을 수 있어. 충분히 가능하다는 걸 너도 잘 알잖아. 마리아의 손에서 장미를 빼앗는 거야. 장미를 훔치는 거야." 왜냐하면 이제 와서 장미를 도로 가져온다면 훔치는 걸 테니까. 훔치다니, 원래 그녀의 것인 사물을? 타인에게 어떤 연민도 느끼지 못하는 사람이라면 그렇게 하겠지. 당연히 자신의 것인 사물이라면 훔쳐버리겠지! 오 신이여, 자비를 베푸소서. 당신은 뭐든지 돌려받을 수 있겠죠. 그녀는 좀처럼 분노를 억누르지 못했다. 그때 아래층 입구의 문이 닫혔다.

그때 아래층 입구의 문이 닫혔다.

그녀는 가만히 소파에 앉아 있었다. 등을 기대지 않고. 단지 가만히 쉬는 자세로. 아니다, 그녀는 화가 나지 않았다. 전혀 아니었다. 하지만 그녀 눈 속 깊숙한 상처 자국은 더욱 커지고 더욱 수심에 젖었다. 그녀는 꽃병을 바라보았다. 내 장미는 어디로 갔는가? 평화롭고 고요하게 그녀는 생각했다.

장미가 그리웠다. 장미는 그녀 안에 환한 빈자리를 남기고 떠났다. 깨끗한 탁자 위에서 어떤 물건을 치워버리면, 그 뒤에 남은 더 깨끗한 자리 주변으로 먼지가 동그랗게 둘러싼 것을 보게 된다. 장미는 그녀 안에 먼지도 없고 잠도 없는 빈자리를 남기고 떠났다. 그녀의 심장에는, 이 세상의 그 누구에게도 피해를 주는 일 없이, 오롯이 그녀 자신의 소유로 간직할 수도 있었던 장미의 빈자리가 남았다. 더욱 커다란 결핍이 되어.

정말로, 더욱 커다란 결핍이 되어. 부재는 그녀 안으로 들어와 환한 자국이 되어 점점 드넓게 퍼져나갔다. 장미가 있던 자리 주변에서도, 먼지가 점차 사라져갔다. 그녀의 피로 한가운데서, 하나의 원형이 점점 확장되며 둥그렇게 열리고 있었다. 그녀가 아르만두의 셔츠를 한 장도 다리지 않은 것처럼. 텅 빈 원형의 한가운데, 장미는 부재했다. "내 장미는 어디 있을까?" 스커트의 주름을 편평하게 펴면서, 그녀는 고통 없이 통곡했다.

레몬즙을 방울방울 짜 넣은 검은 홍차 한가운데서 밝은 색이 점차 퍼져나가듯이. 그녀의 피로가 점차 밝아지고 있었다. 그러다가 마침내, 단 한 점의 피로도 남지 않았다. 반딧불이가 빛을 밝힌 듯이. 더 이상 피로하지 않았으므로 그녀는 일어나서 옷을 갈아입으려 했다. 이제 지체할 시간이 없었다.

하지만, 바싹 마른 입술로, 아주 잠시 동안, 그녀는 내면으로 장미를 본받아 보려고 했다. 조금도 어렵지 않았다.

피로하지 않아서 참 다행이었다. 이러면 더욱 생기 있는 모습으로 저녁식사에 갈 수 있으리라. 드레스의 진짜 레이스 칼라에 카메오 브로치를 달면 어떨까? 소령님이 이탈리아 전쟁에서 갖다준 카메오 브로치 말이다. 그걸 달면 드레스 목선이 더욱 돋보일 것이다. 그녀가 외출 준비를 마칠 즈음, 아르만두가 현관문을 여는 열쇠 소리가 들릴 것이다. 옷을 갈아입어야만 했다. 하지만 아직은 좀 일렀다. 교통 체증이 심하니 그는 아마도 좀 늦게 도착할지도 모른다. 아직은 오후가 아닌가. 너무도 아름다운 오후.

그러나, 이제 더 이상 오후가 아니었다.

저녁이었다. 최초의 어둠과 최초의 조명이 내뿜는 소음이 거리에서 집 안으로 밀려들어왔다.

그리고 열쇠구멍에서 열쇠가 돌아가는 익숙한 소리가 들렸다.

아르만두가 문을 열 것이다. 그는 전등 스위치를 켤 것이다. 그리고 갑자기 문 저편에서, 그가 항상 억눌러보려고 헛되이 애쓰지만 한 번도 숨기지 못한, 기대에 찬 얼굴이 나타날 것이다. 그가 숨을 가다듬은 후에야, 그 얼굴은 안도의 미소로 바뀔 것이다. 절대로 눈치 채지 못할 거라고 그가 철석같이 믿고 있는, 그 어색한 안도의 미소. 아마도 다들 그녀의 남편 어깨를 우애롭게 두드리며, 너무 노골적으로 드러내지는 말라고 충고했을 법한, 그런 안도. 하지만 죄책감에 시달리는 아내에게는, 마침내 남편에게 기쁨과 평안의 가능성을 되돌려준 대가로 얻은 매일매일의 보상이며, 인간에게 오직 소박한 기쁨만을 허락할 뿐 그리스도를 본받는 일은 허락하지 않은 근엄한 사제의 손에 의해 축성祝聖된 그 안도.

열쇠가 돌아갔다. 어두운 윤곽이 황급히 안으로 들어섰고, 급작스런 빛의 폭포가 실내에 범람했다.

그는 여전히 출입구에 선 채, 숨을 헐떡이며, 난데없이 마비된 듯 꼼짝도 하지 않았다. 늦지 않으려고 수 킬로미터를 달려온 사람 같았다. 그녀는 미소 지으려고 했다. 마침내 그의 얼굴에서, 늘 집에 제시간에 도착했다는, 집에서 재미없이, 얌전하면서도, 부지런하게 있는 그녀를, 아내를 발견했다는 유치한 승리감과 뒤섞여 표출되는 겁먹은 긴장감이 사라질 수 있도록. 그녀는 미소 지으려고 했다. 아무런 위험이 없다는 것을, 집에 늦게 돌아올까 봐 두 번 다시는 걱정할 필요가 없다는 것을 그가 다시 한번 깨달을 수 있도록. 그녀는 미소 지으려고 했다. 그녀를 신뢰해도 된다고, 그에게 다정하게 일깨우기 위해. 그들 두 사람 모두는 절대로 그 일을 입에 올리지 말라는 조언을 들었지만, 그건 어차피 불필요한 조언이었다. 그들은 그 일에 대해서 한마디도 하지 않았다. 하지만 서로의 얼굴에서 드러나는 불안과 기대의 언어에, 말없는 상태로 질문과 답변이 오가는 언어에 익숙해졌다. 그녀는 미소 지으려고 했다. 잠시 망설였지만, 그녀는 미소를 지었다.

조용하고 부드럽게 그녀가 말했다.

"그게 다시 왔어, 아르만두, 다시."

살면서 단 한 번도 이해라는 걸 해본 적이 없다는 듯이, 그는 얼굴을 비틀어 미심쩍은 미소를 만들어냈다. 이 순간 그의 주된 임무는, 계단을 질풍처럼 뛰어 올라온 덕분에 자신이 늦지 않았음을, 그녀가 집에 있으며 그를 향해 미소 짓는다는 사실을 의기양양하게 확인하고, 헐떡이는 호흡을 진정시키는 일이었다. 단 한 번도 이해라는 걸 해본 적이 없다는 듯이.

"뭐가 다시 와?" 마침내 그는 억양 없는 목소리로 물었다.

그러나, 그가 절대로 이해하지 않으려고 애쓰는 사이에도, 점점 더 긴장이 고조되는 그의 얼굴은, 표정선 하나도 변화가 없이, 이미 모든 걸 이해하고 있었다. 그의 주된 임무는 시간을 벌고, 호흡을 진정시키는 일이었다. 갑자기, 그것이 조금도 어렵지 않았다. 불현듯, 기대와는 다르게, 이 방과 아내 둘 다 너무도 고요하며 전혀 서둘지 않는다는 것을 알아차렸기 때문이다. 하지만 불합리한 농담을 듣고 커다란 웃음을 터트리는 사람처럼, 그는 더욱 미심쩍게, 비틀린 표정을 고집하면서, 경계를 늦추지 않고 거의 적대적으로, 그녀를 빤히 관찰하고 있었다. 그리하여 불가피하게, 그녀가 앉아 있는 것을, 양손을 무릎 위에 모으고, 불을 밝힌 반딧불이처럼 고요하고 환하게 앉아 있는 것을 보지 않을 수 없었다.

말끄러미 응시하는 그녀의 결백한 갈색 눈동자는, 자신이 저항하지 못했음을 자랑스럽고도 난처하게 누설했다.

"다시 뭐가 와?" 그의 말투가 갑자기 거칠어졌다.

"나도 어쩔 수 없었어." 이렇게 말하는 그녀의 목소리에는, 남편에 대한 최후의 연민이, 용서해달라는 최후의 애원이, 이미 거의 완벽한 상태에 이른 오만한 고독과 함께 섞여 있었다. "나도 어쩔 수 없었어." 똑같은 말을 되풀이하며, 그녀는 남편이 돌아올 때까지 간직하기 위해 필사적으로 투쟁했던 연민을 안심하고 마음껏 전달했다. "장미 때문이었어." 그녀는 얌전하게 설명했다.

그 순간 남편은, 영혼이 아니라 얼굴만을 포착하기를 원한 사진사가 셔터를 누른 듯, 멍하게 텅 빈 표정으로 굳어졌다. 그는 입을 벌렸고, 순간 무의식적으로, 사장에게 월급을 올려달라고 부탁할 때마다 굴욕을 숨기기 위해서 꾸며내는 바로 그 우스꽝스러운 태연함이 얼굴에 나타났다. 그리고 곧이어, 환하게 피어난 채 눈앞에 앉아 있는 아내가 끔찍하게 외설스러워, 그는 수치심에 시선을 돌려버렸다.

하지만 긴장은 순식간에 사그라들었다. 그의 어깨가 아래로 축 처졌고, 얼굴 표정이 느슨해졌다. 무거운 중량이 그를 누그러뜨렸다. 그는 그녀를 보았다. 더 늙고, 호기심에 차서.

그녀는 집 안에서 입는 옷차림 그대로 앞에 앉아 있었다. 환하게 빛나지 않기 위해, 닿을 수 없는 머나먼 존재가 되지 않기 위해, 그녀는 자신이 할 수 있는 일은 뭐든지 다했고, 그는 그 사실을 알았다. 수줍고 경건하게, 그는 그녀를 바라보았다. 더 늙고, 피곤에 지치고, 호기심에 차서. 하지만 그는 한마디도 할 수 없었다. 열린 출입문에 선 채로, 그는 아내가 소파에 앉아 있는 것을 보았다. 등을 기대지 않고, 다시금 생기를 되찾은 모습으로, 고요하게, 마치 기차에 앉아 있는 사람처럼. 이미 떠나버린 기차에.

진화하는 근시

Evolução de uma miopia

자신이 똑똑한 편인지 아닌지, 그는 알지 못했다. 똑똑한가 그렇지 않은가는 타인들이 보여주는 불안정한 변화에 달려 있었다. 때때로 그가 말을 하면, 어른들의 얼굴에서 뭔가 알겠다는 듯한 흡족한 표정이 갑작스럽게 화르륵 피어나곤 했다. 흡족함이란, 그가 똑똑한 건 알겠지만 그걸 굳이 말해서 쓸데없이 기를 살려주지 않겠다는 것이고, 뭔가 안다는 표정은, 자기들은 그가 말한 것보다 더 많이 알고 있다는 의미였다. 그래서 그는, 똑똑하다는 칭찬을 들을 때마다 그 속에 자신이 모르는 뭔가가 있을 것 같은 불안한 느낌에 휩싸이곤 했다. 무엇인가가 그로부터 빠져나갔다. 그 자신의 지성으로 들어가는 열쇠마저도 빠져나갔다. 왜냐하면 종종, 자기 자신을 흉내 내보려고, 그는 매번 장기판 위에 재빠른 움직임을 일으키는 말을 하게 되고, 그러면 그의 가족들이 자동적인 메커니즘으로 반응한다는 인상을 받았기 때문이다. 그의 입에서 뭔가 재치 있는 말이 나오면, 어른들은 전부 황급히 다른 사람을 쳐다보았고, 입술 근육을 억지로 누른 나머지 오직 눈빛으로만 짐작할 수 있는 미소를 띠면서, "만약 우리가 이 대목에서 미소를 짓는다면 훌륭한 양육자가 아니겠지"라는 표정이 되었다. ― 그렇게 서부영화의 스퀘어 댄스에서 각자가 자신의 위치와 파트너를 착착 바꾸어가듯이. 말하자면, 가족들은 모두 서로를 이해했는데, 그를 제물로 삼아 서로를 이해한 것이다. 그를 제물로 삼아 서로를 이해할 때를 제외한다면 가족들은 끊임없이 서로를 오해하며 살았지만, 그 오해 역시 새로운 형태의 스퀘어 댄스였다. 가족들은 서로를 오해할 때조차도, 서로 오해하기로 규정된 게임의 규칙에 따라서 오해를 하고 있는 것 같았다.

그래서 그는 간혹, 장기판 위에 활발한 움직임을 가져오는 데 가장 성공적이었던 말들을 재차 꺼내려고 시도해보곤 했다. 그 이유는 예전의 성공을 다시 누리려는 의도는 아니고 가족들 간에 침묵의 움직임을 불러일으키자는 생각도 아니었다. 그것은 자신의 '지성'으로 진입하는 열쇠를 장악하고 싶다는 마음 때문이었다. 하지만 법칙과 원인을 찾아내려는 시도는 실패하고 말았다. 가장 성공적이었던 말을 다시 꺼내면, 가족들은 이번에는 건성으로 반응했다. 점점 근시가 심해져가는 눈에 호기심을 담고 그는 자문했다. 왜 똑같은 말이 어떨 때는 가족들을 감동시키는 데 성공하고 어떨 때는 그러지 못하는가. 그의 영리함은 남들의 자제심이 얼마나 부족한지에 따라서 판명나는 것일까?

나중에, 타인들의 불안정을 그 자신의 불안정으로 대치한 다음, 그는 의식적인 불안정의 상태로 진입하게 되었다. 자란 후로는 자신만의 생각에 잠겨 있으면서 갑자기 눈을 찡긋거리고 동시에 코에 주름을 잡아서 안경을 밀어 올리는 습관을 유지했다. ─ 이런 표정을 지음으로써, 즉 자신의 당혹감을 더욱 심화시키는 방식으로 타인들의 평가를 자신의 평가로 교체하려는 시도를 표현했다. 하지만 그는 정역학靜力學 재주를 지닌 어린아이에 불과했다. 당혹감을 당혹감으로 유지하는 능력을 갖추었지만 그것을 다른 종류의 감정으로 변화시킬 줄은 몰랐다.

그는 어린 시절부터 자기 자신으로 가는 열쇠를 갖지 못했다는 자각에 익숙해졌고, 코를 움찔거려 안경을 밀어 올리면서 눈을 찡긋거렸다. 다른 사람이 그 열쇠를 갖고 있는 것도 아니라는 사실을 서서히 깨달았지만 조금도 실망하지는 않았다. 서서히 진행되는 근시는 매년 더욱 강력한 렌즈가 필요하게 했다.

좀 이상하게 들릴 수도 있다. 바로 지속적인 불확실한 상태 때문에, 그리고 다른 사람이 그 열쇠를 갖고 있는 것도 아니라는 사실을 일찌감치 받아들였기 때문에, 라니. 이런 일들 덕분에 그는 평범하게 성장했고 자족적인 호기심 속에서 살 수 있었던 것이다. 인내심 강하고 호기심 강하게. 약간 신경질적이야, 라는 말을 듣기도 했는데, 그건 안경을 움직거리는 그의 틱 장애를 의미했다. 하지만 '신경질적'이란 가족들 자신의 불안정한 평가를 자기들이 스스로 반영하는 것이기도 했다. 어른들의 불안정함이 그에게 수여한 또 다른 이름으로는 '얌전한' '말 잘 듣는'이 있었다. 이렇듯 그는 원래 모습과는 무관하게, 그때그때 순간마다 변화하는 필요에 맞추어 이름이 주어졌다.

간혹 어쩌다가, 예외적으로 안경의 위치가 안정적일 때면, 그의 마음속에서 영감과도 같은 그 무엇이 환하게 빛나면서 꿈틀거렸다.

예를 들어, 일주일 후 그가 사촌누나의 집에서 하루 종일 지내게 될 거라는 말을 들었을 때.

결혼한 사촌누나는 아이가 없었고, 아이를 무척이나 귀여워했다. '하루 종일'이란 점심식사, 저녁기도, 저녁식사, 그리고 반쯤 졸면서 집으로 돌아오는 것까지를 모두 포함한다는 뜻이었다. 게다가 사촌누나는 대단한 애정의 소유자로, 거기에는 상상을 초월한 특권과 열망이 포함되었다. 즉 생각할 수 있는 그 어떤 요구라도 충족될 가능성이 있음을 의미했다. 그녀의 집에서 그의 모든 요소는 하루 종일 확고한 가치를 소유할 것이다. 그곳에서 사랑은, 단 하루뿐이므로 변함없이 안정된 상태를 유지하기가 더욱 쉬울 것이고, 그때그때 불안정하게 변하는 평가를 내릴 여지가 없을 것이다. 하루가 다 지나가도록 그는 늘 변함없이 똑같은 아이로 취급받을 것이다.

그 '하루 종일'에 앞선 한 주 내내, 그는 사촌누나 앞에서 자연스럽게 굴 것인지 아닌지를 결정해두려 했다. 만나서 첫 인사를 하는 그 순간부터 재치 넘치는 말을 해야 할지 미리 결정해두려 했다. 그러면 하루 종일 영리한 아이라고 평가받을 수 있었다. 아니면 도착하자마자 그녀가 '얌전하다'라고 생각할 만한 행동을 하는 편이 나을까? 그러면 하루 종일 얌전한 아이라고 평가받을 수 있었다. 자신의 존재를 선택할 수 있는 가능성 때문에 그는 처음으로 하루 종일 고민했고, 매 순간 안경을 제자리로 돌려놓아야만 했다.

사촌누나의 집을 방문하기로 한 전주 내내 선택 가능성의 반경은 점점 더 확장되었다. 혼돈을 감당해내는 남다른 능력—그는 혼돈에 대해서는 매우 침착하고 흔들림 없이 고요했다—으로 그는 마침내, 하루 종일, 예를 들면, 어릿광대 노릇을 하겠다고 자발적으로 결정할 수도 있음을 깨달았다. 혹은 자신이 마음먹기에 따라서는, 대망의 그날을 아주 슬픈 방식으로 보낼 수도 있었다. 어쨌든 참으로 다행스럽게도 아이 없는 사촌누나는 지극한 아히 사랑, 특히 아이들과의 부족한 실제 경험 덕분에, 그가 자신의 평가를 위해 미리 설정해서 내놓는 그 어떤 성격이라도 무조건 받아들일 것이 분명했다. 그에게 도움이 될 또 다른 한 가지는, 그가 그날 하루 어떤 존재가 되더라도 실제의 그 자신은 변화하지 않는다는 확신이었다. 이미 이른 나이부터—그는 조숙한 아이였다—타인들의 불안정과 자기 자신의 불안정을 능가할 줄 알았기 때문이다. 어떤 모종의 방식으로 그는 자신의 근시와 타인들의 근시 너머로 떠다녔다. 이것은 그에게 커다란 자유를 부여했다. 물론 종종 침착한 불신의 자유에 불과하기는 했지만. 엄청 두꺼운 안경을 쓴 성인 남자가 된 후에도, 그는 자기 스스로를 넘어서는 이런 종류의 우월함을 단 한 번도 가져보지 못했다.

사촌누나의 집을 방문하기로 한 전주 내내 그의 기대감은 조금도 사그라들지 않았다. 종종 불안 때문에 배 속이 조여드는 듯이 당기면서 아프기도 했다. 아이가 없는 그 집에서 그는 한 여인의 무차별적 사랑을 홀로 감당해내야 할 것이다. '무차별적 사랑'은 그에게 위협적인 불변성으로 느껴졌다. 그녀는 불변할 것이고, 오직 하나의 유일한 평가방식으로 안착할 것이 분명한데, 그것이 곧 불변이었다. 불변은 이미 그에게 위험을 의미했다. 만약 불변의 첫 단계에서 타인이 오류를 일으킨다면, 그 오류는 변화의 장점은 조금도 없이 오직 불변으로 머물 것이다. 그 말은 곧, 교정됨으로써 얻는 장점이 전혀 없다는 뜻이다.

이외에도 그를 미리 불안하게 만드는 것은, 사촌누나의 집에서 하루 종일 먹는 일과 사랑받는 일 말고 무엇을 할 것인가 하는 질문이었다. 물론 가끔은 화장실에 감으로써 시간이 빨리 흘러가도록 하는 방법도 있었다. 하지만 사랑받는 일의 실행에 있어서 그를 미리부터 당혹스럽게 만드는 걱정거리는, 낯선 사람이나 마찬가지인 사촌누나가 화장실로 향하는 그의 한 걸음 한 걸음을 한없이 사랑스러운 눈길로 끝까지 주시하리라는 예상이었다. 보편적으로 풀어 말하자면, 그가 생명을 유지하는 메커니즘 자체가 사랑스러움의 이유가 되는 것이다. 물론 화장실을 한 번도 가지 않는 방법도 있었다. 하지만 그것은 한편으로는 하루 종일 수행하기가 불가능할 뿐 아니라—그는 '화장실 가지 않는 아이'로 평가받고 싶지는 않았기에—딱히 기대할 만한 아무런 장점이 없었다. 아이를 갖고 싶다는 불변하는 소망 때문에 불변의 여인이 된 사촌누나는 그가 화장실에 가지 않는 것으로 인해 위대한 사랑이라는 잘못된 궤도로 떨어질 수 있었다.

'하루 종일'에 앞선 한 주 내내, 그는 마음을 결정하지 못해 괴로워할 필요가 없었다. 많은 이들이 내딛지 못하는 단계를 이미 해치웠기 때문이다. 그는 불확실함을 받아들였고, 현미경 렌즈로 들여다보듯 상세히 불확실함의 성분을 조사했다.

한 주 내내, 가볍게 경련을 일으키는 이런 영감들이 점차 빠르게 등장하면서, 그것들은 하나하나 더욱더 항구적인 수준으로 위상을 바꾸어나갔다. 그리하여 그는, 어떤 성분을 사촌누나에게 보여주어서 일시적으로나마 '그가 누구인지'에 대한 확신을 그녀가 그에게 거꾸로 보장해주도록 만들어야 할지 결정하는 문제를 일찌감치 포기해버렸다. 이 문제를 옆으로 미뤄둔 그는 이어서 다음 문제들을 미리 결정하는 일로 넘어갔다. 사촌누나의 집에서는 어떤 냄새가 날까? 그가 뛰어놀 정원은 얼마나 클까? 누나가 등을 돌리자마자 그가 열어볼 서랍 속에는 뭐가 들어 있을까? 마침내 그는 누나라는 개인의 영역에도 들어서게 되었다. 누나가 그에게 품고 있는 사랑을 어떻게 보아야 할까?

하지만 그는 한 가지 세부사항을 놓쳤다. 사촌누나는 금이빨이 하나 있었다. 그것도 왼쪽에.

바로 그것이—마침내 그가 사촌누나의 집에 들어섰을 때—, 공들여 세워놓은 전체 계획을 한순간에 무너지게 만든 원인이었다.

이후 그날의 나머지 시간은 오직 끔찍한 악몽이라고 불러야 하리라. 만약 소년이 세상을 끔찍한 일과 끔찍하지 않은 일로 구분하는 습성이 있었다면 말이다. 혹은 '현혹하는' 하루였다고 말할 수도 있으리라. 소년이 모든 사물을 '현혹하는' 것과 그렇지 않은 것으로 구분하는 사람이었다면 말이다.

그러니까 그가 전혀 예상하지 못했던 금이빨이 있었다. 하지만 그는 불변하는 예측 불가능성이란 관념 안에 반드시 있는 것이 확실성이며, 그래서 자신이 안경까지 착용하고 있다고 생각했으므로, 처음부터 전혀 예상치 못했던 무언가와 마주쳤다는 사실로 인해 불안해지지는 않았다.

그리고 사촌누나의 놀라운 사랑이 닥쳤다. 사촌누나의 사랑은 그가 상상하던 것과는 정반대였고, 처음에는 전혀 드러나지도 않았다. 그녀는 그를 지극히 자연스러운 태도로 맞았고, 그래서 그는 처음에는 모욕당한 기분이었으나 곧 전혀 모욕감을 느끼지 않게 되었다. 그녀는, 자신은 집을 청소해야 하니 그동안 놀고 있으라고 말했다. 덕분에 소년에게는 난데없이 온종일 텅 비고, 햇살만이 가득한 하루가 주어졌다.

셀 수도 없이 여러 번 안경알을 닦고 난 다음 그는, 모종의 내적인 거리감이 가로놓여 있기는 했지만, 영리한 책략을 시도하기로 했고, 정원의 식물들에 관해서 한마디 슬쩍 던져보았다. 자신의 소감을 큰소리로 이야기할 때마다, 그는 예리한 관찰자로 평가받았다. 그러나 식물에 대한 그의 냉정한 소견은 기껏해야 빗질 사이사이로 들리는 "그래, 맞아." 정도의 반응이나 얻어낼 뿐이었다. 그래서 그는 욕실로 갔다. 일이 기대했던 대로 풀리지 않으니, 그곳에서 '평가 당하지 않기' 놀이를 해볼 생각이었다. 하루 온종일 그는 아무것도 아닐 것이다. 그는 아무 의미 없는 존재일 것이다. 이와 같은 자유에의 갈망으로 그는 문을 열었다.

하지만 해가 점점 더 높이 떠오를수록 사촌누나의 상냥한 애정의 압력은 더욱더 피부에 와 닿았다. 그것을 인식한 순간, 그는 사랑을 받게 되었다. 점심식사에 나온 음식은 곧 순수하면서 거짓된, 항구적인 사랑이었다. 다정스럽게 지켜보는 사촌누나의 눈길 아래서 그는 독특한, 아마도 잘 알려지지 않은 상표의 올리브 오일 때문일 것이 분명한 음식 맛에 호기심을 느끼며 적응하고 있었고, 여인의 사랑에, 다른 어른들의 사랑과는 닮지 않은 새로운 종류의 사랑에 적응하고 있었다. 그것은 충족을 애걸하는 사랑이었다. 사촌누나는 그 자체로 모성애의 충족인 임신 경험이 없기 때문이다. 하지만 그것은 사전 임신이 없는 사랑이었다. 그것은 '사후' 수태를 애걸하는 사랑이었다. 한마디로, 불가능한 사랑이 었다.

하루 온종일, 사랑은 현재와 미래를 보완해줄 과거를 애걸했다. 하루 온종일 그녀는, 자신의 몸에서 태어나달라고 그에게 말없이 강요했다. 사촌누나는 오직 그것만을 원했다. 안경을 쓴 소년에게서 그녀가 원한 것은, 자신을 자식 없는 어미로 만들지 말아달라는 그 한 가지였다. 그리하여 소년은 그날, 불변성의 매우 독특한 형태를 알게 되었다. 바로 충족되지 않는 소망의 불변성. 이루어지지 않는 이상의 불변성. 생애 처음으로, 절제에 헌신하는 존재인 그는, 생애 처음으로, 무절제함에 끌리는 자신을 느꼈다. 극단적인 불가능을 향한 끌림이었다. 한마디로, 불가능에 끌렸다. 그리고 생애 처음으로, 격정을 향한 사랑을 느꼈다.

그러자 마치 그의 근시가 사라져버리고 세상을 선명하게 볼 수 있게 된 것 같았다. 깊고도 간결하며 번개처럼 빠른 시선으로, 그는 자신이 살고 거주할 우주의 유형을 짧게 일별했다. 마음의 일별이 아니었다. 그것은 마치 그가 안경을 벗어버렸고, 근시 자체가 그를 보도록 만들어준 것 같았다. 아마도 바로 그날부터, 생애 내내 유지하게 될 그의 습관이 생긴 것이리라. 혼돈이 커질 때마다, 그래서 눈이 거의 보이지 않을 때마다, 그는 렌즈를 닦아야 한다는 핑계로 안경을 벗고 눈먼 남자가 내뿜는 반사하는 응시를, 대화 상대방에게 정통으로 고정시키게 되었다.

먹어라, 아들

Come, meu filho

"세계는 편평해 보여. 하지만 나는 세계가 편평하지 않다는 것을 알아. 왜 세계가 편평해 보이는지 알아? 왜냐하면 우리가 쳐다볼 때마다, 하늘은 늘 위에만 있지, 절대로 아래나 옆에 있는 법이 없으니까. 나는 세계가 둥글다는 것을 알아. 사람들이 그렇게 말했으니까. 하지만 우리가 쳐다볼 때 간혹 하늘이 아래쪽에 있는 경우에, 세계가 둥글게 보이는 것뿐이야. 나는 세계가 둥글다는 것을 알지만, 내게 세계는 편평해. 그러나 호나우두는 세계가 둥글다는 것만을 알아. 그의 눈에 세계는 편평해 보이지 않는 거야."

"……."

"나는 세계 여러 나라를 다녀보았고, 미국에서도 하늘이 위에 있는 것을 보았잖아. 그래서 내 눈에 세계는 그저 곧게 뻗어 있을 뿐이야. 그러나 호나우두는 한 번도 브라질 밖으로 나간 적이 없으니까, 아마도 오직 이 나라에서만 하늘이 위에 있고 다른 나라에서는 하늘이 편평하지 않으며, 하늘은 오직 브라질에서만 편평하고, 하늘은 그가 가보지 못한 다른 나라에서는 둥글게 원형일 거라고 생각하는 거겠지. 그는 사람들이 하는 말을 당장 그대로 믿어버리고, 그게 이치에 닿지 않더라도 상관하지 않거든. 엄마는 우묵한 접시가 좋아, 아니면 편평한 접시가 좋아?"

"우묵……, 아니 내 말은 편평한 게……."

"나도 그래. 우묵한 접시는 음식이 많이 들어가긴 하지만, 결국 내용물은 접시의 깊은 바닥에 있는 거잖아. 편평한 접시는 가장자리까지 음식이 퍼져 있으니 한눈에 뭐가 들어 있는지 다 볼 수가 있지. 오이가 불현실적으로 보이지 않아?"

"비현실적."

"왜 그렇다고 봐?

"사람들이 그러니까."

"그걸 묻는 게 아냐. 왜 다른 사람들처럼 엄마도 오이가 불현실적이라고 생각해? 나도 그렇거든. 오이를 살짝만 다른 쪽에서 살펴보면, 전체가 똑같은 패턴으로 덮여 있는 걸 볼 수 있지. 입에넣으면 차가워. 썹으면 유리 파편 소리가 나. 오이는 누군가의 발명품처럼 보이지 않아?"

"그렇게 보이네."

"콩이랑 쌀은 어디서 발명된 거야?"

"여기."

"아니면 아랍 어디가 아닐까? 페드리뉴가 뭔가 다른 것도 말했잖아?"

"여기."

"가타웅 가게의 아이스크림이 맛있어. 거기 아이스크림은 색깔이랑 맛이 같거든. 엄마는 고기가 고기 맛이 나?"

"가끔은."

"그럴 리가! 어디 한번 보겠어. 정육점에 걸려 있는 그런 고깃덩이 맛이 난단 말이야?"

"아니."

"심지어는 우리가 흔히 말하는 그런 고기 맛도 안 나. 엄마가 고기에 비타민이 들어 있다고 말할 때의 그 맛 자체가 아예 없어."

"그만 떠들고 이제 밥 먹어라."

"엄마가 그렇게 이상한 표정으로 날 쳐다보잖아. 밥을 먹으라는 표정이 아니라, 내가 너무 좋다는 표정. 내가 제대로 맞춘 거야, 아니면 착각한 건가?"

"제대로 맞췄어. 이제 밥 먹어라, 파울리뉴."

"맨날 그 생각만 해. 엄마가 밥 생각만 하지 말라고 내가 그렇게 열심히 떠들었는데, 엄마는 꿋꿋하게 절대로 잊어버리지를 않아."

사옹 크리스토바웅의 신비

Mistério em São Cristóvão

5월의 밤—유리창에 기댄 뻣뻣한 히아신스—어느 집의 식당은 환하고 조용했다.

식탁을 둘러싸고, 한순간 꼼짝없이 앉아 있는 사람들은 아버지, 어머니, 할머니, 세 아이, 그리고 호리호리한 몸매의 열아홉 살 난 소녀였다. 사옹 크리스토바웅의 향기로운 밤공기는 무해했지만, 집 내부에서 사람들이 결성된 방식은, 신선한 5월 밤 한 가족 집단에 속하지 않은 것을 위험에 빠뜨렸다. 특별한 점은 아무것도 없는 식탁 풍경이었다. 막 저녁식사를 마쳤고, 둘러앉아 두런두런 이야기를 나누었으며, 모기들이 전등 주변을 어지럽게 날아다녔다. 이 광경을 특별히 풍요롭게, 이들 얼굴 하나하나를 화사하게 만드는 것은, 오랜 세월이 흐른 후 마침내 이 가족의 진보가 거의 손에 잡힐 듯 가까워졌다는 사실이다. 어느 5월의 밤, 저녁식사 후에—아이들은 매일매일 학교에 가고 아버지는 직장일로 분주하며 어머니는 1년 내내 아이를 낳느라 혹은 살림을 하느라 진이 빠지고, 소녀는 그 나이에 걸맞는 예민함으로 뭉쳐 있고, 할머니는 어떤 경지에 도달한 다음이니. 스스로는 명확히 실감하지도 못하면서, 가족들은 행복한 눈길로 방 안을 둘러보았고 풍요가 넘치는 5월의 독특한 순간을 응시했다.

얼마 뒤 모두 각자 자신의 방으로 돌아갔고, 노부인은 잠자리에서 자애로운 한숨을 내쉬었다. 모든 문을 잠근 후, 어머니와 아버지는 깊은 생각에 잠긴 채 침대에 누웠고 잠이 들었다. 세 아이는 각자 가장 난해한 자세를 선택하여, 곡예용 그네에 누운 듯한 모양으로 각자의 침대에서 잠이 들었다. 면 잠옷을 입은 소녀는 침실 창을 열고 정원 전체의 공기를 한가득, 불만스럽고도 행복하게, 들이마셨다. 축축한 향그러움에 어수선해진 마음을 안고 침대로 간 소녀는, 다음 날은 태도를 완전히 바꾸어, 히아신스를 충격에 빠뜨리고 줄기에 달린 열매들을 전율시키고 말리라고 마음먹었다. 소녀는 명상에 잠긴 상태로 잠이 들었다.

시간이 흘러갔다. 반딧불이의 내부에서 고요가 반짝이기 시작할 때—아이들은 잠 속에서 둥둥 떠다니고, 할머니는 난해한 꿈에 대해서 골똘히 생각에 잠겼고, 부모님은 지쳐서 잠들어 있고, 소녀는 명상의 한가운데서 몽롱하게 졸고 있을 때—어느 길 모퉁이 집 한 채의 문이 열리고, 가면을 쓴 세 사람이 밖으로 살금살금 걸어 나왔다.

한 명은 키가 컸으며 닭머리를 하고 있었다. 다른 하나는 뚱뚱한데 황소로 분장했다. 가장 젊은 세 번째 사람은 아이디어가 없었던 나머지 중세 기사 복장에 악마 가면을 썼는데, 가면 틈새로 순진한 눈동자가 보였다. 가면 삼인조는 말없이 길을 건넜다.

불이 꺼진 어떤 집 앞을 지날 때, 대부분의 아이디어를 내놓는 장본인인 닭머리 가면이 갑자기 걸음을 멈추고 말했다. "여길 봐!"

고문과도 같은 가면을 쓰고 있어서 인내심이 강해진 일행들은 그 말을 따랐고, 집과 정원을 보았다. 아무리 생각해도 우습고 한심하다는 기분에 사로잡힌 그들은 체념한 채, 다른 이가 자신의 생각을 마저 말하기를 기다렸다. 닭머리가 마침내 이렇게 덧붙였다.

"여기서 히아신스를 꺾으면 돼!"

나머지 둘은 대답하지 않았다. 그들은 멈추어 선 것을 기회로 자신의 몰골을 실망스럽게 훑어보았고, 가면 속에서 조금이라도 편하게 호흡할 방법을 찾아보려고 애썼다.

"그러면 우리 의상에 히아신스를 한 송이씩 달 수 있잖아." 닭머리의 결론이었다.

황소는 불안해서 생각을 굴려보았다. 여기다가 장식물을 하나 더 달면 파티에서 신경 써야 할 것이 하나 더 늘어나지 않는가. 하지만 잠시 시간이 흐른 뒤, 셋은 결론을 내리기 위해서 깊은 궁리를 마친 듯이 보였지만 실제로는 전혀 아무런 생각을 하지 않고 있었다. ― 닭머리가 앞으로 나서서 날쌘 동작으로 울타리를 기어올라갔고, 곧이어 금지된 정원으로 뛰어내렸다. 황소가 힘겹게 그 뒤를 따랐다. 세 번째 청년은 잠깐 동안 망설였지만 단 한 번의 동작으로 히아신스 한가운데에 도달해버렸고, 그가 와서 털썩 부딪히는 바람에 그들 셋 모두는 깜짝 놀라 우뚝 동작을 멈추었다. 닭머리와 황소, 기사는 숨을 죽이고 어둠 속을 살폈다. 하지만 어둠과 개구리 사이에 서 있는 집에는 아무런 변화도 없었다. 향기로 질식할 것만 같은 정원에는 히아신스가 개의치 않고 몸을 떨었다.

그래서 닭머리는 앞으로 움직였다. 그 자리에서 손만 앞으로 뻗어도 히아신스를 꺾을 수 있었으리라. 하지만 유리창 가까이에 피어 있는 가장 큰 꽃들―키가 크고, 여리고, 섬세한―이 광채를 내뿜으며 그를 유혹했다. 닭머리는 발끝으로 걸으며 그 꽃들로 향했고, 황소와 기사도 그 뒤를 따랐다. 정적이 그들을 지켜보고 있었다.

하지만 가장 큰 히아신스 한 송이를 막 꺾자마자, 그는 그 자리에서 돌처럼 굳어버렸다. 다른 둘도 움직임을 멈추었고, 입에서는 깊은 잠으로 가라앉는 한숨이 새어 나왔다.

어두운 유리창 저편에서 하얀 얼굴 하나가 어른거리며 그들을 바라보고 있었다.

닭머리는 꽃을 꺾던 동작 그대로 멈춘 채 꼼짝도 하지 못했다. 황소는 양손을 치켜들고 서 있었다. 가면 속에 가려진 얼굴의 핏기가 다 사라져버린 기사는 갑자기 어린아이로 돌아갔고, 어린 시절과 어린 시절의 공포가 되살아났다. 유리창 뒤편의 얼굴이 빤히 쳐다보고 있었다.

누가 누구를 벌하는 것인지, 네 사람 중 그 누구도 알지 못했다. 히아신스는 어둠 속에서 더욱더 새하얗게 빛났다. 그들은 꼼짝없이 그 자리에서 마비되어 서로를 바라보기만 했다.

그 5월 밤, 네 개의 마스크가 불쑥 조우하게 된 이 사건은, 우묵하게 텅 빈 공간을 가득 채우며 끊임없이 메아리치는 듯했다. 하지만, 또 다른 것, 정원에서의 이 순간이 없었더라면 대기를 떠도는 향기 속에, 별똥별의 숙명과 마찬가지로, 시간과 공간을 지정하여 선택받은 네 자연의 내재성 속에 영원히 머물고 말 그 무엇으로 터질 듯이 충만했다. 네 자연은, 현실 세계로부터 와서, 사옹 크리스토바웅 5월 정원이 지닌 가능성의 세계로 내려앉았다. 축축한 식물들 하나하나, 정원에 깔린 자갈 하나하나, 목쉰 소리로 울어대는 개구리까지, 모두가 이 순간 침묵의 혼돈을 이용해서 더 나은 자리를 확보하려고 했다. 어둠 속에서 모든 것이 소리 없는 접근이었다. 그러다 매복한 상대방과 마주치면, 소스라치게 놀라서 서로를 빤히 쳐다보았다. 사물의 본성이 두드러지게 부각되었고, 날개를 활짝 편 네 형상은 서로를 엿보고 있었다. 닭과 황소, 악마와 소녀의 얼굴은 정원에 기적을 풀어놓았다……. 그때 거대한 5월의 달이 나타났다.

　네 얼굴에게는 참으로 치명적인 타격이었다. 너무도 큰 위험을 느낀 그들 침묵의 네 형상은, 서로가 상대편의 시선을 더 이상 붙잡아둘 수 없는 순간이, 외따로 떨어진 새로운 영토가 유린당하게 되는 순간이 두렵고, 고요한 충돌이 지나간 후 오직 히아신스만이, 정원의 보물을 소유한 주인만이 남게 되는 그 순간이 두려운 나머지, 아무런 소리도 내지 못하고 서로에게서 조금도 눈을 떼지 못한 채, 한 걸음 한 걸음 뒤로 물러났다. 그 어떤 유령도 다른 유령이 사라지는 것을 보지 못했다. 모두가 동시에, 최대한 신중을 기하여, 발끝으로 살금살금 물러났기 때문이다. 그렇지만 네 명이 이루던 마법의 원이 와해되고 공통의 감시망이 해체되자마자, 그들이 이루던 성좌도 공포에 질린 채 산산이 부서지고 말았다. 세 개의 어두운 형상은 도둑고양이처럼 정원 울타리를 뛰어넘었고, 다른 하나는 겁먹고 커다래진 모습으로, 문지방까지 뒷걸음쳤다가, 거기서부터는 비명을 지르며 달아나기 시작했다.

　닭머리의 재앙적인 아이디어에 힘입어 사육제 기간이 한참이나 지난 다음에 열린 무도회에서 사람들을 놀라게 해주려던 세 명의 마스크 신사는, 이미 한창 분위기가 무르익은 무도회에 등장하여 커다란 성공을 거두었다. 음악이 멈추었고, 댄스 플로어에 뒤엉켜 있던 사람들도 모두 웃음을 터트리며, 걸인처럼 문간에 몰려서서 가쁜 숨을 몰아쉬는 그들 세 명을 쳐다보았다. 신이 난 무리들은, 그들을 무도회의 왕으로 추대하려고 여러 번이나 시도했지만 결국 그 소망은 이루어지지 못했다. 왜냐하면 셋 모두 겁에 잔뜩 질려서 서로에게서 한 발짝도 떨어지려 하지 않았기 때문이다. 키 큰 남자, 뚱뚱한 남자, 그리고 젊은 남자, 뚱뚱한 남자, 젊은 남자, 그리고 키 큰 남자, 불균형의 연합체, 마스크 속에 가려진 얼굴을 각자 다른 방향으로 외면하듯 돌리고, 한마디 말도 없이.

그 사이, 히아신스 정원의 집에는 모든 전등이 환하게 켜졌다. 소녀는 거실에 앉아 있었다. 흰 머리칼을 땋은 할머니는 손에 물잔을 들고 있고, 어머니는 소녀의 검은 머리를 쓰다듬었으며 아버지는 집 안 곳곳을 뒤지고 다녔다. 소녀는 한마디 말도 제대로 꺼내지 못했다. 한 번의 비명으로 모든 걸 다 설명해버린 듯한 형국이었다. 소녀의 얼굴이 작아진 것은 분명했다. 소녀 나이 특유의 전체적으로 공들인 구조가 무너지면서, 소녀는 다시 어린아이로 돌아갔다. 하지만 생애의 한 단계 이상 어려진 모습에도 불구하고, 소녀의 이마에 드문드문 흰 머리칼이 보이는 바람에 가족들은 충격을 받았다. 딸이 창문을 바라보겠다고 고집이라도 피운 것처럼, 가족들은 소녀를 방으로 데려가 창가에 앉히고 쉬게 했다. 그리고 다른 가족들은 모두 손에 촛불을 들고, 나이트가운 차림으로 밤의 추위에 떨면서, 정원을 샅샅이 뒤지는 탐험에 나섰다.

곧 촛불들은 어둠 속에서 춤추며 사방으로 흩어졌다. 갑작스러운 불빛을 받은 담쟁이 덩굴은 움츠러들었고, 놀란 개구리들이 다리 사이에서 펄쩍펄쩍 뛰었다. 이파리 사이에 숨은 열매들은 일순간 황금빛으로 번쩍였다. 정원은 꿈에서 깨어나, 순간적으로 커다랗게 부풀었다가 다시 꺼져갔다. 잠에 취한 나비들이 날개를 펄럭였다. 마침내 화단을 속속들이 가장 잘 알고 있는 늙은 여인이, 다른 가족들은 아무도 발견하지 못하고 지나친 정원의 유일한 흔적을 가리켰다. 줄기가 꺾인 히아신스는 아직도 살아 있었다……. 그러므로 뭔가 일어났다는 것은 사실이었다. 그들은 집 안으로 돌아가, 모든 불을 켠 채 밤새도록 깨어 있었다.

오직 세 아이만이, 더욱 깊고 고요하게 잠들어 있었다.

소녀는 서서히 제 나이를 회복해갔다. 그녀는 집 안에서 사방을 뒤지고 다니지 않은 유일한 인물이었다. 하지만 소녀와 달리 아무것도 보지 못했던 다른 이들은, 신경이 곤두서고 불안해졌다. 이 가족에게 진보란 수많은 염려와 몇몇 거짓말로 이루어진, 아주 부서지기 쉬운 산물이었으므로, 모든 것이 산산이 와해되어 거의 첫 단계부터 다시 새롭게 생성되어야만 했다. 할머니는 또다시 금세 토라지는 역할을 맡았고, 아버지와 어머니는 다시금 피곤해졌으며, 아이들은 참기 힘들 만큼 성가셨고, 집 전체가 어느 날 저녁식사 후 다시 한번 엄청난 바람이 휘몰아쳐 오기를 기다리는 듯 보였다. 어쩌면 5월이 가기 전에 한 번쯤 더 일어날 수도 있는 그 일을.

닭
Uma galinha

그것은 일요일의 암탉이었다. 아직은 살아 있는데, 아침 9시밖에 안 되었기 때문이다.

암탉은 평안해 보였다. 토요일부터 암탉은 부엌 한구석에 웅크리고 앉아 있었다. 암탉은 아무도 쳐다보지 않았고, 아무도 암탉을 쳐다보지 않았다. 사람들은 암탉을 골랐지만, 암탉의 몸을 깊숙한 곳까지 무심하게 더듬어냈지만, 그럼에도 암탉이 살이 쪘는지 말랐는지는 알지 못했다. 암탉이 불안해하는지 어떤지 역시 아무도 모를 것이다.

그래서 암탉이 날개를 퍼덕이고 가슴을 부풀린 다음, 두세 번 크게 뛰어올라 짧은 비행을 완료하고 테라스 난간에 착지한 것을 보자 모두들 깜짝 놀랐다. 그뿐 아니라 암탉은 아주 잠깐—그건 요리사가 비명을 지르기에 충분한 시간이었다—망설이다가 곧 이웃집 테라스로 펄쩍 건너간 후, 다시 엉성한 날갯짓으로 지붕까지 뛰어올랐다. 거기서 암탉은 잘못 놓인 장식물처럼 어정쩡한 자세로, 이쪽 저쪽 번갈아 발을 바꾸며 엉거주춤 서 있었다. 황급한 부름에 따라 모여든 가족들은, 자신들의 점심 식사거리가 굴뚝 곁으로 옮겨간 것을 보았다. 모종의 운동과 점심식사, 이 두 가지 일의 연관을 불현듯 떠올린 가장은, 신이 나서 얼른 수영 팬츠로 갈아입고 암탉을 쫓아가기로 마음먹었다. 그는 조심스럽게 몸을 날려 지붕으로 올라갔고, 암탉은 불안에 떨면서 다급하게 다음 번 기착지를 찾았다. 추적의 긴장감이 점점 더 높아졌다. 지붕에서 지붕으로 이어지는 추적은 한 블록을 다 지날 때까지 계속되었다. 이 정도로 격렬하게 목숨을 건 투쟁을 한 번도 해보지 못한 암탉은, 동족들의 도움도 없이, 매번 어느 방향으로 달아나야 할지 스스로 결정해야만 했다. 하지만 젊은 남자가 어느새 자신 안에서 사냥꾼을 발견한 다음이었다. 비록 사냥감은 대단치 않았으나, 그래도 정복의 외침은 우렁차게 울려 퍼졌다.

이 세상에 오직 홀로, 아버지도 어머니도 없이, 숨 가쁘게, 한마디 말도 없이, 온 정신을 집중하여, 암탉은 달렸다. 때때로, 숨을 헐떡이며 달아나는 중간에, 남자가 지붕을 넘어오다가 비틀거리는 바람에 힘들게 균형을 잡는 사이, 건너편 지붕의 끄트머리에서 날개를 퍼덕이며, 암탉은 잠시나마 숨을 고를 시간을 가질 수 있었다. 그때 암탉은 자유로워 보였다.

어리석고, 수줍고, 그리고 자유로웠다. 하지만 도주하는 수탉처럼 의기양양한 기색은 없었다. 암탉의 내장 안에 그 무엇이 있길래, 암탉을 하나의 존재로 만드는 것일까? 암탉은 존재다. 사람들이 암탉을 별로 중시하지 않는 건 두말할 필요도 없다. 암탉 스스로도, 벼슬을 이고 으스대는 수탉과 같은 자부심은 없었다. 암탉이 가진 유일한 장점은, 충분히 많은 수의 암탉이 있기 때문에 하나가 죽는 즉시 그와 완전히 흡사하여 구별할 수 없는 다른 하나가 나타나 빈자리를 채워준다는 것이다.

마침내, 그렇게 암탉이 잠깐씩 한숨을 돌리며 휴식을 만끽하던 어느 순간에, 젊은이의 손이 암탉에게 닿았다. 요란한 꼬꼬댁 소리와 함께 깃털을 흩날리면서, 암탉은 잡혔다. 승리감에 도취한 손에 한쪽 날개가 붙잡힌 암탉은 지붕을 넘어 운반되었고, 부엌 바닥에 거칠게 내동댕이쳐졌다. 여전히 혼이 나간 상태로, 어쩔 줄 모르는 채 쉰 소리로 꾸르륵거리며, 암탉은 몸을 약간 떨었다.

바로 그때 그 일이 일어났다. 암탉은 그야말로 미친 듯이 달걀을 낳았다. 혼비백산하고, 완전히 탈진하여. 아마도 달걀을 낳기에는 너무 일렀을 것이다. 하지만 암탉은 결국 모성을 위해서 태어난 몸이므로, 그 일이 일어난 직후 암탉은 갑작스럽게 늙고 노련하게 보였다. 암탉은 달걀을 품은 채 계속 거기에 앉아, 숨을 헉헉 몰아쉬면서, 눈꺼풀을 꾹 닫았다 열기를 반복했다. 암탉의 심장이, 무력하게 놓인 작디작은 심장이, 깃털을 오르락내리락하게 만들면서, 하나의 달걀 그 이상은 결코 아니게 될 사물을 따스함으로 가득 채웠다. 암탉 곁에 있던 어린 소녀 하나만이 그 모든 광경을 공포에 질린 채 지켜보았다. 하지만 소녀는 자신이 목격한 것의 충격에서 벗어나자마자, 벌떡 일어서서 달려나가며 커다랗게 소리질렀다.

"엄마 엄마, 닭을 죽이지 말아요, 닭이 달걀을 낳았어요, 닭이 우리에게 잘 해주려 한다구요!"

가족들은 다시 부엌으로 몰려왔고, 말을 잊은 채, 갓 산모가 된 어린 암탉을 둘러쌌다. 알을 따뜻하게 품은 암탉은 온화하지도 냉담하지도 않았고, 즐거워하지도 슬퍼하지도 않았다. 암탉은 그 어떤 것도 아니었고, 다만 암탉일 뿐이었다. 어떤 특별한 감정을 추측할 만한 기미는 전혀 내보이지 않았다. 아버지와 어머니 그리고 딸은 한동안 멍하니, 머릿속에 다른 생각은 전혀 없이, 암탉만 뚫어지게 지켜보고 있었다. 그들 중 누구도 닭의 머리를 쓰다듬어본 적이 없었다. 마침내 아버지가, 갑작스럽지 않다고는 할 수 없게, 어떤 결심을 굳혔다.

"당신이 이 닭을 죽인다면, 나는 일생 동안 두 번 다시 닭을 먹지 않을 거야!"

"나도 그럴 거야!" 딸도 따라서 열렬히 맹세했다.

어머니는, 피곤한 기색으로 어깨를 으쓱했다.

구사일생으로 목숨을 건졌다는 걸 전혀 의식하지 못하면서, 암탉은 가족들과 함께 살게 되었다. 어린 소녀는 학교에서 돌아오자마자 즉시 책가방을 집어던지고 한걸음에 부엌으로 달려왔다. 간혹 아버지가 지난 일을 회상할 때가 있었다. "저런 닭인 줄도 모르고 그렇게 열심히 잡으러 다녔다니!"

암탉은 이제 그 집의 여왕이 되었다. 암탉을 제외한 모두가 그 사실을 알았다. 암탉은 부엌과 뒤편 테라스 사이의 공간을 돌아다녔고 거기서 자신의 두 가지 재능을 마음껏 사용했다. 무관심하기, 그리고 화들짝 놀라기.

그러나 이 집의 가족들이 모두 암탉을 까맣게 잊은 듯 조용한 순간이면, 암탉은 위대한 탈출이 남긴 자그마한 용기의 잔여분을 모아, 몸뚱이가 머리의 뒤를 따르는 자세로, 마치 마당을 산책하듯이 타일 바닥 위를 유유히 돌아다녔다. 그래도 작은 머리 때문에 암탉의 존재가 누설돼버리긴 했지만 말이다. 쉴 새 없이 떨리면서 재빨리 까딱거리는, 까마득한 옛날부터 내려와 이제는 기계적인 동작이 되어버린, 그 종 특유의 겁먹은 움직임 덕분에.

날이 갈수록 더 빈도가 줄기는 했지만, 간혹 한 번씩 암탉은 그때 지붕 모서리에서, 스스로를 선포하려는 자세로 하늘을 향해 우뚝 솟아 있던 자신의 모습을 기억해냈다. 그런 순간이면 암탉은, 부엌의 퀴퀴한 공기를 폐로 가득 들이마셨다. 수탉처럼 우렁차게 우는 능력을 부여받았다고 해도 정말로 꼬끼오를 외쳐대지는 않을 테지만, 그래도 훨씬 더 행복한 기분이었으리라. 그렇다고 해서 텅 빈 머리로 나타내는 표현이 달라지는 건 아니었지만. 탈주할 때, 휴식하는 중에, 알을 낳거나 모이를 쪼아먹을 때, 암탉은 곧 한 마리 암탉의 머리였다. 세상이 시작될 때 이미 디자인된 그 모양 그대로인 항상 똑같기만 한 머리.

어느 날 그들이 암탉을 죽인 후, 암탉을 먹었으며, 그리고 오랜 세월이 흐르기 전까지는.

소피아의 재앙

Os desastres de Sofia

이전 직업이 뭐였든 간에, 그는 그 일을 버렸고 진로를 변경했으며, 초등학교에서 가르치는 일을 어렵게 새로 시작했다. 그것이 우리가 그에 관해서 아는 전부였다.

교사는 뚱뚱했고, 구부정한 어깨에 키가 컸으며 말이 없었다. 남자라면 갖는 목구멍의 혹덩어리 대신에 그에게는 구부정한 어깨가 있었다. 그가 걸친 코트는 너무 짧았고, 두툼한 매부리코에는 금색 코걸이의 무테 안경이 얹혀 있었다. 나는 그에게 끌렸다. 사랑에 빠진 게 아니라, 그가 우리를 가르칠 때 태도로 나타내 보였으며 불쾌한 기분으로 내가 감지할 수 있었던, 그의 과묵함과 끈기 있는 인내심에 끌린 것이다. 나는 수업시간에 버릇없이 굴기 시작했다. 엄청나게 큰 소리로 떠들어대고, 친구들을 괴롭히고, 교사의 말끝마다 빈정거리며 수업을 방해했다. 마침내 그는 얼굴이 빨개진 채 이렇게 말했다.

"제발 조용히 좀 해라. 안 그러면 교실 밖으로 내보내버릴 테니까."

기분이 상하고, 승리감에 들떠서, 나는 반항적으로 대꾸했다. 해볼 테면 해봐요! 그는 나를 내보내지 않았다. 그렇게 하면 내 말에 복종하는 게 되므로. 하지만 나는 그를 너무도 심하게 괴롭혔고, 그래서 어떤 의미로는 내 사랑이기도 한 그에게 증오의 대상이 되어버린 셈이어서 좀 괴로웠다. 하지만 그 사랑이란 내 미래의 모습인 성인 여자의 입장에서 그를 사랑했다는 말이 아니라, 아직은 태어나서 한 번도 비겁해본 적이 없는 사람으로서, 그처럼 힘센 남자가 축 처진 어깨를 하고 다니는 걸 보고 분노가 치민 나머지 어른을 보호하려고 서툴게 나선 아이처럼 그렇게 그를 사랑했다는 뜻이다. 그는 나를 자극했다. 밤에 잠들기 전, 그는 나를 자극했다. 나는 얼마 전에 아홉 살이 지났고, 그건 줄기가 부러지지 않은 베고니아처럼 거친 나이였다. 나는 틈만 나면 그를 괴롭혔고, 그를 분노에 부르르 떨게 하는 일에 성공할 때마다, 순교의 영광처럼, 내 입안에는 이빨 사이에서 짓이겨지는 베고니아의 참을 수 없는 신맛이 고이곤 했다. 그러면 나는 기쁨에 겨워 어쩔줄 모르며 손톱을 깨물었다. 아침에, 밀크 커피를 마시고 말갛게 세수한 얼굴로 순수하고 맑게 교문을 들어선 후에, 밤마다 나를 암흑의 상상에 빠지게 만드는 남자를 살과 피의 실물로 맞닥뜨리는 것은 엄청난 충격이었다. 시간의 표면에서 그건 오직 1분 정도의 순간에 불과했지만, 시간의 심연에서는 최악의 달콤한 암흑으로 이어지는 고대의 기나긴 세월이었다. 아침마다—내 어두운 사랑의 꿈에 훨훨 날개를 달아준 사람이 실제 인물이라는 것을 전혀 예상하지 못했다는 듯이—, 짧은 코트 차림의 그 키 큰 남자와 얼굴을 마주치는 순간, 나는 충격에 휩싸이면서 수치심과 혼돈 그리고 공포스러운 희망 속으로 빠져들고 말았다. 희망은 내 최악의 죄였다.

매일매일 나는 그 남자를 구하기 위한 빈약한 투쟁을 새로이 갱신했다. 나는 그의 행복을 소망했고, 그 보답으로 그는 나를 증오했다. 상처투성이인 채로, 나는 그의 악마, 그의 고통이 되었다. 수업 내용에는 전혀 관심도 없이 못되게 이죽거리기나 하는 무리를 가르쳐야 했으니 그에게는 지옥 같은 시간이었으리라. 그를

한순간도 가만히 내버려두지 않고 끊임없이 들들 볶는 것이 소름
끼치게 즐거웠다. 늘 그렇듯이 게임이 나를 매혹시켰다. 내가 낡
은 방식을 답습하고 있다는 사실은 몰랐지만 사악함이 싹틀 정도
의 지혜는 갖춘 상태로—불안할 때마다 손톱을 깨무는 그 사악
한 인간—세상에 가장 흔하게 퍼져 있는 일 중의 하나를 그대로
따라 한다는 사실을 깨닫지 못한 채로, 나는 창녀의 역할을, 그는
성자의 역할을 수행했다. 아니, 아마도 그건 아닐 것이다. 말이 나
를 앞서가고 나를 능가한다. 말이 나를 유혹하고 나를 변경시키
며, 내가 조금만 주의를 소홀히하면 이미 상황이 끝나버린다. 내
가 말하지 않은 것들이 이미 말해져버리고 만다. 혹은, 적어도 그
이상의 일이 벌어진다. 한 장의 카펫을 짜는 데 너무나 많은 실이
사용되는데, 다른 걸 모두 포기하고 그중에서 오직 한 올의 실만
을 따라가기란 나로서는 도저히 불가능하다. 그래서 나는 복잡하
게 얽히고 연루된다. 마찬가지로 하나의 이야기가 만들어지기 위
해서는 너무도 많은 이야기가 필요하다. 그 이야기들을 전부 설
명하기란 불가능하다. — 진실에 더 가까운 한 마디 말은 메아리
에서 메아리로 울려 퍼지며 내 드높은 빙하를, 까마득한 벼랑을
무너져 내리게 할 수도 있다. 따라서, 그러므로, 잠들기 전에 나를
짜릿한 환상으로 몰고 가는 내 안의 거대한 소용돌이를, 더 이상
언급하지는 않겠다. 그렇지 않으면 내 절망의 자포자기를 잊고
서, 바로 그 감미로운 소용돌이가 나를 그에게 실어 보냈다고 믿
어버릴 테니까. 나는 그의 유혹자가 되었다. 그것은 누구도 나에
게 부과하지 않은 의무였다. 유혹을 통해서 그를 구원하는 임무

가 하필이면 내 엉터리 손에 떨어진 것은 참으로 유감스러웠다. 당시의 어른과 아이들을 모두 합해서 그 일에 가장 어울리지 않는 사람이 바로 나였기 때문이다. "그건 네가 냄새 맡으려던 꽃이 아니야." 우리 집 가정부가 늘 하던 말이다. 하지만 나는 마치 벼랑 때문에 겁을 집어먹고 온몸이 얼어붙은 등반가와 단 둘이 있는 것처럼, 아무리 어설프게라도, 그가 산을 내려가도록 돕지 않을 수 없는 입장이었다. 불행한 교사는, 황량한 부임지로 홀로 배정받았는데 하필이면 최악의 막무가내 학생을 마주친 것이다. 내 입장이 위험하긴 했지만, 그를 억지로라도 내 가까이로 끌어당겨야만 했다. 그가 있는 쪽은 너무도 치명적이었기 때문이다. 그것이 내가 할 일이었다. 짜증 나는 아이가 어른의 옷자락을 붙잡고 귀찮게 매달리는 식으로. 그는 돌아보지 않았고, 내가 원하는 게 뭔지 묻지도 않았으며, 옷자락을 확 잡아당겨서 몸을 뺄 뿐이었다. 하지만 나는 다시 매달렸다. 내 유일한 수단은 끈질김이었다. 이런 모든 시도에서 그가 유일하게 알아차린 것은 내가 그의 주머니를 찢었다는 사실뿐이다. 심지어 나 자신도 내가 하고 있는 일의 정체를 정확히 알지는 못했다. 교사와 함께하는 내 삶은 눈에 보이지 않았다. 하지만 적어도 내 역할이 악하고 위험하다고 느끼고는 있었다. 내 동력은 유예되고 있는 실제 삶에 대한 게걸스러운 갈망이었다. 그리고 서투름보다 더 나쁜 건, 그의 주머니를 찢는 데서 아찔한 쾌감을 느낀다는 사실이다. 오직 신만이 나를 용서하리라. 나라는 존재를 어떻게, 그리고 무엇을 위해서 만들었는지는 오직 신만이 알고 있을 테니까.

그래서 나는, 신의 도구가 되기로 했다. 신의 도구로 활약하는 것은 내 유일한 선함이었다. 그리고 막 발생하는 신비주의의 원천이기도 했다. 신을 위한 신비주의가 아니라, 신의 도구를 위한 신비주의, 쾌락으로 충만한 원초적 삶을 위한 신비주의였다. 나는 여사제였다. 내가 전혀 알지 못하는 것의 광대함을 받아들였고, 그것에게 내 전부를, 고해실의 비밀을 털어놓았다. 나는 무지의 어둠을 위해서 교사를 유혹했던 것일까? 수도원의 골방밖에 모르는 수녀처럼 열렬하게. 쾌활한 괴물인 수녀, 슬프도다. 심지어 그걸 자랑할 수도 없다니. 우리 학급 전체는 괴물이면서도 양순했고, 신의 도구가 되려는 열망으로 가득했다.

그러나 내가 그의 구부정한 살찐 어깨와 답답하게 꼭 끼는 겉옷을 보고 와락 웃음을 터뜨릴지라도, 그는 필사적인 안간힘으로 내 존재를 잊은 척하면서, 초인적인 자제력을 발휘했다. 나를 향한 그의 비호감이 너무도 강해서 나 자신조차 내가 싫어졌다. 내 웃음이 끝내 내 불가능한 요령을 대체해버릴 때까지.

공부에 대해서라면, 나는 그 시절에 아무것도 배운 것이 없다. 그를 불행에 빠뜨리는 게임에 너무도 열중해 있었던 것이다. 내 긴 다리와 항상 닳아빠진 신발을 뻔뻔스럽고도 비통하게 견디면서, 스스로가 꽃이 아니라는 사실에 굴욕을 느끼고, 무엇보다도 영원히 끝나지 않을까 두려울 정도로 장대한 어린 시절에 혹독하게 고문당하며—그럴수록 더더욱 나는 그를 불행하게 만들었고, 오만하게도 내가 가진 단 하나의 재산을 던져버렸다. 미래의 어느 날에 파마로 곱슬곱슬하게 만들게 될 곧고 매끈한 머리카락을, 미리 앞당겨 던지면서 염두에 둔 미래를 연습한 것이다. 공부에 대해서라면, 나는 전혀 공부를 하지 않았다. 한 번도 실패하지 않았던 내 나태함을 신뢰했는데, 교사가 그것을 증오스러운 소녀의 또 다른 도발로 받아들일 거라고 굳게 믿었기 때문이다. 그는 틀렸다. 사실 내가 공부를 하지 않은 이유는 시간이 없어서였다. 기쁨에 넘쳐 있느라 바빴고, 항상 긴장해 있느라 하루하루가 순식간에 흘러갔다. 생애 최초로 슬픔의 황홀경을 느끼며, 그때 이미 발견하여 알고 있던 고상함에 도취되어, 손톱을 거의 뿌리까지 잘근잘근 씹으며 정신없이 읽었던 동화책이 있었다. 내가 선택했으나 나를 선택하지는 않았던 사내아이들이 있었다. 나는 그들을 차지할 수 없다는 고통으로 수많은 고뇌의 시간을 허비했고, 그들을 상냥하게 받아들이느라 그 고통으로 더 오랜 시간을 허비했다. 왜냐하면 내게 그 남자는 창조의 왕이었기 때문에. 기대되는 죄의 위협이 있었고, 그것을 기다리는 동안 공포에 떠느라 나는 바빴다. 나 자신의 본모습을 원하고 또 원하지 않느라 항상 바빴다는 점은 말할 것도 없다. 어떤 나를 선택해야 할지 결정할 수가 없었다. 모든 나를 전부 가지는 건 불가능했다. 태어났다는 것은 수정해야 할 수많은 오류를 지녔음을 의미했다. 내가 교사를 화나게 하려고 일부러 공부를 하지 않은 건 아니었다. 내가 가진 시간은 오직 성장을 위해 바쳐졌다. 성장은 수학적 오류의 결과처럼 보이는 어색함을 장착한 내가 사방팔방에서 행한 전부였다. 내 다리는 내 눈과 일치하지 않았고, 내 입은 손이 꼼지락거리며 더러워지는 동안 격하게 감정적이 되었다. 방향도 모르는 채, 나는 황급하게 자라났다. 하지만 그 시절의 사진이 보여주는 사실은 정반대로, 발육이 좋은, 야생적이면서 온순한 소녀, 숱 많은 앞머리 아래 사려 깊은 눈동자가 보이는데, 이 실제의 모습은 나를 부정하는 게 아니라, 설사 내가 사진 속 소녀의 어머니일지라도 이해하지 못할 희귀한 마법적 성분을 폭로할 뿐이다. 시간이 한참 흐른 후에야, 나 자신의 육체 안으로 정착을 마치고 근본적으로 더욱 단단한 안정감을 얻은 다음에야, 나는 모험을 감행할 용기가 났고 약간의 공부를 할 수 있었다. 하지만 그 이전에는 전혀 공부할 엄두를 내지 못했다. 나는 나를 방해하고 싶지 않았다. 나는 직관적으로, 나 자신인 그 무엇을 매우 조심스럽게 다루었다. 나는 나 자신의 정체를 모르고 있었고, 헛되게도 무지의 완성을 재배했다. 그로부터 4년 뒤 내가 전혀 예상하지 못한 모습으로 변한 것을 교사가 지켜볼 수 없게 되어서 참으로 안타깝다. 열세 살의 나이, 청결한 손과 깨끗하게 씻은 몸, 깔끔하고 단정하게, 마치 크리스마스 장식처럼 이층집 발코니에 서 있는 나를, 그는 결코 보지 못할 테니까. 하지만 그 대신에, 아래쪽 길에서 지나가던 옛 동급생 소년 하나가, 내가 더 이상 천방지축 어린아이가 아니라 점잖은 숙녀로 성장했으니 이제는 길거리에서 내 이름을 마구 불러젖혀서는 안 된다는 것을 눈치채지 못한 채, 내 이름을 큰 소리로 불렀다. "뭔데?" 나는 무례한 침입자에게 얼음처럼 차갑게 대꾸했다. 바로 그 자리에서 나는, 교사가 그날 아침에 죽었다는, 비명이 터져 나오는 소식을 들은 것이다. 핏기가 사라진 얼굴에 놀라서 커다랗게 뜬 눈으로. 나는 발아래 아찔한 길거리를 내려다보았다. 내 평정심은 박살 난 인형의 그것처럼 산산조각이 났다.

4년 전으로 되돌아가자. 어쩌면 내가 언급한 전부가, 혼합하고 뒤섞어서, 교사가 내준 작문 숙제에 쓴 내용 모두가 원인일 것이다. 그 핵심은 이 이야기의 비밀을 푸는 동시에 다른 이야기들의 시발점이 된다. 혹은 나는 단순히 숙제를 얼른 끝내버리고 공원에 놀러 나가고 싶어서 서둘렀던 것일 수도 있다.

"내가 이야기를 하나 해줄게." 그가 말했다. "너희는 그 이야기를 써서 내도록 해. 하지만 자신의 언어로 바꿔서 써야 해. 다 쓰고 나면 수업시간이 끝날 때까지 기다릴 필요 없이 나가서 놀아도 돼."

교사의 이야기는 이랬다. 한 가난한 남자가 어느 날 보물을 발견하여 부자가 되는 꿈을 꾸었다. 잠에서 깨어난 그는 짐을 꾸려 보물을 찾아 길을 나섰다. 그는 전 세계를 한없이 돌아다녔지만 보물을 발견하지 못했다. 헐벗은 거지 꼴로, 그는 자신의 가난하고도 가난한 오두막집으로 되돌아왔다. 먹을 것이 하나도 없었기에 그는 손바닥만 한 뒷마당에 최대한 많은 야채를 심었고, 최대로 많이 수확했으며, 그걸 최대로 많이 내다 팔았다. 그리하여 그는 결국 부자가 되었다.

나는 비웃는 표정으로 그의 이야기에 귀 기울이면서, 내가 그런 이야기 따위에 절대로 쉽게 혹하지 않으며 그의 속셈이 손바닥처럼 훤히 들여다보인다고 알리려는 몸짓인 것처럼, 눈에 띄는 동작으로 펜을 굴려 장난치기를 멈추지 않았다. 그는 이야기를 마칠 때까지 내 쪽으로는 눈길 한 번 주지 않았다. 그를 향한 사랑의 서투름과 그를 괴롭히면서 느끼는 환희에 싸여, 나는 사냥개 같은 시선으로 그를 좇았으며, 그가 한 마디 한 마디를 할 때마다 매번 주저 없이 똑바로 쳐다보는 시선으로, 그 누구도 제정신이라면 그 때문에 나를 비난할 수는 없는 시선으로 화답했다. 내 시선은 천사같이 맑고 한 점 그늘도 없이 활짝 열렸으며, 범죄자를 바라보는 순수의 눈동자 그 자체였다. 그리고 그것은 언제나와 같은 결과를 유발했다. 당황하고 불편해진 교사는 내 시선을 피하며, 말을 더듬기 시작한 것이다. 내 마음은 나 자신을 저주하는 힘으로 가득 찼다. 그리고 동정심으로. 그것이 다시 나를 짜증 나게 했다. 그가 버릇없는 애새끼 따위에게 인간에 대한 이해를 강요한다는 사실이 나를 짜증 나게 했다.

아침 10시가 가까웠다. 곧 쉬는 시간 종이 울릴 것이다. 내가 다닌 학교는 시립 공원 안의 건물을 임대하여 사용했으므로 내가 아는 학교 중에서는 운동장이 가장 컸다. 다람쥐나 말에게도 그랬겠지만 내게도 참으로 즐거운 일이었다. 나무들이 여기저기 흩어져 있고, 넓게 펼쳐진 구릉과 저지대, 잔디밭이 있었다. 한마디로 끝이 없었다. 공원의 모든 것이 거대하고 드넓어서 소녀의 긴 다리에 딱 적합했고, 벽돌과 어디서 왔는지 모를 통나무가 쌓여 있는 공터, 우리가 자주 꽃잎을 따 먹곤 하던 신맛이 나는 베고니아 덤불, 꿀벌들이 꿀을 만들던 햇빛과 그늘진 장소가 있었다. 공원은 거대한 열린 놀이터였다. 우리는 그 공간을 마음껏 즐겼다. 모든 언덕에서 미끄럼을 탔고, 모든 벽돌 더미 뒤에서 열정적으로 속삭였으며, 여러 가지 꽃잎을 맛보았고, 모든 나무에 날짜와, 사랑스럽고 흉측한 이름과, 화살에 꿰인 하트를 새겨놓았다. 그곳은 사내아이들과 여자아이들이 그들의 꿈을 만드는 장소였다.

내 작문은 거의 마무리 단계였고, 바깥의 은밀한 그늘의 냄새는 이미 나를 부르고 있었다. 나는 서둘렀다. 나는 '자신의 언어로' 쓸 줄 알았고, 단지 그것만으로도 작문은 아주 쉬운 일이었다. 또한 맨 먼저 일어서서 교실을 가로질러 앞으로 나가―교사는 끝내 나를 가장 뒷자리에 덜렁 혼자 앉아 있게 만들었던 것이다―뻔뻔한 태도로 그에게 작문을 제출하여, 살아가는 데 가장 중요하다고 생각되는 자질이자, 교사가 감탄할 수밖에 없는 능력인 내 재빠름을 과시해 보이겠다는 욕망이 나를 부추겼다.

나는 노트를 교사에게 제출했고, 그는 나를 쳐다보지도 않고 그것을 받았다. 속도를 칭찬받지 못해 마음이 상한 채, 나는 커다란 공원으로 뛰쳐나왔다.

내가 나 자신의 언어로 옮겨 쓴 이야기는 정확히 그가 했던 말과 일치했다. 다만 한 가지, 그 무렵 나는 '동화의 교훈 파악하기'를 시작했다. 처음에는 그것으로 숭배를 얻어낼 수 있었으나, 시간이 지나면서 나는 꼼짝달싹 못하게 경직되어 질식해버릴지도 몰랐다. 나는 또한 눈에 띄고 싶은 욕망이 살짝 발동하여, 마지막에 몇몇 문장을 첨부하기도 했다. 몇 시간 뒤에 나는 그 문장을 읽고 또 반복해서 읽으며, 도대체 문장의 어떤 점이 그토록 강력하기에 아직 나 자신조차 한 번도 성공하지 못했을 만큼 심각하게 그 남자를 화나게 만들었는지 알아보려 할 것이다. 아마도 교사가 그 슬픈 이야기를 통해 암시하려 한 것은, 열심히 일하는 자만이 재산을 얻는다는 가르침일 것이다. 하지만 나는 경솔하게도, 다음과 같은 정반대의 교훈으로 작문을 마무리 지었다. 보물에 관한 진실은, 아무도 기대하지 않는 가장 의외의 장소에 숨겨져 있다는 것, 그걸 발견하기 위해서 우리가 할 일은 오직 찾아내는 것뿐이며, 내 생각에 우리집 더러운 뒷마당이야말로 보물이 가득 숨겨진 장소 같다고 말이다. 더 이상은 기억나지 않는다. 저 문장이 정확한지도 모르겠다. 어떤 유치한 단어로 단순한 감정을, 그렇지만 심오한 사상으로 연결될 말을 펼쳐놓았는지 도무지 상상조차 할 수 없다. 그 이야기의 진짜 의미를 제멋대로 부정함으로써 나는 이미 노동보다는 한가로움이, 내가 유일하게 열망하는 종류인 두둑한 공짜 보상을 보장한다고, 어느 정도는 스스로에게 문서로 언약했다고 추측한다. 또한 이미 당시에도 내 삶의 주제는 비합리적인 희망이었고, 어린 나이부터 엄청난 고집을 부리기 시작했음을 알 수 있다. 내가 가진 전부를 아무런 대가 없이 다 버렸으며, 또 모든 것이 아무런 대가 없이 주어지기를 원했다. 이야기 속에서 부지런히 일했던 남자와는 달리, 나는 작문에서 모든 의무를 어깨에서 털어내버렸으며, 그리하여 자유롭고 가난한 몸이 되어, 손에 보물을 쥔 채 나타났다.

휴식시간을 얻게 된 나는, 가장 먼저 과제를 제출했다는 쓸모없는 상과 함께 홀로 덜렁 서 있었다. 흙바닥을 긁어 낙서를 하면서, 교실 밖으로 하나둘 나오기 시작한 다른 아이들을 초조하게 기다렸다.

아이들과 한창 난장판을 벌이며 놀던 도중에, 갑자기 교실로 가서 뭔가를 가져와 내 친구이자 보호자인 공원 관리인에게 보여 줘야겠다고 생각했다. 그게 뭔지는 잊었다. 땀에 흠뻑 젖은 채, 억누를 수 없는 행복감으로 얼굴이 빨갛게 상기되어, 집에서라면 몇 대 얻어맞았을지도 모르는 몰골로—나는 정신없이 뛰어들어가 교실을 가로질렀는데, 너무도 급하게 서두른 나머지 교사가 교탁 위에 쌓아 올린 노트 더미를 뒤적이고 있는 것을 미처 알아차리지 못했다. 찾으려던 물건을 이미 손에 쥐고서 막 교실을 나가려는 찰나—그제야 내 눈은 교사를 발견했다.

교탁에서 홀로, 그는 나를 빤히 쳐다보았다.

우리가 자발적으로 서로의 얼굴을 똑바로 마주한 것은 그때가 처음이었다. 그는 나를 쳐다보고 있었다. 내 걸음은 차츰 느려졌고 마침내는 거의 멈추었다. 처음으로 나는 그와 단둘이 있었다. 속닥거리는 다른 아이들의 지원 없이. 내 대담함에 놀라는 다른 아이들의 경탄 없이. 피가 한꺼번에 얼굴로 몰리는 것을 느끼며, 나는 미소 지으려고 했다. 이마 위로 굵은 땀방울이 주르륵 흘렀다. 그는 나를 쳐다보고 있었다. 그의 시선은 부드럽고도 묵직한 앞발로 나를 덮쳤다. 그 앞발은 온화했으나, 마치 전혀 서두는 기색 없이 능숙하게 쥐 꼬리를 낚아채는 고양이처럼, 그렇게 나를 완전히 마비시켜버렸다. 이마의 땀방울이 콧잔등과 입술로 떨어져 내리며, 내 미소를 중앙에서 수직으로 갈랐다. 그는 오직, 아무런 표정 없는 시선으로 나를 쳐다보고 있었다. 나는 눈을 내리깐 채, 벽에 기대어 뒷걸음치기 시작했다. 내 전부를 오직 미소 하나에, 이미 형체를 상실해버린 얼굴에 떠오른 유일한 표정인 미소에 걸고서. 교실이 이렇게 한없이 길 줄은 미처 몰랐다. 지금에 와서야, 공포에 질린 느린 걸음걸이로, 나는 교실의 크기를 실감하고 있었다. 시간이 없었던 탓이겠지만 나는 지금까지 벽이 이처럼 엄중하고 높은 줄도 알아차리지 못했다. 게다가 얼마나 단단한지. 나는 손바닥 아래 벽의 단단함을 느꼈다. 내 미소까지 포함하는 그 악몽 속에서, 나는 영영 교실 문에 다다르지 못할 것만 같았다. 문에 도달하기만 하면 즉시 바람처럼 달려가버릴 텐데, 날듯이 도망칠 텐데! 그래서 나와 같은 아이들의 무리 속으로 숨어버릴 텐데. 미소에 집중하는 일과는 별개로, 발소리를 전혀 내지 않도록 극도로 조심하면서, 내가 자세히는 알지 못하는 어떤 위험성의 은밀한 성격을 놓치지 않으려고 안간힘 썼다. 그때 갑자기 소름 끼치게도, 내 모습이 어떨지, 마치 거울을 보듯이 분명한 느낌이 들었다. 뭔가 축축한 것이, 발끝으로 살금살금 벽을 따라가면서, 얼굴에 띤 미소를 서서히 강화하고 있는 모습. 내 미소는 침묵에 싸인 교실을 단단하게 얼어붙게 만들었다. 심지어는 공원에서 들려오는 소음까지도 침묵의 외벽에 부딪혀 미끄러질 뿐이었다. 마침내 문에 이르렀을 때, 내 경망스런 심장은 잠들어 있는 거대한 세계를 깨워버릴 듯이 너무도 커다랗게 쿵쾅거렸다.

바로 그때, 나는 내 이름을 들었다.

갑자기, 바닥에 못 박힌 듯 꼼짝도 못하고, 입안은 바싹 마른 채, 그에게 등을 돌리고 선 나는 감히 돌아볼 엄두를 내지 못했다. 열린 문을 통해 산들바람이 불어 들어와 온몸을 적신 땀을 식혀주었다. 나는 천천히 몸을 돌렸다. 금방이라도 달아나버리고 싶은 갈망을 두 주먹 안에 꼭 움켜쥐고서.

내 이름이 불리는 순간 교실은 최면 상태에서 깨어났다. 그러자 매우 느리게, 교사의 전체 모습이 내 눈에 들어왔다. 매우 느리게, 나는 교사가 매우 크고 매우 흉하다는 것, 그리고 그가 내 인생의 남자라는 것을 깨달았다. 새로이 닥친 엄청난 공포, 작고, 몽유병자처럼, 홀로, 숙명적인 자유에 이끌려 마침내 대면하게 된. 내 얼굴에 최후까지 유일하게 남아 있던 미소조차도 거의 사라져버리고 말았다. 나는 바닥에 돌처럼 고정된 흐릿한 회색의 두 발이었고, 말라 죽어가는 형국의 텅 빈 심장이었다. 그렇게, 교사의 손이 미치지 못하는 곳에 나는 서 있었다. 그렇게, 내 심장은 말라 죽어가고 있었다. 내 심장은 말라 죽어가고 있었다. 막 살인을 앞둔 냉혈한처럼 차갑게, 그가 말했다.

"가까이 와라……."

어떻게 복수할 생각일까?

이제 곧 내가 그를 향해 날렸던 지구본이 되돌아와 내 얼굴을 때리게 될 테지만, 나는 그게 무엇일지 알아차리지도 못하고 있었다. 내가 부주의하게도 만들어내고 생명까지 부여하지 않았더라면 아예 존재하지 않았을 현실이 나를 강타할 터였다. 이 남자가 차곡차곡 쌓아 올린 슬픔의 더미는, 그러니까 복수의 더미는 얼마나 높을 것인가? 하지만 이제 와서 내 과거는 너무 늦었다. 결연한 후회가 내 머리를 꼿꼿이 치켜들게 했다. 지금껏 나를 가장 훌륭하게 이끌어주던 무지가, 처음으로 나를 버렸다. 내 아버지는 일하고 있었고, 내 어머니는 몇 달 전에 죽었다. 나는 오직 홀로인 나였다.

"……와서 노트 가져가라……." 그가 이어서 말했다.

깜짝 놀란 내 시선이 불현듯 그를 향했다. 그게 전부란 말인가? 뜻밖의 안도감은 조금전까지의 극심한 불안보다 더욱 충격적이었다. 나는 앞으로 걸어 나갔고, 의미 없는 말을 더듬거리며 손을 뻗었다.

하지만 교사는 꼼짝도 않았고, 노트를 건네주지도 않았다.

그는 나를 갑작스러운 고통에 빠뜨리는 행동을 했는데, 시선은 내게 고정한 채, 천천히 안경을 벗은 것이다. 그리고 속눈썹이 빽빽하게 난 맨눈으로 나를 빤히 쳐다보았다. 나는 한 번도 그의 맨눈을 본 적이 없었다. 속눈썹 숱이 너무 많아서 그의 눈은 두 마리의 바퀴벌레처럼 보였다. 그는 그렇게 나를 빤히 쳐다보았다. 나는 누군가와 정면으로 마주하는 법을 배우지 못했다. 그래서 천장을, 바닥을, 벽을 바라보며 그 사실을 숨겼고, 여전히 앞으로 쭉 뻗은 양손을 거두지 않았다. 어떻게 손을 거두어야 할지 몰랐기 때문이다. 그는 온화하고도 호기심 어린 시선으로 나를 빤히 쳐다보았다. 그의 눈은 지금 막 잠에서 깬 사람처럼 부스스했다. 예상하지 못한 손으로 그는 나를 으스러뜨릴 것인가? 아니면 나에게 무릎을 꿇고 용서를 구하라고 요구할 것인가? 한 가닥 유일한 희망은, 내가 그에게 한 짓을 그가 몰랐으면 하는 것이었다. 마치 나 자신이 몰랐던 것처럼. 그리고 실제로 나는 그걸 전혀 알지 못했다.

"숨겨진 보물 이야기는 어디서 들은 거냐?"

"무슨 보물요?" 나는 바보처럼 더듬거렸다.

우리는 둘 다 침묵 속에서 서로를 응시했다.

"아, 보물 말이군요!" 나는 아무것도 이해하지 못하면서 무작정 불쑥 이렇게 내뱉었다. 뭐라도 좋으니 얼른 잘못을 인정하고, 평생 고통스럽게 지고 가야 할 죄책감으로 벌을 받게 해달라고, 영원한 고문의 형을 선고해달라고, 하지만 알려지지 않은 이번 생에서만큼은 면제해달라고 사정할 생각이었다.

"보물은 가장 기대하지 않은 의외의 장소에 숨겨져 있다는 말. 그러니 네가 할 일은 그걸 찾아내기만 하면 된다는 거지? 그 이야기는 어디서 들은 거지?"

보물이 뭐가 어쨌다고, 이 남자는 어쩌다가 이렇게 정신이 나가버린 걸까? 어안이 벙벙한 채, 전혀 예상하지 못한, 이해할 수 없는 사건들과 차례로 마주치면서, 나는 한 걸음씩 위험지역 밖으로 물러나고 있는 것을 느꼈다. 사방으로 뛰어다니고 놀면서, 나는 잘못해서 넘어질 경우 설사 절룩거릴지라도 어떻게든 스스로 일어서는 법을 배웠고, 최대한 빨리 균형을 회복할 줄 알았다. "내 작문에 나오는 보물 말인가요? 그건 내가 실수로 잘못 쓴 거예요!" 나약하게, 하지만 새로 나타난 미끈거리는 지지대를 조심스럽게 디디며, 나는 넘어진 몸을 어떻게든 다시 일으켜 세웠고, 예전과 같은 오만한 태도로 미래의 파마 머리를 치켜들 수 있었다.

"어디서 들은 게 아니라……." 나는 절룩거리면서 대답을 이어나갔다. "내가 혼자서 생각해서 쓴 거예요." 내 목소리는 떨렸지만, 이미 반짝이는 찰랑거림을 회복하기 시작했다.

마침내 내가 다룰 수 있는 구체적인 실마리를 발견했다는 생각에 안심이 된 것도 잠시, 그럼에도 뭔가 더 크게 잘못되었음을 알아차리게 되었다. 갑작스럽게 사라진 그의 분노. 호기심을 느낀 나는 곁눈질로 그를 지켜보았다. 점차 초대형 사이즈로 커지는 의혹을 안고. 그가 분노하지 않는다는 것이 나를 두렵게 만들었다. 거기에는 내가 모르는 위협이 도사리고 있었다. 결코 나를 놓아주지 않는 시선—게다가 아무런 분노도 없지 않은가……. 속수무책으로, 아무런 대가도 없이, 나는 적과 양분, 둘을 동시에 잃었다. 나는 놀라운 마음으로 그를 지켜보았다. 그가 원하는 것이 무엇일까? 그는 나를 당황스럽게 만들었다. 분노가 결여된 그의 시선은 내가 두려워하던 폭력보다도 더욱 나를 괴롭게 했다. 얼음처럼 차가운 식은땀이 흐르며, 전신에 알 수 없는 소름이 끼쳤다. 서서히, 그가 눈치채지 못하도록, 나는 벽이 몸에 닿을 때까지 뒷걸음질쳤고, 더 이상 움직일 수 없을 때까지 머리를 뒤로 하여 벽에 기댔다. 그렇게 벽에 완전히 달라붙은 자세로, 나는 몰래 그를 관찰했다. 내 배 속에서는 기분 나쁜 액체가 부글거렸다. 왜 그런지는 설명할 수 없다. 나는 그것을 어떻게 묘사할 수가 없다.

나는 정말이지 특이한 아이였고, 얼굴이 창백해지면서, 나는 그것을 보았다. 머리카락이 곤두서며 금방이라도 토하고 싶었지만, 오늘까지도 나는 그때 내가 본 것이 무엇인지 확실히 알 수 없다. 하지만 내가 그것을 보았다는 사실 하나만은 분명히 알고 있다. 나는 입속과도 같은 까마득한 깊이가 번갯불에 드러난 것을 보았다. 나는 갑작스레 나타난 세계의 심연을 보았다. 내가 본 것은, 개복수술을 위해 입을 벌린 배 속처럼 익명이었다. 나는 그의 얼굴 위에서 벌어지는 현상을 보았다. — 이미 화석이 된 불쾌한 기운이 힘겹게 그의 피부 표면으로 기어 올라오고 있었고, 일그러진 미소가 서서히 머뭇거리다가, 마침내 딱딱한 껍질을 깨고 파열해 튀어나오는 것을. — 하지만 침묵의 재앙 속에서 뿌리 뽑혀버린 이것, 이것은 마치 간이나 발이 미소를 짓는 것과 마찬가지로, 실제 미소와는 너무도 닮지 않았으므로, 나는 정체를 알지 못한다. 내가 본 것이 무엇이든, 그것은 너무도 가까이 있었으므로, 나는 내가 본 것의 정체를 알지 못한다. 호기심 어린 눈으로 열쇠 구멍에 달라붙어 들여다보다가, 맞은편에 달라붙어 있는 또다른 눈동자를 발견하고 정신없이 놀라는 것처럼. 나는 안쪽의 눈동자를 본 것이다. 그것은 눈동자처럼 불가해했다. 눈동자는 유동성 젤리 속에서 둥둥 뜬 채 움직이고 있었다. 유기체 성분의 눈물에 잠겨. 눈동자는 저 혼자 울고 있었고, 저 혼자 웃고 있었다. 마침내 그 남자의 노력이 의식의 최고조에 달할 때까지, 그래서 유치한 승리감을 보이며, 활짝 열린 복부에서 진주 한 알을 뽑아내기까지. 그는 미소 짓고 있었다. 나는 내장으로 웃는 남자를 보았다. 잘못되었을까 봐 우려하는 그의 극단적 근심을, 이해가 느린 학생의 근면함을, 갑자기 왼손잡이라도 된 듯이 허둥대는 서투름을 볼 수 있었다. 영문을 모르는 채, 나는 내게 어떤 제안이 주어졌음을, 그 남자 자신과 그의 열린 복부를, 그라는 인간의 무게를 받아들이라고 요청받았음을 알았다. 절망적으로 벽에 등을 찰싹 붙인 채로, 나는 뒤로 움츠러들었다. 그 모든 것을 목격하기에 나는 너무 일렀다. 생명이 발생하는 것을 보기에 나는 너무 일렀다. 생명의 발생은 죽음보다 훨씬 더 피투성이였다. 죽음은 연속적이었다. 하지만 불활성의 물질이 마치 살아 있는 커다란 시체처럼 몸을 일으키려고 애쓰는 걸 지켜보기란…… 희망을 지켜보기란 공포스러웠다. 생명을 지켜보는 것은 위장이 뒤집어지는 일이었다. 그건 단지 내가 용감하다는 이유만으로 무리하게 많은 용기를 요구하는 일이고, 단지 내가 강하다는 이유만으로 너무 큰 강함을 요구하는 일이었다. "그래서 나는?" 10년이 흐른 뒤, 나는 사랑의 상실로 이렇게 외쳤다. "누가 내 연약함을 보려고 하겠어?" 나는 놀라운 마음으로 그를 지켜보았으며, 내가 본 것이 무엇인지 영영 알지 못하고 말았다. 내가 본 것은 호기심을 눈멀어버리게 했다.

이윽고 그가, 처음으로 배운 미소를 사용하여 말했다. "보물에 관한 네 작문은 아주 좋았어. 네가 발견하기만 하면 되는 보물이라니. 너는……" 잠시 그는 말을 잇지 못했다. 온화하고, 노골적으로, 마치 연인처럼 음미하는 눈길로 그는 나를 샅샅이 훑어보았다. "너는 정말 재미있는 아이야." 마침내 그가 말했다.

그 순간 나는 생애 최초로 진짜 수치심을 느꼈다. 내가 부당하게 취급해온 그 남자의 무방비한 시선을 견디지 못하고, 나는 눈을 내리깔았다.

그렇다, 나는 그의 분노에도 불구하고, 그가 어느 정도는 나를 신뢰하고 있다는 인상을 받았고, 그래서 보물에 관한 거짓 작문으로 그를 함부로 취급했다. 당시를 회상해보면, 나는 만들어진 모든 것이 거짓말이며, 오직 고통스러운 죄의식만이 나를 악에서 구원해주리라고 믿었다. 수치심으로 나는 눈을 내리깔았다. 예전에 그가 보여주던 분노가 훨씬 더 나았다. 그것은 내 방식에 실패의 왕관을 씌워줌으로써 나 자신과의 투쟁에서 나를 도왔다. 그렇게 하여 언젠가 나를 바로잡아줄 것이기 때문이다. 내가 가장 원하지 않은 것은, 내가 받을 자격이 없기 때문에 최악의 벌 이상일 뿐 아니라, 내가 두려워하는 엇나간 삶을 격려해줄 바로 이런 은혜였다. 나는 엇나간 삶을 너무도 두려워했으며, 너무도 그것에 매혹당해 있었다. 나는 정말로 그에게 말해주고 싶었다. 아무 데서나 보물을 발견할 수는 없다고 말이다. 하지만 그를 바라보자 용기가 사라졌다. 그의 환상을 깨뜨릴 자신이 없었다. 나는 이미 다른 사람들의 기쁨을 보호하는 일에 익숙했다. 예를 들자면 나보다 훨씬 더 조심성이 없는 아버지의 기쁨을. 그러나 나 스스로 무책임하게 유발한 이 기쁨을 통째로 꿀꺽 삼키기란 얼마나 어려운지! 그는 한 접시의 음식을 받아 들고, 그게 썩은 고기라는 걸 알아차리지도 못한 채 마냥 고마워하는 걸인 같았다. 얼굴로 피가 한꺼번에 몰리면서 확확 달아오르는 바람에, 나는 두 눈동자까지 시뻘겋게 충혈되는 걸 느꼈다. 그런데 그는, 또다시 착각하기를, 자신의 칭찬 때문에 내가 좋아서 얼굴이 빨개진 거라고 믿는 듯했다. 바로 그날 밤 이 모두는 통제불능의 구토로 변하여 엄습할 것이고, 덕분에 온 집 안의 전등이 밤새도록 불을 밝히게 될 것이다.

"너는" 마치 입술에 우연히 뛰어든 기적을 서서히 허용하게 된
사람처럼, 그가 다시 느리게 반복했다. "너는 정말 재미있는 아이
야. 알고 있니? 너는 정말 아무것도 모르는 못 말리는 꼬마야." 그
는 새 신발을 신고 잠든 어린 사내아이의 미소를 다시금 사용하
면서 말했다. 그는 자신이 미소 지을 때면 흉해진다는 사실을 전
혀 모르고 있었다. 그는 분명 나에게 자신의 흉함, 자신의 가장 순
수한 측면을 보여주려는 것이리라.

나는 할 수 있는 한 최대로, 그가 나를 신뢰함으로써 가한 모욕
을 꿀꺽 삼켜버려야만 했다. 그를 향한 연민을, 나 자신에 대한 수
치심을 삼켜버려야만 했다. "바보!" 그를 향해 이렇게 고함쳤어
야만 했다. "보물 이야기는 전부 내가 꾸며낸 거야! 꼬맹이 여자
애들이나 믿는 거라구!" 나는 어린아이가 어떤지 잘 알고 있었고,
그것이야말로 내 모든 심각한 결함에 대한 설명이 되었다. 나는
언젠가 자라서 어른이 된다는 사실에 큰 믿음과 기대를 품었다.
그런데 이 커다란 남자는, 나처럼 작고 버르장머리 없는 아이에
게 이처럼 간단하게 속아 넘어가고 말았다. 처음으로 그는, 어른
에 대한 내 믿음을 죽였다. 어른 남자인 그 역시, 나처럼, 거대한
거짓말을 믿은 것이다…….

……그러자 갑자기, 실망으로 내 심장이 빠르게 뛰었다. 단 1초
도 그 자리에 있을 수가 없었다―노트를 받는 것도 잊은 채, 나는
누군가로부터 이빨이라도 얻어맞은 듯이 손으로 입을 가리고, 공
원으로 달려나갔다. 손으로 입을 가리고, 공포에 질려, 나는 달리

고 또 달리고, 결코 멈추지 않기 위해, 계속해서 달렸다. 통렬한 기도는 간절한 애원이 아니었다. 가장 통렬한 기도는 더 이상 애원하지 않는 것이다. — 나는 몸서리치는 두려움에, 달리고 또 달렸다.

불순에 빠진 나는, 어른에게 구원의 희망을 품었다. 미래의 선량함을 절대적으로 믿을 수밖에 없는 나는 스스로 만든 이미지대로 상상해낸 어른을 숭배하게 되었지만, 그 이미지란 결국 성장의 참회로 정화된, 어린 소녀의 불결한 영혼에서 해방된 나 자신의 이미지였다. 그런데 이제 교사가 그 모두를 파괴해버렸다. 그를 향한, 그리고 나 자신을 향한 내 사랑도 파괴해버렸다. 내 구원은 불가능해졌다. 그 남자는 나 자신이기도 했다. 교활하고도 문제적인 아이의 유혹에 자신도 모르게 넘어가버린, 내 사악한 순결에 꼼짝없이 이리저리 휘둘려버린, 쓰라린 우상이었다. ……손으로 입을 꼭 틀어막은 채, 나는 공원의 먼지 속을 달려갔다.

마침내 교사로부터 아주 멀리까지 달아났음을 알아차린 뒤에야, 기력이 빠진 발걸음의 속도를 늦출 수가 있었고, 가까이 있는 나무에 온몸을 거의 내던지듯 기대며 미친 듯이 숨을 몰아쉬고 또 쉬었다. 헐떡거리면서, 두 눈을 감고서, 입으로는 먼지투성이 나무의 쌉쌀한 맛을 느끼며, 손가락은 화살에 맞은 심장이 새겨진 나무의 거친 표면을 기계적으로 끊임없이 쓰다듬었다. 갑자기 뭔가를 깨달은 나는, 눈을 더욱 꼭 감으며 신음했다. 그가 의미한 건 혹시…… 내가 바로 숨겨진 보물이란 말이 아니었을까? 가장 기대하지 않은 의외의 장소에 숨겨져 있다는 보물……. 오, 아니야 아니야, 불쌍한 사람, 불쌍한 창조의 왕이야……. 뭐가 필요했던 걸까? 그는 뭐가 필요했던 걸까? ……심지어 나를 보물로 변신시키다니.

내 안에는 아직도 달릴 힘이 많이 남아 있었다. 말라붙은 목구멍으로 억지로 공기를 들이마시며, 분노의 몸짓으로 나무줄기를 밀치며, 세계의 끝을 향해서 나는 다시 달리기 시작했다. 그러나 검게 그늘진 공원의 끄트머리에 이르기도 전에 기운이 완전히 소진되어버렸고, 걸음은 느려졌다. 더 이상은 한 걸음도 더 걸을 수 없었다. 지쳐서 그랬겠지만, 자포자기하는 마음도 컸다. 나는 점점 더 발을 질질 끌었고, 나뭇잎들을 파도처럼 쓸면서 걸었다. 내 걸음은 뭔가에 살짝 홀린 듯했다. 머뭇거리며 나는 멈추어 섰다. 나무들이 저 높은 곳에서 빙글빙글 회전했다. 처음 느끼는 기이한 달콤함이 내 심장을 마비시켰다. 나는 겁먹었고, 더욱 머뭇거렸다. 풀밭 한가운데서 나는 혼자였다. 몸을 기댈 것도 없이, 손으로는 지친 가슴을 부여잡은 채, 마치 수태고지를 들은 성처녀처럼, 두 발로 서 있기도 힘에 겨웠다. 피곤을 이기지 못한 나는 마침내 최초의 온유함 앞에, 멀리서는 여인의 것처럼 보일 굴종의 머리를 수그렸다. 높은 나뭇가지들이 이리저리 흔들렸다. "너는 정말 재미있는 아이야. 너는 정말 아무것도 모르는 못 말리는 꼬마야." 그는 이렇게 말했다. 그것은 사랑과 같았다.

아니, 나는 재미있지 않았다. 스스로는 전혀 알아차리지 못했지만, 나는 무척 진지한 편이었다. 아니, 나는 아무것도 모르는 못 말리는 꼬마가 아니었다. 현실은 내 숙명이었고, 그것이 타인들을 괴롭히는 내 안의 원흉이었다. 그리고 더더욱 말도 안 되는 것이, 나는 결코 보물이 아니었다. 하지만 모든 인간이 태어나면서부터 갖고 있고 생애 내내 삶을 갉아먹는 마음속 탐욕의 독을 내가 이미 발견한 거라면—오직 꿀과 꽃들의 그 순간에, 나는 치유법 또한 발견한 것이다. 누군가 나를 사랑한다면, 그것은 곧 나로 인해 고통받는 자를 내가 치유하는 것이다. 나는 굶주림과 웃음을 가진 어둠의 무지이고, 그것의 작은 죽음으로 내 불가피한 삶을 먹인다. — 내가 무엇을 할 수 있었나? 나는 자신이 불가피하다는 것을 잘 알았다. 하지만 내가 아무리 쓸모없다고 해도, 그 순간 나는 그 남자가 가진 전부였다. 그는 최소한 한 번은, 어떤 누군가가 아닌, 누군가를 통해서 사랑하게 될 것이다. — 그리고 그 자리에 있던 사람은 나 혼자였다. 하지만 그것이 그에게 유일하게 유리한 점이었다. 오직 나만을 가진 것, 사악한 인간을 사랑할 수밖에 없게 된 것, 그럼으로써 그는 거의 아무도 해내지 못한 지점에서 시작한 셈이다. 청결한 것을 욕망하기란 너무 쉽다. 하지만 흉함은 사랑을 통해 도달할 수 없는 지점이다. 불순한 것에 대한 사랑은 우리의 가장 깊은 그리움이다. 사랑하기 힘든 나라는 존재를 통해, 그는 자신에 대한 크나큰 연민 속에서, 우리를 형성한 본질을 얻었다. 내가 제대로 이해한 것인가? 아니다. 그 당시 내가 이해한 것이 무엇인지, 나는 알지 못한다. 하지만 그건, 마치 짧은 한순간 내가 공포스런 매혹에 사로잡혀 교사의 내부에서 세계를 본 것과 같았고—심지어 나는 지금도 내가 본 것이 무엇인지 모르며, 오직 영원과 그리고 한 찰나 동안 내가 보았다는 그 사실만을 알고 있다. ― 바로 그렇게 나는 우리를 이해했으며, 내가 이해한 것이 무엇인지 나는 결코 알지 못할 것이다. 내가 이해한 것이 무엇인지, 나는 결코 알지 못할 것이다. 공원에서 내가 달콤한 충격에 휩싸여 이해한 것이 무엇이든, 그것은 내 무지를 통한 이해였다. 그 자리에 서서―나무들의 고독보다 덜하지 않은, 고통 없는 고독 속에서―내가 완전히 회복한 무지, 무지와 그것의 이해할 수 없는 진실까지도. 거기에 나, 지나치게 약아빠진 소녀가 있었는데, 내 안의 무용한 것들이 신과 그리고 인간에게 뭔가 가치가 있음이 밝혀졌다. 내 안의 무용한 것들이 바로 내 보물이었다.

수태고지의 성처녀처럼, 바로 그렇다. 그는 내가 최소한 자신을 미소 짓게 만드는 것을 허용했고, 그것을 통해 나에게 고지한 것이다. 그는 마침내 나를, 창조의 신 이상의 존재로 변신시켰다. 그는 나를 창조의 신의 부인으로 만들었다. 내 모든 발톱과 꿈을 동원하여 그의 가슴에서 가시투성이 화살을 뽑아내는 일이, 많고도 많은 사람들 중에서 나에게 떨어진 것이다. 내가 왜 거친 손을 갖고 태어났는지, 왜 고통에 직면하여 눈 하나 깜짝 않는 천성으로 태어났는지, 즉시 명확해졌다. 손톱이 왜 이렇게 긴가요? 너를 죽음으로부터 비틀어 떼어내고 너의 몸에서 치명적인 가시를 뽑아내기 위해서, 하고 늑대인간은 대답했다. 입은 왜 그렇게 게걸스럽고 끔찍하게 생겼나요? 너를 씹은 다음 입김으로 호호 불어주려고, 그래야 네가 조금이라도 덜 아플 테니까, 난 어차피 널 아프게 할 수밖에 없어, 나는 불가피하게 늑대란다, 그렇게 태어났으므로 피할 수가 없어. 그렇게 까칠거리고 우악스러운 손은 뭐에 쓰는 건가요? 우리가 서로 손을 잡기 위해서지, 나는 그게 필요하니까, 너무도 많이, 너무도 많이, 너무도 많이─늑대 무리는 울부짖었고, 서로 사랑을 나누고 잠들려고 몸을 밀착시키기 전에, 겁먹은 눈길로 먼저 자신의 발톱을 바라보았다.

……이렇게 나는, 학교가 있던 커다란 공원에서 사랑받는 법을 서서히 배우기 시작했으며, 사랑하지 않아서 생기는 고통을 없애기 위해, 사랑받을 자격이 없다는 사실을 참고 견뎠다. 아니, 그건 단지 이유들 중의 하나에 불과했다. 다른 이유들은 저마다 다른 이야기를 만들어낼 것이므로. 그중 몇몇 다른 이야기에서는, 거친 사랑으로 충만한 발톱들이 가시투성이 화살을 뽑아낸 것은 바로 내 가슴이었다. 그들은 내 비명에도 눈 하나 깜짝하지 않았다.

세상에서 가장 작은 여자
A menor mulher do mundo

적도의 아프리카 심장부에서 프랑스인 탐험가이자 사냥꾼, 세계의 방랑자 마르셀 프레트르는 놀랄 만큼 체구가 작은 피그미 부족과 마주쳤다. 더구나 숲 너머 멀리에 그들보다 더 작은 부족이 살고 있다는 말을 듣고는 더욱 놀랐다. 그래서 그는 대륙의 더욱 깊숙한 곳으로 들어갔다.

그리하여 도달한 콩고 한가운데서 그는 정말로 세상에서 가장 작은 피그미 부족을 발견했다. 상자 속의 상자 속의 상자처럼, 세상에서 가장 작은 피그미 부족들 중에서도 가장 작은 피그미 부족이 세상에서 가장 작은 피그미 부족들 사이에 있었다. 아마도 간혹 발생하는, 스스로의 능력을 넘어서려는 자연의 욕구를 충족시키기 위해서.

모기떼와 축축하고 뜨끈한 나무들, 게을러빠진 밀림과 빽빽하게 우거진 나뭇잎 사이에서, 마르셀 프레트르는 키가 45센티미터인 한 여자와 정면으로 맞닥뜨렸다. 다 자란 성인이며, 검고, 말이 없는 여인이었다. "원숭이처럼 새까맸어요." 하고 그는 매스컴과 인터뷰할 때 말할 수 있으리라. 그녀는 나무 꼭대기에서 마찬가지로 작은 배우자와 함께 살고 있었다. 이른 시기에 과실을 익게 만들고 거의 참기 힘들 만큼 극심하게 달콤한 맛까지 더해주는 숲의 뜨끈한 야생 안개 속에서, 그녀는 임신했다.

거기 그녀가, 세상에서 가장 작은 여자가 서 있었다. 그 순간, 웅웅거리는 열기 속에서, 프랑스인은 자신이 생각지도 못한 궁극의 결론에 도달한 듯한 느낌이 들었다. 물론 그렇다고 해서 그의 영혼이 달아나버리거나 통제력을 잃는 일은 일어나지 않았는데, 그건 오직 그가 미치지 않았기 때문이다. 체계의 필요성, 그리고 존재하는 모든 것에는 무조건 이름이 있어야 한다는 강박 때문에, 그는 여자에게 '작은 꽃'이란 이름을 붙였다. 그리고 여자를 인식 가능한 실물 생태계로 분류해넣기 위해, 즉시 여자에 관한 정보를 모으기 시작했다.

여자의 종족은 서서히 멸종해가는 중이었다. 그녀가 속한 종의 구성원은 몇 명 남지 않았다. 그들은 아프리카의 음흉한 위험이 없었다면 여기저기 멀리 흩어져서 살 사람들이었다. 질병과 더러운 강물의 수증기, 영양 부족과 사방에 퍼져 있는 짐승들을 제외한다 해도, 몇 안 되는 리쿠알라족이 처한 가장 큰 위험은, 고요한 대기 속에 도사린 채 학살의 아침이 밝아오기를 기다리는 야만인 반투족이었다. 반투족은 원숭이를 사냥하듯이 그물을 던져 리쿠알라족을 사냥한 다음, 먹었다. 그게 전부였다. 그물로 사냥하고, 먹어치우는 것이다. 그들 작은 종족은, 항상 달아나고 또 달아날 수밖에 없었고, 결국은 아프리카 대륙의 가장 깊은 심장부까지 달아났는데, 운 좋은 탐험가가 거기서 그들과 마주친 것이다. 그들은 방어 전략의 일환으로, 가장 키 큰 나무 꼭대기에서 살았다. 여자들은 옥수수 요리를 하거나 카사바를 빻고 채소를 따기 위해, 남자들은 사냥을 위해 나무에서 내려왔다. 아기가 태어나면, 거의 태어나는 즉시 자유롭게 풀어놓았다. 사나운 짐승들이 득실대는 한가운데서 대부분의 아기가 주어진 자유를 그리 오래 만끽하지 못하는 건 당연했다. 하지만 인생이 그토록 짧은 덕분에, 최소한 아무도 기나긴 노동을 한탄할 필요가 없다는 장점도 있었다. 심지어는 아기가 배우는 언어조차도 짧고 간략하며, 지극히 핵심적인 사항만을 표현했다. 리쿠알라족은 이름을 거의 사용하지 않았고, 몸짓과 짐승 소리를 흉내 내어 사물을 가리켰다. 정신적 진보의 결과물로 봐줄 만한 물건으로는 북이 있었다. 그들이 북소리에 맞추어 춤을 추는 동안, 언제 어디서 나타날지 모르는 반투족을 대비해 작은 남자 하나가 망을 보았다. 이런 상황에서 탐험가는, 실제로 자신의 발치에, 세상에서 가장 작은 인간이 서 있는 것을 발견한 것이다. 그의 가슴은 쿵쾅거렸다. 그 어떤 에메랄드도 이보다 희귀하지는 않을 것이기 때문이다. 인도의 그 어떤 현자의 가르침이라도 이보다 희귀하지는 않을 것이기 때문이다. 세계 최고의 부자라 해도 이처럼 낯설고 신기한 우아함을 구경한 적은 없을 것이기 때문이다. 여기 그 어떤 군침 도는 달콤한 꿈에서도 상상하기 힘든 한 여자가 있다. 그 순간 탐험가는, 그의 아내는 절대로 상상하지 못할 수줍고도 섬세한 감정을 담아 선언했다.

"당신은 작은 꽃이야."

그 순간 작은 꽃은, 사람이 잘 긁지 않는 신체 부위를 긁었다. 탐험가는—일생 동안 이상을 지켜온 자만이 열망할 자격이 있는, 육체적 순결에 대한 최고의 상이라도 받은 듯—이미 온갖 경험을 다 겪은 탐험가는, 이 순간 시선을 돌렸다.

작은 꽃의 사진은 그녀의 실제 신체 크기대로, 신문의 일요일자 컬러 특별판에 실렸다. 잔뜩 부푼 배에, 천 조각 하나만 두른 채. 낮은 코와 검은 얼굴, 움푹 들어간 눈에 양옆으로 벌리고 선

두 발. 그녀는 한 마리 개처럼 보였다.

그 일요일, 어느 아파트에서 신문을 펼친 한 여인은 작은 꽃의 사진을 보자마자, 두 번 다시 쳐다보고 싶은 생각이 사라졌다. "너무 괴롭기 때문에."

다른 아파트에서는 한 숙녀가 아프리카 여인의 왜소함을 향한 왜곡된 애정을 느낀 나머지—사전 예방이 사후 치료보다 백 배 나으므로—작은 꽃이 무방비 상태로 그 숙녀의 애정권으로 들어오는 일이 생겨서는 결코 안 된다고 생각했다. 마음의 끌림이 어떤 암흑의 사랑으로 발전할지 아무도 모르기 때문이다. 숙녀는 그날 깊은 혼란 속에서 하루를 보냈고, 흔히 하는 표현에 따르자면 그리움에 사무친 상태였다. 때는 봄이었고, 더구나 위험한 자비심이 대기 중에 가득했다.

다른 집에서는 다섯 살 난 소녀가 사진을 보고 그와 관련된 말을 듣고 난 후, 극심한 공포에 빠져버렸다. 어른들이 많은 그 집에서 소녀는 그때까지 가장 작은 구성원이었다. 그래서 항상 다정한 어루만짐의 대상이었던 동시에, 폭압적 사랑의 공포를 가장 많이 느끼는 당사자이기도 했다. 작은 꽃의 존재는 소녀에게 어떤 느낌을—그것의 모호함은 수년이 지난 후에는, 아주 다른 이유로 인해, 단단한 생각으로 굳어져버릴 것이다—생애 최초로 다가온 번득이는 지혜의 섬광 속에서, '불행은 끝이 없다'는 느낌을 불러일으켰다.

다른 집에서는 곧 결혼할 젊은 신부가, 봄을 맞아들이는 의식으로, 동정심의 환희에 도취되었다.

"엄마 이 사진 좀 보세요, 세상에, 너무 가엾어요! 너무 슬픈 사진이에요!"

"진정해라." 엄격하게, 좌절과 오만이 깃든 말투로, 어머니가 말했다. "그건 짐승의 슬픔이지 인간의 슬픔은 아니잖니."

"아! 엄마." 용기가 꺾인 신부가 말했다.

다른 집에서는 머리 좋은 소년이 머리 좋은 생각을 해냈다.

"엄마, 만약 내가 이 작은 아프리카 여자를 파울리뉴가 자고 있는 침대에 집어넣으면 무슨 일이 생길 것 같아? 잠에서 깨어나면 파울리뉴는 무서워 죽을 테지! 눈을 떴는데, 이런 여자가 침대 가장자리에 앉아 있는 걸 보면 엉엉 울면서 비명을 지르겠지! 이런 여자를 갖고 엄청 재밌는 장난을 많이 칠 수 있겠어! 이 여자를 데려와 장난감으로 삼으면 정말 재미있을 텐데!"

그때 소년의 어머니는 욕실 거울 앞에서 머리를 말고 있었는데, 언젠가 집에서 일하는 가정부가 자신의 고아원 생활에 대해서 했던 말을 문득 기억해냈다. 가지고 놀 인형도 하나 없이, 이미 모성애가 고아 소녀들의 가슴속에서 무서우리만큼 요동치고 있는 상태로, 교활한 어린 소녀들은 한 소녀의 죽음을 수녀에게 숨겼다고 했다. 죽은 소녀의 시신을 장롱 속에 집어넣고, 수녀가 나가고 나면 소녀들은 죽은 소녀의 시신으로 인형놀이를 했다. 목욕을 시키고, 음식을 먹이고, 오직 다시 데려와 입맞추고 쓰다듬으며 위로하기 위해, 벌로 구석에 세워두는 것이다. 이것이 어머니가 그 순간 욕실에서 떠올린 기억이었다. 어머니는 머리핀을 가득 쥔 손을 아래로 축 늘어뜨렸다. 사랑의 잔인한 필연성을 생각하면서. 행복하려는 우리들 욕망의 사악함을 생각하면서. 우리가 가지고 놀고 싶어 하는 그 흉폭함을 생각하면서. 얼마나 자주 우리는 사랑이란 이름으로 죽임을 행했을까. 그리고 어머니는, 마치 위험한 이방인을 바라보듯, 자신의 머리 좋은 아들을 바라보았다. 그러자 그녀는, 삶과 행복의 능력을 갖춘 저 존재를 낳은 자신의 육신이 아니라, 자신의 영혼이 소름 끼쳤다. 그녀는 불편한 뿌듯함을 느끼며, 주의 깊게, 이미 앞니가 두 개나 빠진 소년을 바라보았다. 진화, 작동하는 진화, 더 잘 씹을 수 있는 다른 이빨을 위하여 스스로 자리를 내어주는 이빨. "새 셔츠를 사줘야겠어." 그녀는 아들을 보면서 마음속 깊이 결심했다. 그녀는 앞니가 빠진 아들을 항상 말끔하게 챙겨 입히려고 집요한 열성을 부렸을 뿐 아니라, 마치 청결이 안정감의 표피를 더욱 강화한다는 듯이, 언제나 아들을 집요할 정도로 청결하게 유지시키고 싶어 했다. 그런 식으로 그녀는, 아름다움의 예의범절을 집요하게 완성시켰다. 집요하게 그녀 자신과 아들을, 검은 사물로부터 떼어놓았다. "원숭이처럼 새까맸어요." 그리고 다시 욕실 거울을 들여다보면서, 어머니는 유난히 고상하고 예절 바른 미소를 지었고, 추상적인 선을 가진 그녀의 얼굴과 작은 꽃의 투박한 얼굴 사이에, 수천 년에 걸친 도저히 극복하지 못할 간극을 설치했다. 그러나 오랜 시간의 경험 덕분에, 그녀는 오늘 역시 공포를, 꿈을, 상실된 수천 년의 세월을 자기 자신에게 숨겨야만 하는, 그런 일요일 중의 하나라는 것을 잘 알고 있었다.

다른 집에서는, 45센티미터라는 작은 꽃의 키를 벽에다 자로 대보는 작업에 열중하고 있었다. 그 일을 통해서 놀라운 사실을 알아내고 사람들은 숨을 헉 삼켰으니, 작은 꽃은 인간의 가장 예민한 상상력이 상상해낼 수 있는 정도보다 더욱 작았기 때문이다. 가족 모두의 가슴속에, 그토록 작고, 그토록 다루기 힘든 것을 소유하고 싶다는 열렬한 그리움이 사무쳤다. 잡아먹힐 위험으로부터 안전해진, 마르지 않는 자비를 불러일으키는 그것을. 가족의 뜨거운 열망은, 헌신을 바칠 만한 대상을 갈구했다. 그 누가, 한 인간을 온전히 소유하기를 꿈꾸지 않겠는가? 물론, 항상 아주 마음 편하지만은 않을 것이다. 인간은 감정이 없기를 바라는 순간도 있으므로.

"이 여자가 만약 여기 산다면, 내 장담하건대 분명히 언젠가 크게 싸움이 벌어질 거야." 안락의자에 앉은 아버지가, 단호한 태도로 신문의 페이지를 넘기며 말했다. "이 집에서는 뭐든지 다 싸움으로 끝나버리니까."

"주제, 당신은 뭐든지 염세적으로만 본다니깐." 어머니가 말했다.

"엄마, 저 여자가 낳는 아기는 정말로 작겠다." 열세 살 난 큰딸이 열정적으로 말했다.

아버지가 신문 뒤편에서 헛기침을 했다.

"세상에서 제일 작은 흑인 아기가 되겠지." 어머니가 황홀경에 싸여 대답했다. "저 여자가 우리집에서 저녁식사 시중을 드는 걸 한번 상상해봐라, 저 볼록해진 조그만 배를 하고 말이야!"

"쓸데없는 소리 그만해!" 아버지가 버럭 화를 냈다.

"당신도 인정할 건 인정해야죠." 어머니가 의외로 기분 상해하면서 대꾸했다. "사람이라면 누구나 이런 희귀한 것에 관심을 갖는 건 당연해요. 당신은 너무 둔해서 못 느끼는 거겠지만."

그렇다면 희귀한 것 자신은 어떨까?

그사이 아프리카에 있는 희귀한 것은 마음에—그런데 혹시 그 마음도 마찬가지로 검을지 누가 알겠는가? 한번 실수를 범한 자연은 영 완전히 신뢰할 수가 없으니 말이다—자신보다 더욱 희귀한 것을 품고 있었다. 마치 비밀이 더 큰 비밀을 품듯이. 정말이지 작디작은 아이를. 탐험가는 세상에서 가장 작은 성인의 작은 배를 가까이서 체계적으로 꼼꼼하게 살폈다. 그러다 어느 순간 탐험가는, 그녀를 만난 이후 처음으로 호기심, 무아지경의 흥분, 승리감 혹은 학자적인 희열 대신에, 불쾌감을 느꼈다.

왜냐하면 세상에서 가장 작은 여자가 웃고 있었기 때문이다.

그녀는 부드럽게, 부드럽게 웃었다. 작은 꽃은 삶을 기뻐하고 있었다. 그 희귀한 것은 자신이 아직도 잡아먹히지 않고 살아 있다는 이루 형용할 수 없는 감정을 온몸으로 느끼는 중이었다. 아직 잡아먹히지 않았다는 것은, 다른 때라면, 가지에서 가지로 펄쩍 뛰어오를 만큼 민첩한 충동을 불러올 일이었다. 하지만 지금 이 평온한 순간, 콩고의 한가운데 나뭇잎이 빽빽하게 우거진 밀림에서, 그녀는 그런 충동을 행동으로 옮기지 않았다. 충동은 밖으로 터져 나오는 대신, 그녀라는 희귀한 것의 왜소함으로 완전히 집중되어버렸다. 그래서 그녀는 웃었다. 그것은 말하지 못하는 자만이 가능한 그런 웃음이었다. 당황한 탐험가는 그 웃음이 어떤 종류인지 판단할 수 없었다. 그녀는 계속해서 웃었고, 잡아먹히지 않은 자신의 부드러운 웃음을 즐겼다. 잡아먹히지 않았다는 것은 가장 완벽한 감정이었다. 잡아먹히지 않는 것은 전 생애에 걸친 비밀의 목표였다. 잡아먹히지 않고 있는 동안은, 그녀의 짐승 같은 웃음은 부드러웠다. 기쁨이 그러하듯이. 탐험가는 깊은 당혹감에 빠졌다.

두 번째로는, 그녀라는 희귀한 것이 웃는다면, 그건 그녀의 왜소함 안에서 거대한 어둠이 움직이기 시작했다는 의미였다.

그것은 그녀라는 희귀한 것이, 자신의 가슴이, 아마도 사랑이라고 부를 수 있는 그 무엇으로 더워지는 걸 느낀다는 의미였다. 그녀는 그 노란 탐험가를 사랑했다. 그녀가 말하는 법을 알아서 그에게 사랑한다고 말했더라면, 탐험가는 자만심이 하늘로 둥둥 치솟았을 것이다. 그러다 그녀가, 탐험가의 반지도 매우 사랑하고 탐험가의 장화도 매우 사랑한다고 덧붙인다면, 그의 자만심은 금세 쪼그라들어버리리라. 그래서 실망한 그가 기분이 상하면, 작은 꽃은 이유를 모르리라. 탐험가를 향한 그녀의 사랑은—그런데 그 사랑을 심오한 사랑이라고 불러도 무방할 것이다. 왜냐하면 다른 아무런 수단을 갖지 못한 상태에서, 그녀는 오직 심오함 하나만으로 축소되었기 때문이다—, 그녀의 심오한 사랑은 그녀가 그의 장화를 사랑한다는 사실 때문에 평가절하될 이유가 조금도 없기 때문이다. '사랑'이란 말에는 오랜 오해가 있다. 많은 아이들이 이 오해의 산물로 세상에 태어나는 반면, 또 다른 수많은 아이들은 오직 한 가지, 내 돈이 아닌 나를, 나만을 사랑하라는 예민한 요구 때문에 태어날 유일한 순간을 놓쳐버린다. 그러나 숨 막히는 밀림의 습기 속에는 그런 잔인한 세련됨이 없고, 사랑은 잡아먹히지 않는 것, 사랑은 장화를 예쁘다고 생각하는 것, 사랑은 그 남자의 검지 않은 특이한 피부색을 좋아하는 것, 사랑은 반짝이는 반지에 대한 사랑으로 웃는 것이었다. 작은 꽃은 사랑으로 눈을 깜빡였고, 부드럽고, 작고, 임신한, 작은 웃음을 웃었다.

탐험가는 그녀에게 웃음으로 화답하려 했다. 정확히 어떤 심연을 향해서 화답해야 하는지 알지 못한 채. 그리고 그는 당황에 빠졌다. 위대한 남자만이 빠질 수 있는 그런 당황스러움이었다. 그는 탐험가용 모자를 깊이 눌러쓰는 척하며 불안을 감추려 했지만, 얼굴은 홍당무가 되었다. 그의 얼굴은 아름답게도 초록빛이 어린 핑크색으로 변했다. 아침의 붉은 햇살을 받은 레몬처럼. 맛이 시큼할 것이 분명한 레몬처럼.

아마도 상징적인 모자를 고쳐 쓰는 척하던 그 짧은 순간, 탐험가는 자제심을 되찾았고, 엄격한 작업 정신을 다잡고는, 다시 기록에 몰두했다. 그는 그 부족이 사용하는 말 중 몇몇 어휘와 특유의 신호가 갖는 의미를 배워두었기에 질문을 할 수 있었다.

작은 꽃은 "네"라는 말로 대답했다. 그것은, 나무를, 자신의 나무, 자기 자신의 나무를 갖고 거기서 산다는 것은 정말로 좋다는 말이었다. 왜냐하면—이건 그녀가 직접 한 말이 아니고 그녀의 눈이 너무도 짙은 검은색으로 변하면서 대신 대답한 내용이었다—가지는 것은 좋기 때문에, 가지는 것은 좋기 때문에, 가지는 것은 좋기 때문에. 탐험가는 여러 번이나 눈을 깜빡였다.

마르셀 프레트르는 스스로를 상대로 분투해야 하는 어려운 순간을 여러 번 겪었다. 하지만 그는 최소한 분주하게 기록하는 손길을 멈추지는 않았다. 기록을 하지 않는 자는 자기 자신과 온 힘을 다해 맞서야 하기 때문이다.

"두고 보세요." 한 나이 든 여인이 단호하게 신문을 접으면서 불쑥 말했다. "내가 할 말은 이게 전붑니다. 그가 이제 뭘 할지, 신은 알겠지요."

수학교사의 범죄

O crime do professor de matemática

남자가 언덕 가장 꼭대기에 오르자, 발아래 시내에서 종소리가 울리고 있었다. 시야에는 높고 낮은 지붕만이 펼쳐졌다. 언덕 위 편평한 고원에는 나무 한 그루가 외롭게 서 있었다. 남자는 그곳에서 무거운 자루를 들고 서 있었다.

　그는 근시인 눈으로 아래를 내려다보았다. 가톨릭 신도들이 천천히 성당으로 들어가는 것이 조그맣게 보였다. 그는 광장 여기저기 흩어진 아이들의 산발적인 소리를 들어보려고 귀를 바싹 곤두세웠다. 하지만 아침의 맑은 대기에도 불구하고 소리는 이곳 언덕 꼭대기까지는 거의 도달하지 못했다. 그는 움직임 없이 고정된 듯한 강물도 보았다. 그리고 생각했다. 일요일이구나. 멀리 떨어진 곳에는 바싹 마른 암벽 비탈을 가진 높은 산봉우리들이 보였다. 날씨가 춥지 않았으나 남자는 코트의 단추를 여몄다. 마침내, 남자는 자루를 조심스럽게 바닥에 내려놓았다. 그리고 안경을 벗었는데, 아마도 좀 더 편하게 숨쉬기 위해서일 것이다. 안경을 벗어 든 채로 아주 깊게 심호흡을 했기 때문이다. 안경을 벗은 그의 눈은 밝게, 거의 소년처럼, 보기 드문 광채로 반짝였다. 다시 안경을 쓰고 중년의 남자로 되돌아온 그는 자루를 집어 들었다. 마치 돌이라도 든 것처럼 무겁군, 하고 그는 생각했다. 그는 강물의 흐름을 알아보려고 가늘게 뜬 눈으로 열심히 주시했고, 혹시 무슨 소리가 들리지나 않는지 신중하게 귀를 기울였다. 강은 그 자리에 멈추어 있었고, 유독 강인한 목소리 하나만이 어느 한 찰나, 언덕 위에 도달했다가 사라졌다. 그렇다, 남자는 철저하게 혼자였다. 따뜻한 도시에서 살아온 그에게 선선한 언덕의 공기는 호의적이지 않았다. 언덕 위 외로이 선 나무의 가지들이 바람에 흔들렸다. 남자는 그것을 바라보았다. 남자에게는 시간이 있었다. 더 이상은 기다릴 필요가 없다는 결심이 들 때까지는.

여전히 남자는 가만히 기다리고 있었다. 안경이 그에게 방해가 되는 것이 분명했다. 그는 다시 안경을 벗었고, 깊은 심호흡을 토해낸 다음, 안경을 주머니에 넣었다.

이제 그는 자루를 열었고, 안을 흘낏 들여다보았다. 그리고 뼈가 드러나게 마른 손을 안으로 넣어 죽은 개를 끄집어냈다. 그러는 동안 신경은 온통 중요한 손에만 집중한 채, 두 눈을 꾹 감고 있었다. 그가 눈을 떴을 때, 대기는 더욱 환해졌고 경쾌한 종소리가 다시 울리며 처벌의 위안으로 신자들을 불러 모았다.

모르는 개의 죽은 몸이 햇빛 아래 드러났다.

이제 남자는 체계적으로 작업에 착수했다. 딱딱하게 굳은 검은 개를 잡고 바닥의 움푹한 곳에 놓았다. 그리고 나서는, 이미 일을 너무 많이 했다는 듯이, 다시 안경을 쓰고, 개 옆에 주저앉아서 풍경을 바라보기 시작했다.

남자는 매우 또렷하게, 어느 정도 공허한 심정으로, 황폐하게 버려진 언덕 위 편평한 땅을 볼 수 있었다. 그러나 앉은 자세에서는 도시를 내려다볼 수 없다는 사실을 확실히 알아차렸다. 그는 다시 크게 호흡했다. 다시 자루 속에 손을 넣어, 삽을 꺼냈다. 그리고 어느 장소를 골라야 할지 생각했다. 나무 아래가 적당할 것 같았다. 나무 아래 이 개를 묻는다는 생각에, 남자는 소스라치게 놀랐다. 만약에 다른 개였다면, 진짜 개였다면, 남자는 자신이 죽은 다음에 묻히고 싶은 장소에 개를 묻었을 것이다. 언덕 한가운데, 맨눈으로 태양을 마주 보는 자리에. 그런데 지금, 모르는 개가 진짜 개를 대신하고 있으므로, 그는 이 개가—행위의 완성도를 더욱 높이기 위해—다른 개가 받을 것을 정확히 그대로 받아야 한다고 생각했다. 남자의 생각은 단호했고 한 치의 망설임도 없었다. 그는 냉혹할 정도로 빈틈없이, 자신의 의사를 알았다.

곧, 지나칠 정도로 꼼꼼하게, 그는 언덕 한가운데를 정확히 계산해내는 데 정신없이 몰두했다. 쉽지 않은 일이었다. 한쪽에 서 있는 나무 한 그루가 잘못된 중심을 형성하면서, 평지를 비대칭으로 가르고 있었기 때문이다. 난관에 직면한 남자는 포기하고 말았다. "개를 반드시 정 가운데에 묻어야 한다는 법은 없지. 다른 개라고 해도, 일단 그렇게 부르기로 하지, 내가 지금 서 있는 이 자리에 묻었을 수도 있으니까." 그것은 이 행위에 우연이라는 숙명을 부여하여, 외적이고 명백한 사건으로 봉인하는 일이었고—광장의 아이들이나 성당으로 들어서는 신자들처럼—, 사실을 하늘 아래 세계의 표면에 최대한 가시적으로 만드는 문제였다. 그것은 자신을 노출하고 사실을 노출하는 문제이며, 처벌받지 않는 은밀한 생각의 유형을 불허하는 문제였다.

바로 그 순간 그가 서 있는 자리에 개를 묻는다는 생각이 들자—남자는 반사적으로 움찔 물러섰다. 작지만 특이하게도 무거운 그의 몸에는 어울리지 않는 민첩함이었다. 그의 발아래에 개의 무덤이 고스란히 그려지는 듯했기 때문이다.

그는 자신이 서 있는 바로 그 자리에서, 리드미컬한 삽질로 땅을 파기 시작했다. 때때로 동작을 멈추고 안경을 벗었다가, 다시 쓰는 행동을 반복했다. 온몸에서 땀이 쏟아졌다. 구덩이는 많이 깊지는 않았으나 남자가 힘을 아끼려고 그런 건 아니었다. 그가 땅을 깊이 파지 않은 건 이렇게 생각했기 때문이다. '만약 진짜 개였다면 난 구덩이를 얕게 팠겠지. 그리고 개를 지표면 가까이에 묻었을 거야.' 지구 표면 가까이 있으면 개의 감각이 많이 박탈당하지는 않을 거라고 믿었던 것이다.

마침내 그는 삽을 내려두고, 조심스럽게 모르는 개를 들어 구덩이 안에 놓았다.

이 개의 얼굴은 얼마나 낯설고 이상한지. 어느 길모퉁이에서 죽은 개를 우연히 발견하고 소스라치게 놀랐을 때, 남자는 즉시 이 개를 묻어주어야겠다는 생각이 들었고, 그 생각은 남자 자신에게조차 너무도 부담스러울 정도로 의외라서, 그는 침이 딱딱하게 말라붙은 주둥이를 제대로 알아차리지도 못했던 것이다. 참으로 기이하게 사물적으로 보이는 개였다.

개의 몸은 남자가 판 구덩이 위로 살짝 솟아나와 있어서, 구덩이를 메우면 거의 눈에 띄지 않을 정도로 약간 올라온 봉분 모양을 이룰 터였다. 정확히 그게 바로 남자가 원하는 바였다. 그는 개의 몸에 흙을 덮고, 손으로 표면을 편평하게 다듬었다. 그러면서 손바닥 아래로 느껴지는 개의 형체를 주의 깊게, 마치 자신의 개를 쓰다듬는 듯이 계속해서, 즐거운 마음으로 쓰다듬었다. 이제 개는 볼록 솟아난 하나의 지형이 되었다.

남자는 일어서서 손의 흙을 털었고, 무덤에는 두 번 다시 눈길을 주지 않았다. 그는 모종의 만족감을 느꼈다. 할 일을 모두 한 것 같군. 그는 부담을 벗어 던진 순결한 미소와 함께, 깊은 한숨을 내쉬었다. 그렇다, 할 일을 모두 마쳤다. 자신의 범죄에 대한 처벌이 끝났다. 그는 자유다.

이제 그는 홀가분하게 진짜 개를 생각할 수 있었고, 그렇게 했다. 일이 끝나자마자, 그는 지금까지 피하고 있던 것, 진짜 개에 대한 생각을 시작했다. 지금 이 순간에도 집에서 멀리 떨어진 어딘가를 정처 없이 헤매며, 주인 없는 도시의 냄새를 킁킁거리고 다닐 진짜 개 말이다.

이제 남자는, 어느 정도 힘이 들지만 진짜 개를 생각해보려고 했다. 마치 어느 정도 힘이 들지만 진짜 삶을 생각해보려는 사람처럼. 개가 멀리, 다른 도시에 있다는 사실 때문에, 비록 그리움이 기억을 생생하게 만들어준다 해도, 그 과제는 쉽지 않았다.

'내가 너를 상상으로 그리고 있는 한은 너도 나를 상상 속에 그리고 있겠지.' 그는 그리움의 도움을 빌려 생각했다. '난 너에게 주제라는 이름을 붙여주었어. 영혼의 역할까지 할 수 있는 이름을 골라준 거야. 네가 나에게 어떤 이름을 붙였는지 그걸 어떻게 알 수 있을까? 내가 널 사랑한 것보다 얼마나 더 많이 네가 날 사랑했을까.' 그는 호기심에 차서 곰곰이 생각해보았다.

'우리는 서로 정말 잘 통했는데. 내가 너에게 붙여준 인간의 이름과 네가 나에게 붙여준, 하지만 네가 줄곧 오직 시선으로만 발음했던 그 이름으로.' 남자는 얼굴에 부드러운 미소를 띠며, 마음대로 자유로운 회상에 빠졌다.

'네가 아기였을 때가 생각나.' 남자는 즐겁게 회상을 계속했다. '날 보며 꼬리를 흔들어대는 모습이 얼마나 작고, 귀엽고, 연약한 솜털 같았는지. 그런 너를 통해서 난 예상치 못하게, 내가 영혼을 갖고 있음을 새로이 발견하기도 했어. 하지만 이미 그 시간부터 너는 하루하루 한 마리 개로 성장하고 있었어. 사람이 버릴 수 있는 개 말이야. 그 사이 우리의 놀이도 서로 간의 충만한 이해를 바탕으로 점차 위험한 성격으로 변해갔고.' 남자는 만족스럽게 생각을 계속했다. '결국 어느 날 너는 나를 물었고, 나를 향해 으르렁댔어. 결국 나는 네 코에 책을 집어 던지면서 웃었지. 하지만 누가 알겠니, 그때 나의 거짓 웃음이 무슨 의미였는지. 매일매일 너는 사람이 버릴 수 있는 한 마리 개였어.'

'게다가 네가 길에서 코를 킁킁거리며 다니던 모습이란!' 남자는 살짝 웃음을 터뜨리며 생각했다. "돌멩이 하나조차도 그냥 지나치지를 못했지……. 그게 너의 유치한 면이었어. 아니면 그것이야말로 개로서의 네 본분이었을까? 그 밖의 나머지 행동은 전부 내 개인 척 연기하는 것에 불과했는지도? 넌 절대로 굽히지 않았으니까. 그래서인지 네가 가만히 꼬리를 흔들면, 그건 내가 준 이름을 거부한다는 소리 없는 의사표시 같았어. 그래, 넌 절대로 굽히지 않았지. 난 네가 고기를 먹길 바라지 않았어. 야생을 되찾게 될까 봐. 그런데 어느 날 넌 식탁 위로 풀쩍 뛰어오르더니, 아이들이 좋아서 비명을 지르는 가운데, 고깃덩이를 잡아채고, 네가 먹는 음식으로는 결코 생성될 수 없는 그런 야생의 눈빛으로, 입에 고깃덩이를 문 채, 말 없이, 절대 굽히지 않고, 나를 빤히 쳐다보았어. 내가 너의 주인이긴 했지만 넌 단 한 번도 너의 과거를, 너의 본능을 조금도 포기하려 들지 않았어. 그제야 나는 혼란스러운 마음으로, 이해하기 시작한 거야. 너를 사랑한다는 이유로 나는 나를 상당 부분 포기했는데, 너는 한 번도 그걸 요구한 적이 없다는 사실을. 나는 괴로웠어. 서로 굽히지 않는 두 개의 다른 본성이라는 현실의 최종 지점에서, 너는 우리가 서로 이해하기를 기대한 거야. 내 야생과 너의 야생은 결코 온화함과는 교환될 수 없는 종류였지. 너는 그 사실을 매일매일 조금씩 나에게 가르쳤고, 그 결과 나도 그 사실을 나날이 부담으로 느끼게 되었어. 너는 나에게 아무것도 요구하지 않음으로써, 너무 많은 것을 요구하고 있었어. 너는 네 자신에게 개일 것을 요구했지. 그리고 나에게는, 인간일 것을 요구했어. 그래서 나는, 나는 최선을 다해서 거기 맞춰주는 척했어. 종종 내 앞에 앉아 나를 빤히 지켜보던 네 모습을 생각하면! 그럴 때면 난 천장을 바라보거나, 기침을 하거나, 손톱을 뚫어지게 점검하곤 했지. 하지만 넌 끄떡도 하지 않고, 줄기차게 나를 빤히 지켜보았어. 넌 누구에게 말하려는 거였지? 다른 사람인 척해—나는 속으로 이렇게 생각했어—, 다른 사람인 척하는 거야, 신나는 척하고, 칭찬해주고, 뼈다귀를 던져주는 거야, 하지만 넌 그 무엇에도 신경을 돌리지 않았어. 줄기차게 나를 빤히 지켜보기만 했지. 난 얼마나 멍청했는지! 넌 아무 잘못이 없는 순수 그 자체였는데, 난 두려워서 벌벌 떨었으니. 무심코 내가 고개를 돌렸다가 무방비 상태의 얼굴을 너에게 보였다면, 넌 깜짝 놀라서 털을 곤두세우고, 영원히 회복하지 못할 상처를 입은 채로,

문지방까지 힘없이 물러섰겠지. 오, 매일매일 너는 사람이 버릴 수 있는 한 마리 개였어. 사람은 그냥 선택하기만 하면 되는 거야. 하지만 너는, 신뢰를 담아 꼬리를 흔들었지.

종종 너의 예리함을 대하고 당황하면서, 나는 어느덧 네 안의 특별한 두려움을 볼 수 있게 되었어. 그건 네가 가질 수 있는 유일한 외형인 개의 두려움이 아니었어. 너무도 완벽한 나머지 참을 수 없는 즐거움이 되어버린 존재의 두려움이었지. 그럴 때면 너는 한 번에 펄쩍 뛰어올라, 모든 것을 바치는 헌신적 사랑과, 분명한 증오의 위협을 풍기면서 내 얼굴을 핥았어. 마치 내가 우정을 빙자해서 너의 정체를 누설해버린 당사자인 양. 지금에 와서 보니 확실히 알겠는데, 나는 개를 가진 사람이 아니었어. 네가 바로 사람을 가진 개였던 거야.'

"그렇지만 네가 너무도 강력하게 사람을 소유하는 바람에 그가 결국 선택을 할 수 있었던 거지. 그래서 너를 버린 것이고. 안도하면서, 너를 버렸어. 그래, 네가—영웅적인 개가 할 수 있는 평온하고도 단순한 무지로—요구한 대로, 나는 사람의 역할을 한 거야. 그 사람은 너를 버렸어. 집안 전체가 승인한 이유로 말이지. 그 많은 짐과 가족들을 데리고, 게다가 짐 더미 꼭대기에는 개까지 한 마리 얹어서 어떻게 이사를 할 수 있었겠나? 새 학교와 도시에 적응하느라 정신 없는 와중에, 거기다 개까지 한 마리 얹어서? "적당한 자리가 없어." 하고 마르타가 현실적으로 말했지. '다른 승객들에게 방해가 될 거야.' 장모님은 자신이 내 행위를 미리 정당화시켜주고 있다는 걸 알지도 못하면서 이렇게 판단했고. 아이들이 울었지만 나는 아이들도, 그리고 주제 너도 쳐다보지 않았어. 하지만 너와 그리고 나만은 알고 있었지. 내가 너를 버리는 건, 네가 한 번도 실행되지 않은 범죄의 항구적 가능성이기 때문이라는 걸. 내가 눈길을 슬쩍 외면하는 것만으로 이미 저질러버린, 내가 저지를 죄의 가능성. 그리하여 나는 즉시 죄인이 되기 위해서, 즉시 죄를 범해버린 거야. 그런데 이 범죄는, 내가 감히 실행할 엄두를 내지 못하는 더 큰 범죄를 대신하는 거였지.' 남자는 점점 더 명료하게 생각을 이어나갔다.

'죄를 짓는 방법, 자신을 영원히 상실하고 자신을 배반하고 진짜 자신을 외면하는 방법은 참으로 여러 가지야. 그중에서 난 개를 상처 주는 방법을 택한 것이고.' 하고 남자는 생각했다. '왜냐하면 그게 덜 범죄적이라고 알았으니까. 자신을 믿고 따르던 개를 버렸다는 이유로 사람이 지옥에 가지는 않으니까. 그런 죄는 벌을 받는 종류가 아니니까.'

남자는 언덕 위에 앉았다. 수학적으로 사고하는 그의 머리는 냉철하고 지적이었다. 지금에 와서야 남자는, 넘치는 극도의 냉철함으로, 자신이 개에게 행한 일이 진실로 그리고 영원히 처벌받지 않는 종류라는 것을 납득한 듯했다. 숨겨진 커다란 범죄와 심오한 배신에 대한 벌은 아직 고안되지 않았기 때문이다.

인간이 최후의 심판을 피해갈 방법이 있을지도 몰랐다. 그 누구도 이 범죄로 그를 비난하지 않았다. 교회도 마찬가지였다. '그들은 모두 내 공범자들이야, 주제. 집집마다 다니며 문을 두드리고는 나를 비난해달라고, 나를 벌해달라고 빌어야겠지. 하지만 그들은 모두 나를 보자마자 갑자기 표정이 굳어지면서 내 코앞에서 문을 콩 닫아버리고 말 거야. 그 누구도 이 일로 나를 비난하지 않을 거야. 심지어 주제 너도 나를 비난하지 않겠지. 나와 같은, 힘 있는 위치의 인간은, 언제라도 너를 부르겠다고 결심만 하면 그만이니까. ―그러면 너는 버려진 채 거리를 떠돌다가도, 기쁨과 용서로 충만한 채 순식간에 나타나, 펄쩍 뛰어오르며 내 뺨을 핥을 테니까. 그러면 나는 다른 쪽 뺨을 내밀겠지. 그 뺨도 마저 입 맞추라고 말이지.'

남자는 안경을 벗고, 깊이 심호흡을 한 후, 다시 안경을 썼다.

그는 흙으로 덮인 무덤을 바라보았다. 버린 개를 위해서 모르는 개를 묻어준 무덤. 괴로움에 시달리는 그에게서 그 누구도 징수하지 않는 부채를, 결국 스스로 보상하려고 한 것이다. 그는 선행으로 스스로를 벌함으로써 자신의 범죄로부터 놓여나고자 했다. 마치 적선을 한 다음에 마음 편히 케이크를 먹고, 그래서 다른 이가 빵조차 먹을 수 없게 만드는 사람처럼.

그러나 버려진 개 주제가, 그에게서 이런 거짓말 이상을 요구한다는 듯이, 그가 궁극의 지점에서는 사람이기를―그리고 사람으로서 그 자신의 범죄에 대한 책임도 함께―요구한다는 듯이, 남자는 자신의 나약한 한계를 파묻은 무덤을 계속해서 쳐다보고 있었다.

그리고 이제 남자는, 더욱 수학적으로, 스스로를 벌하지 않았던 방법을 찾고 있었다. 그는 위로받아서는 안 되었다. 그는 얼음처럼 냉철하게, 모르는 개를 파묻은 가짜 매장의 행위를 파괴할 방법을 찾고 있었다. 그는 허리를 굽히고, 엄숙한 동작으로, 침착하게, 몸을 단순하게 몇 번 움직여, 개를 다시 파냈다. 마침내 개의 시커먼 몸이 드러났다. 개는 이상하고 낯설었다. 속눈썹은 흙투성이에, 뜨고 있는 두 눈동자는 유리처럼 멍하게 맴들거렸다. 그리고 수학교사는 자신의 범죄를 영원히 재개했다. 사방을 둘러보고, 하늘을 올려다보면서, 자신의 행위에 대한 증인이 되어달라고 애원한 것이다. 그것만으로는 충분하지 않다고 여긴 듯, 남자는 언덕을 내려가 가족들이 있는 집으로 향하기 시작했다.

어느 젊은 여인의 몽상과 취기

Devaneio e embriaguez duma rapariga

전차들이 침실 안을 이리저리 가로질러 달려가는 것 같았고, 그래서 거울에 비친 그녀의 모습이 아련히 떨리는 것 같았다. 화장대의 3단 거울 앞에 앉은 그녀는 나른한 동작으로 머리를 빗었다. 살짝 싸늘한 저녁 공기가 밀려와 그녀의 희고 튼튼한 팔에는 오소소 소름이 돋았다. 그녀의 시선은 자신의 모습에 고정되어 있었는데, 거울은 저절로 희미하게 떨리면서, 어두워졌다가 곧 다시 밝아지기를 반복했다. 위층의 어느 창에서, 묵직하고도 부드러운 물체가 바깥 도로로 떨어지는 소리가 들렸다. 아이들과 남편이 집에 있었더라면, 아마도 그녀는 즉시 이렇게 생각했으리라. 부주의하게 또 뭘 떨어뜨렸군! 그녀의 시선은 단 한순간도 거울 속 자신의 모습에서 떨어질 줄을 몰랐고, 생각에 잠긴 빗은 나른하게 움직였으며, 실내복 앞자락이 열려 3단 거울 속에는 조각조각 잘려나간 가슴을 한 여러 명의 젊은 여인이 보였다.

　"석간이요!" 후아 두 리아슐레우 거리의 부드러운 산들바람 속에서 신문팔이의 고함 소리가 울리자, 어떤 암시라도 받은 듯 그녀 안에서 뭔가가 파르르 떨렸다. 빗을 화장대에 던진 그녀는 격정적으로 노래를 불렀다. "누가 참새를 보았는가……. 창문 밖을 지나간 참새를……. 벌써 멀리 미뉴 강을 지나 날아갔다네." 하지만 곧 화가 나서, 입을 부채처럼 단단히 탁 닫았다.

　자리에 드러누운 그녀는 바스락거리는 신문지로 성급하게 부채질을 했다. 손수건을 집어 향기를 들이마시며, 붉어진 손가락으로 거친 가장자리 장식을 구겨버렸다. 그러다 막 미소를 떠올리려는 얼굴로, 다시 부채질을 시작했다. 아, 세상에, 그녀는 미소를 지으며 한숨을 쉬었다. 그리고 자신의 환한 미소를 눈앞에서 그려보았다. 아직 젊은 한 여인의 미소. 눈을 감고 계속해서 미소를 지으면서, 더욱 세게 부채질을 했다. 아, 세상에, 거리에서 나비처럼 들려오는 소리.

"안녕하세요, 누가 여기로 날 찾아왔는지 아세요?" 그녀는 가상의 흥미로운 대화거리를 생각해냈다. "모르겠는데요, 누가 왔나요?" 정중하게 미소를 띠고, 하지만 두 눈동자에는 슬픔을 담은, 마음이 아플 정도로 창백한 그런 얼굴 중의 하나가 물었다. "세상에, 마리아 퀴테리아예요!" 그녀는 양손을 허리에 받치고 즐겁게 재잘거리며 대답했다. "그런데 죄송하지만, 그 젊은 숙녀분은 누구신가요?" 정중하지만 끈질긴 질문, 하지만 이번에는 얼굴에 별다른 관심을 보이지 않은 채. "당신이잖아요!" 그녀는 가벼운 앙심을 품고 대화를 끊는다. 아 지루해.

습기 가득한 침실! 그녀는 브라질에서 자기 자신을 부채질하고 있었다. 블라인드에 붙잡힌 태양은 벽에서 포르투갈 기타처럼 전율했다. 후아 두 리아술레우 거리는 후아 멩 지 사 거리에서 오는 전차의 헐떡거리는 무게에 눌러 휘청거렸다. 호기심과 지루함으로 그녀는 거실 그릇장 속의 달그락거림에 귀를 기울였다. 그러다 곧 인내심을 잃고 몸을 돌려 엎드렸고, 조그만 발의 발가락들을 장난치듯 쭉 펴면서, 눈을 크게 뜬 채 다음 생각이 떠오르기를 기다렸다. "구하라, 찾을 것이다." 이렇게 뭔가를 리듬에 맞춰서 계속 중얼거리다 보면, 나중에는 늘 진리의 일부분처럼 들리게 된다. 그녀가 입을 벌리고 잠이 들 때까지, 그래서 흘러나온 침이

베개를 적실 때까지.

일을 마치고 돌아온 남편이 방으로 들어설 때에야 그녀는 잠에서 깨어났다. 그녀는 저녁을 먹고 싶지도 않았고, 편안한 휴식을 중단하기도 싫었으므로, 다시 잠에 빠져들었다. 남편은 점심식사 남은 것으로 만족해야 했다.

아이들은 자카레파구아의 이모네 농장에 가 있으므로, 그녀는 특이한 기분을 마음껏 누릴 이 기회를 놓치고 싶지 않았다. 흐트러지고도 경박한, 그런 분위기로, 아침에 잠에서 깨어나기. 어느새 남편은 옷을 다 차려입고 있었는데, 그녀는 남편이 아침식사로 뭘 먹었는지 궁금하지 않았고, 그의 양복에 솔질이 필요한지 어떤지 쳐다볼 생각도 하지 않았으며, 심지어는 오늘 남편이 시내에 중요한 볼일이 있다는 사실도 전혀 신경 쓰지 않았다. 그러나 남편이 작별인사를 하려고 그녀 위로 몸을 굽히자, 그녀의 경솔함이 바싹 마른 잎사귀처럼 와삭거렸다.

"저리 가!"

"아니 당신 왜 그래?"

놀란 남편이 물었다. 그러고는 항상 효과가 좋았던 다정한 어루만짐을 시작했다. 얼마나 거부감이 컸는지, 그녀는 대답할 말이 즉시 떠오르지 않았고, 너무도 텅 비고 자기중심적이 되어서, 어떤 종류의 대답을 해야 할지조차 생각나지 않았다. 그녀는 화가 치밀어 올랐다.

"짜증 나게 하지 마! 짐승처럼 들러붙지 말라구!"

남편은 이것을 마음대로 해석하여 자기 식의 결론을 내렸다.

"쉬는 게 좋겠어. 당신은 아픈 거 같아."

깜짝 놀라고 우쭐해진 그녀는, 그 사실을 받아들였다. 그날 하루 종일 침대에 누운 채, 아이들이 떠드는 소리도 없고, 오늘은 시내에서 점심식사를 하는 남편도 없는, 고요한 집 안의 소리에 귀기울였다. 하루 종일 그녀는 침대에 누워 있었다. 그녀의 분노는 갸냘프고, 뜨거웠다. 화장실에 갈 때만 침대에서 일어났고, 고귀하게, 마음을 다친 채로 침대로 돌아왔다.

아침은 한없이 길게 팽창한 오후가 되었고, 다시 깊이를 알 수 없는 까마득한 밤으로 변하여 순결하게 뜬 눈으로 집 전체를 지켰다.

그녀는 여전히 침대에 있었다. 즉흥적으로, 평화롭게. 그녀는 사랑했다……. 언젠가 사랑하게 될 남자를 미리 사랑했다. 그런 일이 실제로 일어날 수도 있으니까. 양쪽 모두에게 아무런 죄책감이나 피해를 끼치는 법 없이. 침대에 누워 생각하고, 또 생각하면서, 황당한 소문을 들은 것처럼, 웃음이 터지려는 얼굴로. 생각하고, 또 생각하고. 무엇을? 그게 뭔지 그녀가 어떻게 아는가? 이것이 그녀의 방식인 것을.

그러다 한순간 그녀는 분노에 떨며 벌떡 일어섰다. 하지만 처음에는 기운이 하나도 없는 바람에 정신이 혼미하면서 금방이라도 온몸이 무너져 내릴 것 같았다. 침실이 빙글빙글 돌았다. 그래서 결국 그녀는 손으로 침대를 더듬으며 다시 누울 수밖에 없었다. 뭐야, 그럼 정말인 거야? 하고 그녀는 놀란 나머지 생각했다. "이건 뭐야, 설마 정말로 아픈 건 아니겠지!" 불신을 담고 중얼거렸다. 혹시 열이 있나 손을 들어 이마를 짚어보았다.

그날 저녁에 잠들기 전, 그녀는 공상을 펼치고 또 펼쳤다. 얼마동안이나? 기억이 없을 때까지. 잠에 곯아떨어지기 직전까지, 남편을 따라 함께 코를 골 때까지.

날이 환해진 다음 그녀는 잠에서 깼다. 감자껍질을 깎아야 했고, 오후에는 아이들이 돌아올 예정이었다. "어쩌면 이렇게 나 몰라라 내팽개치고 있었을까! 빨래도 해야 하고, 양말도 기워야 하는데, 이런 칠칠치 못한 여편네 같으니!" 그녀는 호기심과 만족감으로 자신을 마구 책망했다. 장을 보러 갔고, 생선도 잊지 않았다. 환한 대낮이었다. 오전의 태양은 분주했다.

하지만 토요일 밤, 그들은 프라사 치라덴치스 광장의 한 식당에 갔다. 부유한 사업가의 초대를 받은 것이다. 그녀는 새로 산 짧은 드레스를 입었다. 디자인은 단순하지만 옷감이 최고급이어서 평생 입어도 걱정 없는 품질이었다. 토요일 밤, 프라사 치라덴치스 광장에서 취했고, 취했지만 옆에는 그녀를 지켜보는 남편이 있었으며, 그녀는 격조 있게도, 훨씬 더 고상하고 부유한 남자와 마주보고 앉았다. 그래서 그 남자를 대화로 끌어들이고 싶었다. 그녀는 평범한 시골 수다쟁이가 아니라 한때는 수도에서도 살았던 여자니까. 하지만 그녀는 이미 너무도 취했기 때문에, 더 이상취하는 건 불가능했다.

그녀의 남편이 취하지 않은 건, 오직 부유한 사업가 앞에서 예의를 잃지 않으려는 노력 덕분이었다. 근면하고도 겸허하게, 남편은 으스대는 역할을 다른 이들에게 넘겨주었다. 그건 이 고상한 자리에서는 참으로 적절한 행동이었지만, 그녀는 큰 소리로 웃어대고 싶다는 광적인 욕구를 느꼈다. 큰 소리로 조롱하는 웃음을! 새 양복을 빼입은 남편은 그만큼이나 더욱 우스꽝스러워 보였고, 그 자체가 하나의 코미디 같았다. 그녀는 이미 너무도 취했기 때문에, 더 이상 취하는 건 불가능했지만, 그래도 숙녀로서의 품위를 잃지는 않았다. 포르투갈산 비뉴 베르지가 든 그녀의 잔은 끊임없이 비어갔다.

그녀가 취하면, 일요일의 흥청망청한 저녁식사 자리처럼 잔뜩 취하면, 제각각의 본성에 맞게 따로따로 흘러가던 모든 사물—올리브 오일의 향기는 이쪽으로, 남자는 저쪽으로, 수프 그릇은 이쪽으로, 웨이터는 저쪽으로—은 제각각의 본성에 맞게 하나로 합쳐서 흘러갔고, 그것들은 모두 뭉뚱그려 오직 파렴치함 그 자체, 오물 그 자체에 지나지 않았다.

그리고 그녀의 눈동자가 반짝거리면서 눈빛이 굳어지면, 그녀의 몸짓이 최종 단계에 도달해 마침내 이쑤시개를 향해 팔을 뻗게 되면, 그것은 내면의 느낌이 지극히 쾌적하여 탱탱한 구름 위로 둥실 떠가고 있다는 의미였다. 부푼 입술과 흰 치아, 머리끝까지 오른 포도주의 취기. 그리고 허영심, 취하고 싶다는 허영심, 그럼으로써 뭐든지 다 가볍게 경멸하고 싶다는 허영심, 커다란 암소처럼 성숙하고 둥그레지고 싶다는 허영심.

당연히 그녀도 대화를 했다. 화제도 재능도 부족하지 않았다. 그러나 취한 사람이 내뱉는 말은 임신한 상태와 비슷했다. 말은 그녀의 입안에 들어 있는데, 정작 그곳은 임신 그 자체인 비밀센

터와는 거의 아무런 관련이 없었다. 오, 얼마나 기이한 느낌인지. 토요일 밤에는 평일의 영혼이 상실되는 것 같았고, 그 상실의 느낌이 얼마나 좋은지, 지나간 평일의 유일한 기억으로 남은 건 오직 혹사당한 그녀의 작은 손—그런데 이제 그녀는 여기 앉아, 카드 테이블처럼 붉은색과 흰색 체크무늬인 식탁보 위에 팔꿈치를 괴고, 저급하고도 혁명적인 삶 속으로 깊이 빠져들고 있었다. 게다가 터져 나오는 이 웃음은? 사업가의 교묘한 찬사에 대한 화답으로, 신비하게도 그녀의 하얀 목젖을 가득 채우며 터져 나오는 웃음은? 잠의 심연에서 솟아 나오는, 육체를 소유한 존재의 깊은 자신감으로부터 분출하는 웃음. 그녀의 흰 살은 바닷가재의 그것처럼 달콤하고, 살아 있는 바닷가재의 다리는 허공에서 느리게 꿈틀거렸다. 달콤함을 끔찍할 정도로 심화하기 위하여, 자신을 사악하게 느끼고 싶다는 열망! 그리고 육체를 소유한 존재의, 거의 무해한 사악함.

그녀는 대화에 참여했고, 그들을 아주 적절한 때에 초대하여 식사 대접을 해준 부유한 사업가에게 대답하는 자신의 말에 강한 호기심을 느꼈다. 완전히 매혹되고 크게 놀라면서, 그녀는 자신의 대답을 귀 기울여 들었다. 이 상황에서 그녀가 하는 말은, 미래에 대한 신탁으로 작용할 것이다. — 이제 그녀는 더 이상 바닷가재가 아니라 엄격한 징후, 전갈이 되었다. 그녀는 11월에 태어났으므로.

사람이 잠들어 있는 동안 아침의 여명을 휩쓸고 지나가는 탐조등처럼—그렇게 취기는 최고점에 올라 느리게 방랑했다.

하지만 또한, 이 감수성! 이토록 지독한 감수성! 레스토랑에 걸린 근사한 그림을 바라보면, 즉시 그녀의 예술적 감수성이 들끓기 시작했다. 그것 말고 다른 일을 위해서 태어났다고는, 결코 생각할 수조차 없었다. 그녀는 항상 예술품을 향한 사랑을 품고 있었다.

오, 이토록 지독한 감수성! 이제는 포도와 배, 비늘을 번득이는 죽은 물고기 그림 때문만은 아니었다. 감수성은 고통 없이 그녀를 괴롭혔다. 마치 부러진 손톱처럼. 원하기만 하면 그녀는 더더욱 예민한 감수성의 사치를 누릴 수 있었다. 그녀는 더 깊이 들어갈 수 있었다. 왜냐하면 삶에서 한자리를 차지할 수 있었던 다른 많은 사람들처럼, 환경의 보호를 받는 입장이므로. 불행의 나락으로 떨어지지 않도록, 안전장치를 갖춘 사람들처럼. 오, 어머니, 이 얼마나 큰 불행인가. 원하기만 하면 그녀의 잔에는 더 많은 포도주가 채워졌고, 스스로 성취한 환경의 보호를 받으며, 품위를 잃지 않는 한도 내에서, 그녀는 더더욱 취했다. 그녀는 그렇게, 더욱 취한 시선으로, 레스토랑의 여기저기를 둘러보았다. 비실비실한 인간들만 드글거리니 참으로 경멸스러웠다. 진짜 가치 있는 남자는 한 명도 없고, 만약 있었다면 그는 참으로 서글펐으리라. 비실비실한 인간들만 드글거리니 참으로 경멸스럽구나! 반면에 그녀는 풍만하고 육중하며, 더 이상 그럴 수 없을 정도로 넉넉했다. 게다가 레스토랑 안의 모든 것이, 서로 너무도 멀리 떨어져 있어서 대화가 불가능해 보일 정도였다. 다들 자기 자신과 홀로이며, 신은 우리 모두와 함께 있었다.

그녀의 눈길은 다시 한 젊은 여자에게 고정되었다. 이미 레스토랑에 들어설 때부터, 그녀의 신경을 거슬리게 하던 여자였다. 레스토랑 안으로 발을 디디는 순간, 한 남자와 함께 탁자에 앉아 있는 그 여자가 눈에 들어왔다. 주렁주렁 매달린 장신구와 모자, 가짜 금화처럼 노란 금발에, 여신인 척 젠체하는 번드르르한 차림새. 저렇게 웃긴 모자라니! 분명 결혼한 것도 아니면서 겉으로만 점잖은 척 폼을 잡는 거겠지. 게다가 저렇게 어울리지도 않는 웃긴 모자까지 쓰고서. 정 하고 싶으면 잘난 체하게 두지 뭐! 주제넘게 고상 떨다가 들통이나 나지 않으면 다행이게. 제일 교활하게 구는 게, 바로 저런 닳고닳은 족속이지. 천하의 얼간이 웨이터는 저 여자를 유독 신경 써서 챙기느라 정신이 없네, 교활한 놈. 여자 옆에 있는 누런 피부의 남자는 기분이 좋아서 입이 찢어지는군. 젠체하는 여신님의 모자는 허영이 넘쳐나는데, 가냘픈 허리 분량은 겸손하기 짝이 없구나. 몸매가 저래서 남편에게 아들이나 낳아주겠어? 솔직히 그녀와는 아무런 상관이 없는 문제였다. 하지만 레스토랑에 들어서는 순간 그녀는 바로 나가버리고 싶다는, 고상한 척 모자를 쓰고 귀족처럼 앉아 있는 금발 여신의 얼굴을 커다란 소리가 울릴 정도로 힘껏 몇 대 때려주고 싶다는 욕구에 시달렸다. 굴곡이라고는 찾아볼 수 없이, 널빤지처럼 밋밋한 몸매. 자세히 살펴보면, 저런 모자로 멋을 부리고는 있지만, 여자는 자기가 귀부인인 줄 알고 거들먹거리는 시장 바닥의 야채 장수보다 하나도 나을 것이 없었다.

오, 오늘 밤에 모자를 쓰지 않고 레스토랑에 오다니 얼마나 비참한 실수인가. 그녀는 머리를 나체로 드러낸 느낌이었다. 그런데 저 여자는, 숙녀인 척하면서 온갖 품위를 떨고 있군. 아무리 그래도, 네가 한참 모자란다는 걸 난 다 알아, 빌빌거리는 네 누런 남자도 마찬가지고! 내가 널 질투해서, 네 납작한 가슴을 시기해서 이러는 거라고 생각한다면, 착각하지 말라고 코웃음 쳐주겠어, 네 모자에 대고 코웃음 쳐주겠어. 너 같은 쓰레기들, 품위도 모르면서 젠체하는 것들만 보면, 난 사정없이 따귀를 갈겨주고 싶으니까.

성스러운 분노를 느끼면서 그녀는, 손을 어렵게 뻗어 이쑤시개를 집었다.

그러나 결국, 집으로 간다는 어려움은 해결되었다. 이제 그녀는 침실이라는 익숙한 현실 안에서 왔다 갔다 움직였고, 이제 그녀는 자기 침대 가장자리에 앉아, 발끝에서 실내화를 달랑거렸다.

그 상태로 피곤한 눈을 반쯤 감자, 모든 것이 살덩이로 변했다. 침대 끄트머리는 살덩이였고, 유리창은 살덩이였고, 남편이 의자 위에 던져둔 양복은 살덩이였고, 주변의 모든 사물은 거의 아픔이었다. 그리고 그녀 자신은, 점점 커지고 있었다. 휘청거리면서, 부풀어오르고, 거인처럼 커졌다. 그녀가 자기 자신을 바로 곁에서 들여다보는 일이 가능했다면, 생각보다 더욱 커졌음을 알았을 것이다. 양팔은, 그것이 팔이라는 사실을 알아차리지 못한 채로 사람 하나가 그대로 통과할 만큼 굵어졌고, 두 눈동자는 그것이 눈동자라는 사실을 아무도 알아차리지 못하고 그대로 풍덩 뛰어들어 헤엄칠 수 있을 정도였다. 그리고 주변의 모든 사물이, 약간의 아픔이었다. 살덩이인 사물들은 통증을 앓았다. 그녀는 레스토랑을 나오면서 살짝 감기가 들었다.

이제 그녀는 침대에 앉아 있다. 누그러진 채로, 회의하면서.

이건 정말이지 아무것도 아니었다, 신만은 아시리라. 그녀는 이게 아무것도 아님을 잘 알고 있었다. 바로 이 순간 그녀에게는, 시간이 흐른 다음에야 비로소 아픔으로 다가올 그런 일들이 일어난 것이다. 이제 곧 원래 크기로 다시 줄어들자마자, 마취되었던 그녀의 몸은 숨을 헐떡이며 깨어날 것이고, 그녀는 과식과 과음의 대가를 치르게 되리라.

그래, 어차피 일어날 일이라면, 두 눈을 똑바로 뜨고 지켜보겠어, 그래서 그녀는 그렇게 했고, 모든 것이 다시 작아졌고, 통증 하나 없이, 다시 분명해졌다. 기본적으로는 모두 여전히 똑같았지만, 더 작고 친숙해졌다. 터질 듯한 배를 안고, 바싹 긴장하고, 생각에 몰두한 채, 체념 속에서, 다른 사람의 침대에 앉아 그가 잠에서 깨어나기를 기다리는 사람처럼 상냥하게, 그녀는 침대에 앉아 있었다. "배가 터질 만큼 먹었으니 대가를 치러야겠지." 멜랑콜리한 기분으로 혼잣말을 중얼거리며, 그녀는 작고 하얀 자신의 발가락을 내려다보았다. 말 잘 듣는 아이처럼 참을성 있게, 주변을 둘러보았다. 오, 어휘들, 어휘들, 침실의 물건들이 읽을 줄 아는 자라면 누구든지 읽어야 하는 음울하고 황량한 문장의 어휘 순으로 줄지어 있다. 짜증스럽고 짜증스러워라, 이 지루함이여. 이 우둔함이여. 불쌍하기 짝이 없구나, 그러나 결국 신의 뜻이 이루어지리라. 인간이 무엇을 할 수 있겠는가. 내게 일어날 일이 무엇인지, 어떻게 내가 말할 수 있겠는가. 그러니, 결국 신의 뜻이 이루어지리라. 그리고 오늘 저녁에 그녀가 즐거운 시간을 보낸 건 분명하다! 너무도 멋졌고, 레스토랑은 그녀의 취향에 딱 맞았으며, 테이블에 앉아 있으니 얼마나 우아했는지! 테이블! 전 세계가 그녀를 향해 소리를 질렀다. 그러나 그녀는 한 마디도 대답하지 않았고, 부루퉁하게 튀어나온 입으로 어깨를 들어올리기만 했다. 자꾸 만지면서 귀찮게 추근대지 말았으면 좋겠네. 환멸에 빠지고, 좌절하고, 천치같이 포식한, 기혼에, 그럭저럭 만족하는, 흐릿한 메스꺼움.

그 순간 그녀는 귀가 먹었다. 신체의 감각 중 하나가 갑자기 사라졌다. 손바닥으로 귀를 쳤지만 상태는 더욱 악화될 뿐이었다. 고막은 엘리베이터의 소음으로 가득 찼다. 삶은 불현듯 울림이 되었고, 아주 작은 움직임에도 그 소리는 미칠 듯이 고조되었다. 둘 중의 하나였다. 귀머거리가 되었거나, 아니면 너무 많은 소리를 들은 것이다. 이 새로운 요구와 대면한 그녀는 화나고 불편한 느낌으로, 포만감을 견뎌내는 한숨으로 반응했다. 번갯불에 맞아서 모두 다 함께, 그녀는 온화하게 생각했다, 멸망하는 거지.

'그런데 레스토랑에서⋯⋯.' 그녀가 갑자기 기억을 떠올렸다. 레스토랑에 있을 때 남편의 후원자가 식탁 아래에서 발로 그녀의 발을 건드렸다. 그리고 식탁 위에서는 그의 얼굴이. 우연이었을까 아니면 일부러 그런 걸까? 이상한 남자. 솔직히 말하면 무척 흥미로운 사람인 건 맞아. 그녀는 어깨를 으쓱거렸다.

그리고 둥글게 파인 그녀의 드레스 네크라인—프라사 티라덴치스 광장 한가운데서! 이 생각을 하며 그녀는 머리를 흔들었다—그 맨살 위에 모기가 앉았을 때는? 얼마나 교묘하던지.

몇몇 특정한 일들은 좋았는데, 거의 역겨운 수준이었기 때문이다. 옆에서 남편이 코를 고는 동안, 그녀의 핏속에는 엘리베이터가 돌아다녔다. 포동포동 살찐 아이들은, 몸을 첩첩이 겹친 채 옆 침실에서 잠들어 있다. 어휴, 말썽쟁이들. 그런데 나는? 그녀는 절망적인 기분이 들었다. 아무래도 심하게 과식을 한 건가 봐! 세상에, 뭘 그렇게 많이도 먹었을까?

그건 슬픔이었다.

발가락 끝에서 실내화가 달랑거렸다. 방바닥은 아주 깨끗하지는 않았다. 이봐, 구제불능으로 지저분한 게으름뱅이 같으니. 내일은 불가능해. 내일까지는 내가 제정신을 차리지 못할 테니까. 하지만 모레, 모레는 이 집이 어떤 일을 당할지 각오해야 할걸. 온 집 안이 번쩍번쩍하도록 박박 문지르고 비눗물로 말끔히 닦아낼 테니까. 먼지 한 톨 얼룩 한 점 보이지 않을 테니까. 모레 이 집이 어떤 일을 당할지, 단단히 각오해야 할걸! 그녀는 분노에 차서 위협을 퍼부었다. 그러자 기분이 좋아졌고, 가슴에 아직도 젖을 품은 것처럼 새침해졌고, 힘이 솟았다. 그녀의 외모가 너무도 어여쁘고 토실토실한 것을 본 남편의 친구는 즉시 커다란 존중의 태도를 보였다. 그녀는 부끄러웠고, 시선을 어디로 두어야 할지 몰랐다. 얼마나 슬픈 일인지. 그럴 때 어떻게 해야 하는가. 그녀는 침대 가장자리에 앉아, 체념하며 눈을 깜빡였다. 다행히도 이 여름밤, 달을 볼 수가 있었다. 그녀는 무심하게, 체념하며, 몸을 앞으로 살짝 기울였다. 달. 달을 볼 수 있으니 참 좋구나. 드높고 노란 달이 밤하늘을 미끄러져 갔다, 가엾은 것. 미끄러져 간다, 미끄러져 간다……. 높이, 드높이. 달. 그때, 불현듯 사랑이 솟구치며, 음탕함이 그녀 밖으로 터져 나왔다. 갈보 같은 년, 그녀는 웃으면서 말했다.

외인부대
A legião estrangeira

오펠리아와 그녀의 부모에 대해 누가 묻는다면, 나는 정직의 미덕을 발휘하여 대답할 것이다. 그들을 거의 알지 못한다고. 똑같은 배심원들 앞에서, 똑같이 말할 것이다. 나는 나를 거의 알지 못한다고―배심원들 한 명 한 명의 얼굴을 향해 똑같이, 순종의 최면에 빠진 자의 순수한 눈빛으로 말할 것이다. 나는 당신을 거의 알지 못한다고. 그래도 아직 종종 기나긴 잠에서 깨어날 때면, 나는 혼돈의 미묘한 심연을 향해 온순한 시선을 보낸다.

이미 몇 년 전에 사라져버린 그 가족에 대해서 이야기해보겠다. 그들의 흔적은 내게 조금도 남아 있지 않으며, 너무도 머나먼 거리로 인해 색이 완전히 바래버린 하나의 이미지만 떠오를 뿐이다. 그들을 안다는, 예상하지 못한 동의는 오늘 집 안에 병아리 한 마리가 나타난 사실로 인해 유발되었다. 병아리를 데려온 것은, 내게 기꺼이 갓 태어난 생명을 안겨주려는 누군가의 손이었다. 우리는 병아리를 닭장에서 꺼내자마자, 놀랍게도 너무도 귀여운 나머지 완전히 사로잡혀버렸다. 크리스마스는 내일이었다. 그런데 내가 일 년 내내 기다려온 이 침묵의 순간이, 그리스도 탄생 하루 전에 마침내 도래한 것이다. 저 혼자 삐악거리는 것이 한없이 다정한 호기심을 자극하여, 먹이통 곁은 경배의 분위기다. "우와 저것 좀 봐." 남편이 말했다. 그는 늘 자신을 지나치게 크다고 느꼈다. 더러운 몰골로 입을 벌린 채, 아이들이 다가왔다. 나는, 대담해진 기분이었고, 행복했다. 병아리는 삐악거렸다. 하지만 크리스마스는 내일인데, 큰아들이 멋쩍게 중얼거렸다. 우리는 어쩔 줄 모른 채, 호기심으로, 얼굴에 미소를 지었다.

그렇지만 감정은 한순간의 물이다. 얼마 지나지 않아—태양이 밝게 비치면 똑같은 물이라도 이미 달라지며, 상황에 따라서는 바위라도 씹어 먹을 듯이 으르렁거리고, 발목에서 찰랑거리는 물은 또 달라지는 것이다—얼마 지나지 않아 우리의 얼굴에는 더이상 빛의 분위기가 넘실거리지 않았다. 기운을 잃은 병아리를 둘러싼 우리는 모두 다정하고 걱정스러웠다. 남편은 친절을 베풀 때면 늘 뻣뻣하고 심각해졌는데, 가족들에게는 이미 익숙한 일이었다. 그는 좀 자책하며 괴로워했다. 아들들은 도리어 진지한 편인데, 아이들에게 친절이란 일종의 열정이다. 내 경우는, 친절이 무섭다. 똑같은 물이 다른 물로 바뀌어버린 그 짧은 동안, 우리는 친절이라는 어색함에 연루된 채, 부자연스런 눈길로 지켜보고 있었다 그리고, 물이 또다시 다른 물로 변하면서, 우리의 얼굴에는 점차 갈망에 대한 책임감이 결연해졌고, 가슴은 더 이상 자유롭지 않은 사랑으로 무거웠다. 병아리가 우리를 두려워한다는 것도 우리를 당황스럽게 했다. 우리는 거기 있는데, 그 누구도 병아리 앞에 나설 자격이 없었다. 삐악 소리가 한 번 날 때마다 우리는 물이라도 뛴 듯 흩어져 뒤로 물러났다. 삐악 소리가 한번 날 때마다 우리는 아무것도 할 수가 없었다. 결코 누그러들지 않는 병아리의 공포는 우리에게 경망스러운 즐거움을 유발했지만, 그쯤 되자 마침내는 더 이상 즐거움이 아닌 부담으로 바뀌었다. 병아리의 순간은 지나갔다. 그리고, 더욱 절박하게, 우리를 놓아주지도 않는 상태로, 병아리는 우리를 몰아내고 있었다. 우리 성인들은 이미 감정을 중단시켰다. 하지만 아이들은 소리 없는 분노에 휩싸였고, 우리가 병아리를 위해서, 혹은 인류를 위해서 아무것도 하지 않고 있음을 성토했다. 점점 더 끊임없이 들려오는 삐악거림은 부모인 우리를 이미 당혹스러운 체념으로 몰고 갔다. 세상 일들이 모두 그렇듯이. 하지만 아들들에게 그런 말은 한 번도 한 적이 없다. 우리는 부끄러웠으므로, 아들들을 불러 세상 일이 그렇다고 말해줄 기회를 무기한 뒤로 미루었다. 시간이 지날수록 그 일은 더욱 어려워졌고, 침묵은 더욱 크게 자라났지만, 다행히도 아들들은 그 보상으로 사랑을 주려 하는 우리의 크나큰 열망을 약간은 지원해주었다. 우리가 아들들에게 아무것도 말해주지 않았던 탓에, 그 순간 절망의 부리에서 나온 삐악거림이 우리의 입술에 갑작스레 실어준 미소, 마치 세상일이 모두 그렇다는 사실에 우리가 축복을 내릴 임무가 있으며, 지금 막 그 사실에 축복을 내려버렸다는 듯한 그런 미소를, 우리는 더더욱 숨겨야만 했다.

병아리는, 계속 삐악거렸다. 반짝반짝 윤이 나는 탁자 위에서 병아리는 한 발짝도 움직일 엄두를 내지 못한 채, 내면을 향한 삐악거림을 계속했다. 한 줌의 깃털뿐인 저것의 어디에 그토록 많은 공포심이 들어 있는지 모를 일이었다. 깃털 아래 무엇이 있길래? 갸날프게 짜 맞추어진 대여섯 개의 뼈들—그런데 무엇을 위해서? 공포의 삐악거림을 위하여. 침묵으로, 우리를 이해할 수 없다는 그 불가능성을 존중하며, 우리를 향한 아들들의 반항을 존중하며, 침묵으로, 큰 인내심을 발휘하지는 않으면서, 우리는 지켜보았다. 병아리가 겁먹지 않도록 달래줄 말은 없었다. 태어난 것이 곧 두려움인 존재를 어떻게 위로할 것인가. 세상에 익숙해질 거라고, 우리가 어떻게 약속해줄 수 있겠는가? 부모인 우리는 병아리의 삶이 얼마나 순식간일지 잘 알고 있었다. 병아리 자신도 그 사실을 잘 알고 있었다. 모든 살아 있는 존재들과 마찬가지로, 다름 아닌 바로 섬뜩한 공포를 통해서. 그사이, 병아리는 은총으로 충만한, 찰나의 노란 사물이 되었다. 나는 우리들이 그렇게 요구당하는 것처럼, 병아리도 자기 생명의 은총을 느끼기를 간절히 소망했다. 병아리는 자신의 기쁨이 아니라 타인의 기쁨을 위해 태어난 생명이므로. 병아리는 느껴야 했다. 병아리는 불필요하며, 조금도 필연적이지 않다는 것을—한 마리 병아리는 그야말로 무용지물임이 분명했다—그리고, 오직 신의 영광을 위해서 태어났고, 따라서 인간의 즐거움이 되는 존재였다. 하지만 우리는 병아리가 행복하기를 소망했으니, 그 이유는 단지, 병아리가 우리의 사랑을 사랑하는 것을 사랑했으므로. 오직 어머니만이 생명을 결정할 수 있고, 나도 그것을 알았다. 우리의 생명은 사랑함으로써 기뻐한 자들의 사랑이었다. 나는 허락받은 사랑의 은총에 몸을 맡겼고 숭배를 바칠 줄 알았으므로, 종소리, 종소리가 울려 퍼졌다. 그러나 병아리는 몸을 떨었다. 공포의 전율이지, 아름다움의 전율은 아니었다.

막내아들이 더 이상 견디지 못하고 내게 물었다.

"병아리 엄마가 되려는 거예요?"

깜짝 놀라 움츠러들며, 그렇다고 대답했다. 나는 내 말을 한마디도 알아듣지 못하는 그것 앞에 파견된 사절이었다. 나는 사랑받지 못하면서 사랑했다. 임무는 실패하기 쉬웠고, 네 아들의 눈동자는 최초로 나타날 실질적인 내 사랑의 몸짓을 기다리고 있었다. 나는 뒤로 조금 물러났다. 절대적인 고독 속에서 미소 지으며, 가족들이 미소 짓기를 바라며 그들을 바라보았다. 한 남자와 네 소년이 미심쩍어 하면서, 그래도 기대감을 잃지 않고 나를 빤히 지켜보았다. 나는 가정의 여자, 식품창고의 여자였다. 그들 다섯 명이 보여주는 무신경함을 나는 이해할 수 없었다. 그들이 나를 지켜보게 하려다 얼마나 많은 부끄러움의 순간을, 얼마나 많은 실패를 겪어야만 했는가. 나는 다섯 남자의 도전에서 나를 격리시켜, 스스로에게 희망을 갖고 사랑이 어떤 것인지 기억해내려고 했다. 입을 벌리고 그들에게 진실을 말하려 했지만, 방법을 알지 못했다.

그러나 만일 밤에 한 여자가 내게 온다면. 그녀가 무릎에 어린 아들을 안고 있다면, 그리고 이렇게 말한다면. "내 아들을 치료해줘요." 그러면 나는 묻는다. "어떻게 하란 말인가요?" 그녀는 다시 말한다. "내 아들을 치료해줘요." 나는 다시 대답한다. "어떻게 해야 하는지 나도 몰라요." 그녀가 다시 말한다. "내 아들을 치료해줘요." 그러다가, 그러다가—뭘 어떻게 해야 할지 나는 모르기 때문에, 나는 아무것도 기억하지 못하기 때문에, 또한 밤이기 때문에—그러다가 마침내 나는 손을 뻗어 아이를 구한다. 밤이기 때문에, 나 홀로 누군가 다른 이의 밤에 있기 때문에, 이 침묵이 내게는 너무도 까마득하기 때문에, 내게 두 개의 손이 있어서 그중 더 좋은 것을 희생할 수 있기 때문에, 그리고 나에게 아무런 선택권이 없기 때문에.

그러다가 나는 손을 뻗어 병아리를 안았다.

바로 그 순간 나는, 다시 오펠리아를 보았다. 바로 그 순간 나는, 어느 소녀의 증인이었음을 기억해냈다.

시간이 흐른 후, 나는 오펠리아의 어머니인 이웃 여자가 힌두교도처럼 거무스름한 피부였던 것도 기억해냈다. 눈 가장자리에 번진 보라색 그늘은 그녀를 무척 아름답게 보이게 하는 동시에 지쳐서 나른해진 인상을 주어서, 남자들이 그녀를 다시 한번 돌아보게 만들었다. 어느 날 아이들이 노는 걸 지켜보던 어느 광장의 벤치에서 그녀는 마치 사막을 지켜보듯 완강한 시선을 내게 향하며 말했다. "난 항상 베이커리 수업을 받고 싶었어요." 그러자 나는, 그녀의 남편이—마찬가지로 피부가 거무스름한, 그래서 마치 황량한 피부색 때문에 서로를 선택한듯이 보이는—사업상의 성공을 통해 신분 상승을 원했다는 것이 기억났다. 호텔 매니저 혹은 호텔 소유주라고 했는데, 영영 정확하게는 알지 못했다. 무엇이 그를 그토록 뻣뻣한 예절로 무장시켰을까. 어쩌다가 엘리베이터 안에서 마주쳐 원치 않지만 일정한 시간을 같은 공간에 있어야 할 때면, 그는 우리가 건네는 인사를, 일생의 투쟁으로 획득한 오만한 말투로 마지못해 받아주곤 했다. 그러다 우리가 10층에 도착할 즈음이면, 그는 자신의 냉정함이 나를 굴복시킨 탓에 어느 정도는 편안해 보였다. 아마도 집에 도착할 무렵에는 더욱 흡족해 있었으리라. 오펠리아의 어머니는 우리와 같은 층에 살면서 뭔가 긴밀한 관계가 형성될까 봐 꺼리는 기색이 역력했고, 나 역시 그녀를 마주치고 싶지 않다는 사실을 모르는 채, 나를 피했다. 우리가 긴밀한 접촉을 가진 유일한 기회는 공원의 벤치에서였고, 그때 눈 가장자리에 다크서클이 드리워진 그녀는 엷은 입술로, 베이커리 수업에 관해서 말을 꺼냈다. 나는 무슨 말로 대꾸해야 할지 몰랐고, 그래서 결국은 내가 그녀를 좋아한다는 것을 알리려는 의도로, 나도 베이커리 수업을 받고 싶다고 말했다. 우리가 함께한 유일한 그 순간은, 서로 간의 이해가 남용될 것을 두려워한 나머지, 둘 사이의 거리를 더욱 멀게 만들었다. 심지어 엘리베이터에서조차 오펠리아의 어머니는 불친절하게 변했다. 다음 날 나는 아들의 손을 잡고 천천히 내려가는 엘리베이터에 서 있었는데, 점점 더 압박해오는 상대편의 침묵이 견딜 수 없어서, 스스로도 순간적으로 혐오스럽다고 느낀 상냥한 목소리로 이렇게 말했다.

"우리는 지금 애 할아버지 댁으로 가는 길이에요."

그러자 그녀는 충격적인 대답을 했다.

"나는 아무것도 묻지 않았는데요. 이웃집 일에 일일이 참견하고 싶지 않으니까요."

"아, 그렇군요." 나는 작은 소리로 대꾸했다.

바로 그 엘리베이터 안에서 나는, 공원 벤치에서 잠깐 동안 그녀의 친구 역할을 한 대가를 치른다는 생각이 들었다. 그 생각은 다시, 아마도 그녀는 자신이 실제로 나를 신뢰하는 정도보다 더 많이 나를 신뢰해버렸다고 믿고 있을 거라는 생각으로 이어졌다. 그 생각은 다시, 실제로 그녀는 우리가 서로 알아들은 것보다 더 많이 말한 것이 아닐까 하는 의문으로 이어졌다. 엘리베이터가 계속 아래층으로 내려가 멈출 때까지, 나는 공원 벤치에서 완강하면서도 꿈꾸는 듯했던 그녀의 눈빛을 되새기고 있었다―그리고 오펠리아 어머니의 도도한 아름다움을, 새로운 시선으로 바라보았다. 당신이 베이커리 수업을 받고 싶어 한다는 것을 누구에게도 말하지 않을 게요, 하고 나는 그녀를 재빠르게 흘끗 쳐다보면서 생각했다.

아버지는 난폭하고, 어머니는 경계의 날을 세우고. 도도한 가족. 그들은 마치 내가 미래에 그들의 호텔에 머물고 돈을 지불하지 않아 스트레스를 유발할 손님인 것처럼, 그렇게 나를 취급했다. 또한 자기들조차도 증명할 수 없는 자신들의 정체를 내가 믿어주지 않는다는 듯이, 그렇게 나를 취급했다. 그들은 누구일까? 나는 종종 이런 의문을 가졌다. 왜 그들의 얼굴에는 따귀 맞은 자국이 새겨져 있으며, 왜 추방당한 왕조의 표정이 있는 걸까? 그들은 내가 용서받지 못하게 행동한 것을 용서하지 못했다. 내 행동 반경을 벗어난 시내의 다른 거리에서 그들과 우연히 마주치면, 나는 범죄 현장을 들킨 듯 깜짝 놀라서 움츠러들고 한 발 뒤로 물러서서 그들이 지나갈 수 있도록 길을 내주었다. ―그러면 잘 차려입은 세 명의 거무스름한 피부의 가족은, 미사를 가는 길인 양 태연히 지나갔다. 어떤 자부심 혹은 은폐된 순교의 표시 아래서 살아가는 그 가족, 그리스도 수난의 꽃처럼 보라색으로 물든 채. 오래된 가족, 그 가족.

그러나 우리는 딸 때문에 교류하게 되었다. 그들의 딸은 그림처럼 예쁜 소녀였고, 길고 뻣뻣한 곱슬머리에, 이름은 오펠리아,

어머니처럼 눈가에 다크서클이 있으며, 똑같이 옅은 보라색 잇몸에, 어머니와 마찬가지로 곱게 그어놓은 듯 엷고 섬세한 입 모양을 가졌다. 하지만 소녀의 입은, 말을 했다. 그 입은 소녀를 우리 집으로 이끌었다. 소녀는 현관의 벨을 눌렀고, 나는 현관문 구멍 덮개를 열고 밖을 내다보았지만 아무것도 보이지 않았다. 대신 단호한 목소리가 들려왔다.

"나예요, 오펠리아 마리아 두스 산투스 아귀아르."

맥이 탁 풀린 채 나는 문을 열었고 오펠리아가 안으로 들어왔다. 소녀는 나를 방문한 것이다. 당시 내 두 아들은 소녀의 신중한 지혜를 상대하기에는 너무 어렸다. 반면에 나는 너무 컸고 또 바쁘기도 했지만, 그래도 역시 그 방문의 대상은 나였다. 모든 일에는 다 나름의 시간이 필요하다는 듯이, 소녀는 내면에 깊이 몰두한 몸짓으로 조심스레 주름 스커트 자락을 들어 올리고 자리에 앉은 후, 스커트 주름을 가다듬었다. 그 과정을 모두 마친 뒤에야 고개를 들어 나를 바라보았다. 나, 그때 막 관청에 제출할 서류를 작성하고 있던 나는, 일을 계속하면서 소녀의 말을 들었다. 오펠리아는 내게 조언을 했다. 소녀는 모든 일에 대해 똑 부러지는 의견을 갖고 있었던 것이다. 즉 내가 하는 모든 일은, 소녀의 의견에 따르면 항상 절반쯤은 문제가 있었다. 소녀는 "내 생각에는" 하고 따지는 듯한 목소리를 내곤 했다. 마치 내가 조언을 간청하기라도 했다는 듯 말이다. 그런데 나는 조언을 간청하지 않았기 때문에, 소녀는 내게 조언을 주는 것이다. 훌륭하게 사용해온 지난 여덟 해 동안의 자랑스러운 삶을 바탕으로, 소녀는 말했다. 내 생각에는 당신이 아들들을 잘못 가르치고 있는 것 같아요. 왜냐하면 당신 아들들은, 누군가 조금만 잘해준다 싶으면 곧장 머리 꼭대기까지 기어오르니까요. 바나나는 우유와 섞으면 안 돼요. 그건 독이에요. 하지만 그래도 당신이 원한다면 뭐든지 다 할 수야 있죠. 누구나 다 자기가 옳다고 생각하는 걸 하니까요. 이 시간까지 가운을 걸치고 어슬렁거리는 사람은 아무도 없어요. 소녀의 어머니는 일어나자마자 옷을 챙겨 입었다. 그러나 누구나 다 자기가 하고 싶은 대로 살아가는 법이니까. 내가 아직 목욕도 하지 않았다고 말해주면, 오펠리아는 입을 다물고 말없이 나를 빤히 쳐다보았다. 어느 정도는 온화하게, 어느 정도는 인내심을 발휘하면서, 소녀는 내게 말했다. 아직 목욕도 안 하고 있기에는, 시간이 이미 상당히 늦었다고. 먼저 말문이 막혀버리는 쪽은 항상 나였다. 소녀가 "야채파이에는 크러스트를 덮으면 안 돼요"라고 말하는데 뭐라고 대꾸할 수 있단 말인가. 어느 날 오후, 나는 빵집에서 쓸데없는 진실과 맞닥뜨리고 말았다. 거기에는 크러스트로 덮이지 않은 야채파이들이 있었던 것이다. 거 봐요, 내가 뭐라고 했어요. 마치 소녀가 바로 그 자리에 있기라도 한 듯, 이런 말소리가 들리는 것 같았다. 곱슬머리와 주름 스커트, 빈틈없이 단호한 연약함으로 무장한 소녀는 아직 청소도 하지 않아 지저분한 거실에 최후의 심판관처럼 들이닥쳤다. 거기서 문제는, 소녀가 기막히게 엉뚱한 말도 한다는 것이고, 그래서 나는 무기력하게 미소 짓는 것 외에 달리 대책이 없었다는 점이다.

심판관이 불러오는 최악의 상황은 침묵이었다. 어느 순간 나는 타자기에서 문득 고개를 들었고, 언제부터 오펠리아가 침묵을 지키면서 나를 지켜보고 있었는지 알 길이 없었다. 도대체 내 어떤 점이 오펠리아를 여기로 끌어당기는가? 나는 격분한 채로 이렇게 자문하곤 했다.

한 번은 그런 긴 침묵 끝에 소녀가 차분하게 말했다. "당신은 이상해요." 정통으로 한 방, 그것도 은밀하게 숨겨진 부위를 정통으로 맞은 기분이 된 나는, 완전히 당황하여, 부글부글 끓어오르는 심정이 되어 생각했다. 그래, 바로 그 이상하다는 것 주변을 굳이 기웃거리고 다니는 게 너로구나. 철저하게 보호받는 아이, 철저하게 보호받는 어머니와 아버지를 가진 아이.

그래도 조언과 비판은 받아줄 만했다. 진짜 참기 힘든 건 말끝마다 "결과적으로"를 붙이는 방식으로 문장을 실수 없이 연쇄적으로 한없이 길게 늘이는 소녀의 말투였다. 소녀는 말하기를, 내가 시장에서 야채를 너무 많이 사들이며, 결과적으로 그 야채들이 소형 냉장고에는 다 들어가지도 못할 것이고, 결과적으로 다음 장날이 되기 전에 야채들이 시들어버릴 거라고 했다. 며칠 뒤 나는 야채들이 시든 것을 발견했다. 결과적으로, 그래. 다음번에 소녀는 주방 조리대 위에 평소보다 적은 야채가 놓인 것을 보았다. 나는 은연중에 소녀의 말에 복종한 것이다. 오펠리아는 시선을 보냈고, 계속해서 시선을 보냈다. 소녀는 아무것도 말하지 않을 태세였다. 나는 서서 기다렸다. 호전적으로, 말없이. 오펠리아가 입을 열고, 억양 없는 음성으로 말했다. "다음 장날까지 먹기에는 너무 부족하네요."

야채는 딱 반 주일 만에 동이 났다. 소녀는 어떻게 그런 걸 알까? 나는 궁금했다. "결과적으로" 아마도 이것이 그 대답일지도 몰랐다. 왜 나는 그런 걸 한 번도, 한 번도 깨닫지 못하는 걸까? 왜 오펠리아는 모든 걸 다 알고, 왜 세상은 오펠리아에게 친근할까? 그런데 왜 나는 그 어떤 보호도 받지 못하는 걸까? 결과적으로? 결과적으로.

오펠리아가 착각을 한 적이 있다. 내 앞에 앉아 무릎 위에 손가락을 깍지 낀 자세로, "지리는" 하고 말했다. "지리는 학문의 한 갈래예요." 그건 완전한 오류라기보다는 생각이 살짝 빗나간 것에 가까웠지만, 내게는 우스꽝스러운 추락의 장면이나 마찬가지였고, 그래서 나는 그 순간이 지나가버리기 전에 마음속으로 소녀를 향해 외쳤다. 그래, 바로 그렇게 하는 거야, 바로 그렇게! 그러니 계속해, 하지만 천천히, 그러다 보면 언젠가는 쉬워질 수도 있고, 더 어려워질 수도 있겠지. 하지만 그래도 그게 옳아. 계속 착각하는 거야, 아주아주 느린 속도로 말이야.

어느 날 아침, 한창 이야기하던 도중에 오펠리아는 문득 정색을 하고 내게 통보했다. "집에 가서 뭘 좀 확인해야 해요. 하지만 난 곧 돌아와요." 나는 과감하게도 이렇게 응수해주었다. "바쁘면 다시 안 와도 된단다." 오펠리아는 말없이 탐색하는 눈길로 나를 살폈다. 정말이지 정이 떨어지는 계집아이로군. 이런 내 생각은 너무도 선명하고 또렷해서, 오펠리아가 내 얼굴에서 고스란히 읽어낼 수 있을 정도였다. 소녀는 내 시선을 피하지 않고 그대로 받아냈다. 그 시선, 놀랍고도 서글프게도, 참을성과 충직함, 나에 대한 신뢰, 단 한 번도 말을 한 적이 없는 인간의 침묵이 보이는 시선이었다. 내가 언제 소녀에게 뼈다귀를 던졌기에 소녀는 남은 일생 내내 말없이 내 뒤를 따르고 있는가? 나는 눈길을 돌렸다. 오펠리아는 가만히 안도의 한숨을 내쉬었다. 그리고 더욱 단호해진 결단의 음성으로 말했다. "난 곧 돌아와요." 도대체 뭘 원하는 것일까? 나는 화가 났다. 왜 내 주변에는 나를 좋아하지도 않는 인간들이 꼬이는 것일까?

한 번은 오펠리아가 우리 집에 있을 때 초인종이 울렸다. 문을 열자 오펠리아의 어머니가 서 있었다. 보호자인 그녀는 당당하게 요구했다. "혹시 오펠리아 여기 있나요?"

"네 여기 있네요." 마치 유괴범이라도 된 것처럼 나는 미안해했다.

"다시는 이런 짓 하지 말아라." 그녀는 사실상 나를 겨냥한 말투로 오펠리아를 야단쳤다. 그러고는 나를 향해 갑자기 기분이 상한 어조로 쏘아붙이듯 내뱉었다. "폐를 끼쳐서 정말 미안해요!"

"오, 아니에요, 댁의 어린 따님이 참으로 영특하던데요."

오펠리아의 어머니는 살짝 의아한 표정이 되었다. 하지만 눈빛에는 여전히 짙은 의혹이 번득였다. 그녀의 눈동자는 이렇게 말하고 있었다. 도대체 이 애를 데리고 뭘 하려는 거예요?

"난 오펠리아 마리아에게 진작부터 일러두었답니다. 당신을 귀찮게 해서는 절대 안 된다고요." 그녀는 노골적인 불신을 드러내며 말했다. 소녀의 손을 단단히 붙든 그 모습은 나로부터 소녀를 보호하겠다는 결연함을 보여주었다. 몰락의 기분에 사로잡힌 나는 소리 나지 않게 현관문 구멍 덮개를 반쯤 열고 밖을 관찰했다. 두 사람은 복도를 지나 자신들의 집으로 향하고 있었다. 어머니는 사랑이 담긴 꾸지람을 웅얼거리며 딸을 다정하게 감싼 자세로, 무심한 소녀는 곱슬머리와 스커트 주름을 팔랑거리며. 현관문 구멍 덮개를 덮은 다음에야 나는 아직 제대로 옷도 입지 않았음을, 결과적으로 아침에 일어나자마자 옷을 챙겨 입는 소녀의 어머니에게 허술한 모습을 보이고 말았음을 깨달았다. 그러거나 말거나 신경 쓰지 않기로 했다. 차라리 잘됐어. 이제 그 아이 엄마는 나를 경멸하겠지. 결과적으로 나는 아이의 방문에서 해방되는 거고.

하지만 소녀는 또다시 나를 찾아왔다. 그렇다, 나는 소녀에게 너무도 매혹적인 존재인 것이다. 내게는 소녀가 무한한 조언을 해줄 만한 실수가 넘쳐나고, 내 공간은 소녀의 엄격함이 뻗어나갈 수 있는 놀이터이며, 결과적으로 나는 내 노예의 소유물이 되어버렸다. 소녀는 되돌아왔다. 그래, 소녀는 주름 스커트를 걷어 올렸고, 소녀는 자리에 앉았다.

부활절 직전이라 시장에 병아리 판매대가 가득했을 때, 나는 아들들을 위해서 병아리 한 마리를 사 왔다. 우리는 병아리를 구경하다가 부엌에 갖다 두었고 아들들은 길거리로 놀러 나갔다. 그런 다음 오펠리아가 나타났다. 나는 타자기로 글자를 치면서, 가끔씩 고개를 끄덕여 건성으로 호응을 해주는 정도였다. 변화가 없이 밋밋하게, 문장을 외워서 그대로 암기하는 것 같은 소녀의 말투를 듣고 있으니 정신이 살짝 멍해졌으므로, 소녀의 말은 내가 치는 단어들 사이사이로 틈입했다. 소녀는 말하고, 또 말했다.

그런데 어느 순간, 갑자기 모든 것이 그대로 멈춰버린 듯했다. 고문당하는 느낌이 사라졌고, 나는 우울한 기분으로 소녀를 바라보았다. 오펠리아 마리아는 머리를 똑바로 세우고 앉아 있었고, 늘어진 곱슬머리는 조금의 흔들림도 없었다.

"이게 뭐예요?" 소녀가 물었다.

"뭐 말이니?"

"이거요!" 소녀가 고집스럽게 반복했다.

"이거라니?"

이런 식으로 끝도 없이 무턱대고 "이거"라는 어휘를 주고받아야 한단 말인가? 그리고 "이거!"는, 말 한마디 없이 오직 시선의 놀라운 권위만으로 자신이 듣는 것을 나도 듣게 만드는 이 아이의 비범한 능력이 아니었던가. 신중한 침묵 속에서, 아이는 나에게 말없이 강요했고, 마침내 나도 부엌에 있는 병아리의 연약한 삐악거림을 들을 수 있었다.

"이건 병아리 소리야."

"병아리?" 오펠리아는 도무지 믿을 수 없다는 얼굴이었다.

"병아리를 샀거든." 결국 나는 체념하고 이렇게 설명해주었다.

"병아리!" 내가 자신에게 뭔가 잘못이라도 했다는 듯이, 소녀는 이렇게 반복할 뿐이었다.

"병아리."

그걸로 끝나야 했다. 이전에는 한 번도 보지 못했던 어떤 것을 내가 보지만 않았더라면 말이다.

그것은 무엇이었을까? 그게 뭐였든 간에, 더 이상은 보이지 않았다. 1초 동안 병아리가 소녀의 눈동자 속에서 반짝였다가, 그 안으로 가라앉아버렸고 두 번 다시는 떠오르지 않았다. 그림자가 졌다. 온 지상을 뒤덮을 정도로 깊은 그림자가.

그 순간부터, 떨림을 주체하지 못하는 소녀의 입이 자신도 모르게 "나도 갖고 싶어"라고 거의 생각하기 시작한 그 순간부터, 소녀의 눈동자는 언제든 철회 가능한 욕망, 아주 살짝만 건드려도 민감한 미모사처럼 단단히 닫혀버릴 욕망으로 인해 더욱 어둡게 짙어졌다. 가까이 다가와 유혹하는, 거의 소녀 자신이 되어버린 불가능성 아래에서 움츠러드는 욕망. 소녀의 눈동자 속 어둠이 금화처럼 반짝였다. 소녀의 얼굴을 스치고 지나가는 간교한 표정—내가 그 자리를, 간교하게도, 지키고 있지 않았더라면, 뭔가를 훔쳤을지도 모르는 그런 간교함이었다. 수상쩍은 영악함으로 번득이는 눈동자, 약탈에의 욕망을 주체하지 못하는 눈동자. 소녀의 다급한 눈길이 내게 와서 꽂혔다. 그것은, 당신은 뭐든지 다 가졌군, 하는 질투의 시선이었고, 우리는 왜 똑같지 않느냐는 비난의 시선이었다. 나도 병아리를 가질 거야, 라는 탐욕의 시선—소녀는 나를 통째로 차지하고 싶은 것이다. 나는 천천히 등을 의자 등받이로 기댔다. 소녀의 질투는 내 가난을 발가벗겼고 내 가난을 사색의 대상으로 만들었다. 내가 그 자리에 없었다면, 소녀는 내 가난마저도 훔쳤을 것이다. 소녀는 뭐든지 전부 다 갖기를 원했다. 탐욕의 떨림이 사라지고 나자, 눈동자 속 어둠은 총체적인 고통에 잠겼다. 나는 소녀에게 무방비 상태의 얼굴을 노출시켰고, 뿐만 아니라 지금 이 자리에서 세계 최고의 한 마리 병아리를 노출한 것이다. 나를 보지는 않은 채, 소녀의 뜨거운 눈동자는 무아지경 속에서 나를 열렬히 염탐하며, 내 은밀한 내면으로 통하는 은밀한 문을 열어젖혔다. 무엇인가가 일어났다. 맨눈으로는 도저히 알 수 없는 어떤 일이. 그리하여 갈망이 회귀했다. 이번에는 제각각 독립적으로 행동하는 육신의 다른 기관들과 어떻게 협조해야 할지 갈피를 잡지 못한 듯 눈동자가 겁을 먹었다. 내부에서 일어나는 혼란을 견디기 위해 필사적으로 애쓰느라, 소녀의 눈동자는 더욱 커다래졌다. 멍든 것처럼 짙은 보라색의 섬세한 입이 어느 정도 어린아이 같은 모양이 되었다. 소녀는 방구석을 응시했다 ― 눈 밑의 그늘이 소녀에게 최고의 순교자와 같은 이미지를 부여했다. 나는 꼼짝하지 않으면서 소녀를 지켜보았다. 나는 유아 사망률의 높은 통계를 잘 알고 있었다. 하지만 이 소녀라면, 나는 커다란 질문에 휩싸여버렸다. 과연 그럴 만한 가치가 있을까? 난 모르겠어, 점점 더 굳건해지는 침묵으로 나는 소녀에게 이렇게 대답했다. 그게 전부였다. 거기, 무너지지 않는 내 침묵의 방식에 결국 소녀는 굴복하고 말았다. 나에게 커다란 질문을 던진다면, 소녀는 아무런 대답을 듣지 못할 터였다. 소녀는 그것에 굴복해야만 했다—아무런 대가 없이. 그냥 그래야만 했다. 아무런 대가 없이. 소녀는 자신 안의 그 무엇에 잔뜩 달라붙어 있었으나, 원해서 그러는 건 아니었다. 하지만 나는 말없이 기다렸다. 우리는 일어나게 되어 있는 일이었고, 나는 그것을 알았다.

내가 소녀를 위해 해줄 수 있는 일은 오직 침묵, 그것뿐이었다. 이해하지 못함이 나를 현혹하여, 내 안에서 내 것이 아닌 심장이 뛰는 소리가 들려왔다. 황홀하게 사로잡힌 내 눈앞에서, 바로 그 자리에서 소녀는 마치 심령체처럼, 한 명의 아이로 변신했다.

고통이 없지는 않았다. 침묵 속에서 나는 소녀가 겪고 있는 견디기 힘든 희열의 고통을 지켜보았다. 한 마리 달팽이의 느린 산통. 소녀는 천천히 혀를 내밀어 섬세한 모양의 입술을 핥았다. (도와줘, 소녀의 육신은 힘겹게 분열되며 이렇게 말했다. 도와주고 있어, 꼼짝하지 않는 내 부동성은 이렇게 대답했다.) 느린 고통의 몸부림. 소녀는 전체적으로 몸이 뚱뚱하게 부어오르면서 서서히 두리뭉실한 형체로 변했다. 마침내 소녀의 눈은 달걀을 욕망하는 속눈썹으로만 남았다. 그리고 굶주림으로 부들부들 떠는 입으로만. 그런 상태로 소녀는, 마치 수술대 위에 누워서, 이제 심하게 아프지 않아요, 라고 말하려는 사람처럼 거의 미소를 지을 듯했다. 소녀는 나를 향한 시선을 거두지 않았다. 거기에는 소녀가 볼 수 없는 발자국이 있었다. 누군가 이미 지나간 것이다. 소녀는 발자국을 내가 자주 지나 다닌 흔적이라고 추측했다. 점점 더 형체가 허물어지면서, 소녀는 소녀 자신과 거의 동일한 모양으로 변했다. 그래도 될까? 그걸 느껴도 되는 걸까? 소녀는 자신의 내부를 향해서 질문했다. 그래, 느껴도 괜찮아. 소녀는 나를 통해서 이렇게 대답했다.

내 최초의 '그래'는 나를 도취시켰다. 그래, 내 침묵이 소녀의 침묵에게 반복해서 말했다, 그래. 내 아들이 출생하던 그 순간처럼, 나는 소녀에게 말했다, 그래. 나는 오펠리아에게 "그래"라고 말할 만큼 대담했다. 나, 나는 어린아이가 별다른 증상도 없이 죽기도 한다는 사실을 잘 알고 있었다. 그래, 나는 도취된 채 또다시 말했는데, 이보다 더 큰 위험은 존재하지 않기 때문이다. 네가 간다면, 네가 함께 간다면, 너는 항상 거기 있게 될 것이다. 그것, 그것은 네가 앞으로 무엇이 되건 항상 너와 함께할 것이다.

탄생의 고통. 지금껏 이처럼 대단한 용기는 본 적이 없었다. 자신이 아닌 다른 무엇이 되는 용기, 스스로 자기 자신을 낳는 용기, 자신의 옛 허물을 바닥에 벗어두는 용기. 그럴 만한 가치가 있는지 없는지, 그 대답은 전혀 없이. "나는" 물로 흠뻑 젖은 소녀의 몸이 뭔가 말하려고 시도했다. 자기 자신과 결합하는 혼례.

오펠리아는 자신에게 일어난 모종의 사건을 의식하며 조심스러운 태도로 천천히 물었다.

"이게 병아리 소리예요?"

나는 소녀 쪽을 돌아보지 않았다.

"그래, 병아리 소리야."

부엌에서는 여전히 희미한 삐악거림이 들려왔다. 우리는 예수의 탄생을 목격한 사람들처럼 말없이 앉아 있었다. 오펠리아는 숨 쉬고, 또 숨 쉬었다.

"조그만 병아리 말이죠?" 의심스러운 목소리로 소녀는 재차 확인했다.

"그럼, 조그만 병아리지." 나는 이렇게 대답하면서 소녀를 신중하게 삶으로 인도했다.

"그렇구나, 조그만 병아리." 오펠리아는 생각에 잠긴 어조로 중얼거렸다.

"맞아, 조그만 병아리야." 나는 엄격하지 않은 어조로 말했다.

벌써 몇 분 동안이나 나는 소녀와 마주 보고 있는 상태였다. 변신은 일어났다.

"병아리는 부엌에 있어."

"부엌에 있다고요?" 소녀는 내 말을 알아듣지 못한 척 반복했다.

"부엌에 있어." 나는 다시 한번 말했다. 처음으로 권위를 실어, 다른 말은 한마디도 덧붙이지 않은 채로.

"아, 부엌에 있군요." 오펠리아는 꾸며낸 어조로 말하며 천장을 올려다보았다.

하지만 소녀는 아파하고 있었다. 나는 복수하는 기분이었고, 그걸 인식하자 약간 수치스러웠다. 상대방은 아파하고, 거짓으로 꾸며내고, 천장을 올려다보았다. 입, 눈 밑의 거무스름한 그늘.

"부엌으로 가서 병아리랑 놀아도 좋아."

"내가요……?" 소녀는 교활하게 물었다.

"그래. 물론 네가 그러고 싶다면 말이야."

나는 소녀를 무조건 부엌으로 보냈어야만 했다. 그랬다면 소녀는 그토록 엄청난 열망이라는 굴욕에 시달리지 않아도 되었을 테니까. 나는 소녀에게 선택권을 주어서는 안 되는 거였다. 그랬다면 소녀는 내가 시키는 대로 할 수밖에 없었다는 면죄부를 얻었을 테니까. 하지만 그 순간, 내가 소녀에게 자유라는 고통을 준 건

복수심 때문이 아니었다. 그 역시 소녀가 홀로 내디뎌야만 할 걸음이었기 때문이다. 홀로 그리고 지금. 소녀는 산을 올라가야만 할 것이다. 왜—나 자신도 이유를 알 수 없다—나는 소녀의 보랏빛 입술에 내 생명을 불어넣으려고 하는 것인가? 왜 나는 소녀에게 호흡을 주고 있는 것인가? 어떻게 감히 내 숨결을 소녀 안으로 넣을 수가 있을까, 만일 나 자신이…… 소녀가 걸을 수 있도록 만드는, 간신히 움직일 정도의 그 힘겨운 걸음을 주고 있는 당사자라면? 어느 날 기운이 다 빠져버린 소녀가, 한순간 산이 자신에게 스스로 온 것이라고 느끼게 하기 위해서, 오직 그 이유로 나는 내 생명을 소녀 안으로 불어넣는 것일까?

나는 그럴 권리가 있으리라. 하지만 달리 선택의 여지가 없었다. 그것은 어린 소녀의 입술이 점점 더 짙은 보랏빛으로 물들어 가는 듯한 긴급사태였다.

"보고 싶으면 가서 병아리를 봐도 좋아." 이제 내 목소리에는 생명을 구해준 이의 혹독한 엄격함이 실려 있었다.

우리는 서로 마주 보고 있었다. 이질적으로, 육체는 육체로부터 떨어진 채로. 단지 적개심만이 우리를 하나로 묶어주었다. 나는 의자에 시들시들하게 축 처진 자세로 앉아 있었다. 어린 소녀가 자신의 다른 존재 안에 고통을 유발하도록. 불변의 자세로 앉아 있었다. 소녀가 내 안에서 투쟁을 벌이도록. 절박하게 나를 증오하면 할수록, 그리고 증오라는 소녀의 고통에 내가 항거하는 것이 절박하게 필요할수록, 오펠리아는 더욱 강해졌다. 나는 널 위해서 이걸 견뎌낼 수는 없어, 하고 나의 냉혹함이 소녀를 향해 말했다. 내 안에서는 소녀의 투쟁이 점점 더 치열하게 벌어졌다. 엄청난 능력을 갖고 태어난 그 개인이 내 허약함을 들이마시는 것 같았다. 나를 사용함으로써, 소녀는 자신의 힘으로 내게 상처를 입혔다. 매끄러운 내 벽에 발톱을 박으려고 시도하면서 나를 할퀴었다. 마침내 나직하고 느린 분노를 실은 목소리가 밖으로 울려 나왔다.

"그렇다면 부엌에 가서 병아리를 구경할게요."

"그래, 가보렴." 나는 느리게 대답했다.

소녀는 신중한 자세로 등의 위엄을 의식하면서 물러났다.

부엌에 들어갔던 소녀는 금세 밖으로 나왔다. 놀라서 어쩔 줄 모르며, 동시에 뻔뻔하게, 손에 들고 온 병아리를 내보였는데, 그때 소녀의 눈에서 넘쳐 흐르는 당혹감이 내게 질문을 퍼부어대고 있었다.

"조그만 병아리예요!"

소녀는 쭉 뻗은 자신의 손바닥 안 병아리를 쳐다보고, 나를 쳐다보고, 다시 자신의 손을 쳐다보았다—그러더니 갑작스럽게 조바심과 근심에 사로잡히고 말았는데, 그것은 자동적으로 나 또한 조바심과 근심에 휩싸이게 만들었다.

"정말로 조그만 병아리라구요!" 이렇게 말하는 소녀의 눈동자에는 비난의 빛이 휙 스쳐 지나갔다. 마치 내가 삐악거리는 존재의 정체를 일러주지 않았다는 듯이.

나는 웃음이 터졌다. 오펠리아는 모욕당한 얼굴이 되어 나를 보았다. 그러더니 갑자기—갑자기 소녀도 웃음을 터뜨렸다. 우리 둘은 함께 웃었다. 약간은 찢어지는 높은 소리로.

웃음이 멈춘 다음에 소녀는 병아리를 바닥에 내려놓고 돌아다니게 했다. 병아리가 달리면 소녀는 그 뒤를 따라갔다. 소녀는 병아리에게 자율권을 주어서 마음대로 달아나게 했는데, 그럼으로써 상실감과 그리움을 향유하려는 속셈인 듯했다. 하지만 병아리가 겁먹고 몸을 움츠리기라도 하면 서둘러 감싸고 보호하면서, 병아리가 자신의 통제를 받는 것을 불쌍하게 여겼다. "가엾은 것, 넌 내 거야." 병아리를 감싸 안는 소녀의 손길은 부드럽고 정성스럽기 그지없었다―그것은 사랑, 바로 고문당하는 사랑이었다. 병아리는 너무 작아요, 결과적으로 끊임없이 보호를 해줘야 해요. 쓰다듬는 것도 정말 위험하구요. 아이들이 병아리를 마구 만지게 두면 안 돼요. 당신은 뭐든 하고 싶은 대로 해도 되지만, 조그맣게 벌린 이 부리에 옥수수 알갱이는 너무 클 것 같네요. 병아리는 아직 솜털처럼 연약하니까요. 가엾은 것, 이렇게 조그맣다니. 내 말은, 결과적으로, 당신 아들들이 병아리를 막 만지게 해서는 안 된단 말이에요. 병아리가 좋아하는 식으로 쓰다듬을 줄 아는 사람은 나뿐이니까요. 그리고 병아리가 자꾸만 미끄러지네요. 결과적으로 부엌 바닥은 병아리에게 적절한 장소가 아니라는 뜻이죠.

한참 전부터 나는 다시 타자 치는 일에 몰두하면서, 허비한 시간을 만회하려고 애쓰는 중이었다. 오펠리아는 내 경계심을 누그러뜨리고 사랑이 가득한 태도로, 점점 더 병아리만을 상대하고 있었다. 처음으로 소녀는 나를 놓아주었다. 소녀는 더 이상 내가 아니었다. 나는 소녀를 바라보았다. 자신의 원래 모습 그대로 순수한 황금빛인 소녀, 그리고 마찬가지로 순수한 황금빛인 병아리. 둘은 물레와 북처럼, 서로 나직하게 흥얼거렸다. 내 자유 또한, 마침내 방해받지 않게 되었다. 잘 가라. 나는 애수에 차서 미소 지었다.

한참 시간이 흐른 뒤에야 나는 오펠리아가 내게 뭔가를 말하는 것을 알아차렸다.

"이제, 이제 병아리를 부엌에 데려다주어야 할 것 같아요."

"그렇게 하렴."

나는 소녀가 부엌으로 가는 것을 보지 않았고, 다시 나오는 것도 보지 않았다. 그러다 문득, 우연처럼 어떤 불분명한 느낌에 휩싸였는데, 침묵이 너무 오래 지속되고 있다는 거였다. 나는 소녀를 한 번 흘낏 쳐다보았다. 소녀는 손가락을 무릎 위에 깍지 끼고 가만히 앉아 있었다. 이유는 알지 못한 채, 내 시선은 다시 한 번 더 소녀에게로 향했다.

"뭐 하고 있어?"

"나요……?"

"무슨 생각 하는 거야?"

"나요……?"

"화장실 가고 싶니?"

"나요……?"

포기한 나는 다시 타자기에 정신을 집중했다. 잠시 후 소녀의 목소리가 들렸다.

"집에 갈래요."

"그렇게 하렴."

"날 가게 해준다면요."

나는 놀라서 소녀를 쳐다보았다.

"당연하지. 집에 가고 싶으면……."

"알았어요." 소녀가 말했다. "그럼 갈래요."

소녀는 천천히 걸었고, 소리 내지 않고 문을 닫았다. 나는 닫힌 문을 바라보며 생각했다. 정말 묘한 아이로구나. 그리고 다시 일로 돌아갔다.

하지만 나는 쓰고 있던 문장을 도저히 끝낼 수가 없었다. 그렇다면 좋아. 나는 조바심치며 시계를 보았다. 도대체 뭐가 문제지? 나는 스스로에게 내키지 않는 질문을 던지며, 내 안의 무엇이 일을 방해하는 건지 알아내보려 했다. 그러다 생각을 포기할 즈음, 문득 극도로 침착한 얼굴이 하나 떠올랐다. 오펠리아. 하나의 생각이라고 할 수도 없는 어떤 파편이 머릿속을 휙 스치고 지나가면서, 의도하지도 않았는데 머리가 기울어졌다. 내 느낌의 소리를 들으려는 것이다. 느린 동작으로 나는 타자기를 옆으로 치웠다.

주저하면서, 나는 앞을 가로막는 의자들을 천천히 치웠다. 그렇게 마침내 나는 부엌문 앞까지 당도했다. 부엌 바닥에는 병아리가 죽어 있었다. 오펠리아! 내 입에서는 달아난 어린 소녀를 향한 외침이 터져 나왔다.

아득히 먼 거리에서 나는 바닥을 내려다보았다. 오펠리아, 아득히 멀리서, 말없는 소녀의 심장에 가닿으려고 나는 헛되이 노력했다. 오, 너무 겁내지 말아라! 종종 우리는 사랑 때문에 죽이기도 하는 법이니까. 하지만 맹세컨대, 언젠가 우리는 잊고 말 거야. 맹세할 수 있어! 우리는 사랑을 아주 잘하는 건 아니니까, 내 말 듣고 있지? 나는 반복해서 말했다. 마치 소녀가 진실에 복무하기를 거부하고 의기양양하게 무에 헌신하기 전에 따라잡을 수 있다는 듯이. 소녀에게, 세상은 두려움 없이 존재한다고 경고해줄 생각을 하지 못했던 나. 하지만 지금 나는 그것이 호흡의 본질이라고 맹세한다. 나는 몹시 피곤했으므로, 부엌 의자에 주저앉았다.

지금 내가 있는 곳, 내일 먹을 케이크 반죽을 천천히 치대고 있는 곳. 마치 오랜 세월 동안 참을성 있게 부엌에서 기다린 사람처럼, 그렇게 앉아서. 식탁 아래서는 오늘의 병아리가 삐악거린다. 노란색도 똑같고, 부리도 똑같다. 부활절에 약속했듯이, 12월에 그는 다시 돌아올 것이다. 오펠리아는 돌아오지 않은 자에 속했다. 소녀는 자라났다. 소녀는 집을 떠났고, 자신의 부족이 사막에서 기다리던 힌두 공주가 되었다.

원숭이
Macacos

신년이 되기 얼마 전, 우리는 처음으로 마모셋 원숭이를 기르게 되었다. 집에는 수도도 가정부도 없었고, 고기를 사려면 정육점 앞에서 긴 줄을 서야 했으며 미칠 듯한 무더위에 시달렸다―그런 상황에서 나는, 어이가 없어 말문이 막힌 채, 이미 현재형인 그것이 집 안으로 들어오는 것을 보았다. 이미 바나나를 먹는 중이고, 엄청난 순발력과 길다란 꼬리로 이미 집 안의 모든 것을 탐색하는 중이었다. 아직 다 자라지 않은 유인원처럼 보였는데 신체적인 능력이 무궁무진했다. 줄에 널린 빨래에 기어올라가 뱃사람처럼 고함을 토해내는가 하면 바나나 껍질을 사방으로 집어 던졌다. 그리고 나는―진이 빠져버렸다. 정신이 다른 데 팔려서 깜빡 잊고 세탁실에 들어가기라도 하면, 엄청난 장면이 펼쳐진다. 즐거워서 어쩔 줄 모르는 인간이 거기 있다. 내 막내아들은, 언젠가는 내가 그 고릴라로부터 해방될 거라고 나 자신보다 더 먼저 알고 있었다. "분명히 원숭이는 병들어서 죽을 텐데, 그래도 엄마는 원숭이를 그냥 집 안에 둘 거예요? 안 그래도 어차피 조만간 창문에서 떨어져서 추락사할 것이 뻔한데, 그래도 그냥 데리고 있을 거예요?" 내 감정이 시선을 돌려버렸다. 아무것도 의식하지 않는 작은 유인원의 행복하고도 추잡한 무지는 내게 그의 운명에 대한 책임감을 느끼게 만들었다. 원숭이에게는 아무런 책임이 없기 때문이다. 한 여자친구는, 수용할 줄 아는 내 태도가 크나큰 신랄함으로 이루어졌다는 것을, 냉혹한 범죄가 몽롱하게 꿈꾸는 내 눈길에 양분을 공급하고 있으며, 그래서 난폭한 방식으로 나를 구원해준다는 사실을 이해했다. 행복하게 법석을 떨며 나타난 빈민

가의 소년들이 웃고 있는 인간을 데려가버렸고, 그래서 나는 기운 빠진 새해 휴일 동안 적어도 원숭이 없는 집에서 지낼 수 있었다.

그로부터 1년 뒤, 코파카바나의 해변에서 몰려선 사람들을 발견했을 때, 비로소 나는 기쁨을 느꼈다. 한 남자가 새끼 원숭이를 팔고 있었다. 나는 소년들을 생각했고, 소년들이 내게 아무런 대가 없이 선사해준 기쁨을, 마찬가지로 소년들이 아무런 대가 없이 내게 베풀어준 근심과도 무관한 기쁨을 생각했다. 나는 기쁨의 연쇄작용을 상상해보았다. 기쁨을 얻은 자는 그것을 타인에게 나누어주는 법이다! 그렇게 한 사람에게서 다른 사람에게로, 마치 화약이 연쇄적으로 터지듯이. 그래서 나는 즉시 리세치라고 불리는 그 원숭이를 샀다.

리세치는 거의 내 손바닥 안에 들어갈 만큼 작았다. 치마를 입고, 귀걸이와 목걸이를 걸쳤으며, 팔에는 바이아Bahia(브라질 동북부 대서양 연안의 주로, 주민의 대다수가 흑인이며 아프리카 문화의 영향이 많이 남아 있다) 여자들의 팔찌를 착용하고 있었다. 게다가 외모는 아직 자기 나라의 전통의상을 입고서 육지에 막 상륙한 이주민 여성처럼 보였다. 동그란 눈도 이주민 여자의 눈이었다.

리세치 자신도, 작게 축소된 미니어처 여자였다. 그녀는 사흘 동안 우리 집에서 살았다. 골격은 한없이 섬세하고 가냘팠다. 그녀는 믿을 수 없을 정도로 여린 존재였다. 눈동자보다도 그녀의 시선 자체가 더욱 둥글었다. 몸을 움직일 때마다 귀걸이가 흔들렸다. 치마는 언제나 곱고 반듯했으며 붉은색 목걸이는 반짝반짝

빛났다. 그녀는 잠을 많이 잤다. 음식을 먹을 때도 절제했으며 피곤해 보였다. 그녀가 아주 드물게 보여주는 다정함은 아무런 흔적이 남지 않게 살짝 깨무는 것이 전부였다.

셋째 날, 우리는 세탁실에서 리세치가 보여주는 행동에 감탄하고 있었다. 하지만 좀 지나치게 부드러운 것 같아, 하고 나는 고릴라를 그리워하며 생각했다. 그런데 갑자기, 내 가슴이 아주 엄격하게 대답했다. 이건 부드러움이 아니야. 죽음이지. 그 메시지는 너무도 가차 없었으므로 나는 아무런 항거를 하지 못했다. 아이들에게 말했다. "리세치는 죽어가는 거란다." 나는 그녀를 바라보았고, 우리의 사랑이 그동안 얼마나 깊었는지 분명히 알게 되었다. 나는 리세치를 냅킨에 싸서 아이들과 함께 최고의 응급진료소로 갔지만, 그곳의 의사는 마침 개를 수술하는 중이었다. 다시 택시를 타고—리세치는 엄마와 함께 산책을 가는 거라고 생각한다—다른 병원으로. 그곳에서 리세치에게 산소를.

생명의 호흡과 함께, 그동안 우리가 알지 못했던 리세치가 갑자기 모습을 드러냈다. 훨씬 덜 둥글고, 대신 훨씬 더 비밀스러우며, 웃음을 터뜨릴 듯한 눈, 길다랗고 조잡하게 생긴 얼굴에는 비웃는 듯한 거만한 표정. 산소를 더 공급하자, 그녀는 이제 원숭이로 사는 것을 더는 참을 수 없다고, 금방이라도 말할 것만 같았다. 그녀는 정말로 그랬고, 정말로 할 말이 아주 많았다. 그렇지만 곧, 기운이 빠진 채 다시 제자리로 돌아왔다. 산소를 더 공급하고 이번에는 혈청주사를 놓자, 그녀는 따끔거리는 주삿바늘에 화가 나서 찰싹 때리는가 하면 팔찌를 찰랑찰랑 흔들며 반응했다. 간호사가 미소를 지었다. "리세치, 가만히 있어야 착하지!"

진단. 산소흡입기를 상비해두지 않으면 그녀는 살지 못할 것이다. 설사 산소흡입기가 있다고 해도 죽을 가능성이 있다. "그러니까 길거리에서 원숭이를 사면 안 돼요." 하고 남자 간호사는 머리를 저으며 나를 질책했다. "그런 원숭이들은 이미 병에 걸린 경우가 많거든요." 그러니까 출처가 분명한 진짜배기 암원숭이를 사야 한다고, 최소한 5년간의 사랑이 보증되도록, 과거에 무엇을 했는지 무엇을 하지 않았는지 다 알고 있어야 한다고. 마치 사람이 결혼을 할 때처럼. 나는 잠시 아이들과 그 문제를 이야기했다. 그런 다음 간호사에게 "선생님도 리세치를 좋아하시네요. 며칠 동안 리세치를 여기 산소흡입기와 함께 두어보시고, 리세치가 건강해지면 선생님이 리세치를 가지셔도 됩니다." 그러나 간호사는 복잡한 표정이 되어 대답이 없었다. "리세치는 정말 예쁘잖아요!" 나는 사정했다. "예쁜 원숭이죠." 간호사도 복잡한 표정으로 동의했다. 그리고 한숨을 쉬면서 대답했다. "리세치가 다 나으면, 그때 다시 데려가세요." 우리는 텅 빈 냅킨을 들고, 집으로 돌아왔다.

다음 날 전화가 왔다. 나는 아이들에게 리세치가 죽었다고 알렸다. 막내아들이 물었다. "귀걸이를 한 채로 죽었단 말이에요?" 나는 그렇다고 대답했다. 일주일이 지난 후, 큰아들이 내게 말했다. "엄마는 리세치하고 정말 많이 닮았어요!" "나도 널 정말 많이 사랑한단다." 내가 대답했다.

용서하는 신
Perdoando Deus

나는 아베니다 코파카바나를 따라 걸으면서, 건물들, 그 사이로 보이는 한 조각의 바다, 행인들을 별생각 없이 산만하게 쳐다보고 있었다. 그런데 나는 내가 사실은 별생각 없는 상태가 아니라, 도리어 그 반대로, 힘들이지 않고 집중한 상태임을 알지 못했다. 나는 매우 기묘한 그 무엇이었다. 자유로운 그 무엇. 나는 모든 것을 보았고, 아무거나 보았다. 그러다 점차, 내가 사물들을 알아차리고 있음을 알아차렸다. 그러자 내 자유는, 자유임을 멈추지 않은 채, 조금 더 상승했다. 그것은 지주가 자기 소유의 토지를 둘러보는 일과는 거리가 멀었고, 그중에는 내게 속한 소유물은 하나도 없으며 소유하고자 갈망하는 대상도 아니었다. 하지만 그럼에도 계속 쳐다보고 있으니 만족감이 느껴지는 듯했다.

그때 예전에는 한 번도 들어보지 못한 어떤 느낌이 왔다. 순수한 애정에서 솟아난 느낌, 나 자신이 지상이며 곧 세계인, 신의 어머니라는 느낌이었다. 그리고 마찬가지로 정말로 순수한 애정에서 솟아난 또 다른 느낌, 그 어떤 오만이나 허영이 아닌, 그 어떤 우월감도 없이, 그렇다고 평등의 의식도 아닌, 오직 순수한 애정 그 자체에서, 나 자신이 세상에 존재하는 모든 것의 어머니라는 느낌이었다. 만약 내가 느끼는 것들이 전부 실제라면—그리고 그 느낌이 착각일 가능성이 조금도 없다면—신은 으스대거나 심술을 부리는 법 없이, 인간이 신에 대한 애정을 느끼는 그대로 표현하도록 허용할 것이며, 내게 어떤 의무도 부여하지 않고, 내 애정의 사적이고 친밀한 성격을 그대로 받아들일 거라고, 나는 알게 되었다. 이런 느낌은 처음이었다. 하지만 분명히 확신하는데, 예전에 이런 느낌이 생기지 않은 것은 단지 생길 수가 없었기 때문이다. 사람들은 신이라는 존재를 사랑한다. 신중하게, 그리고 장엄하게 사랑하며, 존중하고, 두려움과 경외심을 갖는다. 하지만 신을 향한 모성애의 감정은, 단 한 번도 들어보지 못했다. 마치 아들을 향한 내 사랑이 아들을 작게 가두는 것이 아니라 더욱 확장시키듯이, 세계의 어머니라는 감정 또한 오직 자유로운 사랑이었다.

그 순간 나는 하마터면 커다란 죽은 쥐를 밟을 뻔했다. 1초도 안 되는 짧은 찰나, 생명의 끔찍함이 내 머리카락을 곤두서게 만들었다. 1초도 안 되는 짧은 찰나, 공포에 사로잡힌 나는 산산이 파열했고, 터져 나오는 비명을 안간힘을 써서 최대한 억눌러야만 했다. 너무도 무서워 거의 장님이 되어버린 나는 사람들 사이를 허둥지둥 달려 간신히 다음 구역에 도달한 다음에야 가로등 기둥에 몸을 기대고 서서, 아무것도 보기를 원하지 않는 두 눈을 미친 듯이 꼭 감았다. 그러나 눈꺼풀에 달라붙은 그 장면은 지워지지 않았다. 엄청나게 굵고 긴 꼬리를 가진 불그스름한 황색의 커다란 쥐, 으스러진 앞발, 죽어 있는, 꼼짝도 않는, 불그스름한 황색의. 쥐에 대한 한없는 공포심.

머리부터 발끝까지 온몸을 덜덜 떨면서, 나는 계속해서 살아 있는 데 성공했다. 얼이 빠진 채로, 충격받은 어린아이의 입술 모양을 하고서, 나는 걸었다. 두 사건 사이의 어떤 연결점을 찾아내보려 애쓰면서. 몇 분 전에 찾아온 느낌과 쥐 사이의. 하지만 소용없었다. 적어도 거리상의 근접이 둘을 이어주기는 했다. 논리적

이지는 않지만, 두 사건 사이에는 어떤 관련성이 있었다. 다른 것
도 아닌 쥐가 바로 나의 대응물이라는 사실에 나는 충격을 받았
다. 갑자기 분노가 치밀어 올랐다. 그렇다면 나는 순수하게 오직
사랑만을 향해 뛰어들 수는 없단 말인가? 신은 내게 무엇을 상기
시키려고 의도했을까? 나는 모든 존재 안에 피가 흐른다는 사실
을 굳이 상기시켜줘야만 아는, 그런 사람은 아니다. 나는 몸 안에
피가 있다는 사실을 잊지 않을 뿐만 아니라, 그것을 용인하고 욕
망하기까지 한다. 피를 잊기에 나는 너무도 피로 넘치며, 나에게
영적인 어휘는 아무런 의미도 없고, 세속의 어휘 또한 의미가 없
기는 마찬가지다. 내 맨얼굴을 향해 쥐를 집어 던질 필요는 조금
도 없는 것이다. 더구나 바로 그 순간에는 더더욱. 물론 어린 시절
부터 내 뒤를 쫓아다니며 끔찍한 환각을 불러일으키던 공포심을
계산에 넣었으리라. 쥐들은 나를 조롱했고, 지나간 과거의 세계
에서는 이미 광란하는 쥐들이 나를 순식간에 잡아먹어버린 다음
이었다. 그 무엇도 달라고 조르지 않고, 그 무엇도 필요 없이, 오
직 순수한 사랑만으로 사랑하면서 세상을 걸어가는 나에게, 신은
쥐를 보여주었단 말인가? 신의 우악스러움이 나를 상처 입히고
모욕했다. 신은 포악했다. 마음이 꽁꽁 닫힌 채 걸어가는 나는, 어
린 시절에나 겪었던 절망적인 실망감에 시달렸다. 나는 계속해서
걸었고 잊어버리려고 노력했다. 하지만 자꾸 복수심만이 생겨났
다. 그렇다고 전지전능한 신을 상대로, 짓이겨진 쥐 한 마리로 나
를 짓이겨버릴 수 있는 신을 상대로 무슨 복수를 할 수 있단 말인
가. 고독한 피조물의 취약함. 복수심을 불태우는 나는 신을 볼 수

도 없고, 신이 어디에 머무는지도 알지 못했으며, 그가 주로 어떤 사물에 깃드는지, 그래서 내가 그 사물을 무섭게 노려보면 신을 노려보게 되는 것인지도 알지 못했다. 쥐 안에? 저 창문에? 길가의 돌멩이에? 내 안에는 더 이상 신은 없었다. 나는 내 안에서 더 이상 신을 발견하지 못했다.

약자가 복수할 수 있는 방법이 떠올랐다. 아, 그렇게 하면 되겠구나. 나는 비밀을 속으로 간직하는 대신 말해버릴 생각이었다. 누군가의 은밀한 사정 속으로 파고들어간 다음, 나중에 그 비밀을 사방에다 말해버리기. 그게 비열하다는 건 잘 알았다. 하지만 나는 그럴 생각이었다. ─말하지 말아, 순수한 애정으로, 말하지 말아, 그가 수치스러워하는 건 혼자만 알고 있어! ─나는 말할 생각이었다, 그래, 내게 일어난 일을 사방에 퍼뜨려버릴 것이다, 이번에는 쉽게 넘어가지 않는다, 그가 내게 한 짓을 다 말해버릴 테니까, 내가 그의 명성을 망가뜨려버릴 테니까.

……그러나 누가 알겠는가, 아마도 그 일은, 세계 역시 쥐이기 때문에, 그리고 나 역시 쥐를 받아들일 준비가 되었다고 생각했으므로 일어났을지도 몰랐다. 왜냐하면 나는 스스로를 더 강한 존재로 평가했으니까. 왜냐하면 나는 사랑에 대해서 잘못된 수학 계산을 해버렸으니까. 내가 이해할 수 있는 모든 것을 합산하면서 사랑을 한다고 생각했으며, 자신이 이해할 수 없는 모든 것을 합산할 때 비로소 진정한 사랑이 시작됨을 몰랐던 탓에. 왜냐하면 나는 단지 애정을 느꼈다는 이유로, 사랑은 쉬운 것이라고 생각했으므로. 엄숙함이야말로 이해할 수 없는 것을 의례로 만들고

그것을 제물로 변신시킨다는 것을 모르면서, 엄숙한 사랑을 원하지 않았던 탓에. 또한 나는 항상 투쟁하려고 했고, 투쟁이야말로 내가 살아가는 방식이었으므로. 항상 내 방식대로 살아가려고 했으며, 아직도 굽히고 들어가는 법을 배우지 못했으니까. 왜냐하면 나는, 근본적으로 사물의 본질이 아니라, 내가 사랑하고 싶은 것을 사랑하고자 했으므로. 나는 아직도 나 자신이 아니며, 그 벌로 진짜가 아닌 세계를 사랑하고 있는 것이다. 또한, 나는 아무런 이유 없이 화를 냈기에. 사람들이 어쩌면 나를 포악하게 상대할 수밖에 없는 것은, 나 자신의 완강함이 이유일지도 모른다. 내가 소유욕이 엄청나기 때문에, 놀리는 의미로 쥐도 가지겠느냐고 물어온 것일 수도 있다. 그리고 만약 내가 손으로 쥐를 만질 수 있다면, 그때 비로소 만물의 어머니가 될 수 있을 테니까. 나는 죽는 한이 있어도 절대 쥐를 만지지 않을 것이다. 만약 그래야만 한다면, 알지도 보지도 못하는 것을 맹목적으로 무조건 찬양하는 마그니피카트(성모마리아의 찬가)에게 의존하는 수밖에 없다. 그래야만 한다면, 나를 밀어내는 형식주의에 의존하는 수밖에 없다. 왜냐하면 내 순진무구함을 훼손한 것은 형식주의가 아니라 자존심이므로. 나는 세상을 친밀하게 느끼는데, 그럼에도 불구하고 소리 없는 비명으로 내게서 세상을 추출해버린 건 태어났다는 자존심 때문이다. 왜냐하면 거기 나와 마찬가지로 쥐 또한 존재하고 있기에. 쥐와 나는 서로 마주칠 운명으로 태어난 건 아닐 테고, 우리가 평등한 관계를 유지하는 건 우리들 사이의 거리에 기인한다. 나는 내 천성이 쥐의 죽음을 열망하고 있음을 우선적으로 인정해야 한다. 아마도 나는 이 범죄를 행동으로 옮기지 않았다는 이유만으로 스스로를 지나치게 온화한 성향으로 간주하는 듯하다. 단지 내가 범죄를 자제했다는 이유만으로, 스스로를 순백의 사랑이라고 여기는 것이다. 이렇게 단지 자제하고 있는 것에 불과한 내 영혼을, 얼굴빛이 시체처럼 창백해지는 법 없이 똑바로 주시하지 못한다면, 나는 쥐 또한 주시하지 못할 것이다. 아마도 나는, 모든 존재를 조금씩 포함하는 내 삶의 방식 자체를 '세계'라고 불러야 하리라. 내 천성을 최대치까지 사랑할 수 없다면, 세계의 크기를 어떻게 사랑할 수 있겠는가? 단지 내가 나쁘기 때문에 신이 선할 것이라고 상상하는 한, 나는 영영 아무것도 사랑하지 못하리라. 그건 그냥 내 방식으로 스스로를 고발하는 행위일 뿐이다. 나, 최소한 자기 자신도 철저히 탐색하지 못했으면서 내 반대편을 사랑하겠다고 이미 선택을 마쳐버린 나는, 그 반대편을 신이라고 부르기를 원한다. 나, 자신에게 절대로 익숙해지지 못할 나는, 세계가 나를 분개하게 할 일이 없기를 희망했다. 나는, 나 자신에게만 굴복했으므로, 나는 나 자신보다 훨씬 더 가차없으므로, 그래서 나보다 덜 과격한 대지로 스스로를 상쇄하기를 소망했다. 자기 자신을 좋아하지 않기 때문에 어떤 신을 사랑하는 한, 나는 주사위가 될 것이고, 더 위대한 삶의 게임은 일어나지 않는다. 내가 신을 발명해내는 한, 신은 존재하지 않는다.

생일 축하해요, 어머니

Feliz aniversário

가족들이 하나둘 연이어 도착했다. 올라리아에서 온 이들은 유난히 공들여 차려입었는데, 그건 이 방문이 곧 코파카바나로의 소풍을 의미했기 때문이다. 올라리아에서 온 며느리의 네이비블루색 외출복은 온통 반짝이가 달려 휘황찬란했으며, 주름장식이 너무 많아서 벨트가 없는데도 배가 다 가려질 지경이었다. 남편은 명백한 이유가 있어서 오지 않았다. 그는 형제들을 만나고 싶지 않기 때문이다. 하지만 그래도 자기 아내는 보냈는데, 가족 간의 마지막 끈마저 싹뚝 잘라내고 싶지는 않았던 것이다—그래서 그녀는, 가족 누구에게도 연연하지 않는다는 걸 보여주기 위해, 제일 좋은 옷으로 차려입고, 세 명의 아이들을 데리고 왔다. 여자아이 두 명은 벌써 젖가슴이 생길 조짐이 선명했지만, 어린아이라는 사실을 강조하는 분홍색 주름 원피스와 과장되게 뻣뻣한 속치마를 입었고, 아들은 새 양복과 넥타이 때문에 어색해하고 있었다.

지우다—오늘 생일을 맞은 여자와 함께 살고 있는 딸—가 마치 춤출 장소가 필요한 파티인 양 의자를 모두 벽으로 밀어놓았으므로, 올라리아에서 온 며느리는 사람들과 인사를 마친 후 의자에 편안히 앉아, 말없이, 입을 부리처럼 비죽 내밀고, 기분 나쁜 표정을 얼굴에서 한번도 거두지 않았다. "난 안 오지 않기 위해서 온 것뿐이에요." 하고 지우다에게 말한 후, 즉시 짜증 나 죽겠다는 태도로 앉아버린 것이다. 분홍색 옷을 입은 여자아이 둘과 누르스름한 얼굴빛에 말끔하게 새로 이발한 사내아이는 어떻게 행동해야 할지 모른 채 어머니 곁에 몰려서서, 어머니의 네이비블루색 외출복과 반짝이 장식에 마음을 빼앗기고 있었다.

얼마 후 이파네마에서 온 며느리가 손자 둘과 유모까지 데리고 도착했다. 그녀의 남편은 나중에 올 예정이었다. 그때 지우다—여섯 형제 사이에서 유일한 여자이며, 이미 몇 년 전에, 오늘 생일을 맞은 여자를 데리고 있을 만한 시간과 공간을 가진 유일한 사람으로 결정된—가 부엌에서 가정부와 함께 마지막 크로켓과 빵을 준비하고 있었으므로, 다음과 같은 장면이 발생하게 되었다. 올라리아의 며느리는 겁먹고 불안해하는 아이들을 옆에 거느린 채 범접하지 못할 자태로 왕좌에 앉아 있고, 이파네마의 며느리는 맞은편 벽의 의자에 앉아, 오직 올라리아 며느리를 쳐다보지 않기 위해서 젖먹이 아기를 달래는 척하고 있었다. 유니폼 차림에 동작이 굼뜬 유모는 입을 벌리고 그 옆에 서 있었다.

커다란 식탁의 가장 윗자리에 오늘 여든아홉 번째 생일을 맞은 여자가 자리를 잡았다.

이 집의 여주인인 지우다는 일찌감치 식탁을 준비했고 다채로운 색깔의 종이냅킨과 생일 축하 문구가 찍힌 종이컵들을 갖다 놓았다. 어떤 것에는 'Happy Birthday!'라고 적히고 어떤 것에는 '생일 축하해요!'라고 적힌 풍선들도 천장에 두둥실 떠 있었다. 식탁 한가운데는 엄청나게 커다란, 설탕 시럽을 씌운 케이크가 놓였다. 일을 효율적으로 추진하기 위해, 지우다는 점심식사를 마친 후 즉시 식탁 장식에 착수했고, 의자들을 벽 쪽으로 밀어두었으며, 준비된 식탁을 망가뜨릴까봐 아이들은 미리 이웃집으로 보내서 놀게 했다.

또 일을 효율적으로 추진하기 위해 점심식사를 마치자마자 생일을 맞은 여자의 옷을 갈아입혔다. 목걸이를 걸어주고 브로치도 달았다. 특유의 퀴퀴한 냄새를 지우기 위해 콜론수도 뿌려주었다—그런 다음 식탁에 앉혔다. 그래서 생일 축하를 받을 여자는 이미 오후 2시부터 아무도 없는 거실 텅 빈 길다란 식탁 윗자리에 뻣뻣하게 앉아 있었다.

가끔씩 알록달록한 색채의 냅킨이 눈에 들어왔다. 밖에서 자동차가 지나갈 때면 천장에 떠 있는 풍선들이 가만가만 흔들렸고, 그러면 호기심 어린 눈길로 위를 올려다보기도 했다. 매료된 채 무력하게, 케이크 주변을 날아다니는 모기들을 관찰하고 있다 보면, 가끔씩 침묵의 공포가 엄습했다.

4시경에 올라리아의 며느리가 도착할 때까지. 그리고 잠시 후 이파네마의 며느리가 올 때까지.

이파네마의 며느리는 올라리아의 며느리를 빤히 마주 보고 앉아 있는 것이 더 이상 참기 힘들었다. 오래전 당한 기분 나쁜 일을 똑똑히 기억하는 올라리아 며느리는, 자신의 입장에서는 이파네마 며느리의 시선을 피해야 할 하등의 이유도 없다고 생각했기 때문이다. 이파네마 며느리가 단 1초도 더는 참을 수 없다고 생각한 바로 그 순간, 마침내 주제가 가족들과 함께 도착했다. 그들이 재회의 입맞춤을 나누자마자, 마치 저 아래 거리에서 오직 이 순간이 오기만을 기다리고 있었다는 듯이 큰 소리로 인사를 건네며 한꺼번에 들어서는 사람들로 순식간에 거실이 가득 찼다. 늦었다며 허둥지둥 계단을 세 칸씩 뛰어올라오는 와중에도 쉴 새 없이 떠들어대는, 어리둥절한 아이들을 뒤에 주렁주렁 매단 사람들이 거실에 넘쳐 났다. 파티가 시작된 것이다.

생일을 맞은 여자의 얼굴 근육이 그녀를 누설하지 않은 지는 오래였으므로, 그녀가 즐거워하는지 어떤지 아무도 알 수는 없었다. 그녀는 상석에 앉아 있었다. 크고, 마르고, 위엄이 넘치는, 검은 피부의 노인이었다.

그녀는 텅 빈 것 같았다.

"네, 여든아홉 살이죠, 맞아요!" 첫째 아들인 종가가 죽었으므로 이제 가장 나이 많은 아들인 주제가 말했다. "네, 여든아홉 살이라구요, 맞아요!" 주제는 노골적인 감동의 표시로 양손을 비비며 말했으나, 다른 이들은 거의 알아차리지 못하는 신호였다.

다들 집중하며 동작을 멈추더니, 일제히 생일을 맞은 여자를 엄숙하게 바라보았다. 몇몇은 감탄한 듯 고개를 설레설레 흔들며, 생일을 맞은 여자가 매년 갈아치우는 기록에 놀라워하는 것 같았다. 그것은 어느새 가족 전체가 매년 한 단계씩 앞으로 전진한다는 의미로 자리 잡았다. "그렇군요!" 몇몇이 쑥스러운 미소를 지으며 동조했다.

"여든아홉 살!" 주제의 사업 파트너이기도 한 마누엘이 앵무새처럼 따라서 반복했다. "파릇파릇한 소녀로군!" 이렇게 농담을 내뱉은 그가 어쩔 줄을 모르자, 다들 웃음을 터뜨렸다. 그의 아내만을 제외하고.

노인은 한마디도 하지 않았다.

몇몇은 선물도 갖고 오지 않았다. 다른 이들이 가져온 선물도 비누 받침, 저지 천의 실내복, 싸구려 브로치, 선인장이 담긴 화분—여주인이나 여주인의 아이들이 사용할 만한 물건은 아무것도, 아무것도 없었고, 생일을 맞은 여자 자신이 쓸 수 있는 물건도 전혀 없었고, 이 집안의 지출을 조금이라도 줄여줄 만한 물건이라고는 전혀 없었다. 씁쓸하게, 냉소적으로 여주인은 선물을 받아 들었다.

"여든아홉 살!" 마누엘이 다시 되풀이하면서 신경 쓰이는 듯 자기 아내를 쳐다보았다.

노인은 한마디도 하지 않았다.

그리고, 모여들었던 사람들 전부는, 마치 이런 노력이 사실은 무의미하다는 증거를 마침내 제출했다는 듯이, 다들 벙어리를 상대하느라 힘들었던 것처럼 어깨를 한 번 으쓱이고는, 노인에게서 멀어져갔다. 자기들끼리 떠들고, 식욕 때문이 아니라 기분이 좋은 상태임을 증명하기 위해서, 처음으로 나온 햄샌드위치를 먹으면서, 겉으로는 배가 고파서 죽을 것 같다는 시늉을 했다. 펀치가 나오고, 칠다는 땀을 뻘뻘 흘리는데 며느리들은 손가락 하나 까딱하지 않았으며, 크로켓의 뜨거운 기름 냄새가 파티에 피크닉의 분위기를 부여했다. 기름에 튀긴 음식은 먹을 수 없는 생일을 맞은 여자, 다들 그녀에게 등을 돌린 채 초조하게 웃고 떠들었다. 그런데 코르델리아는? 막내 며느리인 코르델리아는 가만히 미소 지으며 앉아 있었다.

"그건 안 되지!" 주제가 거짓으로 정색을 하며 대꾸했다. "오늘은 사업 이야기를 하지 않을 거야!"

"알았어요, 알았어." 마누엘이 황급히 물러나면서 멀리서 귀를 쫑긋 세우고 있는 자기 아내를 재빨리 건너다보았다.

"사업 얘기는 꺼내지 말아." 주제가 소리쳤다. "오늘은 어머니를 위한 날이잖아!"

사용한 냅킨과 컵들이 굴러다니는 가운데 오직 케이크만이 손대지 않은 상태 그대로인 길다란 식탁 상석에 그녀, 어머니가 앉아 있었다. 생일을 맞은 여자는 눈을 깜빡였다.

그렇게 식탁이 완전히 더러워지는 사이, 아이들의 소란으로 어머니들의 신경이 날카로워지고 할머니들이 자애롭게 의자 등받이에 몸을 기대는 사이, 불필요한 전등을 끄고 케이크에 촛불을 밝혔다. 단 한 개의 굵은 초에는 '89'라는 숫자가 적힌 쪽지가 붙어 있었다. 하지만 지우다의 아이디어를 칭찬해주는 사람이 아무도 없었으므로 결국 지우다는 좀 의기소침해서 직접 물을 수밖에 없었다. 다들 자신이 초를 아끼려고 이렇게 했다고 생각하느냐고—지우다가 발이 부르트고 심장이 요동칠 정도로 노예처럼 애써서 제공한 그날의 향연을 위해 아무도 성냥 한 갑 기부하지 않았다는 것을, 그들 중 누구도 생각하지 않았다. 이제 촛불이 밝혀졌다. 그러자 집안의 수장 격인 주제가, 온 힘을 다해 노래를 부르면서, 제일 수줍은 사람들과 제일 어리바리한 사람까지 위엄 있는 눈길로 부추기기 시작했다. "불러요! 다 같이!" 그래서 갑자기 모두 함께 군인들처럼 큰 소리로 씩씩하게 합창을 하게 되었다. 노랫소리 때문에 놀란 코르델리아는 당황해서 주변을 두리번거렸다. 처음 시작할 때 언어를 정하지 않았기 때문에, 어떤 사람은 포르투갈어로, 어떤 사람은 영어로 노래를 불렀다. 하지만 중간에 알아차리고 수정을 해서, 영어로 불렀던 사람은 포르투갈어로 불렀고, 포르투갈어로 불렀던 사람은 작은 소리로 가사를 영어로 바꾸었다.

생일축하 노래가 불리는 동안, 생일을 맞은 여자는 마치 벽난로 앞에 앉은 듯, 타오르는 촛불 앞에서 명상에 잠겨 있었다.

노래가 끝나자 사람들은 가장 나이 어린 증손자를 골랐다. 격려하는 어머니의 품에 안긴 증손자는, 침을 가득 튀기며 입김을 내뿜어 촛불을 단숨에 꺼버렸다. 예상치 못했던 어린아이의 놀라운 솜씨에 한동안 뜨거운 박수가 터졌고, 놀라고 신이 난 아이는 황홀한 표정이 되어, 모여든 사람들 얼굴을 하나하나 쳐다보았다. 전등 스위치에 손가락을 대고 기다리던 여주인이 다시 불을 켰다.

"어머니, 오래 사세요!"

"할머니, 오래 사세요!"

"도나 아니타, 만수무강하세요!" 나중에 도착한 이웃 여자도 말했다.

"해피 버스데이!" 베네트 기숙학교의 손자들이 외쳤다.

여기저기서 다시 박수가 터졌다.

생일을 맞은 여자는 이제는 더 이상 빛나지 않는, 말라버린 거대한 설탕 케이크를 바라보고 있었다.

"케이크를 잘라요, 할머니!" 네 아이의 어머니가 말했다. "케이크는 할머니가 직접 잘라야 하잖아요!" 그녀는 다른 사람들을 둘러보며, 좀 자신 없이, 마치 음모를 꾸미는 어조로 단언했다. 다들 만족스러워하며, 호기심을 갖고 동의하자, 그녀는 성급하게 반복했다.

"케이크를 잘라요, 할머니!"

그러자 갑자기 노인이 나이프를 집었다. 1초라도 주저했다가는 금방이라도 앞으로 고꾸라져 죽어버릴 것처럼, 노인은 조금도 망설이지 않고, 살인자처럼 주먹을 꼭 쥐고 첫 조각을 잘라냈다.

"힘도 좋으셔." 이파네마의 며느리가 이렇게 중얼거렸는데, 그것이 충격에서 나온 말인지 기분 좋게 놀라서 하는 말인지는 알 수 없었다. 그녀는 살짝 으스스함을 느꼈다.

"1년 전만 해도 계단 올라가는 속도가 나보다 더 빨랐어요." 지우다가 속상해하며 말했다.

첫 조각을 썰어낸 후, 이제 첫 삽의 흙이 던져진 셈이므로, 모두들 손에 접시를 들고 식탁 주변으로 몰려들어 팔꿈치로 서로를 쿡쿡 찌르면서, 저마다 자기 접시에 덜어달라고 짐짓 소란을 피웠다.

얼마 지나지 않아 케이크는 소리 없는 혼잡 속에서 각자의 접시로 나누어졌다. 입을 딱 벌리고 시선은 식탁 위로 고정한 어린 아이들은, 말없는 긴장 속에서 케이크가 나누어지는 모습을 주시했다. 케이크의 마른 부스러기 사이에서 건포도가 굴러떨어졌다. 아이들은 경악의 눈길로 건포도가 낭비되는 것을, 허무하게 바닥으로 떨어지는 모습을 관찰했다.

그리고 그들이 생일을 맞은 여자에게 시선을 던졌을 때, 여자는 이미 자신의 마지막 조각을 허겁지겁 집어삼키는 중이었을까?

그렇다면 그날 파티는 이제 끝난 셈이었다.

코르델리아가 멍하니 사람들을 쳐다보며 미소를 지었다.

"내가 말했잖아, 오늘은 사업 얘기는 하지 말자고!" 주제가 환한 얼굴로 대꾸했다.

"알았어요, 알았다구요." 마누엘은 자신에게서 눈길을 떼지 않는 아내 쪽을 쳐다보지 않고, 타협조로 말하며 물러났다. 알았어요, 마누엘이 미소를 지어 보이려고 하자, 한 줄기 경련이 그의 얼굴 근육을 스치고 지나갔다.

"오늘은 어머니를 위한 날이잖아!" 주제가 말했다.

식탁의 상석—식탁보는 코카콜라가 떨어져 지저분하고 케이크는 폐허로 변해버린—에는 어머니가 앉아 있었다.

생일을 맞은 여자는 눈을 깜빡였다.

다른 사람들, 그녀의 아이들과 아이들의 아이들은 여기저기 돌아다니며 웃고 떠들었다. 그녀는 이들 모두의 어머니였다. 만약 여기서 그녀가 갑자기 일어선다면, 마치 죽은 자가 그러듯이 느리게 일어선다면, 그렇게 산 자들을 침묵과 공포에 빠뜨린다면. 그렇게 그녀는, 생일을 맞은 여자는, 지금 여기, 식탁 상석 의자에 뻣뻣하게, 몸을 더욱 꼿꼿이 세우고 앉아 있었다. 그녀는 이들 모두의 어머니였다. 만약 무거운 쇠사슬이 그녀의 숨통을 단단히 조인다면. 그녀, 이들 모두의 어머니는, 의자에 포박당한 채 꼼짝도 없이, 다른 이들을 경멸했다. 눈을 깜빡이면서 그들을 지켜보왔다. 이 아이들과 손자들과 증손자들은 모두 자신에게는 무릎의 살에 지나지 않는다고, 불현듯 그녀는 침을 뱉듯이 생각했다. 호드리구, 일곱 살 난 손자인 호드리구만이 유일하게 그녀 가슴의 살이었다. 조그맣고 단호한 얼굴, 남자답고도 흐트러진 모습의 호드리구. 그런데 호드리구는 어디 있는 거지? 열정과 혼란이 가득한 작은 머리에 나른하면서도 자부심 강한 눈빛의 호드리구. 그 아이만이 남자가 될 것이다. 하지만 생일을 맞은 그녀는, 눈을 깜박이면서 계속해서 다른 사람들을 관찰했다. 오, 실패한 군상들이여, 참으로 비열해 보이는구나. 그녀는 너무도 강한 여자였는데, 어쩌다가 이렇게 축 늘어진 팔뚝과 겁에 질린 얼굴을 한 우중충한 무리를 낳았단 말인가! 그녀는 딱 적절한 때 적절한 순간에 선량하고 근면한 남자와 결혼하여, 그를 따르고 복종하고 존경해왔다. 그녀가 존경한 남자는 그녀에게 아이들을 낳게 했고, 출산비용을 지불했으며, 회복기간 동안 그녀를 소중히 다루어주었다. 혈통의 큰 줄기는 양호했다. 하지만 그 가지에서 열린 과실은 불행히도 시고 부실하여, 기쁨을 느끼기에는 한참이나 부족했다. 어쩌다가 그녀는, 줏대도 능력도 없이 비실비실 웃기나 하는 허약한 무리들을 낳아놓았단 말인가? 그녀의 텅 빈 가슴에서 원한이 끓어올랐다. 공산주의자, 그래, 그들은 공산주의자 무리였다. 그 나이가 갖는 분노를 담아, 그녀는 그들을 노려보았다. 한데 엉켜 있는 쥐새끼 같은 그들이, 그녀의 가족이었다. 분노에 차서 머리를 이리저리 돌리며, 전혀 예상하지 못한 힘찬 동작으로 그녀는 바닥에 마구 침을 뱉었다.

"엄마!" 놀라고 당황한 여주인이 소리쳤다. "뭐하는 거예요, 엄마!" 너무도 수치스러운 나머지 여주인은 다른 사람들 얼굴을 차마 쳐다볼 수조차 없었다. 마치 그녀가 노인에게 이런 행동을 하라고 시키기라도 한 것처럼, 다들 내 이럴 줄 알았지, 하는 의기양양한 시선을 주고받는 걸 알았기 때문이다. 이제 그녀가 어머니를 목욕조차 시키지 않는다는 주장이 나올 것이 뻔했다. 매일매일 그녀가 어떤 희생을 치르고 있는지, 아무것도 모르면서. "엄마, 왜 그래요?" 여주인은 비통한 심정으로, 조그맣게 속삭이며 물었다. 그리고 다들 들을 수 있게 "이런 적은 한 번도 없었잖아요!" 하고 큰 소리로 덧붙였다. 여주인은 다른 이들이 느끼는 충격에 가담하고 싶었다—수탉이 세 번 울 때까지, 너는 어머니를 부인하게 되리라. 그러나 다들 고개를 이리저리 흔들면서, 노인이 이제는 어린아이나 마찬가지가 되었음을 인정하는 분위기인 것을 알아차리자, 여주인이 견뎌야 하는 고통은 줄어들었다.

"최근 들어서 침을 뱉기 시작했어요." 마침내 여주인은 사람들에게 변명처럼 실토했다.

모두의 시선이 생일을 맞은 여자에게 꽂혔다. 회한과 경외심, 그리고 침묵으로. 그들이, 한데 엉켜 있는 쥐새끼 같은 그들이, 그녀의 가족이었다. 어른이 다 된 아들들—아마 쉰 살은 훨씬 넘었을 텐데도!—은 예전과 마찬가지로 훈훈하게 잘생긴 얼굴이었다. 그런데 자기 여자들은 왜 저따위로 골랐는지! 게다가 손자들—더 허약하고 더 고약한 녀석들—이 골라온 여자들 꼴은 또 왜 저 모양인지! 그들이 데려온 여자들은 하나같이 전부 허영기가 넘치고 황새다리에다, 가짜 진주 목걸이를 하고 있지 않은가. 그런 목걸이는 진짜 가치가 뭔지 모르는 여자애들이나 하는 건데. 아들들이 바보같은 선택으로 결혼한 여자들은 전부 한심하고 맹할 뿐이어서, 하인들을 제대로 야단칠 줄도 모르면서 귀에는 뭔가를 잔뜩 주렁주렁 매달고 있다. 그런데 진짜 금붙이는 하나도 없지 않은가. 그녀는 분노가 치밀어 질식할 지경이었다.

"포도주 한 잔 줘!" 그녀가 입을 열었다.

갑자기 죽은 듯이 조용해졌다. 잔을 든 손들이 허공에서 얼어붙었다.

"할미, 그래도 괜찮겠어요?" 토실토실하고 키가 작은 손녀 하나가 조심스럽게 물어보았다.

"할미 좋아하시네!" 생일을 맞은 여자는 버럭 화를 냈다. "전부 나가 죽어버려라, 계집애같이 샐샐거리며 기둥서방이나 헤쳐 먹는 것들! 도로시, 포도주 한 잔 줘!" 그녀가 명령했다.

도로시는 어찌할 줄 모른 채 울 것같이 우스꽝스러운 얼굴이 되어 사람들을 돌아보며 도움을 구했다. 하지만 순식간에 다들 얼굴이 장벽처럼 완강한 마스크를 뒤집어쓴 듯 딱딱하게 굳어, 아무도 표정의 변화가 없었다. 파티는 중단되었다. 손에는 베어 먹다 만 빵이 들렸고, 입속에 들어 있는 빵조각은 말라가면서 공교롭게도 이 순간 뺨을 불룩하게 만들었다. 모두 눈멀었고, 귀먹었으며 벙어리가 되었다. 다들 한 손에 크로켓을 든 채, 앞만 빤히 쳐다보고 있었다.

할 수 없이 도로시는, 한편으로는 재미있어 하며, 포도주 잔을 채웠다. 하지만 머리를 써서 손가락 두 마디 정도만 따랐다. 모두 무표정하고, 침착하게, 폭풍이 일기를 기다렸다.

하지만 생일을 맞은 여자는 도로시가 따라준 눈물방울만 한 포도주 양을 보고 화를 터뜨리지 않았을 뿐만 아니라, 아예 잔 자체를 건드리지도 않았다.

그녀의 눈동자는 꼼짝없이 고정되었고, 아무런 말도 꺼내지 않았다. 마치 아무 일도 없었다는 듯이.

사람들은 서로서로 예의 바른 시선을 교환하며, 개가 실내에서 오줌을 쌌을 때처럼 아무것도 못 본 척, 시치미를 떼며 미소를 지었다. 결연한 태연함을 발휘하며, 그들은 다시 웃고 이야기를 나누기 시작했다. 비극이 승전 나팔을 울리며 현실로 전개될 조짐을 보였던 그 순간, 최초로 다른 이들과의 공감을 체험했던 올라리아의 며느리는, 다시 자신만의 엄격한 껍질 속으로 후퇴해야만 했다. 이번에는 세 아이의 지원을 받지도 못한 것이, 의리 없게도 아이들은 어느새 다른 사람들 속으로 어울려 들어가버렸기 때문이다. 사람들로부터 멀찌감치 떨어진 곳에 앉은 그녀는 다른 이들의 옷차림을 비판적으로 관찰했다. 세련된 구석이라고는 조금도 없고, 주름장식은 하나도 달리지 않았군, 게다가 검은 드레스에 진주 목걸이 조합이라니, 도대체 무슨 괴상한 경우야, 유행이랑 너무 동떨어졌잖아, 저건 그냥 인색한 탓이라고밖에는 볼 수가 없네. 그녀는 떨어진 자리에 앉아서 버터가 거의 보이지도 않는 샌드위치를 훑어보았다. 그녀는 한 개도 먹지 않았다. 단 하나도! 단지 맛이 어떤지 보려고 종류별로 한 입씩 먹어본 것이 전부였다.

그렇게 하여 파티는 그럭저럭 다시 끝이 났다.

손님들은 모두 우아한 표정으로 자리에 앉아 있었다. 몇몇은 뭔가 적당하게 할말이 떠오르지 않을까 기대하며 열심히 속으로 궁리 중이었다. 맛은 하나도 없지만 배는 부르게 만드는 허접한 음식으로 위장을 가득 채운 다른 이들은, 얼굴에 온화한 미소를 띠고 그냥 멍하니 앉아서 기다리고만 있었다. 아이들은 처음과는 달리 한 명도 가만히 있지 않았다. 고함지르고 날뛰며 돌아다녔다. 몇 명은 이미 얼굴이 얼룩투성이였고 그보다 더 어린 아이들은 옷에 오줌을 싸놓았다. 저녁은 빠른 속도로 저물어갔다. 그런데 코르델리아? 코르델리아의 미소는 방심한 듯 멍하고 시선은 몽롱하다. 그녀는 고독하게 자신의 비밀을 견딘다. "왜 저러는 거지?" 멀찌감치 떨어진 자리에서 누군가가 고갯짓으로 그녀를 가리키며 심드렁하게 호기심을 표출했으나, 아무도 대답하지 않았다. 밤의 적막을 성급히 몰아내기 위해 나머지 전등에도 모두 불이 밝혀졌고, 아이들은 싸우기 시작했다. 그러나 전등불은 늦은 오후의 희미한 긴장보다 더욱 희미할 뿐이었다. 코파카바나의 황혼은 누그러지는 기색도 없이 점점 더 넓게 퍼져나갔고, 체중을 가진 육체인 양 창문을 통해 밀고 들어왔다.

"집에 가야겠어요." 며느리 중 한 명이 어색하게 말하며 자리에서 일어나 치마의 빵 부스러기를 털어냈다. 그러자 여러 명이 미소 지으며 따라서 일어섰다.

그녀의 이상스러운 피부가 마치 덫이라도 되는 양, 다들 생일을 맞은 여자에게 아주 조심스럽게 입맞춤을 건넸다. 꼼짝도 없이, 눈꺼풀만 깜빡이는 그녀는 이미 지나가버린 것에게—어느새 밤이 되었다—최후의 밝은 기운을 뒤늦게나마 불어넣어보려고 의도적으로 호들갑스럽게 건네는 모두의 인사말을 무표정하게 듣고 있었다. 이제 거실의 전등은 더욱 노르스름하고 더욱 현란해졌으며, 방문객들은 더 나이 들어 보였다. 아이들은 벌써 히스테릭한 몸짓을 시작했다.

"지우다는 케이크로 저녁식사를 대신할 생각인가?" 노인은 몸속 깊은 곳에서 울리는 목소리로 물었다. 그러나 노인이 무슨 의도로 하는 말인지 아무도 짐작하지 못한 것 같았다. 떠나는 사람들이 문에서 마지막으로 돌아본 바로는, 생일을 맞은 노인은 평소의 모습 그대로인 듯했다. 지저분해진 식탁의 상석에 앉아, 식탁보 위에서 마치 왕홀을 잡듯이 손을 움켜쥐고, 그녀 최후의 말인 침묵을 내뱉으면서. 식탁 위에 움켜쥔 주먹, 노인은 두 번 다시는 자신이 생각하는 것 속에 갇히지 않으리라. 노인의 모습은, 마침내, 노인 자신을 초월했다. 그리고 그 초월을 통해, 평온한 가운데, 거인으로 자라났다. 코르델리아는 놀라워하는 눈길로 노인을 응시했다. 식탁에 놓인 말없이 엄격한 주먹은, 아마도 생애 마지막으로 절망적인 사랑에 빠져버린 불행한 며느리에게 말하고 있었다. 사람은 알아야 한다. 사람은 알아야 한다. 삶이 짧다는 것을. 삶이 짧다는 것을.

하지만 노인은 두 번 다시 반복하지 않았다. 진실의 순간은 너무나 빠르게 지나가버렸기 때문이다. 공포에 질려 얼어붙은 코르델리아의 눈길이 노인을 응시했다. 하지만 노인은 두 번 다시 반복하지는 않았다. 두 번 다시는—노인의 손자인 호드리구가 망연자실한 채 서 있는, 절망에 빠진 죄 많은 어머니, 코르델리아의 손을 잡아 끄는 동안, 그녀는 다시 한 번 더 노인을 뒤돌아보며, 가슴이 찢어지게 비통한 화염에 사로잡힌 한 여인에게 최후의 기회를 붙잡아야 한다고, 그리고 살아가야 한다고, 단 한 번만이라도 더 암시해주기를 간청했다. 코르델리아는 한 번 더 그것을 보고 싶었다.

그러나 이제 순간은 바뀌어—생일을 맞은 여자는 식탁의 상석에 앉아 있는 한 명의 노인이었다.

번개와 같았던 찰나는 지나가버렸다. 당황한 며느리는 끈질기게 매달려 잡아끄는 호드리구를 허둥지둥 따라갈 수밖에 없었다.

"어머니 곁에 온 가족이 다 모일 수 있는 특혜와 영광은, 모든 사람이 다 누릴 수 있는 게 아니야," 주제가 헛기침을 하며 말했다. 그리고 예전에는 이런 자리에서 연설하는 사람이 늘 종가였음을 기억해냈다.

"누릴 수 있는 게 아니야, 그리고 콤마!" 여자 조카가 웃으면서 작은 소리로 이렇게 말하자, 동작이 가장 느린 사촌까지도 별로 우습다고 여기지도 않으면서 함께 따라서 웃었다.

"우리는 말이죠" 이번에는 마누엘이 자기 아내 눈치를 보지 않고 가라앉은 목소리로 말했다. "우리는 정말 큰 특혜를 누리는 겁니다." 그는 의기소침하게 말하며 땀에 젖은 축축한 손바닥을 닦았다.

하지만 그의 손바닥은 사실 전혀 축축하지 않았다. 단지 작별의 긴장 때문에 한 행동이었다. 무슨 말을 해야 할지 알 길이 없기 때문이다. 주제는 이어서 다음 문장이 나오기를 바라며 고집스럽게 기다렸다. 나오지 않는 다음 문장. 나오지 않는 다음 문장. 나오지 않는 다음 문장. 다른 사람들 역시 기다리고 있을 뿐이었다. 이런 순간이면 종가가 얼마나 아쉬운지. 주제는 손수건으로 이마를 닦았다. 이런 순간이면 종가가 얼마나 아쉬운지! 뿐만 아니라 종가는 노인이 유일하게 인정하고 존중하던 아들이기도 해서, 그 덕분에 엄청난 자부심을 갖고 살았다. 종가가 죽은 후, 노인은 그에 관해서 더는 한 마디도 꺼내지 않았다. 노인은 그의 죽음과 다른 가족들 사이에 높은 장벽을 세워버렸다. 어쩌면 노인은 종가를 잊었을지도 몰랐다. 그러나 정면을 똑바로 주시하는 그의 확고한 눈길을 잊은 건 아니었다. 노인은 여전히 그와 똑같은 눈길로 다른 아들들을 주시하면서, 그들이 시선을 돌리기를 강요해왔던 것이다. 어머니의 사랑은 견디기 힘들었다. 주제는 이마의 땀을 닦아냈다. 영웅적으로, 미소를 지으며.

불쑥, 다음 문장이 튀어나왔다.

"그럼 내년에 만나!" 심술궂은 어조로 이렇게 말하면서, 그는 이것이야말로 아주 적절한 인사라고 생각했다. 행운의 암시가 아닌가! "그럼 내년에 만나, 알았지?" 사람들이 알아듣지 못했을까 봐 두려워하며 그는 다시 반복했다.

그는 노인을 바라보았다. 매번 새로이 1년의 삶을 계략해버리는 노인의 음흉함을 자랑스러워하며.

"내년에 우리 다시 촛불이 활활 타는 케이크 앞에서 만나자구!"

노인의 아들인 마누엘이 사업 파트너의 재치 넘치는 인사에 내용을 추가했다. "엄마, 내년에 만나요! 케이크에 촛불을 밝히고 빙 둘러서서요!" 그는 다시 한 번 노인의 귀에 대고 상세하게 설명하면서 공모의 눈길로 주제를 보았다. 노인이 갑자기 그 말의 암시를 이해하고는 키득키득 웃었다.

그러고는 입을 커다랗게 벌리고 말했다.

"그럼 당연하지."

예상하지 못한 성공에 고무된 주제는 감격으로 눈시울이 촉촉히 젖어, 그녀에게 감사의 소리를 질렀다.

"그럼 내년에 만나요 엄마!"

"나 귀 안 먹었다." 생일을 맞은 여자는 퉁명스러우면서도 다정하게 대꾸했다.

여자의 아이들은 서로 얼굴을 마주 보며, 어색하고 행복한 웃음을 터뜨렸다. 방법이 먹힌 것이다.

모두 즐겁게 집을 나섰다. 저녁식사에 대한 허기는 사라져버렸다. 올라리아의 며느리는 어느새 너무도 발랄하게 들떠 넥타이를 풀어헤쳐버린 아들에게 앙갚음으로 꿀밤을 한 대 먹였다. 계단은 어둡고 내려가기가 어려웠다. 조만간 헐릴 것이 분명해 보이는 이 조그만 건물에서 굳이 살고 싶어 하는 사람이 있다니, 불가사의한 일이었다. 철거 고지가 도착하는 즉시 지우다는 아우성을 치면서 며느리들 중의 한 명에게 노인을 맡기려 들 것이다. 아래층에 도착하여 거리의 상쾌한 고요를 호흡하자 생일파티의 손님들은 그제야 안심이 되면서 기분이 밝아졌다. 그래, 밤이었다. 이제 막 시작되는 선선함을 머금은 밤.

그리고 이어서, 잘 가, 다음에 만나자, 우리 집에 한 번 와, 하고 그들은 성급하게 인사를 주고받았다. 몇몇은 가차 없는 진심을 담아 다른 이의 눈을 쳐다보는 데 성공하기도 했다. 다른 몇몇은 날씨가 어떨지 가늠하려고 하늘을 올려다보고, 아이들의 겉옷 단추를 채워주었다. 다들 마음이 부담스러웠다. 작별인사로는 확실한 약속을 해버릴 위험이 없으면서도 뭔가 듣기 좋은 여분의 말을 나누어야 했다. 그런데 그런 말이 뭐지? 그들은 딱히 적절한 생각이 떠오르지 않아, 서로 쳐다보며 말없이 웃고만 있었다. 이제 바야흐로 살아나려는 몸부림이 시작될 순간이었다. 하지만 죽어 있었다. 사람들은 각자의 방향으로 흩어졌다. 혼비백산 도망치는 것 말고 친척들로부터 달아날 뾰족한 방법을 찾지 못한 채, 반쯤 뒷걸음치면서.

"그럼 내년에 만나!" 주제가 행복의 암시를 반복하며, 숱이 거의 없는 흰 머리카락이 휘날릴 정도로 과장되게 손을 흔들었다. 정말 살이 많이 쪘군, 하고 그걸 바라보는 다른 이들은 생각했다. 심장을 조심해야 할 텐데. "내년에 만나!" 주제는 호기롭고도 위풍당당하게 소리 질렀지만, 그의 키는 금방이라도 짜부라질 것처럼 보였다. 이미 멀리까지 간 사람들은 그 자리에서 크게 웃어야 할지, 아니면 그냥 어둠 속에서 쓱 미소만 짓고 말아야 할지 판단하지 못했다. 몇몇 이들은 주제의 말을 단순한 농담으로 받아들이지 않고, 정말로 그들이 1년 뒤에 촛불을 밝힌 케이크를 앞에 두고 다시 모여야 한다고 여긴 반면, 이미 거리의 어둠 속 깊이 파고들어간 다른 이들은, 과연 노인이 지우다의 신경질과 안달을 한 해 더 견뎌낼 수 있을지 곰곰이 생각에 잠겼다. 하지만 솔직히 그들은 이 문제에 관한 한 아무런 영향력도 없는 외부인에 불과했다. 최소한 아흔 살까지만 산다면야. 이파네마의 며느리는 멜랑콜리하게 생각했다. 그렇게만 산다면 어쨌든 한 바퀴를 채우는 셈이니까. 그녀는 꿈꾸는 듯한 기분에 잠기며 생각했다.

그사이 저 위쪽, 계단과 우발적 사건의 상층부 꼭대기에는, 생일을 맞은 여자가 식탁의 상석에 몸을 똑바로 세우고, 최종적으로, 자기 자신보다 더 위대한 모습으로 앉아 있었다. 그녀는 오늘 저녁식사가 없다면 어떻게 할 것인지를 명상했다. 죽음은 그녀의 비밀이었다.

가족의 유대

Os laços de família

마침내 어머니와 여자는 역으로 향하는 택시에 편하게 자리를 잡았다. 어머니는 두 개 있는 손가방을 세고 또 세면서, 두 개 다 택시 안에 안전하게 있는지 확인하기를 멈추지 않았다. 검은 눈동자에 약간의 사시기가 있어서, 그 때문에 늘 비웃는 듯 무심한 인상을 주는 딸이 이런 어머니를 지켜보았다.

"나 아무것도 잊은 게 없지?" 어머니는 벌써 세 번째 똑같은 질문이었다.

"아무것도 잊은 건 없어요." 딸은 재미있어하며, 인내심을 갖고 대답했다.

그녀는 어머니와 남편이 작별하던 장면을 떠올리면서, 아직도 절반쯤은 우스꽝스러운 기분에 사로잡혀 있었다. 어머니가 와서 두 주일을 머무는 동안, 두 사람은 서로가 서로를 정말로 힘겨워했다. 그들이 나누는 아침 인사와 밤 인사에는 극도로 조심하는 기색이 너무도 역력해서, 듣고 있노라면 신경질적인 웃음이 터질 정도였다. 하지만 작별 인사를 마치고 택시에 올라타자마자, 어머니는 즉시 모범적인 장모님으로, 남편은 착한 사위의 모습으로 변신했다. "내가 좀 심한 말을 했더라도 용서해주게." 어머니가 이렇게 말하자, 기쁘게도 남편 안토니우는, 손에 든 가방을 어떻게 처리해야 할지 모르는 채, 갑자기 착한 사위의 역할을 하느라 당황하여 더듬거렸다. '여기서 내가 웃음을 터뜨리면 둘 다 내가 미쳤다고 하겠지.' 카타리나는 이맛살을 찡그리면서 생각했다. "아들이 결혼하면 아들을 잃는 것이고, 딸이 결혼하면 새로 아들이 하나 생기는 법이야." 어머니가 계속 말했다. 그러자 안토니우는 독감에 걸린 기회를 이용해서 재채기를 했다. 카타리나는 남편을 심술궂게 쳐다보았다. 그의 자부심은 증발되어버렸고, 이제 검은 머리 남자는 신세가 쪼그라들어 조그만 백발 여인의 아들이 되야만 하겠구나……. 웃음이 더 크게 터질 것 같았다. 다행히도 그녀는 웃고 싶다고 해서 웃고 싶은 마음이 반드시 실제 웃음으로 연결되어야만 하는 건 아니었다. 그럴 때면 눈동자가 영리하게 절제된 빛을 띠면서, 평소보다 사시가 더 심해질 뿐이었고—웃음은 눈동자를 통해서 분출되어버렸다. 웃을 수 있다는 것은 언제나 약간의 고통을 동반했다. 하지만 그녀로서는 어쩔 수가 없었다. 아주 어릴 때부터, 처음 사시로 세상을 보게 된 이후부터 늘 그녀는 눈으로 웃었던 것이다.

"다시 말하지만, 아이가 너무 말랐어." 어머니는 흔들리는 차 안에서 몸을 지탱하면서 말했다. 비록 이 자리에 안토니우는 없지만, 어머니의 어조는 집에서 안토니우를 겨냥하여 쏘아붙이던 비난과 도전의 어조 그대로였다. 그것이 제대로 효력을 발휘하여, 어느 날 저녁 안토니우는 마침내 제대로 폭발하고 말았다. "그게 왜 내 잘못이란 말입니까, 세베리나!" 그는 장모님을 세베리나라고 불렀다. 결혼식 전에 그는 현대적인 장모님을 원하고, 자신 또한 현대적인 사위가 되고 싶다며 그렇게 제안했다. 하지만 결혼식 후 첫 번째로 어머니가 그들 부부를 방문했을 때 안토니우는 세베리나라고 이름 부르기를 무척 어려워했는데, 이번에는 그가 어머니의 이름을 부른다는 사실이 아무런 지장을 가져오지 않았으며…… 카타리나는 그런 둘을 보면 웃음이 나왔다.

아이는 태어날 때부터 원래 말랐다. "엄마." 카타리나는 입을 열었다. 택시는 단조롭게 계속 달리고 있었다.

"마르고, 신경질적이야." 어머니는 단호하게 덧붙였다.

"마르고, 신경질적이에요." 카타리나는 참을성 있게 동의했다.

아들은 예민하고 산만한 아이였다. 할머니가 집에 머무는 동안 아이는 더더욱 예민하고 산만했다. 잠을 잘 못 자고, 할머니의 지나친 보살핌과 끊임없는 매만짐에 시달리고 힘들어했다. 평소에는 아들의 예민함에 전혀 신경도 안 쓰던 안토니우가, 장모에게 '아이 돌보는 법'에 관해서 눈치를 주려고 들었다.

"나 아무것도 잊은 게……." 어머니가 다시 입을 열어 말하려는 순간, 자동차가 급제동하는 바람에 두 사람의 몸이 부딪히고 가방이 공중으로 튀어 올랐다. "아이구! 아이구!" 어머니는 돌이킬 수 없는 엄청난 불행이라도 당한 사람처럼 비명을 질러댔다. "아이구!" 어머니는 깜짝 놀라 머리를 설레설레 흔들었고, 순식간에 늙고 불쌍한 모습이 되어버렸다. 그런데 카타리나는?

카타리나는 어머니를 바라보았다. 어머니는 딸을 바라보았다. 카타리나에게도 불행이 닥친 것일까? 놀란 눈을 깜빡거리면서 그녀는 서둘러 짐을 챙겼고 손가방도 추스르면서 최대한 재빨리 재앙을 씻어내버리려고 애썼다. 실제로 무언가가 일어났기 때문이다. 도저히 숨길 수 없는 일이었다. 카타리나는 튕겨져 날아가 세베리아에게 부딪혔다. 사람이 아버지와 어머니를 가졌던 시절에 배운, 오랫동안 잊고 있던 육체적 친근함으로 부딪힌 것이다. 비록 예전에 그들은 진정으로 얼싸안거나 입을 맞춘 경험이 없지만 말이다. 아버지와는, 그래, 카타리나는 늘 아버지와 더 다정한 관계였다. 어머니가 접시에 음식을 담아주면서 배가 부른데도 계속 먹기를 강요할 때, 그들은 몰래 공모자의 눈빛을 교환했고 어머니는 전혀 눈치 채지 못했다. 하지만 지금, 택시에서 부딪히고, 다시금 몸을 제대로 하고 앉은 이후로, 그들은 더 이상 말을 잇지 못했다. 아니 왜 아직도 역에 도착하지 않은 거지?

"나 아무것도 잊은 게 없지?" 어머니는 체념한 목소리로 물었다.

카타리나는 그녀를 더 이상 쳐다보려고도, 그녀의 말에 대답하려고도 하지 않았다.

"여기, 장갑!" 이렇게 말하면서, 바닥에서 장갑을 주워 어머니에게 건넸다.

"아이고 아이고! 내 장갑이 거기 있었네!" 어머니가 허둥거리며 소리쳤다.

여행가방을 기차에 싣고 작별의 입맞춤을 교환한 다음에야, 두 사람은 다시 탐색하는 눈초리로 서로를 살폈다. 어머니의 머리가 차창 밖으로 나타났을 때 카타리나는 어머니가 부쩍 늙었다는 것을, 어머니의 눈동자에 광채가 번득인다는 것을 깨달았다.

기차는 출발하지 않았고, 두 사람은 기다렸다. 아무런 말도 나누지 않았다. 어머니는 손거울을 꺼냈고, 딸의 단골 모자 상점에서 산 새 모자가 잘 어울리는지 점검했다. 필요 이상으로 과하게 엄격하지만 동시에 자기만족이 없지는 않은, 그런 표정을 지으며 거울 속 모습을 열심히 살폈다. 딸은 웃음을 참으며 어머니를 관찰했다. 아무리 그래도 나 말고 당신을 사랑할 사람은 아무도 없어, 하고 여자는 눈 속에 웃음을 담은 채 생각했다. 그러자 책임감의 무게 때문에 여자의 입에는 피 맛이 고였다. '어머니와 딸'이란 관계가 마치 '삶과 구역질'이라도 되는 것처럼. 아니, 어머니를 사랑한다고는 말할 수 없었다. 어머니를 생각하면 마음이 아팠고, 그게 전부였다. 노인은 손거울을 가방에 넣고 웃음 띤 얼굴로 여자를 바라보았다. 닳아버리긴 했지만 그럼에도 여전히 영리한 얼굴이, 주변 사람들에게 뭔가 실물과는 다른, 어쩌면 모자가 협조하여 만들어내는 어떤 다른 인상을 전달하기 위해 필사적으로 애쓰는 것 같았다. 갑자기 역의 벨이 울렸다. 여기저기서 겁먹은 분주함이 일었고, 몇몇 사람들은 기차가 금방이라도 출발할까봐 달리기 시작했다. "엄마!" 여자가 말했다. "카타리나!" 노인이 말했다. 두 사람은 놀란 얼굴로 마주보았다. 짐꾼의 머리에 올려진 가방이 그들의 시야를 방해했다. 젊은 남자가 지나가면서 카타리나의 팔을 잡았고, 그 바람에 그녀의 옷깃이 흐트러졌다. 그들이 나중에 서로 다시 마주 보게 되었을 때, 카타리나는 어머니에게 물어볼 만반의 준비를 갖춘 상태였다. 아무것도 잊은 게 없는지……

"나 아무것도 잊은 게 없지?" 어머니가 물었다.

그러자 카타리나도 자신이 뭔가 잊어버린 듯한 기분이 들었다. 두 사람은 어쩔 줄 모르며 서로를 쳐다보고만 있었다. 만일 그들이 정말로 무언가를 잊었다면, 이제는 이미 너무 늦었기 때문이다. 한 여자가 아이를 뒤에 질질 끌면서 걸어왔다. 아이는 소리 내

어 울었다. 다시 한 번 더, 역의 벨이 울렸다……. "엄마." 여자가
말했다. 그들은 서로에게 해야 할 말을 잊은 건 아닐까? 지금은
너무 늦었다. 그들은 언젠가 이렇게 말했어야 할 것만 같았다. 내
가 네 어머니야, 카타리나. 그러면 그녀는, 그래요, 나는 당신의
딸이구요.

"내리는 역 잘 확인하시구요!" 카타리나가 외쳤다.

"얘는, 내가 무슨 앤 줄 아니." 어머니는 외모에 신경을 쓰면서
대답했다. 검버섯이 피어난 손이, 살짝 떨며, 모자의 챙을 바로잡
았다. 키타리나는 불현듯, 아버지와의 결혼생활이 행복했느냐고
묻고 싶은 충동을 느꼈다.

"이모에게도 안부 전해주세요!"

"그래그래."

"엄마." 카타리나가 말했다. 유난히 긴 호각 소리가 울리고 연
기가 이는 가운데 바퀴가 움직이기 시작했기 때문이다.

"카타리나!" 노인이 말했다. 노인의 입은 벌어졌고 눈동자에는
의아함이 담겼다. 최초의 타격이 덮친 순간, 딸은 어머니가 손을
모자로 올리는 것을 보았다. 모자는 그녀의 코로 미끄러 떨어졌
고, 그래서 어머니의 새 틀니 말고는 아무것도 볼 수 없었다. 이미
기차는 달리고 있었고, 카타리나는 손을 흔들었다. 어머니의 얼
굴은 한순간 사라졌다가, 모자 없는 모습으로 금방 다시 나타났
다. 머리를 묶은 끈이 풀리고, 흰 머리카락이 마치 소녀처럼 어깨
위로 흘러내렸다. 어머니는 얼굴을 앞으로 수그리고 있었다. 한
점의 미소도 없이, 이미 멀어져버린 딸의 얼굴을 분명 알아보지

도 못하는 상태로.

플랫폼의 흰 연기를 헤치며, 카타리나는 집을 향해 발걸음을
옮겼다. 눈썹을 찌푸리고 사시인 눈동자에는 장난기가 가득한
채. 어머니와 동행하지 않는 이번에는 평소처럼 성큼성큼 걸을
수 있었다. 혼자가 되니 편했다. 몇몇 남자들이 그녀를 뒤돌아보
았다. 그녀는 귀엽고, 아마도 몸매는 약간 살집이 있는 편이리라.
그녀는 침착하게 걸음을 옮겼다. 현대적인 옷차림에, 짧게 자른
머리는 마호가니색으로 염색했다. 일이 발생한 방향과 방식은,
고통스러운 사랑이 마치 행복처럼 느껴지게 만들었다. ― 세상의
모든 사물이 생기 넘치고 사랑스러웠다. 더러운 거리, 낡아빠진
전차, 오렌지 껍질―육중하고 풍부한 힘이 그녀의 심장을 관통해
흘렀다. 이 순간, 그녀는 너무도 어여쁘고, 너무도 우아했다. 그녀
의 시간, 그리고 그녀가 태어난 도시와 완벽한 합일을 이루는 것
이다. 마치 그녀 스스로 그 모든 것을 선택했다는 듯이. 이 여인
의 사시 눈동자를 본다면, 지금 그녀가 세계의 모든 사물을 즐기
고 있다는 사실을 누구라도 느낄 수 있었다. 지나가는 사람들을
뚫어져라 주시하면서, 어머니를 위해서 방금 흘린 눈물로 아직도
축축한 자신의 희열을, 대체 가능한 다른 형체에 부착해보려고
시도했다. 그녀는 차들이 오는 길을 벗어나, 비웃는 눈빛으로 사
방을 힐끔거리면서, 버스를 기다리는 줄 사이를 슬쩍 통과했다.
걸을 때마다 허리가 물결처럼 흔들리는 이 작은 여인이, 바로 오
늘 그녀 자신의 날에 비밀의 계단을 한 칸 올라가는 것을 그 누구
도 막지 못하리라.

해변에서 바로 밀려오는 뜨거운 열기 속에서 엘리베이터의 소음이 웅웅거렸다. 그녀는 한 손으로 모자를 벗어 들면서 아파트의 문을 열었다. 그녀는 세계의 광대함을 즐기려고 단단히 결심한 것 같았다. 그녀의 가슴에서 불타버린 어머니에 의해 열어젖혀진 그 길. 안토니우는 읽던 책에서 눈을 거의 들지도 않았다. 토요일 오후는 늘 그에게 속했으며, 세베리나가 떠나자마자 그는 즉시 책상에 앉아 자신의 것인 그 시간을 점유했다.

"'그녀'는 갔어?"

"그래, 갔어." 대답을 마친 카타리나는 아이 방 문을 열었다. 오 그래, 아들이 있구나. 그녀는 갑자기 안심이 되었다. 그녀의 아들. 마르고 불안정한. 아들은 서는 법을 배운 이후로 항상 꼿꼿하게 걸었다. 하지만 이제 거의 네 살인데도 동사를 사용할 줄 몰랐고, 그래서 사물들을 서로 연관시키지 못하면서 차갑게 승인할 뿐이었다. 아들은 방에서 젖은 수건을 가지고 놀고 있었다. 정확하게, 그리고 방심한 채. 여자는 선한 따스함이 마음에 충만해지는 걸 느꼈고, 할 수만 있다면 아들을 바로 이 순간에 꼭 붙잡아두고만 싶었다. 야단을 치면서 여자는 아들의 손에서 수건을 빼앗았다. 요 녀석! 그러나 아들은 무심하게 앞을 쳐다보면서, 자기 자신과만 소통하고 있었다. 아들은 항상 산만했다. 아직 그 누구도 아들의 주의를 끄는 데 완전히 성공하진 못했다. 어머니는 젖은 수건을 털었고, 그녀의 몸 때문에 아들은 방 안이 보이지 않았다. "엄마." 아들이 불렀다. 카타리나는 재빨리 뒤돌아보았다. 아들이 이런 목소리로 "엄마"라고 하면서 뭔가를 달라고 하지 않은 건 처음이었다. 그건 승인 이상의 의미였다. 엄마! 여자는 더욱 거세게 수건을 털었고, 그러면서 이 일을 누구에게 말하면 좋을지 속으로 궁리했다. 하지만 그녀가 설명할 수 없는 것을 이해해줄 사람이 아무도 떠오르지 않았다. 그녀는 수건을 세게 문질러 편 다음 빨랫줄에 널었다. 만약 사건의 형태를 좀 변형한다면 설명이 가능할지도 몰랐다. 아들이 "엄마, 신은 누구예요?" 라고 물었다고 말하면 어떨까? 아니, "엄마, 사내애는 신을 원해요." 이렇게. 아마도. 진실은 오직 상징으로만 맞는 거니까, 그들은 이걸 상징으로만 받아들이겠지. 어쩔 수 없는 거짓말에, 그리고 특히 세베리나에게서 도망쳐 온 자신의 어리석음에 어이없어진 나머지, 여자는 의도한 것도 아닌데 아들을 향해서 정말로 소리 내어 웃어버렸다. 눈으로만 웃은 게 아니었다. 웃음이 온몸에서 파열하듯 터져 나왔고, 껍데기마저 파열하여, 투박한 내부가 거칠게 덜그럭거리는 목소리로 드러났다. "흉해." 이제 그녀를 빤히 바라보면서 아들이 말했다.

"산책 가자!" 얼굴이 빨개진 여자가 아들의 손을 잡으면서 대답했다.

여자는 거실을 가로질러갔고, 지나가면서 남편에게 말했다. "우리 밖에 나가!" 그리고 아파트 문을 등 뒤에서 닫았다.

안토니우는 읽던 책에서 눈을 뗄 시간도 거의 없었다―그는 놀라서 텅 빈 집 안을 살피며 아내를 불렀다. "카타리나!" 하지만 막 하강하는 엘리베이터 소리가 들려올 뿐이었다. 어디로 가는 거지? 그는 불안한 심정으로 기침을 하고 코를 훌쩍거렸다. 토요일은 온전히 그에게 속한 시간이긴 하지만, 그래도 자신이 토요일을 점유하는 동안 아내와 아들이 집에 있어주기를 원했다. "카타리나!" 아내가 들을 수 없다는 걸 잘 알면서도, 그는 화난 목소리로 더 크게 불렀다. 일어서서 창가로 다가간 그는, 1초 후에 인도 위에 있는 아내와 아들을 발견했다.

둘은 가만히 서 있었다. 분명 아내는 어느 방향으로 갈까 궁리하고 있는 것이리라. 갑자기 그들이 움직이기 시작했다.

그런데 왜 그녀의 발걸음은 저리도 결단에 차 있으며, 왜 아이를 저리도 꼭 붙잡고 있는 것일까? 그는 아내가 아이의 손을 꼭 붙잡고 시선은 똑바로 앞을 향한 채, 서둘러 걸음을 재촉하는 것을 창밖으로 지켜보았다. 남편은 굳이 그녀를 보지 않고도, 엄격하게 꾹 다문 그녀의 입 모양이 눈앞에 선했다. 아들 역시, 그 어떤 눈먼 이해력이 작용했는지는 알 길이 없으나, 아무것도 모른 채 어리둥절해하면서도, 똑바로 앞만 뚫어져라 쳐다보고 있었다. 이 위에서 내려다보니 둘의 형상은 평소에 늘 보이던 그 모습과는 아주 달랐고, 바닥에 납작 달라붙은 듯했으며 바다의 광선 속에서 더욱 진하고 어두워 보였다. 아들의 머리카락이 흩날렸다……

의문이 다시 남편을 사로잡았고, 비록 아무 문제 없는 무해한 일상적 질문인데도 그는 불안해졌다. 어디로 가는 거지? 아내가 아이를 끌고 가는 모습을 그는 걱정스럽게 지켜보았고, 둘이 시야에서 사라지는 바로 그 순간 그녀가 아들에게 ……라고 말할 것이 두려웠다. 하지만 무엇을 말한단 말인가? 카타리나. 그는 생각했다. 카타리나, 아이는 아직 아무것도 몰라! 어머니가 아이를 품에 꼭 끌어안고, 미래의 남자에게 영원한 족쇄가 되어버릴 사랑의 감옥 속으로 억지로 밀어넣는 일이 일어난다면. 세월이 흘러, 성인이 된 아들은 이 창가에 홀로 서서 손가락으로 유리창을 두드리게 되리라. 죽은 자에게 대답해야 한다는 강박에 사로잡혀서. 언제 어머니가 아들에게 자신의 유산을 물려줄 것인지, 그 누가 알 수 있을까. 그러면서 얼마나 음침한 쾌락을 느낄지도. 이제 어머니와 아들은 비밀을 공유함으로써 서로를 이해하게 되었다. 시간이 흐른 뒤에는 아무도 알지 못하리라. 한 남자의 자유가 그 어떤 검은 뿌리에서 양분을 빨아들이고 있는지를. 카타리나, 그는 분노가 치밀었다. 아이는 아직 아무것도 몰라! 하지만 그들은 이미 해변으로 사라진 다음이었다. 비밀의 공유.

하지만 나는? 나는 뭐지? 그는 망연한 가운데 생각했다. 둘은 자기들끼리만 가버렸다. 그는 남겨졌다. "그에게 속한 토요일과 함께" 그리고 그의 독감과 함께. "모든 것이 순조롭게 굴러가는" 깔끔한 집 안에서. 딱 적절한 밝기의 조명, 그가 고른 가구, 그의 커튼과 그림으로 장식된 거실로부터 아내가 아들을 데리고 달아나버린 것이라면? 이것은 그가 아내에게 준 선물이었다. 엔지니어의 아파트. 미래가 촉망되는 젊은 남편의 상황을 아내가 이용한 거라면—그녀는 그것을 폄하하고 있었을 것이다. 그 가식적인 눈으로, 불안하고 마른 아들을 데리고 달아나면서. 남편은 불안해졌다. 지금까지와 마찬가지로 미래에도 역시 더 많은 성공 말고는 아무것도 줄 수 없기 때문에. 그러기 위해서 아내는 곁에서 그를 도울 것이며, 그렇게 그들이 함께 이룬 것을 아내가 증오하게 될 터이기에. 서른두 살의 말 없는 그 여자는 그랬다. 마치 영원한 삶을 살아온 사람처럼, 사실상 단 한 번도 말을 한 적이 없었다. 그들의 관계는 매우 고요했다.

때때로 그는 아내에게 굴욕을 주기 위해서, 그녀가 옷을 갈아입고 있는 방 안으로 들어가기도 했다. 아내는 알몸을 보이기를 매우 싫어했기 때문이다. 그런데 왜 아내에게 굴욕을 주어야 했을까? 아내가 자존심을 지키는 한 오직 한 남자에게만 속한다는 사실을 그도 잘 알고는 있었다. 하지만 그럼에도 이런 식으로 아내를 여성적으로 만드는 습관이 생겼다. 아내에게 다정하게 굴욕을 주면, 아내는 미소로 화답했다. 원한이 아니라? 아마도 이런 것이 그들 사이에 평화로운 관계를 형성했고, 아이를 위한 가정적인 분위기의 차분한 대화를 정착시켰으리라. 아니, 간혹 신경질을 부릴 때가 있었던가? 때로 아들이 짜증을 내곤 했다. 발로 바닥을 쾅쾅 구르고 악몽처럼 비명을 질러댔다. 손도 댈 수 없게 최고로 예민하고 까탈스러운 그 아이는, 아내와 그가 일상에서 잘라내버린 것의 산물이 아닐까? 그들은 너무도 고요하게 살아갔으며, 희열의 순간이 가까이 다가오는 기미를 느끼면, 그들은 재빨리 거의 냉소에 가까운 시선을 교환하면서, 눈빛으로 이렇게 말하곤 했다. 우리는 저것을 낭비하고 싶지 않아. 우리는 저것을 경박하게 소모해버리고 싶지 않아. 마치 그들이 영원의 시간을 살아온 것처럼.

지금 창을 통해 아내를 지켜보면서, 아내가 아들의 손을 잡고 달아나는 것을 보면서 그는 생각했다. 그녀는 희열을 향유하고 있구나─혼자서. 그는 좌절을 느꼈다. 이미 한참 전부터 그녀 없이는 살 수 없었기 때문이다. 하지만 그녀는 지금 자신의 순간을 향유하고 있다─혼자서. 혹시 기차역에서 집으로 오는 사이에 그녀에게 무슨 일이 있었던 걸까? 그녀를 조금이라도 의심하는 건 아니었다. 단지 불안한 마음이 들었기 때문이다.

오후의 마지막 빛이 무겁게 사물들 위로 내려앉았다. 건조한 모래가 바스락거렸다. 하루는 온종일 광선의 위협 속에서 시달렸다. 지금 이 순간은, 폭발의 굉음은 아닐지라도, 점점 더 귀를 멍멍하게 만드는, 끊임없이 운행하는 건물 엘리베이터의 소음의 위협. 카타리나가 돌아오면 그들은 손을 흔들어 밤나방을 쫓으면서 저녁식사를 할 것이다. 아들은 잠이 들기가 무섭게 소리 지르면서 울겠지. 카타리나는 잠시 식사를 멈출 것이다……. 그리고 엘리베이터, 단 1초 만이라도 가만히 있지 못한단 말인가? 그래, 엘리베이터는 1초도 멈추지 않는다.

'저녁식사를 마치면 극장에 가야겠어.' 남자는 결심했다. 영화를 보고 나면 마침내 밤이 될 것이고, 마침내 이 하루는 파도와 함께 아르포아도르 바위 절벽에 부딪혀 산산조각이 날 것이다.

소중한 것
Preciosidade

마팔다를 위하여

매일 아침은 항상 똑같으면서 항상 새로웠다. 깨어남이 그랬다. 오래 질질 끌면서, 활짝 열리고, 광활했다. 그녀는 두 눈을 광활할 만큼 커다랗게 떴다.

그녀는 열다섯 살이고 예쁘지 않았다. 그러나 그녀의 앙상한 내면에는 거의 장엄한 광활함이 깃들어 있었다. 그녀는 명상 속에서 유영하듯 자신의 광활함을 누볐다. 그리고 몽롱함 속에는 아주 귀한 것이 있었다. 그것은 함부로 널브러지지 않고, 절대 연루되지 않으며, 오염되지도 않았다. 보석처럼 강렬한 것. 그녀.

그녀는 다른 누구보다도 일찍 잠에서 깼다. 학교에 가야 하기 때문에, 버스를 탔다가 다시 전차로 갈아타야 하고, 그 과정이 한 시간은 족히 걸렸기 때문에. 그녀에게 선물처럼 주어진 한 시간, 범죄와 같은 공상으로 충만한. 아침 바람은 유리창과 얼굴을 사납게 강타했고, 입술은 얼음처럼 차갑게 굳어버렸다. 그러면 그녀는 미소를 지었다. 마치 미소 자체가 하나의 목적인 듯이. '그 누구도 그녀를 바라보지 않을 만큼' 운이 좋았던 탓에, 이 모든 일이 가능하다는 듯이.

새벽에 잠에서 깨어—자신을 활짝 펼치는 광활함의 순간이 지나고 나면—그녀는 서둘러 옷을 입었고, 시간이 없어서 목욕은 못한다고 생각해버렸다. — 그 시간이면 아직 잠들어 있는 가족들은 그녀가 얼마나 자주 목욕을 빼먹는지 상상도 못했다. 부엌의 어둠 속에서 몸을 긁적이는 가정부가 데워둔 커피를, 그녀는 식당의 환한 불빛 아래서 훌쩍 들이켰다. 버터를 발랐지만 조금도 부드러워지지 않은 빵은 거의 건드리지도 않았다. 입은 금식으로 싱싱하고 팔에는 책가방을 든 채, 마침내 그녀는 문을 열었다. 집 안의 미지근한 공기를 관통하여 아침의 싸늘한 쾌락 속으로 돌진했다. 이제부터는 서둘 필요가 없었다.

인적 없이 텅 빈 거리를 한참이나 걸어가야 중앙로에 다다를 수 있었다. 중앙로 끝에서 버스가 나타나, 정지신호에도 전조등을 환하게 밝히며, 안개 사이로 흔들리듯 다가올 것이다. 6월의 겨울 바람 속에서, 그녀가 팔을 들어 올리는 행위는 신비롭고 위풍당당하며 완벽했고, 몸을 덜덜 떠는 버스는 벌써 일그러지기 시작하며, 그녀의 육체가 최고의 권능을 대표하며 내뿜는 오만함에 복종했다. 버스는 멀리에서부터 불안해하며 속도를 늦추더니, 느리게, 점점 더 구체적인 형체로, 느리게 다가와 그녀의 코 바로 앞까지 와서 멈추었다. 열기와 김 속에서, 열기와 김을 내뿜으며. 그녀는 여자 선교사처럼 진지한 태도로 버스에 올랐다. '그녀에게 말을 걸 수도 있는' 버스 안의 노동자들 때문이었다. 더 이상은 청년이라고 부를 수 없는, 그 남자들. 하지만 젊은 청년들 앞이라고 해도 두렵긴 마찬가지였고, 심지어 소년들도 두려웠다. 자신에게 '말을 걸 수도 있는' 대상, 자신을 빤히 쳐다볼지도 모르는 대상에 대한 두려움. 꾹 다문 입술의 진지함 속에는 간절한 애원이 들어 있었다. 제발 자신을 존중해달라는 애원. 그 이상의 애원. 신에게 서약을 바친 여자처럼, 그녀는 공경을 받을 의무가 있었다. 그래서 두려움으로 심장이 마구 두근거리는 가운데서도, 그녀, 어떤 리듬의 수호자인 그녀는 자신을 공경했다. 그들이 자신을 쳐다보면, 그녀는 몸이 굳어버리듯 고통스러웠다. 그런 그녀에게 신의 가호란 남자들이 그녀를 쳐다보지 않는 것이었다. 비록 그녀 안의 무엇인가가, 증기와 열기 속에서 16세라는 나이를 향해 가는 이 시점에—크게 놀라 충격을 받았지만—그것은 다시 몇몇 남자들을 깜짝 놀라게 했다. 누군가 그들의 어깨를 건드린 것처럼. 아마도 어떤 그림자가. 땅바닥에는 남편 없는 어느 젊은 여자의 어렴풋한 그림자, 불분명한 모양의, 하지만 구체화할 수 있는, 거대한 공개 행사의 단조로운 기하학을 이루는 어떤 성분. 누군가 그들의 어깨를 건드린 것처럼. 남자들은 그녀를 쳐다보았고, 그녀를 보지 않았다. 그녀는 자신의 존재보다 더 많은 그림자를 드리웠다.

버스 안의 노동자들, 얼굴을 뒤덮은 잠, 손에 든 양철 도시락, 그들은 말이 없었다. 그녀는 피곤에 찌든 그 남자들을 신뢰하지 못하는 자신이 수치스러웠다. 그럼에도 그들의 존재를 완전히 잊을 때까지 그녀는 불편한 기분이 들었다. 그들은 '알고 있었기' 때문이다. 그녀 또한 알고 있으므로, 기분이 불편한 것이다. 모두가 같은 사실을 알고 있다. 그녀의 아버지도 알고 있었다. 동전을 구걸하는 늙은 거지도 알고 있었다. 부는 분배되었고, 침묵도 마찬가지였다.

그녀는 군인처럼 걸어서—아무런 해를 입지 않고—이미 날이 밝은 라르구 다 라파를 가로질러갔다. 이제 전투는 거의 이긴 셈이었다. 가능하다면 전차 안에서 빈자리를 하나 골라서 앉을 텐데, 운이 좋다면, 옷 꾸러미를 한가득 들고 있는, 신뢰감을 불러 일으키는 어느 부인의 옆자리가 될 것이다 — 이로써 최초의 휴

전 상태가 시작된다. 하지만 학교에는 또다시 기나긴 과정이 그녀를 기다리고 있다. 사방에서 득시글대는 급우들이 와글와글 떠드는 곳, 팽팽한 다리로 돌아다니느라 어쩔수 없이 구두 소리가 요란하게 울려 퍼지는 곳. 뛰는 심장을, 저절로 움직이는 구두의 춤을 막아보려는 그녀의 헛된 소망. 아마도 그녀의 변장한 태도 뒤편에 아주 독실한 모습이 감추어져 있음을 직감한 젊은 남자들 사이에는 침묵이 감돌았다. 그녀를 어떻게 생각해야 할지, 그녀에 대해서 뭐라고 말해야 할지 알지 못하는 급우들 사이를, 그녀는 가로질러 걸어갔다. 그녀의 구두 소리는 듣기 흉했다. 나무굽이 바닥을 치는 소리는 그녀 자신의 비밀을 파괴해버렸다. 만약 통로가 조금만 더 길었다면 그녀는 운명을 잊어버린 듯이, 두 손으로 귀를 막고 갑자기 달리기 시작했으리라. 그녀가 가진 구두는 전부 닳지 않는 튼튼한 종류였다. 태어나던 순간에 누군가 엄숙하게 신겨주었던 바로 그 구두를 아직도 신고 있는 것 같았다. 마치 참호 속처럼 고요한 수렁에 빠진 듯, 영원히 끝날 것 같지 않은 통로를 그녀는 가로질러갔다. 그녀의 얼굴에는 사나운 무언가가 있었고—그림자에는 오만함이 넘실대었으므로, 그 누구도 감히 나서서 말을 걸지 못했다. 그녀의 험악한 방어는 다른 이들이 아무 생각도 할 수 없게 만들었다.

마침내 교실에 도착했다. 갑자기 모든 것이 덜 중요하게, 더 급하고 더 가볍게 변하며, 갑자기 그녀의 얼굴에 주근깨가 돋아나고, 머리카락이 이마 위로 흘러내리면서 사내아이처럼 취급당하는 곳. 그녀가 똑똑하게 변하는 곳. 교활한 직종. 그녀는 집에서 공부를 해온 듯하다. 호기심은 그 어떤 대답보다 더 많이 그녀를 가르쳤다. 영웅적 고통의 쓴맛을 입안에 느끼면서 그녀는 알아차렸다. 무슨 말을 해야 할지도 모르는 급우들 사이에서 그녀의 생각하는 머리가 불러일으킨 매혹적인 혐오감, 그녀는 그것을 알아차렸다. 위대한 날조자는 점점 더 영리해졌다. 그녀는 생각하는 법을 배웠다. 불가피한 희생이 있었다. '누구도 감히 시도하지 못하는' 방식으로.

종종, 교사가 강의하는 동안, 그녀는 강렬하고도 모호하게, 자신의 노트에 대칭이 되는 선들을 그었다. 강하면서도 동시에 미묘한 분위기를 띤다고 가정된 선 하나가 자신이 머물러 있어야 하는 상상의 원 밖으로 튀어나오면, 세상 모두가 무너져 내렸다. 그러면 이상적인 조화에 대한 욕망으로 눈이 먼 그녀는 주변을 잊은 채 정신없이 몰입했다. 선을 긋는 대신에 수많은 별, 별, 별을 그리기도 했다. 별들은 너무 많고 너무 높아서, 이 선언 작업을 마치고 난 그녀는 기력이 완전히 소진되어 정신을 차리고 머리를 들고 있기가 힘들 정도였다.

집으로 가는 길은 현기증이 날 만큼 배가 고팠고, 짜증과 증오가 그녀의 심장을 갉아먹었다. 귀갓길 도시의 모습은 달라 보였다. 라르구에는 굶주림을 온몸으로 내뿜는 수백 명의 사람들이 우글거렸고, 만약 그들이 망각한 굶주림을 상기한다면 다들 이를 갈 것만 같았다. 태양은 한 사람 한 사람에게 숯처럼 검은 윤곽선을 덧칠했다. 그녀의 그림자는 검은 막대기였다. 더 많은 주의가 요구되는 이 시간, 그녀는 배고픔이 증폭시킨 모종의 흥함으로 보호받는 느낌이었다. 사냥 당한 짐승의 고기를 어둡게 만드는 아드레날린의 영향으로 그녀의 인상은 어두워졌다. 텅 빈 집—가족들은 전부 일터로 갔다—에서 그녀는 한마디 대답도 하지 않는 가정부에게 화를 냈다. 그녀는 켄타우로스처럼 먹었다. 코를 접시에 박고, 머리카락은 음식 안에 거의 담근 채로.

"말라깽이가 먹기는 무시무시하게도 먹네!" 영리한 가정부가 말했다.

"꺼져!" 그녀가 음산하게 외쳤다.

텅 빈 집에서, 가정부와 단 둘뿐일 때, 그녀는 군인처럼 걷지 않았고, 조심스레 경계할 필요도 없었다. 그런데 거리의 전투가 그리웠다. 자유는 음울했고, 지평선은 너무도 멀었다. 그녀는 지평선을 위해 모든 것을 바쳐왔다. 하지만 현존의 이 음울. 인내심의 견습기간, 기다림의 맹세. 아마도 그녀가 영영 벗어나지 못할. 오후는 영원으로 흘러갔다. 모두가 귀가하는 저녁식사 시간이 되어, 다행스럽게도 그녀가 다시 딸로 돌아올 수 있을 때까지, 뜨거운 열기가 있었고, 책은 펼쳐졌다가 다시 닫혔으며, 어떤 직관과 열기가 있었다. 그녀는 앉아서 머리를 양손으로 감싸고, 절망에 빠졌다. 열 살 때, 그녀를 좋아하던 한 사내아이가 죽은 쥐를 눈앞에 던졌던 것을 기억했다. 악, 이게 뭐야! 창백해진 그녀가 치를 떨며 비명을 질렀다. 그 일은 하나의 경험으로 남았다. 누구에게도 그 일을 이야기하지 않았다. 머리를 양손으로 감싸고, 그녀는 앉아 있었다. 열다섯 번을 반복해서 말했다. 나는 강하다, 나는 강하다, 나는 강하다……. 그리고 그녀는, 단지 횟수를 세는 데만 집중하고 있음을 깨달았다. 주문을 열다섯 번 반복한 후, 다시 한 번을 더 추가했다. 나는 강하다—열여섯 번. 그러자 이미 그녀는 누구에게도 굴하지 않게 되었다. 낙담한 채, 왜냐하면 그녀는 강하고, 자유롭고, 그 누구에게도 휘둘리지 않으므로. 그녀는 믿음을 잃었다. 그리고 나가서, 우상을 숭배하는 늙은 여사제인 가정부와 이야기를 나누었다. 그들은 마음이 통했다. 둘 다 맨발인 채, 부엌 바닥을 맨발로 디뎠고, 화덕에서 피어오르는 연기. 그녀는 믿음을 잃었다. 하지만 이제 막 품위를 획득하기 직전인 그녀는, 이미 얻은 것이 아니라, 상실한 것을 가정부에게서 구하려 했다. 그래서 일부러 더욱 산만하게 굴었고, 수다를 떨면서, 이야기의 주제를 피했다. '가정부는 내 나이라면 지금 내가 아는 것보다 더 많이 알아야 한다고 생각할 테니 나를 가르치려 들 것이 분명해.' 머리를 양손으로 감싸고, 무지를 육체처럼 방어하면서, 그녀는 생각했다. 그녀에게 부족한 요소들이 있긴 했으나, 그것을 이미 잊어버린 누군가로부터 구하고 싶은 마음은 없었다. 위대한 기다림은 계획의 일부였다. 광활함의 내부에서, 구성되고 있는.

그 모두가, 그래. 길고 피곤한 불쾌함이었다. 그러나 다음 날 이른 아침, 서서히 몸을 여는 타조처럼 그녀는 잠이 깼다. 조금도 손상되지 않은 동일한 비밀 속에서 잠에서 깨어났다. 눈을 뜰 때, 그녀는 손상되지 않은 비밀에 감싸인 공주였다. 공장의 사이렌이 벌써 울리기라도 한 듯, 그녀는 황급히 서둘러 옷을 입고, 커피를 단숨에 들이켰다. 문을 열고 집 밖으로. 그러고 나면, 더 이상 서둘지 않았다. 거리의 위대한 희생 전투. 교활하고, 기민한, 아파치 여인. 의례의 투박한 리듬을 이루는 일부분.

그날 아침은 다른 날보다 더욱 춥고 더욱 어두웠으며, 그녀는 스웨터를 입고도 몸을 떨었다. 흐릿한 연무에 잠긴 거리의 끝은 보이지 않았다. 온 세상이 솜에 감싸인 듯했다. 중앙로에 버스가 오더라도 그 소리조차 듣지 못할 것 같았다. 그녀는 거리의 예견할 수 없음을 향해 나아갔다. 집들은 닫힌 문 뒤에서 잠들어 있었다. 앞마당은 추위로 단단하게 얼어붙었다. 어두운 대기 속, 하늘이라기보다는 거리의 한가운데서, 별 하나가 빛났다. 얼음으로 된 커다란 별이, 아직 돌아가지 않고 남아서, 허공에서 머뭇거리며, 축축하게, 특유의 형체를 상실하는 중이었다. 늦었다는 사실에 스스로 놀라, 망설이면서 둥글게 부풀어 올랐다. 그녀는 가까이 있는 그 별을 바라보았다. 그녀는 폭격을 당한 도시를 홀로 가로질러갔다.

아니, 그녀는 혼자가 아니었다. 믿을 수 없는 나머지 눈썹을 한껏 찡그리면서, 그녀는 거리 먼 끝, 안개 속에서 걸어오는 두 남자를 보았다. 두 젊은이가 다가오고 있었다. 혹시 길을 착각하여 다른 거리로 잘못 온 것이 아닌지, 그녀는 사방을 둘러보았다. 하지만 그녀가 착각한 것은 몇 분의 차이였다. 그녀는 별과 두 남자가 채 사라지기도 전에 집을 떠나버린 것이다. 그녀의 심장은 공포에 질렸다.

이 착각을 깨달은 그녀가 처음으로 취한 행동은, 남자들이 지나갈 때까지 이미 내디딘 걸음을 되돌려 다시 집으로 향하는 것이었다. 그들은 날 쳐다볼 거야, 난 그걸 알아, 나 말고는 그들이 쳐다볼 사람이 하나도 없으니까, 그들은 날 분명 쳐다볼 거야! 하지만 만약 그녀가 재앙을 당할 운명으로 태어났다면, 어떻게 이 자리에서 뒤돌아 달아날 수 있겠는가? 그녀의 모든 느린 준비가, 온 마음을 다 바쳐 복종해야만 하는 어떤 불명확한 운명의 산물이라면. 어떻게 뒷걸음질 칠 수 있으며, 비참하게 문 뒤에 숨어서 기다렸다는 수치는 어떻게 잊을 수 있겠는가?

어쩌면 위험 따위는 전혀 없을지도 모른다. 입을 굳게 다물고, 그녀의 스페인식 리듬에 맞추어 단호한 걸음으로 지나간다면, 저들은 말을 걸 엄두를 내지 못하리라.

용맹한 다리로 그녀는 계속해서 앞으로 걸어갔다. 그녀가 그들과 가까워질수록, 그들도 그녀와 가까워졌다—모두가 가까워졌고, 거리는 점점 더 좁혀졌다. 두 청년의 구둣발 소리는 그녀의 구둣발 소리에 더해져서 증폭되었고, 사악하게 들렸다. 뻔뻔스럽게 달라붙는 소리였다. 구두 속이 텅 비었거나, 길바닥이 텅 비었다. 포석들이 경고를 보냈다. 모든 것이 텅 비었다. 그녀는 아무것도 방지할 능력은 없이, 이 구역 거리에 울려 퍼지는, 침묵의 포위 소리를 듣고 있었다. 그녀는 아무것도 방지할 능력은 없이, 문들이 더더욱 굳건히 닫힌 것을 보았다. 별마저도 돌아가버렸다. 새로이 나타난 창백한 어둠 속 거리는 이들 세 사람에게 내맡겨졌다. 그녀는 걸었다. 남자들이 오는 소리를 들으면서. 남자들을 바라볼 수는 없었지만, 그래도 그들에 관해서 뭔가 알고는 있어야 하기에. 그들의 소리를 들으면서, 계속 앞으로 걸어가는 그녀 자신의 대담함에 스스로도 놀라면서. 하지만 그건 대담함이 아니었다. 그것은 재능이었다. 운명을 맞아들이는 위대한 소명이었다. 앞으로 걸어가면서, 그녀는 복종을 잃았다. 다른 생각을 하는 것이 가능했다면 그들의 구두 소리가 들리지 않을 텐데. 그들이 뭔가 말하는 소리도. 그들이 서로 마주치게 될, 그 침묵도.

갑자기 피어오른 불굴의 의지로 그녀는 두 남자를 빤히 바라보았다. 그녀가 가장 기대하지 않았던 순간, 비밀의 맹세를 배반하면서 그녀는 재빠른 시선을 그들에게로 향했다. 그들은 미소를 짓고 있었던가? 아니다, 그들은 진지해 보였다.

그들을 쳐다보지 말았어야 했다. 그녀가 쳐다보았을 때, 한순간 그녀는 자기 자신이 되는 위기에 처했으며, 상대편 남자들도 마찬가지였기 때문이다. 아마도 그런 위험에 대비하여 그녀는 경고받은 것이리라. 전통적인 세계에서 활동하는 한, 익명으로 존재하는 한, 행해져야 하는 일의 도움을 받으며 그녀는 신의 딸로 머물 수 있으리라. 그런데 일단 보게 되면 눈이 가치를 하락시켜버리는 그 무엇을 그녀가 보았기 때문에, 위험하게도 그녀는 그녀 자신이 되어버렸다. 그것은 전통의 지원을 받지 못했다. 짧은 찰나 그녀의 전 존재는 방향을 잃고 머뭇거렸다. 하지만 이제 되돌아가기에는 너무 늦었다. 지체된 것을 만회하려면 달리는 수밖에 없었다. 하지만 달린다는 것은 거의 모든 걸음이 잘못된 방식으로 꼬여버린다는 것, 즉 리듬의 상실을 의미했다. 그녀를 지탱해주던 리듬, 누구나 홀로일 수밖에 없는 이 세계의 끄트머리에서 그녀에게 남겨진 유일한 부적인 리듬의 상실을 의미했다—모든 기억이 쓸려가버린 세계의 끝, 해독할 수 없는 유물로 남은 것은 오직 눈먼 부적뿐, 그녀의 운명은 리듬을 재현하는 일, 세계의 완성을 위해 리듬을 수행하는 일이었다. 자기 자신의 완성을 위해서가 아니었다. 만약 여기서 그녀가 달린다면, 이 질서는 흔들릴 것이다. 그리고 그녀가 저지른 최악의 행동은 절대로 용서받지 못하리라. 그것은 바로 서두름이다. 달아나더라도 반드시 뒤쫓아 올 것이다. 이건 불을 보듯 자명했다.

독단에 가까운 뻣뻣함으로, 걸음의 템포를 단 1초도 흐트러뜨리지 않으며, 그녀는 계속해서 걸어갔다. '저들은 나를 쳐다보겠지, 분명히!' 하지만 그러면서도 지난 생에서 얻은 본능으로, 자신의 공포를 남자들에게 내색하지 않으려고 분투했다. 그녀는 공포가 어떤 일을 야기할지 직감했다. 순식간에, 고통 없이 지나갈 것이다. 눈 깜짝할 사이 그들은 순식간에 스쳐갈 것이다. 다행인 점은 그녀는 앞으로 움직이고 있는데 남자들은 그녀와 반대 방향으로 나아가고 있으니, 그 결과 그들이 엇갈리는 순간은 지극히 불가피하고 핵심적인 찰나에 국한된다는 것이다. ― 철저하게 비밀에 부쳐진 나머지, 일곱이라는 숫자 이외에는 아무에게도 알려지지 않은 일곱 비밀 중 첫 번째 비밀의 누설에 국한된다는 의미였다. 그들이 아무 말도 하지 못하게 하라, 오직 속으로 생각만 하게 만들라, 그들도 생각은 할 수 있는 거니까! 순식간에 지나갈 것이다. 그리고 1초만 지나고 나면, 이미 다른 거리로, 그리고 다시 다른 거리로, 끊임없이 다른 거리로 둥실 떠가며, 그녀는 스스로도 신기해하며 선언할 것이다. 그것은 조금도 아프지 않았어. 그러나 이후 일어난 일은 설명되지 않았다.

이후 일어난 일은, 네 개의 묵직한 손, 뭘 하고 싶은지 자신도 모르는 네 개의 손, 소명이 결핍된 채 헤매는 네 개의 손, 그녀의 몸을 마구 더듬어대는 네 개의 손, 그리하여 그녀는 결국, 이 움직임의 세계에서 취할 수 있는 가장 적절한 행동을 선택했다. 마비되어버린 것이다. 사전에 이미 정해진 남자들의 임무는 그녀의 검은 공포심의 언저리를 스쳐 지나가는 것, 그리하여 일곱 비밀 중첫 번째 비밀을 누설하는 것이 전부였다. 하지만 다가오는 단 하나의 발소리라는 예감을 대리하게 되어 있던 남자들은, 자신들이 부여받은 역할을 이해하지 못했고, 공포스러운 것의 특성을 발휘하여, 공격을 퍼부은 것이다. 그 일은 정적에 싸인 거리에서 1초도 안 되는 찰나에 일어났다. 그 짧은 순간 그들은 그녀의 몸을 만졌다. 자신들이 일곱 비밀에 대한 권한을 모두 가졌다는 듯이. 그녀가 전부 보존하고 있는 그것을. 그녀는 더더욱 애벌레가 되어버렸고, 7년 뒤로 물러났다.

그녀는 남자들을 쳐다보지 않았다. 차분한 태도로 무를 향해 얼굴을 돌리고 있었을 뿐이다.

그러나 남자들이 자신을 욕보이는 행동의 황급함에서, 그들이 그녀 자신보다 더 많이 겁먹고 있다는 사실을 알아차렸다. 너무 겁을 집어먹은 나머지 순식간에 자리를 피해버리고 말았다. 남자들은 달려갔다. 그녀가 비명을 지를까봐, 그래서 집들의 문이 하나하나 열려버릴까, 겁을 먹은 거야—하고 그녀는 생각했다. 비명이 불가능하다는 것을 남자들은 몰랐다.

고요한 광기에 사로잡힌 그녀는 그 자리에 가만히 서서, 달아나는 자들의 구두 소리를 듣고 있었다. 길바닥이 텅 비었거나, 구두가 텅 비었다. 혹은 그녀 자신이 텅 비었다. 두 남자의 텅 빈 구두 소리에 귀를 기울이면서, 그녀는 그들의 두려움을 들었다. 그 소리는 포석 위에서 선명하게 메아리쳤다. 마치 그들이 미친 듯이 문을 쾅쾅 두드리고 있고 그녀는 그들이 가버리기를 기다리는 상황처럼. 그 소리는 벌거벗은 포석 위에서 선명하게 메아리쳤다. 영원히 멀어질 줄 모르는 탭댄스가 되어, 바로 거기, 그녀의 발 바로 아래 달라붙은, 승리의 춤처럼. 그녀는 그 자리에 서 있었다. 청각 말고 다른 무엇에 지탱해야 하는지 알지 못한 채로.

커다랗게 울리는 메아리는 좀처럼 잦아들지 않았다. 구두굽은 점점 더 분명하게 서두르고 있었고, 그로 인해 그들의 멀어짐은 그녀의 귀로 더욱 파고들었다. 구두굽은 이제 포석을 직접 울리는 것이 아니라, 시간이 갈수록 점점 더 섬세해지는 캐스터네츠처럼 대기 속에서 메아리쳤다. 그제야 그녀는, 이미 한참 전부터 어떤 소음도 들리지 않는다는 것을 깨달았다.

산들바람이 불어와 그녀를 제자리에 데려다 놓았고, 눈앞에는 고요와 텅 빈 거리가 있었다.

그 순간까지 그녀는 인도 한가운데에 우두커니 서 있었다. 가만히 선 자세의 여러 단계를 다 거치려는 듯이, 그녀는 가만히 서 있기만 했다. 잠시 후, 그녀는 한숨을 쉬었다. 그리고 새로운 단계에 접어들어 계속 가만히 서 있었다. 그런 다음 머리를 움직였고, 다시 더욱 심오하게, 가만히 서 있었다.

그러고 나서, 그녀는 천천히 벽 쪽으로 물러났다. 등을 구부리고, 아주 느리게, 팔이라도 부러진 사람처럼 움직여, 벽에 온 체중을 완전히 기대어, 그녀 자신이 벽에 새겨질 정도로 달라붙었다. 그런 상태로 서 있었다. 움직이지 마, 그게 중요해, 하고 그녀는 생각했다. 움직이지 마. 잠시 후, 그녀는 아마도 이렇게 생각한 것 같았다. 이제 다리를 조금만 움직여봐, 하지만 아주 천천히. 왜냐하면 정말로 아주 천천히 그녀가 다리를 움직였으므로. 그런 뒤 한숨을 내쉰 그녀는, 조용히 주위를 둘러보았다. 사방은 아직도 어두웠다.

그리고 날이 밝아왔다.

그녀는 느린 동작으로, 길바닥에 흩어진 책을 주워 모았다. 펼쳐진 노트 한 권이 저 멀리에 떨어져 있었다. 그걸 주우려고 허리를 굽히자, 이날 아침까지 그녀 자신의 것이던 둥글고 굴곡진 큼직한 필체가 눈에 들어왔다.

그녀는 계속해서 걸었다. 한 걸음 한 걸음 말고 다른 무엇으로 그동안 자신의 시간을 채워왔는지 전혀 알지 못하는 채로. 그녀는 학교에 두 시간 이상 지각했다. 아무런 생각도 하지 않고 있었으므로, 그녀는 시간이 얼마나 흘렀는지조차 알지 못했다. 교실에 들어가 라틴어 교사의 얼굴을 본 순간 그제야 3교시가 시작되었다는 것을 알아차렸고, 그녀는 예의 바르게 놀라움을 표했다.

"너 무슨 일이 있었던 거야?" 옆자리의 여학생이 소곤거리며 물었다.

"왜?"

"얼굴이 창백하잖아. 어디 아프니?"

"아니." 그녀의 대답이 너무 커서, 몇몇 학생들이 그녀를 돌아보았다. 그녀는 일어서서 큰 소리로 말했다.

"죄송합니다!"

그녀는 화장실로 갔다. 타일들의 막강한 침묵을 향해 날카로운 비명을, 최대음향의 강도를 넘어서는 비명을 토했다. "이 세상에 나는 혼자야! 아무도 나를 도와주지 않아! 아무도 나를 사랑하지 않아! 이 세상에 나는 혼자야!"

그녀는 화장실에 늘어선 세면대 앞 긴 의자에 앉아 3교시도 빼먹었다. "괜찮아. 나중에 숙제를 베끼면 돼. 노트를 빌려서 집에 가서 옮겨 적어야지. 이 세상에 나는 혼자야!" 그녀는 문득 멈추고, 주먹으로 의자를 여러 번이나 탕탕 내리쳤다. 네 개의 구둣발 소음이, 빠르게 내리는 가랑비처럼 다시 울리기 시작했다. 오직 눈먼 소음, 반짝이는 타일 벽면에는 아무것도 비치지 않았다. 각각의 구두는 단 한 번도 서로 얽히지 않으면서, 오직 자체의 개별성을 유지할 뿐. 마치 떨어지는 호두알처럼. 그녀가 할 수 있는 일이란 단지, 누군가 문을 두드려대는 소리가 그치기를 마냥 기다리는 사람처럼, 그렇게 기다리는 것뿐. 그러자 소리가 그쳤다.

거울 앞에서 머리카락을 물로 닦을 때, 그녀는 너무도 흉했다.

그녀가 가진 것은 너무도 적었고, 그들이 그것을 건드렸다.

그녀는 너무도 흉했고 너무도 귀했다.

그녀는 창백했고, 표정은 미묘해졌다. 머리카락을 물로 닦는 손에는 어제의 잉크 자국이 아직 남아 있었다. 나를 좀 더 가꿔야 해. 그녀는 생각했다. 하지만 어떻게 가꿔야 하는지는 그녀도 몰랐다. 그렇다, 어떻게 해야 하는지, 그녀는 날이 갈수록 점점 더 많이 몰랐다. 그녀의 코는 울타리 사이로 비죽 내민 주둥이처럼 보였다.

긴 의자로 돌아온 그녀는, 주둥이 코를 하고 가만히 앉아 있었다. "한 인간은 아무것도 아니다." "아니," 그녀는 곧장 부드럽게 항의했다. "그런 말은 하지 마." 다정한 우울에 잠겨 생각했다. "한 인간은 그 어떤 무엇이다." 그녀는 인간애를 느끼며 이렇게 생각했다.

그러나 저녁식사 시간, 삶은 긴급하고 히스테릭하게 변했다. "새 구두가 필요해! 내 구두는 소리가 너무 심하게 나! 다 큰 여자가 나무굽 신발을 신고 돌아다니니까 단박에 눈에 띈 단 말이야! 아무도 나한테 뭘 해주는 사람이 없어! 아무도 나한테 뭘 해주는 사람이 없어!" 그녀가 너무도 미친 듯이 발광하면서 소리 지르는 바람에, 누구도 그녀에게, 새 구두를 사주지 못한다고 말할 엄두를 내지 못했다. 그냥 이렇게 달랬을 뿐이다.

"넌 다 큰 여자가 아니야. 그리고 어떤 신발이라도 굽은 전부 나무로 되어 있다고."

사람이 뚱뚱해질 때 흔히 그렇듯이, 그녀는 자신도 모르는 사이 소중한 것으로 존재하기를 멈추었다. 이 세상에는 비밀의 법칙이 있어서, 병아리가, 불새가 부화할 때까지 달걀은 스스로를 보호한다.

그리고 그녀는 새 구두를 얻었다.

저녁식사

O jantar

그는 식당에 늦게 도착했다. 분명 그 순간까지도 큰 사업 계획을 세우느라 바빴을 것 같았다. 그는 대략 예순 살 정도 되어 보였으며, 키가 크면서 살이 쪘고, 머리칼은 백발에 숱 많은 눈썹, 강인한 손을 갖고 있었다. 손가락에는 그의 힘을 과시하는 반지를 끼고 있었다. 넓고도 묵직하게, 그는 자리를 잡았다.

내 시야에서 그가 사라졌다. 나는 식사를 하면서, 모자를 쓴 날씬한 여자를 다시 관찰했다. 그녀는 입을 활짝 벌리고 웃었고, 검은 눈동자를 반짝거렸다.

내가 포크를 막 입으로 가져가던 그 순간, 다시 그를 보았다. 그는 눈을 감은 채 앉아서 빵을 씹었다. 힘차게, 기계적으로, 두 주먹은 식탁에 올려둔 자세로. 나는 계속해서 먹으면서 계속해서 관찰했다. 웨이터가 접시를 식탁에 놓았다. 하지만 남자는 여전히 눈을 감고 있었다. 어느 순간 웨이터의 움직임이 커졌을 때 남자는 갑자기 눈을 번쩍 떴고, 그 행위의 급작스러움이 그의 커다란 손으로 옮아가는 바람에 포크가 바닥에 떨어졌다. 웨이터가 뭐라고 친절하게 말하면서 허리를 굽혀 포크를 주웠다. 남자는 아무런 대답도 하지 않았다. 이제 정신이 든 남자는 갑자기 급하게 스테이크를 이리저리 뒤집어가며 검사를 하고, 혀끝을 쑥 내민 채 포크등으로 고기를 눌러보면서 거의 냄새를 맡다시피 했으며, 그러는 동안 음식의 맛을 예상하면서 입을 미리 움직거렸다. 그런 후, 온몸으로 쓸데없이 과도한 힘을 발휘해가며 고기를 썰기 시작했다. 그리고 곧장 한 조각을 얼굴 높이로 집어 올리더니, 마치 날아가는 물체를 낚아채는 모양으로, 머리를 재빨리 움직여 고기에게 덤벼들었다. 나는 내 접시로 시선을 돌렸다. 내가 다시 바라보았을 때 그는 저녁식사 최고의 영광스런 순간을 만끽하는 중이었다. 입을 벌리고 열심히 씹으면서 시선은 꼿꼿하게 천장을 향했고, 혀로는 연신 이빨을 청소하고 있었다. 내가 막 고기 한 조각을 새로 썰려던 순간, 그가 갑자기 동작을 딱 멈추었다.

그렇게, 더 이상은 견디지 못하겠다는 듯한 몸짓—그런데 무엇을?—으로 그는 털이 숭숭 난 손으로 황급히 냅킨을 집어 눈가를 눌렀다. 나는 깜짝 놀라서 먹던 것을 멈추었다. 그의 몸은 호흡이 힘겨워 보였으며, 크게 부풀어 올랐다. 마침내 냅킨을 뗀 그는, 아득히 먼 눈길로 멍하니 앞을 바라보았다. 심호흡을 하면서 눈꺼풀을 찢어질 듯 활짝 연 다음 다시 감고는, 조심스럽게 눈가를 닦더니, 입속에 물고 있던 나머지 음식물을 천천히 다시 씹었다.

하지만 그로부터 1초 뒤, 그는 다시 자신으로 돌아왔고 완강해졌다. 온몸을 구부리고 턱은 잔뜩 열어젖힌 채 그는 포크 가득 담긴 샐러드를 삼켰다. 그의 입술에서 기름이 뚝뚝 흘렀다. 한순간 그는 동작을 멈추었고, 여러 번이나 눈을 문질렀다. 머리를 이리저리 짧게 흔들었다. 다시 포크에 고깃덩이와 샐러드를 가득 찍어 허공에서 낚아챘다. 그리고 막 옆을 지나가는 웨이터에게 말했다.

"이 와인은 내가 주문한 것이 아니야."

바로 그 목소리를 나는 기다리고 있었다. 한 마디의 반대도 참지 못하는 목소리. 누구도 그를 위해서 뭔가를 해줄 수 없다고 선언하는 목소리. 그에게 복종하는 것 이외에는. 병을 손에 든 웨이터는 예의 바르게 멀어져 갔다.

그러나 남자는 심장에 경련이나 마비가 일어난 것처럼 또다시 뻣뻣해졌다. 꼼짝없이 감금당한 그의 포악한 힘은 마구 전율했다. 그는 기다렸다. 배고픔의 공격을 받은 그가 눈썹을 험상궂게 찡그리고, 회복된 식욕으로 다시 씹기 시작할 때까지. 그리고 나는—천천히 계속해서 먹었다. 살짝 역겨움을 느꼈으나 이유는 알지 못했고, 공감을 느꼈으나 무엇에 대한 공감인지는 알지 못했다. 그런데 갑자기 그의 몸이 머리부터 발끝까지, 한 남자의 전체가, 덜덜 떨리기 시작했다. 냅킨을 눈에 가져다 얼마나 광폭하게 눌러대는지 그만 나는 얼어붙고 말았다. 결심을 굳힌 나는 포크를 접시에 내려놓았다. 내 목구멍도 미칠 듯이 답답하게 조여들고 있었다. 나는 어쩔 수 없이 굴복해야만 했다. 그러나 남자는 냅킨을 눈에 오래 대고 있지 않았다. 그가 냅킨을, 서두르는 기색 없이 뗐을 때, 그의 동공은 한없이 흐물거리고 지쳐 보였다. 그가 다시 눈을 닦아내기 전에—나는 본다. 그의 눈물을 본다.

낭패하여 나는 다시 고기 위로 몸을 숙인다. 잠시 후 마침내 내 창백한 얼굴의 심연으로부터 그를 바라보는 일에 성공한 나는, 그 역시 팔꿈치를 식탁 위에 올리고 두 손으로 머리를 감싼 자세로 고개를 숙이고 있는 것을 본다. 그 자신도 이런 상황을 더는 견디지 못하고 있었다. 숱이 무성한 양 눈썹이 한데 모아졌다. 마지막으로 삼킨 음식 덩이가 격한 감정의 충격 때문에 목구멍 바로 아래 걸려 있었던 것이 틀림없다. 다시 먹을 수 있게 되었을 때 그는 상상을 초월한 노력을 기울여 그것을 간신히 꿀꺽 삼켰고, 냅킨으로 이마의 땀을 닦았다. 나는 계속할 수 없었다. 접시 위의 고기는 설익었고, 이번에는 내가 음식을 먹지 못할 차례였다. 반대로 그는—그는 먹었다.

웨이터가 얼음통에 담긴 술병을 가져왔다. 나는 일어나는 일들을 구별하지는 못하면서 인식하고는 있었다. 술병은 다른 술병이고, 웨이터는 재킷을 입고 있으며, 전등의 불빛이 이제 호기심에 차서 이리저리 뚫어져라 탐욕스러운 시선을 보내는 플루토(고대 그리스 신화 속 명부의 신. 하데스와 동격)의 튼튼한 머리 주변에 둥그런 후광을 드리웠다. 웨이터가 남자를 바라보는 내 시선을 잠시 가로막았으므로, 식탁 곁을 스치는 검은 재킷의 긴 뒷자락이 보였을 뿐이다. 웨이터는 붉은 포도주를 잔에 따른 후 뜨거운 눈으로 기다리고 있었다—이분은 팁을 넉넉하게 줄 신사가 분명해, 세상의 중심에서 힘을 휘두르며 활동하는 그런 신사 중의 한 명이 분명해. 높으신 신사분은 자신만만하게 한 모금을 마셔본 후, 잔을 내려놓고 입속의 맛을 격하게 점검했다. 위아래 입술을 차례로 빨고, 넌더리 치며 혀로 쭉쭉 소리를 냈다. 마치 훌륭한 것을 참을 수가 없다는 듯이. 나는 기다렸고, 웨이터도 기다렸고, 우리 둘은 긴장한 채 사태를 살피며 몸을 앞으로 구부렸다. 마침내 그가 만족스러운 표정을 지었다. 웨이터는 감사와 복종의 표시로 반짝이는 머리를 숙여 절한 후 허리를 구부린 채 멀어졌고, 나는 안도의 한숨을 내쉬었다.

이제 남자는 포도주를 더하면서 커다란 입속에 든 고기의 양을 증폭시켰다. 의치가 힘겹게 고기를 씹는 동안, 나는 그를 주의 깊게 엿보았다. 그러나 아무 일도 일어나지 않았다. 유리잔 부딪히는 소리, 포크가 달그락거리는 소리가 흐르는 레스토랑은 모든 에너지를 두 배로 강력하게 증폭시키는 듯했다. 웅얼거리는 말소리들이 단단하게 번쩍거리는 샹들리에에 부딪혀 부드러운 파도를 이루며 상승과 하강을 반복했다. 커다란 모자를 쓴 여자는 아름답고 날씬했으며, 절반쯤 감은 눈으로 미소를 지었다. 웨이터는 신중한 태도로 포도주를 따랐다. 잠깐, 그가 움직이기 시작한다.

털이 숭숭 난 육중한 손—안쪽 표면에 선명한 운명의 손금이 새겨진 손—을 움직여 그는 뭔가 생각에 잠긴 몸짓을 했다. 몸짓으로 할 수 있는 한의 의사표현을 한 것인데, 나는 그것을 해독하지 못했다. 더 이상 견딜 수 없다는 듯이, 그는 포크를 접시 위에 내려놓았다. 이번에는 꼼짝없이 잡힌 거야, 당신. 그는 심호흡을 했다. 다 끝장난, 소리도 요란한 호흡. 이제 손을 뻗어 포도주잔을 집어 들고 눈을 감은 채 마신다. 콸콸 흐르는 부활의 소리와 함께. 나는 눈이 아프다. 불빛이 너무도 휘황하고, 지속적이다. 나는 역겨움의 엑스터시에 사로잡혀 헐떡거린다. 모든 것이 너무 웅장하고 너무 위험스러워 보인다. 점점 더 아름답고 날씬해지는 여자는 청동 샹들리에의 불빛에 싸인 채 엄숙하게 몸을 떤다.

그의 식사는 끝났다. 그의 얼굴은 모든 표현력을 상실한다. 그는 눈을 감고, 턱의 긴장이 풀린다. 나는 그의 얼굴이 자신 아닌 다른 것으로 변해버린 그 순간을 활용하여, 마침내 그를 보려고 시도한다. 하지만 소용없다. 내가 바라보는 커다란 모습은 정체

불명이고, 장엄하고 음산하며, 눈멀었다. 그 남자의 비범한 힘에 의지하여 내가 그 자리에서 보고 싶었던 것은, 바로 이 순간 존재하지 않는다. 그가 원하지 않는다.

디저트가 나온다. 크림 형태로 으깬 무스의 일종이다. 나는 그 퇴폐적인 선택에 놀란다. 그는 천천히 먹는다. 스푼 가득 음식을 떠 올리고, 흐늘흐늘한 반죽 형태의 그것이 접시로 흘러내리는 광경을 쳐다본다. 그는 전부 삼킨다. 그러면서 얼굴을 찡그린다. 크게 부풀고, 잘 섭취한 뒤, 접시를 밀어낸다. 그런 다음, 더 이상 배고픔 없이, 그 거대한 말horse은 머리를 손으로 받친다. 최초로 명확한 표시가 나타난다. 아이를 잡아먹는 늙은 거인은 자신의 심연을 생각한다. 그가 냅킨을 입가로 가져가는 것을, 나는 창백하게 바라본다. 흐느낌을 들었다는 착각에 빠진다. 우리 둘은 모두 레스토랑 한가운데 앉은 채 말이 없다. 아마도 그는 너무 빨리 먹은 듯하다. 그랬는데도, 당신은 허기를 벗어나지 못했구나! 나는 조롱과 분노로, 기진맥진하여 그에게 이렇게 쏘아붙였다. 하지만 그가 허물어지는 것이 훤히 보였다. 강렬한 특색이 시들고 정신도 흐릿해진 그는 머리를 이쪽에서 저쪽으로, 다시 저쪽에서 이쪽으로, 입을 다물고 눈을 감을 만큼의 자제력도 발휘하지 못한 채 마구 흔들어댔다. 내부에서는 가부장이 울고 있었다. 나는 화가 나서 숨이 막혔다. 그는 안경을 꺼내서 썼다. 그러니 몇 살은 더 늙어 보였다. 잔돈을 세는 동안, 그는 턱을 앞으로 쑥 내밀고 이빨을 딱딱 부딪쳤다. 노년의 달콤함에 몸을 맡긴, 그 짧은 순간 동안, 나는 너무도 유심히 그에게 집중하고 있었으므로, 그가 지갑을 꺼내고 영수증을 점검하는 것을 보지 못했고, 웨이터가 잔돈을 가지고 돌아오는 것도 알아차리지 못했다.

그 일이 끝나자 그는 안경을 다시 벗었다. 이빨을 딱딱 부딪치고 눈을 닦으면서, 굳이 그럴 필요가 없는데도 힘든 표정을 지었다. 모서리 진 단단한 손으로 백발을 힘차게 쓰다듬어 정돈했다. 그는 일어나서, 강인한 손으로 식탁 모서리를 붙잡아 몸을 지탱했다. 그러자 이제, 지탱하는 그 행위 때문이 아니라도, 비록 여전히 크고 우리 중 그 누구라도 찔러 죽일 만한 힘이 있겠지만, 그는 훨씬 더 허약해진 것처럼 보인다. 내가 아무 행동도 취하지 못하는 사이, 그는 모자를 쓰고 거울 앞에서 넥타이를 어루만진다. 그리고 조명이 환한 레스토랑을 가로질러, 밖으로 사라진다.

그렇지만 나는 여전히, 한 명의 인간이다.

그들이 나를 배반하거나 살해한다면, 누군가 영영 떠나버린다면, 내게 남은 최상의 것을 잃는다면, 혹은 내가 죽게 될 것임을 안다면—그러면 나는 먹지 않으리라. 나는 아직은 이 힘, 이 구조, 이 폐허가 아니다. 나는 접시를 밀어낸다. 고기와 피를 거부한다.

재물의 시작
Começos de uma Fortuna

그날 아침에는, 모든 것이 부유하고 있었다. 그러니까, 우리가 시간에서 느끼는 상상과 가장 유사한 아침들 중 하나였다.

베란다 문은 열려 있었지만 바깥의 신선함은 굳어버린 듯해서, 정원으로부터는 바람이 전혀 들어오지 않았다. 조금이라도 영역 바깥으로 넘쳐 흘렀다가는 전체의 조화가 파괴된다는 듯이. 단지 반짝거리는 모기 몇 마리가 식당으로 날아들어와서 설탕통 주변을 빙빙 도는 중이었다. 이 시간이면 티주카(리우데자네이루의 산림지대)는 아직 완전히 잠에서 깨지 못했다. 돈이 있다면…… 아르투르는 생각했다. 재산을 모으고, 편안하게 소유하고자 하는 욕망은 그의 얼굴에 황홀한 사색의 분위기를 부여했다.

"나는 노름꾼이 아니에요."

"바보 같은 소리 하지 마." 어머니가 말했다. "두 번 다시 돈 이야기는 꺼내지도 말아라."

사실 그는 다급하게 해답을 구하는 그런 대화를 시작하고 싶은 생각은 애시당초 조금도 없었다. 하지만 항상 전날 저녁식사 자리의 대화에서 받은 상처가 남아 있기 마련이었다. 아버지는 권위와 이해심, 어머니는 이해심과 원칙으로 뒤범벅되어, 그가 매달 받는 돈 이야기를 나누는 자리―지난 밤은 굴욕이었지만, 그럼에도 대화의 계속을 요구했다. 하지만 지난 밤 자신의 충동을 다시 불러일으킬 필요는 없었다. 매일 밤, 잠은 그의 욕구를 만족시켜주는 듯했다. 어두침침하고 수염이 난 채로 깨어나는 어른들과는 반대로, 그는 매일 아침 수염 하나 없는 상태로 잠이 깼다. 헝클어진, 그러나 밤 사이에 뭔가 심상치 않은 일이라도 당한 듯 보이는 아버지와는 다른 방식으로 헝클어진 머리. 심지어 어머니도 침실에서 막 나오는 모습은 어딘가 단정치 못했고, 잠의 비통함에서 모종의 만족을 느낀 것처럼 몽롱해 보였다. 커피 테이블에 앉을 때까지는, 가정부를 포함하여 다들 신경이 날카로웠고 혼자만의 생각에 잠긴 듯했다. 그러므로 이 시간은 뭔가를 부탁하기에 적절하지 않았다. 하지만 그는, 아침의 이 시간에 자신의 발언권을 조용히 관철시킬 필요가 있었다. 매일 잠에서 깰 때마다, 그는 지나간 날들을 만회해야 한다는 느낌을 받았다. 그처럼 철저하게 잠은 매일 밤 정박된 그의 닻줄을 잘라냈다.

"나는 노름꾼도 아니고 낭비벽도 없어요."

"아르투르." 어머니는 몹시 화난 목소리로 말했다. "네가 아니라도 난 걱정거리가 산더미란 말이다!"

"무슨 걱정거리요?" 그는 호기심이 생겨 물었다.

어머니는 마치 낯선 사람을 보듯이, 그를 건조하게 바라보았다. 그렇지만 어머니의 입장에서 그는, 결혼을 통해서 가족의 일원으로 편입한 그의 아버지보다는 훨씬 더 가까운 사람인 셈이다. 그녀는 힘을 주어 입술을 오므렸다.

"세상 만사가 다 걱정거리란다, 애야." 어머니는 태도를 바꾸었고, 그로 인해 모자관계는 모성애와 훈육 사이에 놓인 새로운 차원으로 발전했다.

뿐만 아니라 그 지점에서부터 어머니는 그날 하루를 떠맡게 되었다. 잠에서 깨어날 때는 그녀 개인이었지만, 이제는 아니다. 그래서 이제 아르투르는 그녀를 믿고 의지할 수 있었다. 아르투르가 기억하는 한, 부모는 아르투르를 받아들이거나, 아니면 자신의 경계를 넘지 못하게 가둬두거나 둘 중 하나의 태도를 취했다. 그가 어렸을 때 부모는 그와 함께 놀았고, 그를 공중으로 안아 올리는가 하면, 입맞춤을 퍼부어댔다—그런데 어느 순간부터 갑자기 그들은 '개인'이 되었다—그리고 그를 내려놓았으며, 다정하지만 도저히 다가갈 수 없는 어조로 말을 했다. "이만하면 충분해." 그는 뒤에 남겨졌다. 애정 어린 어루만짐의 여운으로 떨리고, 아직도 웃음은 터져 나오려고 하는데. 그는 반항적이 되었고, 부모를 한 명씩 발로 툭툭 찼으며, 그들이 원한다면 언제라도 순식간에 환희로, 순수한 환희로 변할 수 있는 분노로 가득 차 있었다.

"먹어라, 아르투르." 어머니가 이렇게 대화를 끝냈다. 그러자 그는 다시 한번 더 어머니를 믿고 의지할 수 있게 되었다. 즉시 그는 어리고 버릇없는 아이로 돌아갔다.

"나도 걱정거리가 있어요. 그런데 아무도 관심이 없죠. 내가 돈이 필요하다고 할 때마다, 노름이나 술 마시려고 그러는 것처럼 보시잖아요!"

"그러니까 지금 넌, 돈이 필요한 이유가 노름이나 술 때문일 수도 있다고 인정한 거냐?" 그때 막 안으로 들어와 식탁의 상석으로 향하던 아버지가 말했다. "대단한 용긴데!"

그는 아버지가 올 거라는 예상은 미처 하지 못했다. 당황했지만 그런 일에는 이미 익숙하므로 얼른 입을 열었다.

"그래도, 아빠!" 그의 목소리는 분노에 찬 것처럼 들려야 했으나, 평상시의 어조에서 많이 벗어나지는 못했다. 그와는 대조적으로 이미 침착을 되찾은 어머니는 평온하게 밀크커피를 젓고 있었다. 그녀의 입장에서는 식당을 날아다니는 모기 몇 마리보다 더 중요할 것이 없는 부자의 논쟁에는 관심을 두지 않으면서. 느슨한 동작으로 팔을 움직여, 그녀는 설탕통 주변의 모기들을 쫓았다.

"이제 나갈 시간이다." 아버지는 그의 말을 싹둑 잘랐다. 아르투르는 혼자만의 기쁨에 빠진 채 빵에 버터를 바르고 있는 어머니를 돌아보았다. 어머니는 다시 달아나버렸다. 그녀는 자기 의견은 조금도 말하지 않고, 뭐든지 다 좋다고만 했다.

식당을 나와 문을 닫으면서 또다시 아르투르는, 매 순간 부모가 그를 삶에게 양도하고 있다는 느낌이 들었다. 어쨌든 그렇게 나오니 거리가 그를 받아주는 것 같았다. 만약 나에게 아내나 아이가 있다면, 나는 이 집을 손님으로 방문하여 벨을 누를 것이고, 그때가 되면 만사가 다 달라지겠지. 그는 생각했다.

집 밖의 삶은 완전히 달랐다. 일단 빛의 차이―마치 밖에 나온 다음에야 날씨가 어떤지, 밤 사이에 주변 환경이 어떻게 변화했는지 확인이 가능하다는 듯이―를 제외하더라도 존재 방식의 차이가 눈에 띄었다. 그가 어렸을 때 어머니는 늘 말하곤 했다. "집 밖으로 나가면 이 아이는 얌전하기 그지없어요. 그런데 집 안에서는 그야말로 대책 없는 악동이죠!" 지금도 마찬가지로, 작은 대문을 통과하기만 하면 그는 확연하게 어려지면서 동시에 덜 유치해졌고, 하지만 더욱 세심하면서, 무엇보다도 까다롭지 않게 물

흐르듯 타협하는 편이었다. 그러면서도 착실하게 주변을 상대할 줄 알았다. 그는 대화를 좋아하는 인간은 아니었지만, 만약 지금처럼 누군가 "애야, 교회가 어느 쪽이니?"라고 묻는다면, 상냥한 에너지가 샘솟아 긴 목을 수그리고—왜냐하면 대부분의 사람들이 그보다는 키가 작으므로—얼른 공손하게 안내를 해주는 것이다. 마치 그가 친절을 베푼 대가로 호기심의 장을 열게 된다는 듯이, 그는 제자리에 가만히 서서, 길을 물은 부인이 자신이 가르쳐준 대로 정확하게 찾아가는지 지켜보면서, 그녀가 안전하게 교회에 당도할 책임을 참을성 있게 떠맡았다.

"하지만 돈이란 원래 쓰려고 있는 물건이잖아. 게다가 너는 돈을 쓸 곳도 있고 말이야." 카를리뉴스가 그에게 강조했다.

"나야 뭘 좀 살 게 있으니 돈이 필요하지." 그는 얼버무리면서 대답했다.

"세발자전거?" 카를리뉴스는 경멸하듯이 웃었는데, 그러고 나서는 자신의 음험함이 부끄러워서 얼굴이 붉어졌다.

아르투르는 소리 없이 웃었고, 기분이 나빴다.

교실 책상에 앉은 그는 교사가 일어서기를 기다렸다. 수업의 시작을 알리는 헛기침이 들리면, 그건 학생들이 의자에 등을 기대고 편하게 앉아, 두 눈을 주의 깊게 크게 뜨고, 아무것도 생각하지 않아도 좋다는 신호였다.

"아무것도." 아르투르는 교사의 신경질적인 질문에 허둥지둥 대답했다. "아무것도"는 앞서 있었던 대화들, 오후에 극장을 가기로 한 전혀 결정적이지 않은 결정, 그리고, 그리고 돈과 희미하게 관련 있는 말이었다. 그는 돈이 필요했다. 하지만 꼼짝하지 않고, 그 어떤 책임도 떠맡지 않은 채 앉아 있어야만 하는 수업시간 동안만큼은, 그 어떤 욕망이라도 게으를 수밖에 없었다.

"그럼 넌 글로리냐가 극장에 가고 싶어 한다는 걸 정말 몰랐단 말이야?" 카를리뉴스가 물었다. 그리고 그들 둘은 호기심에 차서, 책가방을 들고 멀어져가는 작은 소녀의 뒷모습을 좇았다. 아르투르는 생각에 잠긴 얼굴로, 친구의 옆에서 계속 걸으면서 길바닥의 포석을 뚫어지게 바라보았다.

"극장표 두 장을 살 돈이 없으면 내가 빌려줄게. 나중에 갚으면 되잖아."

보아하니 그는 돈이 생기자마자 즉시 사방팔방으로 써버려야 할 운명이었다.

"하지만 나중에 갚아야 하는 거라며. 난 벌써 안토니우의 형에게도 돈을 빌렸단 말야." 그는 얼버무리면서 대답했다.

"그래서? 그게 뭐 어떻다고." 친구가 말했다. 직설적이고 거칠게.

그게 뭐 어떻다고, 그는 살짝 기분이 상했다. 그래 그건, 내게 돈이 생기자마자 여기저기서 다들 나타나서 돈에 손을 대고 싶어 하는 거지. 돈을 없애는 방법을 가르쳐주려 드는 거지.

"보아하니" 그는 친구에게 향하던 분노의 방향을 다른 곳으로 돌리면서 입을 열었다. "보아하니 네가 원하는 건 그저 주머니 속에 잔돈 몇 푼 넣고 다니는 건가봐. 그러면 그걸 냄새 맡은 여자들이 자기를 극장에 데려가달라고 네게 덤벼들 테니 말야."

둘은 웃었다. 그러자 아르투르는 기분이 좋아지면서 자신감도 생겼다. 무엇보다도 상황에 대한 압박감이 훨씬 덜해졌다.

하지만 점심시간이 되자 모든 소망이 더욱 끈덕지게 변했고, 견디기 힘들었다. 점심시간 내내 그는 화를 삭이지 못한 채 돈을 빌려야 할지 말아야 할지 골똘히 고심했다. 자신이 마치 파산한 남자처럼 느껴졌다.

"그 애는 공부를 너무 많이 했거나, 아니면 아침을 충분히 먹지 못한 거야." 어머니가 말했다. "그 애는 아침에 일어난 다음에는 아주 기분이 좋은데, 점심 먹으러 집에 올 때면 얼굴이 새하얗게 질려 있으니까. 그 애는 무슨 일이 있으면 얼굴 표정이 당장에 굳어버려. 그게 첫 번째 신호야."

"그건 누구나 다 그래. 원래 시간이 흐르면 기력이 떨어지는 건 자연스러운 일이야." 아버지의 대꾸는 느긋하고 기분 좋게 들렸다.

나가는 길에 그가 복도의 거울을 보니, 일을 지나치게 많이 한 것 같은 젊은이의 얼굴이 거기 있었다. 젊고, 피곤에 지친 얼굴이었다. 그는 입술을 움직이지 않고 미소 지었다. 눈동자 깊숙한 곳에 만족감이 스며 있었다. 그러나 극장 입구에서 그는 카를리뉴스의 돈을 빌리지 않을 도리가 없었다. 글로리냐가 자기 친구와 함께 옆에 서 있었기 때문이다.

"너희들, 앞줄에 앉을래, 아니면 중간에 앉을래?" 글로리냐가 물었다.

이 질문에 대한 응답으로, 카를리뉴스는 그녀 친구의 표를 샀고, 아르투르는 글로리냐의 극장표를 살 돈을 몰래 받았다.

"아무래도 영화는 망친 것 같아." 그는 카를리뉴스가 지나갈 때 이렇게 살짝 말했다. 그는 이 말을 하자마자 후회했지만, 여자애에게 신경 쓰느라 정신이 팔린 친구는 그 말을 제대로 듣지 못했다. 친구 앞에서 자신을 깎아내릴 필요는 없었다. 더구나 극장에 여자애를 데리고 가야만 의미가 있다고 믿는 친구라면 더더욱.

실제로 영화가 시작되자, 아르투르가 망친 것은 영화의 첫 부분뿐이었다. 그는 금세 빠져들었고, 옆에 앉은 소녀를 잊은 채 영화에 몰두했다. 영화 중간쯤에 글로리냐 생각이 떠오른 그는 그제야 흠칫 놀라며 소녀를 슬쩍 훔쳐보았다. 글로리냐는 그의 짐작과는 달리 돈 많은 남자를 밝히는 여자가 전혀 아니었고, 그 사실을 깨닫자 그는 좀 의외라고 느꼈다. 글로리냐는 옆자리에서 몸을 앞으로 기울인 채, 영화에 정신이 빠져 입까지 조금 벌리고 있었다. 그는 마음이 놓여 다시 의자에 편하게 파묻혔다.

하지만 나중에 그는, 혹시 자신이 이용당한 것은 아닐까 하는 의문이 들었다. 그러자 너무도 큰 공포감이 밀려와, 진열대 유리창 앞에서 걸음을 멈췄다. 심장이 주먹질하듯 두근거렸다. 그는 유리창에 둥둥 떠 있는, 사색이 된 자신의 얼굴 말고도, 진열대의 냄비와 주방 도구 등 어떤 의미에서는 매우 친숙한 물건들을 지켜보았다. 보아하니 아무래도 나는 이용당한 것이 분명해. 그는 이렇게 결론을 내렸으나, 아무 잘못이 없는 글로리냐의 모습에 자신의 분노를 덧씌우는 일은 실패하고 말았다. 그런데 시간이 지날수록, 어린 소녀의 천진난만함 자체가 곧 최악의 잘못으로 보이게 되었다. 그래, 그 애가 날 이용해먹은 거야, 그러니까 신이 나서 더욱 재미있게 영화를 본 거지! 그의 눈에 눈물이 맺혔다. 배은망덕한 년. 그는 서툰 솜씨로 단죄의 어휘를 떠올렸다. 그런데 기껏 고른 그 말이 분노라기보다는 불만의 표현이었으므로, 그는 살짝 혼란에 빠지면서 분노도 따라서 사그라들었다. 그의 생각에 글로리냐는, 개인적인 취향을 떠나 오직 객관적인 상황으로 판단할 때, 자기 극장표는 자기가 직접 샀어야 했다.

그러나 책과 노트를 마주하고 앉자, 그의 표정은 밝아졌다.

이제는 문이 닫히는 소리나 이웃집의 피아노 소리도, 어머니의 전화 통화 소리도 그에게는 들리지 않았다. 그의 방 안은 상자 속처럼 정적만이 흘렀다. 오후가 끝날 무렵은 아침과 같았다. 그는 멀리, 아주 멀리 있었다. 그는 바깥의 거인 같았다. 몸통은 전부 바깥에 나와 있고, 방 안에는 쉴 새 없이 연필을 돌리는 그의 손가락만 들어 있는. 그가 노인처럼 힘겹게 숨을 몰아쉬는 순간들이 있었다. 하지만 대부분 그의 얼굴은 방 안의 공기를 스치지조차 않았다.

"숙제 다 했어요!" 어머니가 물소리에 대해서 물어보자, 그는 이렇게 외쳤다. 욕조에서 발을 꼼꼼히 씻으면서 그는, 글로리냐의 친구가 글로리냐보다 더 낫다고 생각했다. 카를리뉴스가 그 여자애를 '이용'했는지 아닌지, 그는 한 번도 생각해보지 않았다. 이런 생각이 들자 그는 욕조에서 서둘러 나와 세면대의 거울 앞으로 가서 섰다. 바닥의 타일 때문에 젖은 발이 시릴 때까지.

싫어! 그는 카를리뉴스에게 속마음을 터놓고 싶지 않았다. 자신에게 생긴 돈을 이렇게 저렇게 써야 한다고 충고하는 소리는 누구에게도 듣기 싫었다. 카를리뉴스는 그냥, 그가 자전거를 산다고 하니 그런가 보다 하고 생각하면 그만인 것이다. 정말로 자전거를 사든 말든, 그게 무슨 상관이란 말인가? 그리고 그가 돈을 아무 곳에도 쓰지 않는다 해도, 무슨 상관이란 말인가? 돈을 안 쓰고, 그래서 점점 더 돈이 많아져 부자가 된다고 해도 말이다…… 도대체 뭐가 문제인데? 나랑 한판 해보자는 거야? 아마 네 생각으로는 내가…….

"생각이 많아서 바쁜 건 알겠는데" 어머니가 그를 방해했다. "그래도 저녁은 먹어야 하지 않겠니. 말도 한마디씩 하면서 말이야."

그래, 그는, 갑자기 부모님의 집에 돌아와 있었다.

"밥 먹을 때는 말하지 말라면서요. 그러더니 왜 이제 와서 말을 하라는 거예요. 그런 다음엔 또 음식물 입에 넣은 채로 말하지 말라고 할 거면서. 그런 다음엔 또…….."

"엄마에게 말버릇이 그게 뭐냐." 아버지가 달래듯이 말했다.

"아빠," 아르투르는 눈썹을 가운데로 모으고, 정말 궁금한 어조로 물었다. "그런데 약속어음이 뭐예요?"

"보아하니" 아버지는 유쾌한 어조였다. "보아하니 고등학교 교육은 아무런 쓸모가 없는 것 같군."

"감자 좀 먹어라, 아르투르." 어머니는 두 남자의 주의를 끌어보려 했으나 헛수고였다.

"약속어음이란 말이다." 아버지는 눈앞의 접시를 밀어내면서

말했다. "이런 기능을 갖고 있어. 예를 들어서 네가 누군가에게
돈을 빌렸다고 한번 가정해보자……."

버팔로
O búfalo

그러나 봄이었다. 사자조차도 암사자의 맨들맨들한 머리를 핥았다. 두 마리 모두 황금색이었다. 여자는 우리에서 시선을 돌렸다. 동물들에게서 풍겨오는 뜨끈한 체취만이, 그녀가 동물원에서 보고자 했던 잔혹한 학살을 연상시킬 뿐이었다. 사자는 침착하게 걸음을 옮겨, 갈기를 휘날리며 산책에 나섰다. 그러자 암사자는 길게 뻗은 앞발 위로 느리게 스핑크스의 머리를 만들어 올렸다. 하지만 그건 사랑이야, 그 또한 사랑인 거야. 여자는 저항하면서 원래의 증오심을 회복하려고 애썼다. 그러나 봄이었고, 두 마리 사자는 사랑을 나누었다. 두 손을 외투 주머니에 넣은 여자는 주변을 둘러보았다. 사방에는 우리, 동물을 가둔 우리들에 둘러싸여 갇힌 형국. 그녀는 걸었다. 눈으로 찾는 행위에 너무도 골몰한 탓에, 피로에 시달린 눈에 들어오는 시야가 자꾸만 어둡게 변해버리곤 했다. 그렇지만 잠시 지나고 나면 시원한 깊은 구덩이에 들어간 듯이 진정되었다.

그러나 기린은 상큼하게 머리를 자른 처녀였다. 커다랗고 경솔하며 죄 없는 존재의, 단순한 순진무구함. 갈색 외투 차림의 여자는 시선을 돌렸다. 역겹고도 역겨운. 허공에 뜬 채, 가만히 있는 기린 앞에서, 날개도 없이 고요한 새 앞에서—그녀는 자신의 내부에서 역겨움이 가장 최고인 지점, 가장 지독한 역겨움의 지점, 최고조 증오 지점의 정확한 위치를 찾아내는 데 실패했다. 바로 그 지점이 그녀로 하여금 역겨움을 느끼기 위해 동물원에 오도록 만들었다. 하지만 기린은 아니었고, 생명체라기보다는 자연 풍경에 가까운 기린, 멀리, 높은 공중에서 유유자적하는 그 살덩이, 거의 초록빛인 기린은 아니었다. 그녀는 다른 동물을 찾았고, 그들에게서 증오를 학습하려고 해보았다. 하마, 축축한 하마에게서. 뒹굴거리는 집채만 한 뭉툭한 살덩이, 두리뭉실한 벙어리 살덩이가 다른 두리뭉실한 벙어리 살덩이를 기다린다. 아니야. 이건 지나치게 굴욕적인 사랑이야. 오직 살덩이로만 있는다는 건, 생각할 줄은 모르면서 달콤한 순교를 자청하는 건.

그러나 봄이었다. 그녀는 외투 주머니 속에서 주먹을 꼭 쥐었다. 원숭이를 죽이리라. 중력을 모르는 채 우리 속을 떠다니는 저 원숭이들을 죽이리라. 풀처럼 행복해하는 원숭이들, 사뿐히 공중을 뛰어다니는 원숭이들, 체념 가득한 애정의 눈길을 보내는 암컷, 그리고 다른 암컷은 새끼에게 젖을 물리는 중이다. 그녀는 원숭이들을 열다섯 발의 단단한 총알로 죽이리라. 여자는 턱이 아플 정도로 이를 악물었다. 원숭이들의 나체. 나체로 있어도 그 어떤 위험도 없는 세계. 그녀는 원숭이들의 나체를 죽이리라. 원숭이 한 마리도 그녀를 바라보았다. 우리 철책에 달라붙어서, 십자가에 매달린 모양으로 앙상한 팔을 옆으로 쭉 벌리고, 자랑스럽지도 않은 털 없는 맨가슴을 활짝 내보인 자세였다. 하지만 그녀의 목표물은 가슴팍이 아니었다. 여자가 죽이려는 그것은 원숭이의 눈과 눈 사이, 깜빡이지도 않고 그녀를 빤히 지켜보는 그 눈과 눈 사이에 있었다. 갑자기 여자는 시선을 돌렸다. 원숭이의 눈동자는 하얀색의 걸쭉한 베일로 덮여 있었다. 눈에는 질병 특유의 유순함이 그득했다. 그것은 늙은 원숭이였다. 여자는 얼굴을 돌리고, 원치 않았던 감정을 이빨 사이에 가두었다. 그녀는 걸음을 더 빨리했다. 하지만 그녀의 놀란 머리는, 두 팔을 양옆으로 벌린 원숭이를 한 번 더 뒤돌아보았다. 원숭이는 여전히 시선을 똑바로 앞으로 향하고 있었다. 아니, 이건 아니야. 여자는 생각했다. 그리고 달아나면서, 혼자 중얼거렸다. 제발 내게 증오를 좀 가르쳐달라고!

나는 당신을 증오해. 여자는 한 남자에게 이렇게 말했다. 남자가 저지른 유일한 범죄는 그녀를 사랑하지 않는 것이었다. 당신을 증오해, 그녀는 허겁지겁 말했다. 하지만 어떻게 증오할 건지, 그 방법은 몰랐다. 검은 물이 콸콸 쏟아져 나올 때까지 땅을 파면서, 단단한 땅 속을 관통하는 길을 내면서 어떻게 자신에게 회귀하지 않을 수 있단 말인가? 어머니와 아이들의 무리를 뚫고 여자는 동물원을 가로질러 걸어갔다. 그러나 코끼리는 자기 자신의 무게를 견디고 있다. 발로 그냥 짓밟아서 으스러뜨리는 능력을 지닌, 덩치가 우람한 저 코끼리. 하지만 코끼리는 아무것도 짓밟지 않는다. 그런 힘을 가졌는데도 얌전하게 서커스로 끌려가서 아이들의 코끼리로 활용될 뿐이다. 노인의 선량함을 띤 눈빛은 어떤가 ―상속받은 거대한 살덩이 속에 감금된 눈빛. 동양의 코끼리. 동양의 봄 역시, 모든 것이 움트는, 모든 것이 흘러가는.

이제 여자는 낙타에게서 찾아보려 했다. 낙타는 누더기를 둘둘 감고, 곱사등이에, 자기 살을 우적우적 씹어대며, 먹이를 탐구하는 행위에 열중해 있었다. 여자는 기운이 없고 피곤했다. 이틀 전부터 거의 아무것도 먹지 않았다. 내적 노동에 헌신하는 인내심 강한 낙타의 눈은 먼지투성이의 길다란 속눈썹으로 덮여 있었다.

인내심 인내심 인내심, 그녀가 봄과 바람 속에서 발견한 유일한 성질. 여자의 눈에 눈물이 가득 고였다. 흐르지 않는 눈물, 상속받은 그녀 자신의 인내심 속에 감금된 눈물. 이 만남에서 얻은 거라곤 낙타에게서 풍기는 먼지 냄새가 전부였다. 그녀는 눈물이 아니라 메마른 증오를 찾아오지 않았던가. 그녀는 우리의 창살 가까이로 다가갔다. 회색 피를 가진 오래된 카펫 뭉치의 먼지 냄새를 들이마셨다. 그녀는 후덥지근한 불순함을 원했고, 역겨울 만큼의 쾌감이 등줄기를 타고 흘렀다. 하지만 그녀가 찾던 것이 역겨움은 아니었다. 공복으로 쓰라린 배 속에서는 살해 충동이 경련을 일으키며 요동쳤다. 하지만 누더기를 뒤집어쓴 낙타는 아니다. 신이여, 이 넓은 세상 어디에 내 영혼의 짝이 있을까요?

여자는 떠났다. 자신의 폭력성을 홀로 지니기 위해. 동물원에 딸린 조그만 놀이공원으로 간 그녀는 줄지어 선 연인들 사이에서 명상에 잠겨 기다렸다. 롤러코스터 안에 자리 하나를 차지할 때까지.

이제 여자는, 갈색 외투를 입은 채 놀이기구의 좌석에 앉았다. 아직 의자는 움직이지 않았다. 롤러코스터 기구는 아직 움직이지 않았다. 그녀는 다른 사람들로부터 멀찌감치 떨어져, 가장 끄트머리 좌석에 앉아 있다. 마치 교회에서처럼. 내리깐 시선은 레일 사이의 땅바닥을 향했다. 땅바닥, 그냥 사랑—사랑, 사랑, 그 사랑이 아니고!—으로, 순전히 사랑으로 레일 사이에 멍청한 연두색 풀을 키워낸 땅바닥, 너무도 멍청해 보인 나머지 여자가 고통스러운 유혹 속에서 시선을 돌려버려야만 했던 풀을. 바람이 불어와 여자의 목덜미 머리카락을 뒤섞어 놓았다. 그녀는 저항하며 몸을 떨었다. 점점 더 쉽게 사랑에 빠지는 유혹에 저항했다.

그런데, 갑자기 내장이 먼저 휙 날기 시작했다. 허공에서 정지한 심장은 놀라서 감각이 없고, 섬뜩한 공포, 도저히 누를 수 없는 분노에 싸인 의자가 그녀를 무의 나락으로 떨어뜨렸다가, 마치 스커트 자락을 하늘로 날리는 인형처럼, 다시 위로 잡아채고, 사무치는 원한에 그녀는 기계가 되어버리고, 그리하여 자동적으로 기쁨을 느끼는 육체—사랑에 빠진 소녀들의 비명!—너무 큰 충격에 상처받은 그녀 자신의 시선, 그 모욕, '그녀를 마음대로 농락하는구나!' 그 엄청난 모욕—여자 애인들의 찢어지는 비명!— 발작적으로 즐거워하는 자신을 발견하고 느낀 엄청난 당황스러움, 그들은 그녀를 마음대로 농락했고, 그 와중에 갑작스럽게 발가벗겨진 그녀의 순백함. 몇 분이나 걸렸을까? 기구가 커브를 도는 동안 내내 이어진 긴 비명, 그녀를 단 한 번의 발차기로 모욕해버린 또 다른 하강에 대한 희열, 바람 속에서 벌인 광란의 춤은. 그녀는 허겁지겁 춤을 추었고, 원하든 원하지 않든 그녀의 몸은 웃음을 터뜨리는 사람처럼 요동쳤다. 터져 나오는 웃음 중에 엄습하는 죽음의 느낌, 다른 누구의 죽음이 아니라, 서랍 속에 숨겨둔 원고를 제때에 미리 찢어버리지 못한 자의 갑작스러운 죽음, 바로, 그녀의, 항상 그녀 자신의 죽음. 그녀, 다른 소녀들의 비명을 이용하여 자신의 슬픔을 비통하게 울부짖을 수도 있었던 그녀, 그녀는 자신을 잊은 채, 그녀는 오직 섬뜩한 공포만을 느꼈다.

그런 다음 역시 마찬가지로 갑작스럽게 찾아온 침묵. 다시 지상에 착륙했다. 기구는 멈추어 섰다.

창백하게, 교회에서 내쫓긴 사람처럼, 그녀는 움직이지 않는 땅바닥을 내려다보았다. 조금 전 자신이 떨어져 나왔고, 지금 다시 내맡겨진 땅바닥. 당혹스런 손길로 스커트 자락을 폈다. 그녀는 누구도 쳐다보지 않았다. 전 세계 앞에서 그녀의 핸드백 속 모든 소지품이, 그리고 주머니 속에 고이 숨겨둔 귀중품까지도 몽땅 먼지투성이 길바닥 한가운데 쏟아졌던 바로 그날처럼, 조심스러운 사생활과 관련된 하찮은 물건들, 가루분, 영수증, 만년필, 자신 삶의 그런 골격들을 하수구에서 하나하나 주워 모으던 그녀 자신이, 적나라하게 공개되던 그날처럼.

교통사고라도 당한 듯 떨면서, 그녀는 얼이 빠진 채 일어섰다. 쳐다보는 사람은 아무도 없었지만, 그녀는 다시 한번 스커트를 반듯하게 폈다. 그밖에도 그녀가 얼마나 허약하고 평판이 나쁜지 남들이 눈치챌 수 없도록 모든 조치를 다했다. 자신의 망가진 뼈를 도도하게 방어했다. 그러나 텅 빈 위장 속에서 하늘이 빙글빙글 돌았다. 땅바닥이 눈앞에서 올라왔다 꺼지기를 반복했고, 몇 초 동안 아득히 멀어지기도 했다. 땅이란 항상 육중한 것이 아니던가. 소리 없는 울음으로 쇠약해진 여자는 잠시 땅바닥으로 손을 뻗었다. 그녀의 손은 불구의 몸으로 구걸하는 거지의 손처럼 앞으로 내밀어졌다. 그러나 마치 허공을 삼킨 듯, 먹먹한 심장으로.

그것이었나? 그것이었다. 폭력성은, 그것이 전부다.

여자는 다시 동물 우리로 갔다. 롤러코스터에서 당한 시련은 그녀의 기분을 침울하게 가라앉혔다. 하지만 그것은 더 심각하게 발전하지는 않았다. 기운이 빠진 그녀는 우리의 쇠창살에 이마를 기대야 했다. 호흡이 짧고 가벼웠다. 우리 안에서 긴코너구리가 그녀를 지켜보고 있었다. 그녀도 긴코너구리를 바라보았다. 둘 다 아무 말이 없었다. 온몸으로 고요하게 질문하면서 자신을 지켜보는 이 긴코너구리를, 그녀는 결코 증오할 수 없으리라. 그녀는 당황하여, 긴코너구리의 순진한 시선을 피했다. 호기심 강한 긴코너구리는, 아이가 그러듯이 그녀에게 질문을 했다. 그런데 그녀는 얼굴을 돌려버렸고, 자신의 치명적인 임무를 숨겼다. 머리를 철책에 너무도 밀착시킨 바람에 순간적으로 마치 자신이 우리 속에 있고 자유의 몸인 긴코너구리가 그녀를 바라보는 듯한 착각이 들었다.

우리는 여자의 옆쪽으로만 계속 이어졌다. 여자는 한숨을 쉬었다. 발바닥에서부터 올라오는 듯한 한숨이었다. 그녀는 다시 한숨을 쉬었다.

그리고, 여자의 자궁에서 다시금 탄생한 살해의 충동이, 간절하게, 느리게 파도치며 솟구쳐 올랐다 —그녀의 눈은 감사로 촉촉하게 반짝이며, 행복에 젖은 듯 검은빛이 되었다. 아직은 증오가 아니었다. 아직은 증오를 향한 고통스러운 충동 혹은 열망에 불과했다. 무자비한 번영의 약속, 사랑과 같은 고통. 증오를 부추기는 충동은 성스러운 피와 승리를 스스로에게 다짐했고, 거절당한 암컷은 위대한 희망을 통해 스스로를 정신적인 존재로 승화시켰다. 그러나 자신만의 증오를 품는 법을 가르쳐줄 동물을 어디에서 만난단 말인가? 정당하게 그녀의 소유지만, 고통스럽게도 도달할 수 없는 증오. 사랑으로 죽지 않으려면, 어디서 증오를 배워야 하는가? 누구에게서 배워야 하는가? 봄의 세계, 봄이면 갑자기 기독교적이 되는 동물의 세계, 발톱으로 할퀴긴 하지만, 아프지는 않은……. 오, 이 세계는 더 이상 없구나! 더 이상 이 향기는 없고, 더 이상 이 지쳐빠진 헐떡임이 없고, 언젠가는 굴복의 운명으로 죽어갈 이 모두를 향한 용서가, 더 이상은 없다. 더 이상 용서가 없다. 이 여자가 다시 한번 더, 단 한 번만 더 용서한다면, 그녀의 삶은 패하고 말리라—그녀는 짧고 거친 한숨을 내쉬었고 그 소리에 긴코너구리가 깜짝 놀랐다—갇힌 채로 여자는 주변을 둘러보았다. 남들의 주목을 받는 부류에 속하지 않는 여자는, 고독한 늙은 살인자처럼 몸을 웅크렸다. 곁에서 아이 하나가 달려갔다. 그녀가 있는 걸 알아차리지도 못한 채.

여자는 다시 계속해서 걸었다. 이번에는 움츠러들고, 혹독하게, 두 주먹을 주머니 속에서 다시 단단히 쥐고, 알려지지 않은 살인자로, 모든 것을 가슴속에 가둔 채. 체념만을 아는 가슴, 견딜 줄만을 아는 가슴, 용서를 애걸하고 용서하기만 하는 가슴, 불행의 달콤함만을 아는 가슴, 사랑할 줄만 아는 가슴, 사랑할 줄만, 사랑할 줄만. 자신의 용서가 탄생한 원천인 증오를 다시는 경험하지 못한다고 생각하자, 여자의 가슴은 부끄러움도 모르고 울기 시작했고, 마치 갑작스럽게 결정된 운명을 마주친 듯 여자의 걸음은 급해졌다. 그녀는 거의 달리다시피하다가 신발 때문에 균형을 잃어버렸고, 그 결과 획득한 육체적인 허약함은 그녀를 다시금 암컷 맹수로 변화시켰다. 그러자 그녀의 걸음은 기계적으로, 천성이 한없이 여린 존재 특유의 간절한 절망의 형체를 띠게 되었다. 천성이 한없이 여린 존재 그 이상은 아무것도 아닌, 그녀. 하지만 만약 신발을 벗을 수만 있다면, 과연 그녀는 맨발로 걷는 환희를 피해 갈 수 있을까? 자신이 디디는 땅바닥을 사랑하지 않을 수 있을까? 그녀는 다시 한숨을 쉬었고, 어느 우리 앞에 멈추어 서서 달구어진 얼굴을 녹슨 창살의 차가운 쇠붙이에 갖다 댔다. 눈을 꾹 감은 채 그녀는 얼굴을 단단한 창살 사이로 밀어 넣으려고 애썼다. 조금 전 그녀가 목격한, 갓 태어난 원숭이 새끼가 눈도 보이지 않는 채로 오직 배를 채우겠다는 일념만으로 엄마 원숭이의 가슴을 파고들던 장면처럼, 도저히 불가능해 보이는 창살의 좁은 틈새로 맹목적인 밀어 넣기를 시도했다. 쇠막대의 증오가 느껴지면서 차가운 금속의 단단한 저항과 마주치자, 그녀는 순간적인 안락감에 휩싸였다. 천천히 눈을 떴다. 그녀 자신의 어둠으로부터 태어난 눈은, 오후의 죽어가는 빛 속에서 아무것도 볼 수 없었다. 그녀는 한동안 심호흡하며 서 있었다. 점차 주변이 선명해졌고, 점차 사물들이 형체를 되찾았다. 여자는 피곤을 느꼈고, 감미로운 쇠약으로 녹초가 되었다. 고개를 들어 새싹이 움트는 나무들에게 질문을 던졌다. 작고 흰 구름이 보였다. 아무런 희망 없이, 시냇물이 가볍게 찰랑이는 소리를 들었다. 여자는 다시 머리를 떨구고, 멀리 있는 버팔로들을 잠시 바라보았다. 갈색 외투 차림으로, 무관심하게 호흡하면서. 아무도 여자에게 관심을 주지 않았고, 여자의 관심을 끄는 것 또한 아무것도 없었다.

마침내 모종의 평화가 왔다. 바람이 이마의 머리칼을 건드렸다. 이마가 아직도 땀으로 촉촉한 죽은 자의 머리칼을 매만지듯이. 그녀는 멀찌감치 떨어진 곳에서, 높은 창살 울타리로 둘러싸인 구역, 커다랗고 황막한 버팔로 방목장을 바라보았다. 방목장의 반대편 끝 쪽에 검은 버팔로가 꼼짝 않고 서 있었다. 그런데 버팔로가 움직이기 시작했다. 멀리서, 홀쭉한 옆구리로, 응축된 옆구리로. 버팔로의 목덜미는 긴장된 옆구리보다 더욱 두툼했다. 앞에서 보면 몸집보다 더 넓다란 머리통이 몸의 나머지 부분을 완전히 가렸다. 그래서 마치 잘라낸 머리통만 둥둥 떠 있는 것 같았다. 머리통에는 뿔이 나 있었다. 멀리서 버팔로의 토르소가 천천히 움직였다. 검은 버팔로였다. 너무도 검은데다가 먼 거리에 떨어져 있으니 얼굴 표정 자체가 전혀 보이지 않았다. 버팔로의 검정색 바탕 위로 뿔의 흰색이 불쑥 곤추서 있었다.

여자는 그냥 가버릴 수도 있었다. 하지만 저물어가는 오후의 적막이 기분 좋았다.

그리고 방목장의 적막 속에서, 느린 걸음이, 건조한 발굽이 피워 올리는 건조한 먼지가. 순간 멀리서, 고요하게 움직이며, 검은 버팔로가 여자를 응시했다. 그리고 이어서, 여자의 시야에는 다시 육체를 이루는 단단한 근육질만이 들어왔다. 어쩌면 버팔로는 여자를 전혀 바라보지 않았을지도 모른다. 그녀는 알 수 없었다. 그 늘진 검은색 머리에서 테두리만 겨우 알아볼 수 있었기 때문이다. 그러나 다시 버팔로가 여자를 본 것 같았다. 아니, 들은 것 같았다.

미심쩍은 마음에 여자는 고개를 조금 들고 살짝 뒤로 젖혔다.

몸은 조금도 움직이지 않고 고개만 뒤로 한 채, 여자는 기다렸다.

그리고 다시, 버팔로가 그녀를 인식한 것 같았다.

자신의 느낌을 못 견디겠다는 몸짓으로, 여자는 사납게 고개를 돌려 나무를 바라보았다. 그녀의 심장은 가슴에 있지 않았고, 위와 내장 사이 텅 빈 공간에서 뛰고 있었다.

버팔로는 느릿느릿 원을 그리며 돌았다. 먼지. 여자는 이를 앙다물었다. 얼굴 전체에 미미한 통증이 왔다.

팽팽하게 긴장된 버팔로의 토르소. 빛으로 일렁이는 땅거미 속에서 버팔로는 고요히 분노하는 검은 몸이었다. 여자는 느리게 한숨을 쉬었다. 그녀 안에서 뭔가 흰 것이 퍼져 나갔다. 종이처럼 희고, 종이처럼 약하면서, 창백한 흰빛처럼 진하게 침투하는 어떤 것. 죽음이 귀 속에서 윙윙거렸다. 버팔로가 다시 걸음을 옮기는 바람에 그녀는 정신이 들었고, 다시금 긴 한숨과 함께 표면으로 솟아올라왔다. 자신이 어디에 있는지, 여자는 몰랐다. 그냥 거기에, 기운 없이, 멀고도 흰 그 무엇에 가라앉았다가, 다시 떠올랐을 뿐이다.

그리고, 다시 버팔로를 바라보는 그 자리에.

버팔로는 더 커진 듯했다. 검은 버팔로. 아, 여자는 갑작스런 아픔을 느꼈다. 버팔로는 여자에게 등을 보이고, 움직임 없이 가만히 서 있었다. 새하얗게 변한 여자의 얼굴은 버팔로를 뭐라고 불러야 할지 몰랐다. 아! 여자는 버팔로를 도발하는 소리를 냈다. 아! 여자가 말했다. 그녀의 얼굴은 치명적인 흰빛으로 가득했다. 순식간에 수척해진 그녀의 얼굴은 순수와 숭배의 빛으로 넘쳤다.

아! 그녀는 앙다문 이빨로 버팔로를 자극했다. 그러나 버팔로는 여자에게 등을 보이고, 움직임 없이 가만히 서 있었다.

여자는 땅바닥에서 돌멩이를 주워 들고 방목지를 향해 던졌다. 토르소의 꼼짝없는 정지 상태는 더욱 견고하고 더욱 검게 짙어졌다. 돌은 허무하게 땅에 떨어져 굴러갔다.

아! 여자는 이렇게 말하면서, 철책을 잡고 흔들었다. 그녀 안에서 흰빛의 그 무엇이, 침처럼 끈적이면서, 넓게 퍼져 나갔다. 버팔로는 여자에게 등을 보이고 가만히 서 있었다.

아! 그녀는 말했다. 그러나 이번에는, 그녀 안에서 마침내 최초로 한 줄기 검은 피가 흘렀기 때문이다.

최초의 순간은 고통이었다. 그 한 줄기 피를 위해서, 세계가 한꺼번에 붕괴하고 있었다. 여자는 가만히 서서, 동굴 속, 그 쓰디쓴 최초의 기름방울이 떨어지는 소리를 들었다. 거절당한 암컷으로. 그녀의 힘은 여전히 창살 사이에 갇혀 있었지만, 불타는 그 어떤 미지의 것이, 궁극의 불가해한 일이, 일어나고 있었다. 입안에서 느껴지는 기쁨의 맛과도 같은 무엇이. 그때 버팔로가 여자를 향해 몸을 돌렸다.

몸을 돌린 버팔로는 꼼짝도 없이 선 채, 먼 거리에서 여자를 바라보았다.

당신을 사랑해, 그녀를 사랑하지 않는 엄청난, 처벌할 수 없는 범죄를 저지른 남자를 증오하면서, 여자가 말했다. 당신을 증오해, 버팔로에게 애정을 갈구하면서, 여자가 말했다. 이윽고, 도발된 커다란 버팔로가, 서두르는 기색 없이 가까이 다가왔다.

버팔로는 먼지구름 속에서 다가왔다. 여자는 기다렸다. 두 팔을 외투 가장자리에 늘어뜨린 자세로. 느리게 버팔로는 다가왔다. 여자는 한 걸음도 뒤로 물러나지 않았다. 버팔로가 창살 울타리 바로 앞까지 다가와 멈출 때까지. 이제 버팔로와 여자는 서로 마주 보고 섰다. 그녀는 버팔로의 얼굴을, 그의 주둥이를, 뿔을 바라보지 않았다. 그녀는 버팔로의 눈을 바라보았다.

버팔로의 눈, 그 눈동자가 그녀의 눈동자를 보았다. 너무도 깊은 창백함이 교환되었고, 여자는 마치 잠으로 빠져드는 듯한 무기력을 느꼈다. 선 채로, 깊은 잠 속으로. 작고 붉은 눈동자가 그녀를 빤히 지켜보았다. 버팔로의 눈동자. 여자는 놀라서 멍해졌고, 천천히 머리를 흔들었다. 버팔로는 가만히 있었다. 여자는 천천히 머리를 흔들었다. 버팔로의 고요한 증오, 그녀를 빤히 지켜보는 버팔로의 증오에 의아해하면서. 거의 결백한 상태로 돌아간 여자는 입을 반쯤 벌린 채, 믿을 수 없다는 듯이 머리를 흔들었다. 결백하게, 호기심으로, 그녀는 점점 더 깊숙이, 서두르는 기색도 없이 자신을 빤히 지켜보는 그 눈동자 속으로 파고들어갔다. 버팔로 앞에 무지하게 서 있는 그녀는, 깊은 잠으로부터 솟아나는 한숨을 토해내며, 달아나고 싶지도 않고 달아날 수도 없는 채, 서로를 향한 이 공통의 살해에 포박당해버렸다. 포박당한 채로, 마치 자기 자신을 찌른 단도가 손에 영원히 달라붙어버린 것처럼. 포박당한 채로, 넋을 잃은 그녀가 철책 아래로 스르르 가라앉는 동안에. 한없이 느린 현기증, 여자의 몸이 땅바닥에 부드럽게 쓰러지고, 그녀의 눈에 하늘 전체와, 한 마리 버팔로가 들어올 때까지.

그곳으로 나는 간다

É para lá que eu vou

귀 너머에는 소리가 있다. 시각의 먼 끝에는 풍경이 있으며, 손가락의 끝에는 사물이 있다—그곳으로 나는 간다.

연필의 끝에는 선이.

생각이 소멸하는 곳에 발상이 있고 기쁨의 마지막 숨결에는 또 다른 기쁨이, 검의 끝에는 마법이 있다—그곳으로 나는 간다.

발가락의 끝에는 도약이.

떠나갔으며 다시는 되돌아오지 않은 사람의 이야기처럼—그곳으로 나는 가고 있다.

혹은, 내가 그러고 있는가? 그렇다, 나는 가고 있다. 그리고 어떻게 지내는지 보려고 나는 돌아올 것이다. 다들 여전히 마법 같은지. 실제라고? 나는 너희들 모두를 기다린다. 그곳으로, 나는 가고 있다.

말의 끝에는 말이 있다. 나는 '수아레soirée(프랑스어로 일몰에서 취침까지의 시간)'라는 단어를 말하기를 원한다. 언제 어디서, 그것은 알지 못한다. '수아레'의 모서리에는 가족이 있다. 가족의 모서리에는 내가 있다. 내 모서리에 있는 것은 나다. 나에게로 향하는 것, 그것이 내 길이다. 그리고 보기 위해서 나로부터 나올 것이다. 무엇을 보기 위해서? 존재하는 것을 보기 위해서. 내 죽음 이후의 실제, 그곳을 향해서 나는 간다. 현재 그것은 꿈이다. 치명적인 꿈. 하지만 나중에—나중에는 모두 실제가 된다. 자유로운 영혼은 정착할 장소를 원한다. 나는 내가 선언하는 하나의 나이다. 내가 이야기하는 것에 대해서, 나는 알지 못한다. 나는 무를 이야기한다. 나는 아무것도 아니다. 죽음으로만 나는 확장되고 와해

될 것이며, 그때 누군가가 애정을 담아 내 이름을 말하게 되리라.

내 가엾은 이름을 향해서 나는 간다.

그리고 내가 사랑하는 사람, 내 아들의 이름을 부르기 위해 그 곳으로부터 돌아올 것이다. 그들은 내 부름에 답하리라. 그리하여 마침내 나는 대답을 얻게 되리라. 무슨 대답을? 사랑의 대답을. 사랑, 너희들 모두를 너무도 사랑해. 나는 사랑을 사랑하고, 사랑은 붉다. 질투는 초록이다. 내 눈동자는 초록이다. 하지만 그 초록은 너무도 짙어서 사진을 찍으면 완전히 검은색으로 보인다. 내 눈동자가 초록인 것은 비밀이다. 아무도 그것을 모른다.

나의 머나먼 끝에 내가 있다. 나, 애원하는, 궁핍을 겪는 나, 매달리고, 통곡하고, 한탄하는 나. 그러면서도 노래를 부르는 나. 말을 말하는 나. 바람에 실려가버리는 말이라고? 그게 뭐 어때서? 바람은 말을 싣고 되돌아올 것이고, 나는 그것을 소유할 텐데.

바람의 모서리에 있는 나. 폭풍의 언덕이 나에게 외친다. 나는 간다, 마녀인 내가. 그리고 나는 변환되었다.

개에게 묻노니, 너의 영혼은 어디 있는가? 네 몸의 모서리에? 나는 내 몸의 모서리에 있다. 그리고 서서히 앙상하게 소모된다.

나는 무엇을 말하고 있는가? 나는 사랑을 말한다. 그리고 사랑의 모서리에는, 우리가 있다.

우르카 바다에서 죽은 남자
O morto no mar da Urca

나는 올리가 디자인한 내 드레스를 입어보려고 재봉사인 루르지스 부인의 아파트에 가 있었다—그때 루르지스 부인이 말하기를, 바다에서 한 남자가 죽었고, 수상구조요원이 전부 나와 있다고 말했다. 나는 내다보았지만, 내 눈에 들어온 것은 무척 짤 것이 분명한 바다뿐이었다. 푸른 바다, 그리고 하얀 집들. 죽은 남자라니 어떻게 된 거지?

소금물에 절여진 죽은 남자. 나는 죽고 싶지 않아! 내 드레스 속에서 나는 소리 없이 비명을 질렀다. 드레스는 푸른색과 노란색이 섞인 것이다. 나는 어떻게 된 거지? 푸른 바다 때문이 아니라, 열기에 다 죽어가는 나는.

비밀을 말하려 한다. 내 드레스는 어여쁘고, 나는 죽고 싶지 않다. 금요일이면 드레스가 집에 도착할 것이고, 토요일에 나는 그것을 입으리라. 죽음 없이, 오직 푸른 바다만. 노란 구름이 있을까? 황금색 구름은 있다. 나는 이야기를 갖고 있지 않다. 죽은 남자는 갖고 있을까? 그랬다. 그는 우르카 해변으로 수영하러 갔다. 바보같이. 그리고 죽었다. 누가 주문했을까? 바다에서 수영할 때 나는 조심한다. 나는 멍청하지 않으므로, 우르카에 가는 것은 드레스를 가봉할 때뿐이다. 그리고 세 벌의 블라우스도. S도 함께 갔다. 그녀는 옷을 가봉할 때 매우 섬세하다. 그런데 죽은 남자는 어떻게 된 거지? 섬세하게 죽었을까?

이야기를 하려 한다. 옛날 옛적에 바다에서 수영하기를 즐기던 아직 젊은 남자가 살았다. 그러던 어느 수요일 아침, 그는 우르카로 갔다. 우르카, 우르카의 바위로. 나는 가지 않는다. 쥐들이 우글대기 때문이다. 하지만 그 젊은 남자는 쥐를 신경 쓰지 않았다. 쥐들도 그를 신경 쓰지 않았다. 우르카에 늘어선 하얀 연립주택들. 남자는 거기에 신경을 썼다. 왜냐하면 그곳에 드레스를 가봉하는 여자가 있는데, 그녀가 너무 늦게 왔기 때문이다. 남자는 이미 죽었다. 소금기 속에서. 바다에 피라냐가 있었을까? 나는 알아듣지 못한 척했다. 나는 정말로 죽음을 이해하지 못한다. 죽은 젊은 남자라고?

그의 경우는 멍청해서 죽은 것이었다. 우르카에는 단지 상큼 발랄한 드레스를 가봉하러만 가야 한다. 그 여자는, 바로 나인데, 오직 상큼 발랄한 것만을 좋아했다. 그러나 나는 죽음 앞에 고개를 숙인다. 일어날 일은, 일어난다. 일어나게 되어 있다. 언제? 그게 바로 핵심이다. 언제라도 일어날 수 있다. 그러나 아침의 열기 속에서 드레스 가봉을 하고 있던 나는, 신의 증명을 요구했다. 게다가 가장 강력한 것의 냄새를 맡았다. 불가항력인 장미 향기. 그리하여 나는 가봉 증명을 갖추었다. 가봉과 증명. 드레스와 신 모두의.

사람은 반드시 자연사해야 한다. 질병으로 죽거나, 바다에서 헤엄치다가 익사해서는 절대로 안 된다. 나는 사랑하는 존재를 보호해달라고 간청한다. 그런 존재는 많다. 그런 보호는 반드시 있을 거라고 나는 확신한다.

그런데 그 젊은 남자는 어떻게 된 거지? 그의 이야기는? 아마 그는 학생이었으리라. 영영 알 길은 없겠지만. 나는 다만 바다와 집들을 내려다보며 그 자리에 서 있었을 뿐이다. 루르지스 부인은 아무런 동요 없이, 허리를 좀 더 줄이겠느냐고 물었다. 나는 그러라고 대답했다. 허리는 타이트하게 맞아야 하니까. 그러나 내 정신은 아득하다. 아름다운 드레스 안에서 아득하다.

첫 입맞춤
O primeiro beijo

두 사람은 서로 말을 나눈다기보다는, 입속으로 불분명한 혼잣말을 중얼거렸다. 그들은 이제 막 데이트를 시작했으며 혼미할 정도로 들떠 있었다. 사랑이었다. 사랑과 그것이 동반하는 것, 질투였다.

"알았어. 내가 첫 여자친구라는 네 말을 믿을게. 그렇다니 정말 행복해. 하지만 솔직하게 말해줘, 한 점 거짓도 없이. 나 말고 다른 여자와 한 번이라도 입 맞춘 적 있어?"

남자는 쉽게 대답했다.

"다른 여자와 입 맞춘 적 있어."

"그게 누군데?" 여자는 기분이 상해 물었다.

그는 좀 머뭇거리며 여자에게 말하려 했지만, 설명이 그리 간단하지 않았다.

현장학습 버스는 느리게 산언덕을 오르는 중이었다. 한 무리의 여자아이들이 신나서 떠들어대는 사이에 소년들이 끼어 있었고 그는 그중 하나였다. 얼굴 정면으로 불어와 열기를 식혀주는 시원한 바람의 가늘고 긴 손가락은, 그의 머리칼을 어머니처럼 부드럽게 쓰다듬었다. 어쩌다 한 번 정도는 가만히 앉아, 거의 아무런 생각도 없이, 단지 느끼기만 하는 것—이것도 나쁘지는 않았다. 주변 친구들이 너무도 소란스럽게 구는 바람에, 느낌에 집중하기가 어려울 뿐이다.

게다가 갈증이 항상 문제였다. 친구들과 농담을 하고, 큰 소리로 떠들고, 버스 엔진 소리보다 더 크게 떠들고, 웃고, 고함지르고, 생각하고, 느끼고, 세상에! 이런 게 다 목구멍을 바싹 타게 만드는 거지.

그런 형국인데 물이라고는 그림자도 없었다. 그러므로 할 수 있는 일이란 단지 침 모으기뿐이어서, 그는 그렇게 했다. 불타는 입안에 침방울을 모아 삼키기, 천천히 반복해서 하기. 그것은 뜨뜻한, 그러나 그의 침이었고, 갈증을 달래주지는 못했다. 거대해진 갈증은 그 자신보다도 더욱 크게 부풀어 올라, 몸 전체를 빈틈없이 차지해버렸다.

그리고 은은한 미풍은 조금 전까지만 해도 그토록 쾌적했건만, 이제 정오의 이글거리는 태양 아래서 뜨겁고 건조한 공기로 바뀌었다. 코로 밀려들어오는 더운 바람은, 그가 참을성을 발휘하여 간신히 모아둔 몇 방울 될까 말까 하는 침마저 바싹 말려버렸다.

그러면 콧구멍을 아예 닫고 이 건조한 사막 바람을 좀 덜 호흡하면 어떨까? 그는 몇 초 동안 시도해보았으나 금방이라도 질식할 것처럼 숨이 막혔다. 기다려, 기다리는 수밖에 없어. 이처럼 오랫동안 갈증을 참았는데, 앞으로 기껏 몇 분, 아니 한 시간만 더.

어째서, 왜 그럴 수 있는지는 몰랐지만, 그는 물이 다가오고 있다는 느낌을 받았다. 그 거리가 점점 가까워진다는 예감. 그의 시선은 차창을 뛰어넘어 고속도로를 샅샅이 뒤졌으며, 덤불을 헤치고 코를 킁킁대면서 사방을 검사했다.

그가 가진 동물적 본능은 틀리지 않았다. 고속도로에 갑작스레 나타난 커브를 돌자, 덤불숲 한가운데에……. 꿈처럼 물이 솟아나는 분수가 보였던 것이다.

버스는 멈추었고, 다들 목이 말랐다. 하지만 그는 다른 누구보다도 먼저 석조 분수에 도착할 수 있었다.

눈을 감고, 입술을 벌린 채, 물이 흘러나오는 구멍을 향해 바로 돌진했다. 시원한 첫 번째 한 모금이 아래로 떨어졌다. 그의 가슴을 타고 배까지 흘렀다.

생명이 돌아왔다. 물은 모래처럼 깔깔하던 그의 내부를 흠뻑 적셔 갈증을 말끔히 사라지게 했다. 그제야 그는 눈을 떴다.

그는 눈을 뜨자마자, 바로 코앞에서 자신을 빤히 지켜보는 석상의 두 눈동자를 발견했다. 그것은 여자 조각상으로, 물은 그 조각상의 입에서 흘러나오고 있었다. 진짜 얼음처럼 차갑게 그의 입술에 와닿던, 최초의 한 모금을 그는 기억했다. 분명 그 감촉은 물보다 더 차가웠다.

그래서 그는, 자신이 입을 여자 석상의 입에 갖다 댔었다는 것을 알아차렸다. 생명이 입에서 흘러나왔다. 하나의 입에서 다른 입으로 흘러들어갔다.

직관적으로, 경험이 없는 탓에 혼란스럽긴 하지만, 그는 흥미를 느꼈다. 하지만 원래 생명을 주는 액체, 생명의 씨앗은 여자에게서 나오는 것이 아닌데……. 그는 나체의 조각상을 뚫어지게 쳐다보았다.

그는 그녀에게 입 맞추었다.

겉으로는 보이지 않게, 그는 몸서리치며 전율했다. 육체 깊숙한 곳에서 생성된 그 무엇이 단숨에 전신으로 퍼져 나갔고, 그의 얼굴을 순식간에 불덩이로 만들었다.

그는 한 발 뒤로 물러섰다. 아니, 앞으로 나갔다. 자신이 하는 일을 알아차리지도 못했다. 평정심을 잃고, 얼이 빠진 채, 그는 자기 몸의 한 부분을 주시했다. 이전에는 늘 느슨하게 이완되어 있던 것이, 갑자기 맹렬하고 사납게 긴장했다. 이런 일은 아직 단 한 번도 없었다.

그는 서 있었다. 달콤하고도 사나운 격류 속에, 친구들 사이에서 홀로. 심장이 일정 간격으로 격하게 요동쳤다. 세계가 변환하는 것을 느꼈다. 생명이 완전히 새로이 시작되었으며, 뭔가 달라진, 충격적인 발견이었다. 혼미한 소용돌이 속에서 그는 아슬아슬하게 균형을 잡고 있었다.

그의 심연으로부터, 그 내부의 비밀의 원천으로부터, 진실이 흘러나왔다. 그것은 공포가 되어, 또한 전에는 한 번도 느껴본 적 없는 거대한 자부심이 되어, 순식간에 그를 가득 채웠다. 그는…….

그는 남자가 되었다.

리우-니테로이 다리 앞에서

Antes da ponte Rio-Niterói

그러면.

아버지는 애인이었다. 그 넥타이핀을 꽂은, 자신의 딸을 치료해준 의사 아내의 애인인 남자, 즉 애인의 딸을 비롯하여 다른 사람들 모두가 그 관계를 알고 있던. 의사의 아내는 들어와도 좋다는 신호로 흰 수건을 창에 걸어두곤 했고, 간혹 색깔 있는 수건이 걸려 있을 때면, 그는 들어가지 않았다.

하지만 나는 모든 것을 혼동하고 있거나, 아니면 그 연애사건의 전말이 너무도 복잡하여 무조건 단순화하려는 것일지도 모른다. 그 사건의 리얼리티는 허구다. 사실에 추측까지도 첨가하고 있으며, 짐작되는 내용은 뭐든 다 여기에 쓰고, 그러면서도 숙명적으로 어쩔 수 없다며 선을 긋는 것에 대해서 나는 사과한다. 그러나 그 이야기의 씨를 뿌린 사람은 내가 아니다. 수확을 거두어갈 사람도 내가 아닌, 나처럼 보잘것없지만 나보다 더 유능한 누군가다. 딸의 다리에는 괴저가 일어났고, 그래서 절단해야만 했다. 열일곱 살의 잔다라, 눈부신 머리카락을 가진 불같은 성격의 싱싱한 망아지 처녀는 약혼한 몸이었다. 그녀의 약혼자는 목발을 짚은 모습을 보자마자, 기쁨으로 터질 듯했다. 그가 미처 깨닫지 못했던 감상적인 기쁨이었다. 다들 알겠지만 약혼자는 아무런 미련 없이 즉시 약혼을 철회해버릴 정도의 용기는 있었다. 그런데 모두가, 심지어는 강철 같은 인내심을 가진 약혼녀의 어머니조차, 그녀를 계속 사랑하는 척해달라고 그에게 부탁했다—다들 말하기를, 그리 어려운 일은 아닐 것이다, 왜냐하면 오래 걸리지 않을 터이므로, 약혼녀는 오래 살아 있지는 못할 테니까.

그리고 석 달 뒤—조마조마한 마음으로 불안해하던 약혼자에게 무거운 부담을 주지 않겠다던 약속을 지키려는 듯—그녀는 죽었다. 아름답게, 머리를 풀어헤치고, 비통 속에서, 약혼자를 그리워하며, 그리고 마치 어린아이가 어둠을 무서워하듯이 죽음을 무서워하며. 죽음은 거대한 어둠으로 이루어졌으니까. 아니 어쩌면 아닐지도 모른다. 죽음이 어떤 것인지 나는 알지 못한다. 아직 죽지 않았으니까. 하지만 죽은 다음에라도 죽음을 알고 싶지는 않다. 어쩌면 그냥 깜깜한 암흑만은 아닐지도 모른다. 눈부시게 밝은 빛의 세계일 수도 있다. 내 말은, 죽음이 말이다.

바스투스라는 성으로 통하는 약혼자는, 심지어 약혼녀가 죽기 전에도 다른 여자와 같이 살고 있었다고 알려졌다. 그는 별다른 고뇌 없이 그 여자와 계속해서 살았다.

그러다 정열적인 그 여자가 어느 날 질투에 휩싸였다. 그녀는 음험한 성격이었다. 나는 잔혹한 디테일을 제외할 수는 없다. 잠깐, 어디까지 이야기했지? 생각의 흐름을 놓쳐버린 건가? 그러면 다시 시작해보자. 다른 줄에서, 다른 단락에서 출발하다 보면 더 나은 시작이 될 수도 있으니까.

그러다 그 여자는 질투에 휩싸였고, 바스투스가 자고 있는 사이 펄펄 끓는 찻주전자를 기울여 그의 귓속으로 뜨거운 물을 쏟아부었다. 그가 가진 것이란 단지 기절하기 전 울부짖을 시간뿐, 우리의 추측대로 그의 울부짖음은 그의 일생을 통틀어 가장 처참했고, 고통에 미쳐 날뛰는 짐승의 그것이었다. 바스투스는 병원으로 실려 갔고 삶과 죽음의 기로에 놓였다. 하나가 다른 하나를 붙잡고 치열한 싸움을 벌였다.

바가지 긁는 여자 레온치나는 1년 동안 감옥에 있었다.

감옥에서 나온 그녀는 만나러 갔다—누구를? 바스투스를 만나러 간 것이다. 그때까지도, 여전히 매우 수척한 바스투스는, 당연하게도 영원히 귀가 먹었고, 육체적인 결함을 용서하지 않았던 바로 그 남자였다.

무슨 일이 일어났느냐고? 그러다 그들은 함께 살았고, 영원히 사랑했다.

열일곱 살 소녀는 죽은 지 오래였고, 소녀의 유일한 흔적은 비참에 빠진 그녀의 어머니에게만 남아 있었다. 내가 문득 소녀를 떠올린다면, 그건 잔디라에 대한 사랑의 감정 때문이다. 이제 소녀의 아버지가 우연처럼 불쑥 등장한다. 그는 여전히 자신의 딸을 헌신적으로 치료해준 의사 아내의 애인이다. 즉 연적의 딸을 말이다. 게다가 누구나 다 그 사실을 알고 있었다. 의사와, 죽은 소녀의 어머니까지도. 아무래도 나는 또다시 생각의 흐름을 놓쳐 버린 것 같다. 이야기가 뒤죽박죽이잖아. 그래도 어쩌겠는가.

의사는, 비록 그 소녀의 아버지가 자기 아내의 애인임을 알고 있었지만 어린 소녀를 성심성의껏 치료했고, 내가 이야기한 암흑의 사건에 큰 충격을 받았다. 아버지의 아내—즉 죽은 소녀의 어머니—는 자기 남편이 조끼 주머니에 금박 회중시계를 넣고 보석 반지를 끼고 다이아몬드 단추가 박힌 넥타이핀을 꽂고 휘황찬란하게 간통 행각을 벌이고 다니는 것을 잘 알고 있었다. 부유한 사업가, 다 아는 얘기지만, 인민은 부자와 강자를 존경하고 그들에게 고개를 숙이니까. 그렇지 않은가? 소녀의 아버지인 그는, 초록색 양복 속에 분홍색 세로줄무늬가 있는 셔츠를 입었다. 어떻게 아느냐고? 나는 그냥 안다. 당신의 행동방식을 상상의 추측으로 알 수 있단 말이다. 나는 안다. 끝.

잊을 수 없는 한 가지 사실이 있다. 그것은, 애인이 앞니에 금이빨이 하나 있다는 것, 순전히 사치를 위해서 박아 넣었다는 것. 그리고 그에게서는 마늘 냄새가 풍겼다. 그가 내뿜는 전체 분위기도 순수한 마늘 그 자체였다. 그의 애인은 조금도 신경 쓰지 않았다. 그녀가 원하는 것은, 음식 냄새가 나거나 말거나, 오직 애인이었다. 그걸 어떻게 아느냐고? 그냥 안다.

이들이 어떻게 되었는지, 나는 알지 못한다. 어떤 소식도 듣지 못했다. 그들은 서로 각자의 길을 갔을까? 보다시피, 이것은 옛날이야기이다. 그러니 이들 중 몇몇은 죽음으로 가버렸을 수도 있다. 어둡고, 어두운 죽음. 나는 죽고 싶지 않다.

여기서 한 가지 중요한 사실을 더해야겠다. 왜인지 이유는 모르겠으나, 전체 이야기의 저주받은 근원을 설명해주는 사실이다. 이 일은, 니테로이에서 일어났다. 항상 눅눅하고 지저분한 목재부두, 끊임없이 오가는 페리들. 니테로이는 신비한 장소이고 그곳의 집들은 낡고 어둡다. 그런 곳에서는 끓는 물을 애인의 귀에 쏟아붓는 일이 가능했을까? 난 모르겠다.

리우-니테로이 다리(브라질 구아나바라 만을 가로질러 리우데자이네루와 니테로이를 잇는 다리)가 더 이상 꿈이 아니라면, 그러면 이 이야기의 내용은 어떻게 바뀔까? 그것도 나는 모른다. 누구든지 원하는 사람에게 선물로 주겠다. 이제 나는 지겨워졌으니까. 심지어 메스꺼울 정도로 지겨우니까. 가끔 나는 사람들 자체가 지겹다. 그러다 그 단계가 지나고 나면, 다시금 호기심이 왕성하여 열심히 귀 기울이는 시기가 찾아온다.

그래서 그렇다.

발자국 소리
Ruído de passos

그녀는 여든한 살이었다. 칸디다 하포주 부인.

삶은 이 늙은 여인을 어지럽게 만들었다. 농장에서 며칠씩 보
낼 때마다 어지럼증은 점점 더 심해졌다. 해발고도, 나무의 초록,
비, 이 모두가 악영향을 미쳤다. 리스트를 들을 때마다 전신에 소
름이 돋았다. 젊은 시절 그녀는 미인이었다. 그리고 장미 향기를
깊이 들이마실 때마다 어지럼증을 느꼈다. 그렇게, 칸디다 하포
주 부인에게 쾌락에의 열망은 가시지 않았다.

마침내 그녀는, 엄청난 용기를 내어 산부인과 의사를 찾아갔
다. 그리고 부끄러운 나머지 눈을 내리깐 채, 의사에게 물었다.

"이게 언제쯤 사라질까요?"

"뭐가 사라진단 말인가요, 부인?"

"그거요."

"그거라니 뭐요?"

"그거요." 그녀는 반복해서 말했다. "성욕 말이에요." 마침내 그
단어를 말했다.

"죄송하지만 그건 사라지지 않을 거예요."

충격을 받은 그녀는 의사를 똑바로 쳐다보았다.

"하지만 전 여든한 살인데요!"

"나이는 상관없어요, 부인. 그건 우리가 죽을 때까지 지속될 겁
니다."

"세상에, 끔찍하군요!"

"그런 게 인생이죠, 하포주 부인."

그런 게 인생이라니, 그렇다면? 이 염치없음은?

"그럼 전 어떻게 해야 하나요? 아무도 절 원하지 않는데……."

의사는 연민의 눈길로 그녀를 바라보았다.

"그것에 대한 치료법은 없습니다, 부인."

"혹시 제가 돈을 지불한다면?"

"그래도 달라지지 않을 거예요. 궁극적으로는 부인, 당신이 여든한 살이라는 사실을 생각해야만 해요."

"그러면…… 그러면 제가 알아서 처리를 한다면요? 무슨 의미인지 이해하시나요?"

"네, 이해합니다." 의사가 대답했다. "그게 아마 최선일 겁니다."

그녀는 진료실을 떠났다. 아래로 내려가자 그녀의 차 안에서 딸이 기다리고 있었다. 칸디다 하포주는 제2차 세계대전에서 아들을 잃었다. 그는 군인이었다. 그녀의 가슴은 참을 수 없는 고통을 겪었다. 사랑하는 자의 죽음을 겪어낸 살아남은 자의 고통.

그날 밤 그녀는 스스로를 만족시키는 법을 찾아냈다. 무언의 불꽃놀이.

그런 다음 그녀는 울었다. 수치스러웠다. 그날 이후 같은 방법을 사용했다. 항상 슬펐다. 그런 게 인생이죠, 하포주 부인. 죽음이 은총을 베풀기 전까지는.

죽음.

그녀는 발자국 소리를 들었다고 느꼈다. 남편 안테노르 하포주의 발자국 소리.

브라질리아
Brasília

브라질리아는 지평선 위에 세워졌다. 브라질리아는 인공이다. 창조 당시의 세계가 그러했을 것처럼 인공적이다. 세계가 창조될 당시, 그 세계를 위해서 한 사람이 특별히 창조되어야 했다. 우리 모두는 신의 자유로움에 맞추느라 기형이 되었다. 만약 우리가 먼저 창조되었더라면, 그래서 나중에 생긴 세계가 우리의 요구에 맞추느라 기형이 되었다면 지금 얼마나 달라졌을지, 우리는 아무도 모른다. 브라질리아는 아직 브라질리아 사람을 갖지 못했다. 내가 브라질리아가 아름답다고 말하는 즉시, 사람들은 내가 그 도시를 좋아한다는 사실을 알아차린다. 그러나 브라질리아는 내 불면이 만들어낸 이미지라고 말한다면, 그들은 그 말을 고발로 받아들일 것이다. 하지만 내 불면은 아름답지도, 흉하지도 않다. 내 불면은 나이고 나 자신이다. 그것은 생명을 지녔고, 그것은 나의 경악이다. 그것은 세미콜론이다. 두 건축가는 건물의 아름다움에 관해서는 생각하지 않았다. 그 편이 쉬울 테니까. 그들은 도저히 설명할 수 없는 경악을 건립했다. 창작은 이해가 아니다. 그것은 새로운 신비다. ─ 나는 죽었고, 어느 날 눈을 떴는데, 거기 브라질리아가 있었다. 세상에는 오직 나 혼자였다. 주차된 택시 한 대가 있었다. 운전수는 없이. 아, 얼마나 무서운지. ─ 루시우 코스타와 오스카르 니에메예르(1960년부터 브라질의 수도가 된 계획도시 브라질리아의 설계와 건축을 맡았던 두 사람), 홀로인 두 남자. 나는 브라질리아를 로마처럼 여긴다. 브라질리아의 시작은 폐허의 궁극적 단순화였다. 아직도 아이비가 자란다.

그곳의 바람은 불어오는 그 어떤 다른 것이다. 오직 호수의 초

자연적 파문을 통해서만 인식할 수 있는. — 사람들이 어디에 있건, 아이들은 추락한다. 그리고 세상에서 완전히 꺼져버릴 것이다. 브라질리아는 끝에 있다. — 내가 여기 산다면 나는 머리카락을 땅에 닿도록 기를 것이다. — 브라질리아의 과거는 더 이상 존재하지 않는 찬란한 광휘이다. 이런 종류의 문명은 수천 년 전에 사라졌다. 기원전 4세기, 그곳에는 키가 엄청나게 큰 금발의 남자와 여자들이 거주했다. 미국인도 스웨덴인도 아닌 그들은 태양 아래서 눈부시게 빛났다. 그들은 모두 눈이 멀었다. 바로 그런 이유 때문에 우리는 브라질리아에서 아무것도 불현듯 마주치지 않는다. 브라질리아 인종은 백금색으로 차려입었다. 그 인종은 멸망했다. 아이들이 거의 태어나지 않았기 때문이다. 브라질리아 인종은 아름다울수록 더 눈멀었고, 더 순백이고, 더욱 빛났으며, 아이들의 수는 더 적었다. 브라질리아 인종이 살았던 기간은 약 300년 정도였다. 그들의 죽음은 그 무엇의 이름을 위해서도 아니었다. 수천 년 뒤, 어디에서도 환영받지 못하고 쫓겨난 한 무리의 부랑자들이 그것을 발견했다. 그들은 아무것도 잃을 게 없는 자들이었다. 그들은 거기서 불을 피우고, 텐트를 치고, 도시가 파묻혀 있던 모래를 조금씩 파헤쳤다. 그들은 작고 검은 남자와 여자들, 민첩하게 움직이는 불안한 눈동자에, 자포자기한 절망의 탈주자였으며, 그들의 삶과 죽음은 그 무언가의 이름 아래서 행해졌다. 그들은 폐허의 집자리를 파고들어가, 번식을 거듭하면서, 심오한 명상의 인류를 구축했다. — 나는 슬그머니 빠져나가기 위하여 그림자를 기다리는 사람처럼 땅거미를 기다렸다. 땅거미가 내리자 나는 두려움에 떨면서, 모두 소용없는 짓임을 깨달 았다. 어디에 있더라도 들키고 말 것이다. 나를 특히 공포에 질리 게 하는 건, 누구에게 들킬 것인가 하는 문제였다. — 이곳은 쥐들 이 있을 자리를 배려하지 않고 건설되었다. 최악인 것은, 우리 전 체가, 정확히 말해서 쥐를 두려워하는 구성원이며, 브라질리아 에는 그런 구성원을 위한 자리가 없다는 사실이다. 그들은 우리 의 무가치함을 부인하고 싶어 했다. 구름이 있을 자리까지도 감 안한 공간 건설. 지옥이 나를 더 잘 이해하리라. 하지만 몸집이 거 대한 쥐들이 침입해온다. 그것은 신문의 보이지 않는 헤드라인 이다. — 여기서 나는 두려워 떤다. — 브라질리아의 건설. 전체주 의 국가의 건설. — 내가 사랑하는, 이 거대한 가시적 침묵. 내 불 면 또한 이 절대 부정의 평화를 창조했으리라. 나 또한, 그들 두 명의 수도승처럼, 이 사막에서 명상에 잠길 것이다. 그 어떤 유혹 도 없는 장소. 그러나 나는 멀리서 허공을 맴도는 독수리들을 발 견한다. 오, 죽음은 어떤 모습일까? — 나는 브라질리아에서 한 번도 울지 않았다. 울음을 위한 자리는 없었다. — 바다 없는 해변 이다. — 브라질리아는 입구도 없고, 출구도 없다. — 엄마, 거기 서서 하얀 망토 자락을 펄럭이고 있는 모습을 보니 너무 좋아요. (아들아, 내가 죽었기 때문이란다). — 뻥 뚫린 노천 감옥. 어떤 방법 으로도 탈출할 수 없다. 탈출하는 자는 무조건 브라질리아로 가 게 될 것이므로. — 그들은 나를 자유 속에 감금했다. 그러나 자유 야말로 유일하게 함락될 수 있는 것이다. 그들이 그 점을 인정한 다면, 나를 풀어줄 것이다. — 내가 가진 인간적 냉담 전체, 내 안의 그것을 나는 여기 브라질리아에서 발견한다. 그것은 얼음처럼 차갑고 강력하게, 자연의 냉혹한 물리력으로 활짝 피어난다. 이곳은 (최악의 종류는 아니지만 그래도 나로서는 절대 납득할 수 없는) 내 범죄, 내 냉혹한 범죄가 있을 자리이다. 나는 떠난다. 여기서 내 범죄는 사랑의 일이 되지는 않으리라. 내 다른 범죄를, 신과 내가 납득하는 범죄를 위하여 나는 떠난다. 하지만 나는 돌아올 것임을 안다. 공포를 불러일으키는 무엇이 내 안에 있어, 그것이 나를 이리로 이끈다. ― 한 번도 본 적 없는 종류의, 그 무엇. 그렇지만 나는 꿈의 가장 까마득한 나락에서 이 도시를 인식한다. 내 꿈의 가장 까마득한 나락은 투명하다. ― 내가 늘 말했듯이, 플래시고든(미국의 SF 만화가)……. ― 그들이 브라질리아에서 나를 촬영했다면, 인화를 마친 사진에는 오직 자연 풍광만이 나타나 있으리라. ― 브라질리아의 기린은 어디로 갔지? ― 내가 가진 일종의 위축, 일종의 침묵으로 인해, 내 아들은 이렇게 말한다. 이크, 성장하는 건 최악이야. ― 시급하다. 인구가 없거나, 아니 그보다는, 인구과잉이 되면, 그때는 너무 늦어버린다. 사람이 있을 자리가 없어진다. 그들은 암묵적으로 축출된 듯한 느낌을 받게 된다. ― 이곳의 영혼은 땅에 그림자를 드리우지 않는다. ― 처음 며칠 동안, 나는 배가 고프지 않았다. 내게는 모든 음식이 기내식처럼 보였다. ― 밤에는 침묵을 향해 얼굴을 내밀었다. 비밀의 시간, 만나manna가 내려 브라질리아의 대지를 촉촉하게 적신다. ― 아무리 가까이 있어도, 이곳에서는 뭐든지 전부 아득히 멀리 보였다. 나는 닿을 수 없었다. 그러나 최소한 유리한 입장이었다. 이곳에 오기 전부터 이미 아득히 멀리서 닿는 법을 알고 있었기 때문이다. 나는 절대로 지나치게 낙담하지 않았다. 아득히 멀리서, 나는 닿을 것이다. 나는 많은 것을 가졌는데, 그중에는 심지어는 내가 닿지 않은 것들도 있었다. 여자들이 풍요로운 이유가 바로 그것이다. 순수한 브라질리아. ― 도시 브라질리아는 도시 너머에 있다. ― 소년들아 소년들아, 이곳으로 와, 최신식 스타일로 차려입고 거리를 활보하는 게 누군지 봐, 평범한 사람이 아니고…… (하가 아주머니의 블루스, 테드 루이스와 그의 밴드, 클라리넷 지미 도르시) ― 그 무시무시한 아름다움, 허공에 그려진, 이 도시 ― 이제 브라질리아에서 삼바가 생겨날 수 없으니까. ― 브라질리아는 내가 지쳐서 늘어지게 그냥 두지 않는다. 살짝 앞으로 밀어내는 것이다. 기분 좋게, 기분 좋게, 기분 좋게, 나는 기분이 좋다. 게다가 나는 일생 동안 권태를 경작하여, 지극히 풍요로운 수동성으로 길러내지 않았는가. ― 이 모두는 단지 오늘뿐이다. 브라질리아에서 무슨 일이 일어날지는 오직 신만이 안다. 이곳에서 기회는 돌연하므로. 브라질리아는 유령의 도시이다. 사물의 고요한 프로필이다. ― 새벽 3시의 불면, 나는 호텔 창밖을 내다본다. 브라질리아는 불면의 자연이다. 이곳은 결코 잠들지 않는다. ― 이곳에서 유기체는 절대로 분해되지 않는다. 이곳은 겁에 질렸다. ― 나는 칠흑처럼 검은 독수리 50만 마리가 브라질리아를 관통하며 사방으로 흩어지는 광경을 보고 싶다. ― 브라질리아는 무성無性이다. ― 본다는 행위의 최초 찰나, 그것은 어떤 취기의 순간과 같다. 너의 발은 땅을 건드리지 않는다. ― 브라질리아에서 우리는 얼마나 깊이 호흡하

322

는지. 호흡하는 자는 누구나 욕망하기 시작한다. 그런데 욕망은 인간이 할 수 없는 일이다. 그 어떤 욕망도 없다. 앞으로는 있게 될까? 핵심은, 나는 어딘가를 보고 있지 않다. — 거리에서 아랍인과 마주쳐도 놀라지 않으리라. 아주 오래되고, 죽은 아랍인일지라도. — 여기서 내 격정이 죽는다. 그리고 나는 투명함을 얻어, 아무 이유도 없는 데 거창한 존재가 된다. 나는 대단하면서 무용하다. 나는 순금으로 만들어졌다. 나는 거의 초자연적이다. — 만일 인류가 저질러야 하는 어떤 범죄가 아직 남아 있다면, 그 새로운 범죄는 이곳에 도입될 것이다. 비밀 유지가 어렵기 때문에 아무도 알지 못하는 이런 고원에 적합할 것이다. — 이곳은 공간이 시간과 가장 많이 닮은 장소이다. — 이곳이 내게 가장 적당한 장소라고 나는 확신한다. 하지만 핵심은, 나는 지나치게 땅에 중독되어 있다. 내가 가진 나쁜 생활습관이다. — 침식작용은 브라질리아를 뼈가 드러날 정도로 갉아먹으리라. — 내가 첫눈에 감지했고 첫눈에 거부한, 종교적인 분위기. 이 도시는 기도를 통해 이룬 성취이다. 고독에 의해 시복諡福된 두 남자가, 잠들지 못하고, 홀로, 이 바람 속에 노출된 채, 여기 서 있는 나를 창조했다. — 브라질리아는 배회하는 백마가 간절히 필요하다. 깊은 밤, 말들은 달빛 아래서 녹색으로 보이리라. — 나는 두 남자가 무엇을 원했는지 안다. 느림과 침묵이다. 그것들은 영원에 대한 내 생각이기도 하다. 두 남자는 영원한 도시의 이미지를 창조했다. — 이곳에는 나를 두렵게 만드는 것이 있다. 두려움의 대상을 파악할 수 있다면, 여기서 내가 사랑을 느끼는 대상도 알게 되리라. 공포는 항상 내 욕망을 향해 나를 이끌었다. 그러므로 내가 욕망하기 때문에, 나는 공포를 느낀다. 내 손을 잡고 나를 인도한 것은 대개는 공포였다. 공포는 나를 위험으로 인도한다. 그러므로 내가 사랑하는 것은 뭐든지 다 위험하다. ― 브라질리아에는 달의 분화구가 있다. ― 브라질리아를 아름답게 만드는 것은 보이지 않는 조각상들이다.

나는 1962년 브라질리아로 갔다. 내가 브라질리아에 대해서 쓴 글을, 당신은 지금 막 읽었다. 그리고 12년이 지난 지금, 나는 이틀 동안 다시 그곳에 갔다. 그리고 또 브라질리아에 대해서 썼다. 여기 내가 토해놓은 전부가 있다.

경고. 이제 시작하겠다.

반주는 슈트라우스의 왈츠 「비엔나의 피」이다. 13일 오전 11시 20분.

브라질리아 : 광휘

브라질리아는 추상의 도시이다. 도시를 구체적으로 만들 방법은 아무것도 없다. 도시는 원형이며, 모퉁이라고는 찾아볼 수 없다. 사람들이 집 근처에서 커피 한잔할 수 있는 모퉁이 바도 한 개 없다. 정말이다, 단 하나의 모퉁이도 보지 못했노라고 맹세할 수 있다. 브라질리아에는 일상이 존재하지 않는다. 대성당은 신에게 간청을 올린다. 두 손을 활짝 벌리고 기다린다. 하지만 니마이어는 냉소적인 사람이다. 그는 삶을 냉소했다. 그것은 성스럽다. 브라질리아는 왜소함을 허용하지 않는다. 브라질리아는 농담이다.

엄정하게 완벽하여, 아무런 실수가 없는. 유일하게 나를 구원해 줄 것은 실수이다.

상보스쿠 교회의 스테인드글라스는 입이 벌어지게 장대하여, 나는 아무 말도 못하고 신도석에 주저앉아 과연 저것이 실제일까 놀라서 바라보기만 했다. 게다가 우리가 통과하고 있는 시대는 청색과 노랑, 주홍과 에메랄드로 마치 환상과도 같았다. 세상에, 풍요가 흘러넘치는구나. 스테인드글라스는 오르간 음악이 만들어내는 빛을 잡아 가둔다. 이렇게 빛으로 넘치는 이 교회는 그럼에도 불구하고 마음을 끌었다. 단 한 가지 결함은 벼락부자 분위기를 풍기는 유별난 모양의 원형 샹들리에였다. 저 샹들리에만 없다면 교회는 순수 그 자체였으리라. 그러나 내가 뭘 어쩔 수 있겠는가? 한밤의 어둠을 타고 다시 와서, 저걸 훔쳐버려?

다음에 나는 국립도서관으로 갔다. 키라라는 이름의 젊은 러시아 여성이 나를 도와주었다. 도서관에는 공부에 열중하는, 그리고 다정하게 사랑을 속삭이는 젊은 남자와 여자들이 있었다. 그 두 가지 일은 충분히 양립 가능하다. 그리고 물론 훌륭하기도 하다.

나는 잠시 멈춘다. 브라질리아는 테니스 코트라는 말을 하기 위해서이다.

그곳에는 생기를 북돋아주는 싸늘함이 있다. 그렇지만 얼마나 배가 고픈지, 배가 고픈지. 나는 이 도시에 범죄가 많은지 물었다. 그러자 그라마 교외에서는 일주일에 약 세 건의 살인사건이 발생한다는 대답이 돌아왔다. (나는 먹는 범죄를 중단했다.) 브라질리아의 빛은 내 눈을 멀게 했다. 호텔에 선글라스를 두고 온 덕분에 무시무시한 백색광에 참혹하게 시달렸다. 하지만 브라질리아는 붉다. 그리고 완전히 발가벗었다. 그 도시에서 적나라하게 노출되지 않을 사람은 없다. 비록 공기는 깨끗하지만. 호흡하기는 좋다. 그런데 좀 지나치게 좋다. 코가 말라버린다.

발가벗은 브라질리아는 나를 시복諡福한다. 그리고 미치게 만든다. 브라질리아에서 나는 생각을 괄호 속에 넣어야 한다. 살아 있다는 죄로 나를 체포할까? 정확히 바로 그것이다.

나는 우연히 들려온 표현에 불과하다. 거리에서, 혼잡한 길을 건너는 중에 들려온 말. "그건 필요했어." 그리고 리우데자네이루의 록시 극장에서, 뚱뚱한 두 여자가 나누던 대화. "그 여자는 아침에 잠자고 밤이 되면 깨어났어." "그럼 스태미나가 부족한 거야." 리우에서 나는 늘 어느 정도 나른하고 어느 정도 녹아내릴 듯했으나 브라질리아에서는 스태미나가 충분했다. 그리고 뚱뚱하고 키가 작았던 극장의 그 여자들로부터 다음과 같은 말도 들었다. "정확히 무엇 때문에 그녀는 거기로 간 거야?" 바로 그렇게, 나는 추방당한 것이다.

브라질리아에는 희열의 기운이 넘실댄다. 나는 택시 운전사에게, 오늘이 월요일인 것 같은데 맞느냐고 물었다. "맞죠." 그가 대답했다. 그뿐이었다. 나는 그에게 몹시 말하고 싶었다. 너무도 흠모하던 브라질리아로 왔노라고. 하지만 그는 내 말에 귀 기울일 마음이 없었다. 종종 나는 좀 지나칠 때가 있다.

그다음 나는 치과의사에게로 갔다. 무슨 소린지 알겠는가, 브라질리아? 나는 내 몸을 챙긴다. 단지 치과 대기실에 앉아 있다는 이유만으로 치의학 저널을 읽어야 할까? 치과의 감명 깊은 죽음 의자, 전기 의자에 앉자, '아틀라스 200'이라는 기계가 나를 빤히 지켜보았다. 그래봤자 소용없는 것이, 나는 충치가 없었으니까. 브라질리아는 충치가 없다. 강력한 땅, 그것. 그리고 빈둥대는 법도 없다. 높은 액수를 걸고, 승리를 위한 게임을 한다. 메르키오르와 나는 크게 웃음보가 터졌고, 그것의 메아리가 지금 리우에 있는 내 귀에 여전히 울리고 있다. 브라질리아는 나를 돌이킬 수 없는 방식으로 수태시켰다.

나는 카리오카Carioca(리우데자네이루 사람을 가리키는 말)의 복잡하게 얽힌 관계망을 더 좋아한다. 나는 브라질리아에서 섬세한 보호를 받았지만 내 글을 읽는 것이 죽을 만큼 두려워 떨었다. (여기서 어느 행사가 나를 깜짝 놀라게 했음을 언급한다. 나는 과거 현재 미래 시제로 글을 쓴다. 그러면 나는 공중에 떠 있는 것인가? 브라질리아는 공중부양을 앓는다.) 나는 각각의 방식에게 내 전부를 던진다. 정말이다. 그것은 위험하지만, 그래서 훌륭하다. 믿고 안 믿고는 당신 자유지만, 글자들을 읽으면서 나는 속으로 기도를 했다. 그러나, 다시 말하지만, 그것은 위험하기 때문에 훌륭하다. 지금 내가 궁금한 것은, 정말로 거기에 모퉁이가 하나도 없다면, 창녀들은 어디에 서서 담배를 피울까? 땅바닥에 앉아서 피우는 걸까? 그리고 거지들은? 그들은 차가 있을까? 왜냐하면 그곳에서 돌아다니려면 반드시 차를 타야 하니까.

브라질리아의 빛은 때로 사람을 엑스터시에 이르게 하고 보름

달처럼 그득 채운다. 하지만 사납고 공격적이기도 하다. ─ 오, 내가 나무 그림자를 얼마나 좋아하는지. 브라질리아에는 나무가 있다. 그러나 나무들은 아직 좀 더 설득력을 가질 필요가 있다. 그들은 플라스틱처럼 보인다.

이제 최고로 중요한 사실에 대해서 쓰겠다. 브라질리아는 세계에서 가장 극적인 성공의 실패 사례이다. 브라질리아는 흩뿌려진 별이다. 그것은 나를 숨 멎게 한다. 아름답고도 벌거벗었다. 홀로인 자가 갖는, 수치심 없음. 그러면서 동시에 나는 샤워를 하려고 옷을 벗는 것이 창피했다. 거대한 초록 눈동자가, 절대 누그러지지 않는 눈빛으로, 나를 빤히 지켜보는 것 같았다. 게다가 브라질리아는 절대 누그러지지 않는 도시이다. 누군가 나를 겨냥하고 있다는 느낌이었다. 나를 체포하고, 내 신분증을, 내 정체를, 내 진실을, 내 최후의 사적인 호흡을 빼앗기 위해. 오, 무선 순찰대가 나를 붙잡아 마구 때리면 어떻게 하나! 그러면 나는 가장 끔찍한 포르투갈어를 내뱉어줘야겠지. "겨드랑이"라고. 그러면 그들은 그 자리에서 죽어버리겠지. 하지만 내 사랑 당신에게는, 더 은은하고 미묘하게 표현하리라, "팔 안쪽"이라고…….

브라질리아는 치약 냄새가 난다. 그리고 결혼하지 않은 자들은 모두 걱정 없이 사랑한다. 그냥 섹스만 하는 것이다. 하지만 나는 돌아가기를 원한다. 가서 브라질리아의 암호를 해독해보고 싶다. 특히 대학생들과 대화해봤으면 한다. 그들이 나를 초대해서 별들이 휘황한 빛을 발하는, 이 황폐함에 참여시켜주었으면 좋겠다. 브라질리아에서도 누군가가 죽는가? 아니, 절대 아니다. 그 누구도 죽지 않는다. 그곳에서는 눈을 감을 수가 없기 때문이다. 그곳에서는 겨울잠을 잔다. 그곳의 공기는 사람을 수년 동안 혼수상태로 만들고, 세월이 지난 후에 깨어나게 한다. 기후는 도발적이며 사람을 후려치는 듯하다. 하지만 브라질리아는 마법이 필요하다. 부두voodoo가 필요하다. 브라질리아가 내게 저주를 내리지 않기를 바란다. 효력이 있을 테니까. 나는 기도한다. 많이 기도한다. 오, 선한 신이시여. 그 도시의 모든 것은 공공연하게 드러나 있으며, 뭔가를 원하는 자는 그것을 상대해야 한다. 하지만 쥐들은 그 도시를 숭배한다. 쥐들은 무엇을 먹고 살까? 아 그래, 쥐들은 인간의 살을 먹는다. 나는 전력을 다해 도망쳤다. 원격조종되는 것처럼.

나는 셀 수도 없이 많은 인터뷰를 했다. 그들은 내 말을 마음대로 바꾸었다. 더 이상 인터뷰를 하지 않았다. 만약 이 일 전체가 정말로 내 사생활 침해에 근거한다면, 그들은 돈을 지불해야 한다. 그들은 이것이 미국식이라고 했다. 그리고 또 다른 조건. 비용은 오직 나 한 사람 몫뿐이며, 만약 내 소중한 개를 포함할 경우 추가비용은 내가 감당한다. 그들이 나를 왜곡하면, 내가 과태료를 부과한다. 미안하다. 나는 누구에게도 굴욕을 주고 싶지 않다. 하지만 나 역시 어떤 굴욕도 당하기를 원하지 않는다. 그곳에서 나는 콜롬비아로 갈 것 같다고 말했지만 그들은 내가 볼리비아로 갈 거라고 썼다. 아무런 근거도 없이, 그들은 나라를 바꾸었다. 그렇지만 위험한 건 아니다. 내 삶에 대해서 내가 스스로 인정한 내용은 단지 두 아들이 있다는 사실뿐이었다. 나는 중요한 인물이 아니다. 그저 약간의 익명을 원하는 평균치의 사람일 뿐이다. 나는 인터뷰를 증오한다. 자, 봐라, 난 이렇게 단순한 여자이고, 아주 조금만 복잡미묘할 뿐이다. 시골 농부와 하늘의 별이 섞인 존재이다.

나는 브라질리아를 흠모한다. 그게 모순인가? 하지만 그 무엇이 모순이 아니란 말인가? 사람들은 차를 몰고 사막처럼 텅 빈 거리를 곧장 따라가기만 한다. 나는 차를 갖고 운전을 할 때 항상 길을 헤매곤 했다. 내가 어디서 왔는지, 어디로 갈 것인지 한 번도 알지 못했다. 삶에서. 예술에서, 시간이나 공간에서, 언제나 방향 감각이 없었다. 도저히 믿을 수 없을 정도로.

그곳에서 사람들은 함께 모여서 점심과 저녁식사를 했다. — 그렇게 하여 식탁의 인구를 충당한다. 이것은 훌륭하면서 매우 유쾌하다. 어떤 숨겨진 이유로 인해 고난에 처한 도시가 서서히 인간화되어가는 과정이다. 나는 진심으로 그것을 즐겼고, 브라질리아에서 나는 정말로 소중하게 대접받았다. 하지만 내가 당장 꺼져버렸으면 하고 바라는 이들도 있었다. 내가 그들의 일상에 너무도 방해되었기 때문이다. 그런 사람에게 나는 불편한 새로움이었다. 삶은 극적이다. 하지만 달아날 길은 없다. 우리 모두는 태어나버렸다.

브라질리아에서 태어난 자들이 자라면 어떤 어른이 될까? 이 도시는 향수에 젖은 아웃사이더들, 난민들이 거주하므로. 거기서 태어난 자들이 곧 미래가 될 것이다. 강철처럼 번쩍이는 미래. 내가 아직 살아 있다면, 앞으로 도래할 낯설고 새로운 산물에 박수를 보낼 것이다. 흡연은 금지될까? 혹시 모든 것이 금지되는 건 아닐까? 브라질리아는 하나의 취임식장처럼 보인다. 매일매일 뭔가가 도입되고 있다. 경축 경축 또 경축이다. 깃발을 높이 올려라.

브라질리아에서 누가 나를 원할까? 누구라도 나를 원하면 전화할 수 있다. 당장은 말고, 왜냐하면 난 아직 정신이 멍하니까. 그러나 조만간. 언제든지 당신이 좋을 때. 브라질리아는 항상 당신을 위해 대기 중이다. 나는 내가 누군지 알아차리고는 이렇게 말을 걸어왔던 호텔의 여자 청소부와 이야기하고 싶다. 나는 정말이지 미치도록 쓰고 싶어요! 난 대답했다. 그래요, 계속하세요, 계속 글을 쓰세요. 그러자 그녀가 다시 말했다. 하지만 난 이미 너무도 많은 고생을 겪은 걸요. 나는 좀 엄하게 대답했다. 포기하지 말고 계속하세요. 당신이 고생한 이야기를 쓰세요.

왜냐하면 그곳 브라질리아에는 눈물을 흘릴 누군가가 필요하니까. 그 도시 거주민의 눈동자는 지나치게 건조하다. 그럴 경우 — 그럴 경우 나는 자원해서 눈물을 흘리겠다. 호텔 여자 청소부와 나, 우리 여자 친구들이. 그녀는 내게 말했다. 당신을 본 순간, 내 팔에는 소름이 돋았어요. 그녀는 자신이 영매라고 말했다.

그렇다. 나는 소름이 돋았다. 그리고 몸이 떨린다. 신이여 도우소서. 나는 달처럼 말이 없다.

브라질리아는 전일제이다. 나는 그것이 극심하게 공포스럽다. 그곳은 사우나를 하기에 이상적인 장소이다. 사우나라고? 그래 맞다. 그곳에서는 뭘 하며 시간을 보내야 할지 알 수가 없다. 나는 내려다보고, 올려다본다. — 그리고 대답은, 울부짖음이다. 안 돼에에에! 브라질리아는 우리를 경악에 빠뜨린다. 무섭다. 왜 나는 거기서 그처럼 극심한 죄의식을 갖는 걸까? 내가 뭘 잘못했을까? 왜 그들은 도심 한가운데에 거대한 흰 달걀을 세우지 않았을까? 왜냐하면 도심이 없기 때문에. 하지만 달걀은 필요하다.

브라질리아 사람들은 무슨 옷을 입을까? 금속?

브라질리아는 나의 순교지이다. 브라질리아에는 명사가 없다. 형용사뿐이다. 얼마나 가슴이 아픈지. 오, 신이여, 제발 부탁이니 저에게 단 하나의 작은 명사라도 허용해주시기를! 오, 그리고 싶지 않다구요? 그렇다면 내 말은 못 들은 척해주세요. 나는 포기하는 법을 안답니다.

오 스튜어디스, 제발 그 판에 박힌 미소를 좀 줄여줄 수 없는지요? 그게 우리가 먹을 샌드위치인가요? 전부 건조식품인가 보죠? 하지만 난 세르지우 포르투(1923-1968, 브라질의 칼럼리스트·작가·방송인·작곡가)처럼 말할 것이다. 언젠가 한번 비행기에서 스튜어디스가 그에게 이렇게 말하는 것을 들었다. 커피 드릴까요, 손님? 그러자 그가 대답했다. 내가 얻을 권리가 있는 건 뭐든지 다 주시오.

브라질리아에는 결코 밤이 오지 않는다. 그곳은 항상 무자비한 낮이다. 벌을 받는 걸까? 하지만 신이여, 내가 뭘 잘못했나요? 나는 듣고 싶지 않다. 그가 번 벌이야, 라고 말하는 소리를.

실제로 브라질리아에는 갑작스레 죽을 만한 장소가 없다. 그렇지만 한 가지 중요한 사실. 브라질리아는 순수 단백질이다. 브라질리아가 테니스 코트라고 내가 말하지 않았던가? 왜냐하면 브라질리아는 테니스 코트 위에 뿌려진 피니까. 그러면 나는? 나는 어디 있는 거지? 나? 가엾은 나, 진홍색으로 얼룩진 내 손수건과 함께. 나는 자살하게 될까? 아니다. 나는 야수적인 대응 속에서 살아간다. 나는 바로 거기에, 모두가 나를 원하는 그곳에 있다.

그러나 브라질리아는 반대편의 소리이다. 브라질리아가 고오오오오오올인!이라는 사실을 누구도 부정하지 못한다. 비록 삼바를 약간 비틀어버리기는 했지만. 그게 누구지? 내가 아주 좋아하는 할렐루야 노래를 부르고 있는 저 가수는 누구지? 마치 아주 예리한 검처럼 미래를, 그리고 언제나 미래 도시인 브라질리아를 가로지르는 자는 누구지? 나는 반복한다. 순단백질, 바로 당신. 당신이 나를 수태시켰다. 아니면, 내가 바로 지금 노래하고 있는 자인가? 나 자신에게 귀 기울이면서, 나는 감동받았다. 허공에 브라질리아가 있다. 허공에, 인간 삶에서 필수적인 모퉁이의 지지가 불행히도 결핍된 채로. 브라질리아에는 그 누구도 살지 않는다는 말을 내가 이미 했던가? 그들은 거주한다. 브라질리아는 해변의 무자비한 태양 아래서 바싹 말라버린 순수한 경악의 뼈다. 아, 흰말의 갈기는 얼마나 투박한지. 아, 더 이상은 기다릴 수가 없다. 제발 작은 비행기를. 창백한 달빛이 문으로 스며들어와 나를 바라본다. 나, 백지장처럼, 희고, 교활한.

나는 모퉁이가 없다. 내 트랜지스터 라디오에서는 아무런 음악도 나오지 않는다. 뭐가 잘못된 거지? 그렇게 하는 게 아니야. 내가 자꾸 반복하는 걸까? 그러면 안 되는가?

빌어먹을 대구Cod의 사랑으로(나는 신God이라는 글자를 이렇게 혼동해버린 사실에 깜짝 놀랐다) 빌어먹을 신의 사랑으로, 너희 브라질리아에 거주하는 이들이여, 말하도록 강요당한 것을 말한 나를, 나, 진실의 미천한 노예를 용서해다오. 내가 누군가의 감정을 상하게 했다는 의미는 아니다. 단지 빛이 너무도 희게 번득인다는 말이다. 내 눈은 예민하여 강력한 광채에, 그리고 그 붉은 대지 전체에 의해 심각한 공격을 당한다.

브라질리아는 과거에 일어났던 미래이다.

돌처럼 영원하다. 브라질리아의 빛 — 내가 또 반복하고 있는 걸까? — 브라질리아의 빛은 내 여성적인 단아함에 상처를 입힌다. 그게 전부다, 사람들이여, 그게 전부다.

그것만 아니면, 브라질리아여 영원하라! 나는 깃발을 들어 올리는 것을 돕겠다. 그리고 내 가엾은 얼굴이 얻어맞은 따귀도 용서하겠다. 오, 불쌍하고도 가련한 나. 어미도 없이. 어미를 갖는건 우리의 의무이다. 자연의 법칙이다. 나는 브라질리아를 지지한다.

2000년이 되면, 그곳에서는 축하행사가 열릴 것이다. 그때까지 살아 있다면, 나는 성대한 잔치판에 참여하고 싶다. 브라질리아는 터무니없이 부풀려진 종합 잔치판이다. 약간은 히스테릭한, 그건 사실이지만, 그래도 괜찮긴 하다. 어두운 고속도로에서 왁자한 웃음이 터져 나온다. 내가 웃고, 당신이 웃고, 그가 웃는다. 셋이 웃는다.

브라질리아에는 개가 오줌을 눌 만한 가로등이 없다. 오줌 누는 개가 다급하게 필요하다. 그러나, 친애하는 분, 브라질리아는 보석이다. 그곳에서는 모든 것이 제 역할을 한다. 브라질리아는 나를 황금으로 뒤덮는다. 나는 미용사에게 간다. 리우에 대해서 이야기한다. 헬로, 리우! 헬로! 헬로! 나는 정말로 무섭다. 신이여 도우소서.

그러나 때가 온다. 친구여, 당신에게 분명히 말하는데, 브라질리아가 수프 속의 머리카락이 되는 때가 온다. 나는 무척 분주하니, 지옥에나 꺼져버려라 브라질리아, 날 가만 내버려두라고. 브라질리아는 어디에도 위치하지 않는다. 브라질리아는 울분의 분위기로 팽배하고, 당신은 이유를 안다. 브라질리아. 탄생하기 이전에 그것은 이미 태어나 있었다. 조산아이며, 태어나지 않은 아기, 태아, 한마디로, 그것은 나. 오, 뻔뻔스러워라.

아무나 브라질리아에 들어올 수는 없다. 절대. 절대로. 고귀한 신분이 요구된다. 한없는 뻔뻔함과 고귀함이. 브라질리아는 그렇지 않다. 그것은 단지 자기 자신의 이미지일 뿐이다. 오, 초거대한 것, 너를 사랑해! 오, 내가 발명했으나 그 의미를 모르는 어휘여. 오 종기여! 딱딱하게 굳은 고름이여, 그런데 누구의 것인지? 경고. 대기 중에 정액이 떠다니고 있음.

나, 필경사인. 나, 불행하게도 정의 내리는 자definer의 숙명을 타고난. 브라질리아는 바이아의 반대이다. 바이아는 엉덩이이다. 오, 흠뻑 젖은 방돔 광장(파리의 오페라 가르니에 인근의 광장)이 얼마나 애타게 그리운지. 오, 헤시피(브라질 동부의 항구도시)의 마시엘 핀녜이루 광장은 얼마나 애타게 그리운지. 이토록 가난한 영혼이여. 하지만 당신이 내게 그걸 요구한다. 아무것도 할 수 없는

나. 오, 내 개가 얼마나 애타게 그리운지. 세상에 그런 다정한 친구는 없어라. 그러나 신문사에서 나온 그들은 개의 사진을 찍었고, 개는 길의 끝에 서 있었다. 개와 내가. 우리, 아시시의 성프란치스코의 어린 형제자매. 조용히 입을 다물자. 그러는 편이 낫다.

당신을 끝장내버릴 거야, 브라질리아! 내 손아귀에 잡혀 참혹한 고문에 시달리게 될 거야! 당신이 지겨워, 얼음처럼 냉랭한 너 브라질리아, 돼지들 사이의 진주. 오, 너 종말의 도시.

그리고 갑작스러운 치욕. 끔찍한 소음. 왜? 누구도 이유를 모른다. 세상에, 내가 어떻게 그걸 그 자리에서 바로 보지 못했을까? 왜냐하면 브라질리아는 '여성의 건강'이 아니니까? 브라질리아는 자신이 무엇을 원하는지 모른다. 그건 바로 장난이다. 브라질리아는 입 한가운데의 빠진 앞니이다. 그게 또한 절정이기도 하지. 한 가지 주요한 이유. 그게 뭐냐고? 비밀, 아주 많은 비밀, 웅얼거림, 소곤거림, 한 줄기 표정, 그리고 끝나지 않는 소문.

건강, 건강. 여기서 나는 체육 교사다. 나는 텀블링을 하러 간다. 그게 맞다. 나는 지옥을 불러일으킨다. 브라질리아는 천상의 지옥이다. 타이프라이터이다. 탁—탁—탁. 난 자고 싶어! 제발 날 혼자 놔둬!!!! 정말 피—이—곤하니까. 불가해한 존재가 되는 것이. 하지만 난 이해받기를 원하지 않는다. 그랬다가는 신성한 은밀함을 잃게 될 것이므로. 내가 하는 말은 매우 진지하다. 정말로 매우 진지하다. 브라질리아는 탁—탁—탁 지팡이를 짚고 가는 눈먼 늙은 남자의 유령이다. 개도 없이, 가엾은 사람. 그러면 나는? 내가 어떻게 도울 수 있을까? 브라질리아는 혼자서도 잘해나

간다. 브라질리아는 음을 높이─높이─높이 조율한 바이올린이다. 첼로가 필요하다. 그런데 이 무슨 시끄러운 소음인지. 이건 분명 부적절한 상황이다. 내가 보증할 수 있다. 하지만 브라질리아에는 보증인이 없다.

나는 브라질리아의 700호실로 돌아가고 싶다. 그러면 'i'의 점을 찍을 수 있다. 그러나 브라질리아는 흐르지 않는다. 대신 반대 방향으로 갈 뿐이다. 바로 울프wolf와 플로우flow처럼.

미쳤지만 그래도 기능적이다. '그래도'란 단어를 내가 얼마나 싫어하는지. 그래서 정말로 필요한 경우에만 그것을 사용한다.

밤이 되면 브라질리아는 세베대(예수의 제자인 야고보와 요한의 아버지)가 된다. 브라질리아는 24시간 내내 하나의 약국이다.

한 젊은 여자가 공항에서 내 온몸을 수색했다. 내가 물었다. 불순분자처럼 보여서 그러나요? 그녀가 웃으면서 대답했다. 사실 그렇게 보여요. 나는 한 번도 그처럼 철두철미하게 수색당해본 적이 없다. 아니 맙소사, 이건 정말로 죄악의 행위로군. 그녀의 손길이 내 몸을 너무 열심히 더듬는 통에 나는 가만히 있기가 힘들었다.

브라질리아는 날씬하다. 그리고 매우 우아하다. 가발을 착용하고 인조 눈썹을 붙였다. 피라미드 내부의 두루마리이다. 브라질리아는 나이를 먹지 않는다. 브라질리아는 코카콜라이며, 정말로, 나보다 더 오래 살 것이다. 매우 나쁜 일이다. 물론 코카콜라에게 말이다. 살려줘! 살려줘! 날 살려줘! 내 다급한 외침에 브라질리아가 어떻게 대답하는지 아는가? 아주 정중하게, 커피 한 잔

드릴까요? 그래서 내가 어떻게 했느냐고? 무슨 도움을 받았느냐고? 날 잘 대접해야 한다, 알아들었는지? 그렇게…… 그렇게…… 친절하고 느리게. 그러면 된다. 그러면 된다. 이제 안심이 되는군. 행복이란, 친구여, 안심하는 것이다. 브라질리아는 엉덩이를 한 대 걷어차는 것이다. 그곳에서는 포르투갈인들이 부자가 된다. 그러면 복권을 사고 당첨되지도 못하는 나는 어떠냐고?

오, 브라질리아의 코는 얼마나 예쁜지. 어쩌면 저리도 섬세할까.

브라질리아가 기타 등등이란 것을 알고 있었는지? 어쨌든 이제는 알게 된 셈이다. 브라질리아는 엑스 피 티 알XPTR…… 당신이 좋아하는 만큼의 자음이 있지만 당신에게 휴식을 가져다줄 모음은 단 하나도 없다. 그리고 브라질리아, 친애하는 분, 죄송하지만, 브라질리아는 바로 거기서 끝나버렸다.

보아라 브라질리아, 나는 그냥 평범한 아무개가 아니다. 절대 그렇지 않다. 존경심을 보여다오, 친절을 베풀어다오. 나는 우주의 여행자이다. 나는 많은 존경심을, 많은 셰익스피어를 요구한다. 오, 하지만 나는 죽고 싶지 않다! 오, 한숨이여. 그러나 브라질리아가 기다리고 있다. 나는 기다림을 참지 못한다. 푸른 유령. 짜증이 솟구친다. 기억하려고 애를 쓰지만 도저히 생각나지 않는 답답함. 나는 브라질리아를 잊고 싶지만 브라질리아가 그렇게 두질 않는다. 상처에 앉은 마른 딱지처럼. 황금. 브라질리아는 황금이다. 보석이다. 반짝이는 광채이다. 나는 브라질리아에 관해 몇 가지를 알고 있으나 말하지는 못한다. 그들이 그렇게 두질 않는다. 추측해보도록.

신이여 나를 도우소서.

계속하라, 여인이여, 계속 앞으로 나가서 네 운명을 이루도록 하라. 나 자신인 여인이 되는 것은 의무이다. 바로 지금 이 순간 나는 깃발을 올린다. ― 하지만 참으로 사나운 남풍이로구나! ― 그리고 여기 이 자리에서 나는 외친다. 만세!

오, 너무 피곤하다.

브라질리아는 언제나 일요일이다. 그러나 지금, 나는 아주 감미롭게 말하려 한다. 바로 이런 말. 내 사랑. 영원한 내 사랑. 이 말을 벌써 했던가? 당신이 대답할 차례다. 나는 세상에서 가장 아름다운 말로 끝맺으려 한다. 바로 이런 말, 친절하고 느리게. 내 사랑, 당신을 얼마나 간절히 그리워했는지. ㅅ―ㅏ―ㄹ―ㅏ―ㅇ, 당신에게 입 맞춘다. 한 송이 꽃처럼. 입과 입을 맞대며. 대담하게. 그리고 이제―이제 평화가 왔다. 평화와 인생. 나는 살아 있는 삶이다. 아마 난 그럴 만한 자격이 충분하지 않을지도 모른다. 그래서 두렵다. 하지만 두려움으로 종말을 맞고 싶지는 않다. 엑스터시. 맞아, 내 사랑. 나는 굴복한다. 맞아. Pour toujours(영원히). 모든 것이 ― 하지만 모든 것이 절대적으로 자연이다. 맞다. 나. 하지만 특히 브라질리아 당신이 유죄이다. 그렇지만, 나는 당신을 용서한다. 당신이 그처럼 사랑스럽고 가슴이 저미도록 가련하면서 광적인 건 당신의 잘못이 아니다. 맞다, 정의의 바람이 불어온다. 그래서 난 위대한 자연의 법칙에게 묻는다. 맞다. 이봐, 금 간 거울아, 세상에서 나보다 더 예쁜 게 누구지? 그런 사람은 없

어. 마법 거울이 대답한다. 맞아, 나도 잘 알아. 우리 둘만 알고 있
는 거지. 맞아! 맞아! 맞아! 나는 맞다고 말했다.

　나는 겸허하게 도움을 요청한다. 그들이 나를 몽땅 털어가고
있다. 내가 전 세계인가? 총체적 경악. 이건 그냥 태풍 정도가 아
니라구요, 이건 토네이도예요. 나는 리우에 있다. 마침내 비행접
시에서 내린 것이다. 한 친구가 다가오면서 말한다. ― 아니 저기
카르멘 미란다(1909-1955, 브라질의 가수이자 배우)가! ―「타르 베
이비 돌Tar Baby Doll」이라는 노래가 있는데 대충 이런 내용이라고
말이다. 욱신거리는 티눈을 달고 형편없이 초췌한 몰골로 이곳에
왔네, 옷깃이 숨막히게 목을 조이는데, 베이비, 오직 너를 보기 위
해서.

　나는 착륙했다. 내 목소리는 약했으나, 브라질리아가 내게 원
했던 그것을 말했다. 브라보! 브라비시모!bravo! Bravíssimo! 그것으
로 충분하다. 이제 나는 내 개와 함께 리우에서 살아갈 것이다. 제
발 부탁인데 조용했으면. 바로 이렇게. 침―묵. 나는 무척 슬프다.

　브라질리아는 내 가슴에서 미친 듯이 반짝이며 타오르는 푸른
눈동자이다.

　브라질리아는 몰타다. 몰타는 어디에 있나? 그것은 슈퍼-불가
능의 하루에 있다. 여보세요! 여보세요! 몰타! 오늘은 뉴욕의 일
요일이다. 광휘로 번쩍이는 것, 브라질리아는 이미 화요일이다.
브라질리아는 월요일을 그냥 넘어가버린다. 월요일은 치과에 가
야 하는 날, 달리 어쩔 수가 없다, 지루하기 짝이 없는 일들을 처
리해야 하는 날, 내가 고민에 빠지는 날이다. 내가 장담하건대, 브

라질리아에서는 아직도 다들 춤추고 있으리라. 놀라운 일이다. 저녁 6시 20분, 거의 밤이다. 6시 20분, 아무 일도 일어나지 않는다. 여보세요! 여보세요! 브라질리아! 나는 대답을 원한다, 급하다, 방금 나는 내 죽음과 타협을 마쳤다. 나는 슬프다. 보폭이 너무 커서 긴 편인 내 다리로도 따라갈 수가 없다. 평화롭게 죽을 수 있도록 도와달라. 이미 말했겠지만, 나는 마지막 가는 순간에 애정 어린 손이 내 손을 잡아주기를 원한다. 나는 저항하면서 간다. 나. 주마등처럼 스쳐 지나가는 것. 내 이름은 존재하지 않는다. 존재하는 것은 내 다른 이미지로부터 조작된 이미지일 뿐이다. 그러나 실제 이미지는 이미 죽었다. 나는 6월 9일 죽었다. 일요일이다. 내가 사랑하는 소중한 사람들과 점심식사를 마친 후에. 나는 로스트 치킨을 먹었다. 나는 행복하다. 그러나 진정한 죽음이 결핍되어 있다. 나는 신을 만나기 위해 서두른다. 나를 위해 기도한다. 나는 우아하게 죽었다.

　나는 동정녀의 영혼을 가졌으며, 그래서 보호가 필요하다. 누가 나를 도울 것인가? 쇼팽의 폭발적 발작. 당신만이 나를 도울 수 있다. 마음의 심연에서 나는 혼자다. 아직 신에게도 말하지 못한 진실이 있다. 심지어 나 자신에게조차도. 나는 일곱 개의 열쇠로 잠그어진 비밀이다. 제발 내게서 그것을 거두어달라. 나는 너무도 혼자이다. 나와 내 의례가. 전화벨은 울리지 않는다. 그것이 나를 아프게 한다. 그러나 신은 유일하게 나를 아끼시는 분이다. 아멘.

　내가 개의 언어, 식물의 언어까지도 말한다는 것을 당신은 알고 있었는가? 아멘. 그러나 내 언어는 최후의 결말이 아니다. 거기에는 내가 언급하지 못하는 무엇이 존재한다. 내 이야기는 용맹하다. 나는 익명의 편지이다. 나는 내가 쓴 글에 서명하지 않는다. 다른 이들이 서명하게 내버려두라. 나는 자격증이 없으니. 나라고? 모든 사람들의 나? 절대 아니다! 아버지가 필요하다. 누가 지원할 것인가? 아니, 아버지는 필요하지 않다. 필요한 것은 나의 평등이다. 나는 죽음을 기다리고 있다. 오, 이런 바람이라니, 친애하는 분. 당신은 바람을 보지 못한다. 나는 우리의 여호와 신에게 바람의 형상을 입은 분노에 대해 묻는다. 오직 그만이 설명할 수 있다. 그가 할 수 있을까? 만약 할 수 없다면, 나는 망했다. 오, 당신을 정말 사랑해, 내가 당신을 죽이게 되어서 너무도 좋아.

내가 피투성이 테니스 코트 이야기를 한 것이 기억나는가? 거기 뿌려진 피는 내 것이다. 진홍색의, 응고된 핏덩이는 내 것이다.

브라질리아는 경마 레이스이다. 아니, 나는 말이 아니다. 브라질리아는 나 없이도 스스로 지옥을 향해서 달려갈 수 있다.

브라질리아는 쌍곡선이다. 최종 명령이 떨어질 때까지 나는 유예되었다. 나 자신의 고집을 꺾지 않음으로써 나는 살아남는다. 정말로 육지에 착륙했다. 집처럼 편한 곳은 없다. 돌아오다니, 얼마나 좋은가. 떠나는 것은 좋다. 그러나 돌아오는 것은 더 좋다. 맞는 말이다. 더 좋다.

브라질리아에서 보충할 것이 뭐가 있을까? 난 알지 못한다, 친애하는 분. 내가 아는 건 오직 전부 무라는 것, 무가 곧 전부라는 사실뿐이다. 내 개가 잠들어 있다. 내가 바로 내 개이다. 나는 나 자신을 울리세스라고 부른다. 우리는 둘 다 피곤하다. 너무, 너무 피곤하다. 애통이 나고, 애통이 우리이다. 침묵. 당신도 자야 한다. 오 충격에 빠진 도시여. 스스로에게 충격을 주는구나. 내게서 이상한 냄새가 나는 것 같다. 내가 할 일이라곤 단지 쇼팽이 폴란드 침공을 불평했듯이 그렇게 불평하는 것뿐. 어쨌든 나는 권리가 있다. 나는 나다. 다른 사람들도 다들 그렇게 말한다. 그들이 그렇게 말한다면, 못 믿을 이유는 무엇인가? 잘 있거라. 지긋지긋하다. 나는 불평할 것이다. 나는 신에게 불평할 것이다. 그리고 신이 그럴 수만 있다면, 내 말에 귀 기울이도록 둘 것이다. 나는 극도로 궁핍한 사람 중 하나이다. 나는 지팡이 하나와 함께 브라질리아를 떠났다. 오늘은 일요일이다. 신조차도 쉰다. 신은 웃기는 존재이다. 그는 뭐든지 스스로 할 수 있는데, 그러기 위해 자기 자신이 필요하다.

　나는 집에 왔다. 이건 사실이다. 그런데 당신은 내 가정부가 작가라는 걸 아는지? 나는 그녀에게 코카콜라가 냉장고 어디에 있는지 물었다. 그녀가 대답했는데, 그녀는 어여쁜 흑인 처녀이다. 지금 너무 피곤하다고, 그래서 나는 그녀를 돌려보냈다. 언젠가, 수년 전에, 나는 파울루 멘데스 캄푸스(브라질의 작가)에게 당시의 내 가정부가 했던 말을 들려준 적이 있다. 그러자 그는 대충 이런 대답을 편지에 써 왔다. 누구나 자신의 역량에 걸맞는 가정부를 얻는 법이지요. 목소리가 아름다운 가정부는 내가 요청하면 노래를 들려주기도 한다. "아무도 나를 사랑하지 않네." 그녀는 그림을 그리고, 글을 쓴다. 나는 면목이 없다. 그런 가정부를 얻을 만큼의 역량을 갖추지 못했기 때문이다.

　나는 아무것도 아니다. 나는 좌절한 일요일이다. 아니면, 나는 배은망덕하게 행동하고 있는가? 많은 것이 내게 주어졌고, 많은 것이 내게서 떠났다. 승자는 누구인가? 내가 아니라는 것만은 확실하다. 쌍곡선의 누군가가 승리했다.

　브라질리아, 약간만 동물이 된다면. 그러면 좋겠다. 너무나 좋겠다. 오줌 누는 강아지가 없다는 것은 모욕이므로, 내 개는 매우 명백한 이유를 들어 절대로 브라질리아에 가려고 하지 않는다. 6시 15분 전이다. 특별할 것이 없는 시각. 키신저조차도 잠들어 있다. 아니면 혹시 비행기를 타고 있을까? 알 길이 없다. 생일 축하해요, 키신저. 생일 축하해요, 브라질리아. 브라질리아는 집단자살이다. 브라질리아, 지금 자기 몸을 긁어대는 건가? 난 아니다. 그런 일에는 아예 처음부터 눈길을 주지 않는다. 일단 한 번 시작하면 도저히 빠져나올 수가 없기 때문이다. 그밖의 나머지가 무엇인지, 당신도 잘 알 것이다.

　나머지는 발작이다.

　누구도 모르는 사실이지만, 내 개는 담배를 피울 뿐 아니라 커피를 마시고 꽃을 먹기도 한다. 게다가 맥주도 마신다. 심지어는 항우울제도 복용한다. 그는 물라토(흑인과 백인의 혼혈)와 약간 비슷하다. 그에게 필요한 건 여자친구다. 그는 중간 계층이다. 나는 신문에 뭐든지 다 털어놓지는 않았다. 그러나 이제 진실의 시간이 왔다. 당신도 그것을 읽을 용기를 내야 한다. 내 개가 하지 않은 단 한 가지는 글쓰기이다. 그는 펜을 먹어버리고 종이를 갈갈

이 찢는다. 내가 하는 일보다 더 낫다. 그는 나의 동물 아들이다. 그는 달과 암말의 순간적 접촉에 의해 태어났다. 태양의 암말. 그는 어떤 것이다. 반면 브라질리아는 아무것도 아니다. 그는 동물이다. 나는 동물이다. 진정으로, 내 말을 다시 반복하고 싶다. 오직 사람들을 지겹게 만들겠다는 그 목적으로.

오 세상에, 나는 시간을 거슬러 갔다. 정확히 6시 20분 전이다. 나는 타이프라이터에게 대답한다. 맞아. 괴물 같은 타이프라이터. 이건 망원경이다. 이런 바람이. 토네이도인가? 그렇다.

근사해 보이는 장소가 아닌가. 오늘은 월요일, 10일이다. 보다시피, 나는 죽지 않았다. 치과의사에게 가야 한다. 이 주는, 위험하다. 나는 지금 진실을 말하는 것이다. 이미 언급했듯이, 총체적 진실은 아니다. 신이 이걸 안다면, 그건 그가 알아서 할 문제이다. 그가 처리하게 내버려두라. 방법은 모르지만, 나도 최선을 다해서 처리할 테니까. 불구자처럼. 무상으로 사는 일은 당신에게 불가능하다. 살기 위해 돈을 지불하는가? 나는 덤으로 얻은 시간을 산다. 잡종개 울리세스처럼. 내 입장에서는, 그렇게 생각된다.

얼마나 난처한지. 내 경우는 공공의 난처함이다. 나는 일생 동안 세 마리의 들소를 가졌다. 원 플러스 원 플러스 원 플러스 원 플러스 원. 네 번째 들소가 몰타에서 나를 죽인다. 사실은 일곱 번째가 가장 반질반질 윤기가 흘렀다. 들소여, 몰랐을 수도 있지만, 너희는 혈거동물이다. 나는 나의 이야기를 수행한다. 인간의 온기. 두려움 없는 도시, 그런 것. 신은 시간이다. 그래도 나는 오래 갈 것이다. 그 누구도 불멸이 아니다. 죽지 않는 인간을 본 적이 있는가.

나는 죽었다. 나는 브라질리아에게 살해당했다. 나는 죽었고 계속 연구한다. 나를 위해 기도해달라, 나는 반듯이 누워 죽었으니까.

보아라, 브라질리아, 나는 떠났다. 신이여 나를 도우소서. 내가 조금 앞서 있기 때문이다. 그게 전부다. 나는 신에게 맹세한다. 그리고 나는 조금 뒤처졌기도 하다. 당신이 무엇을 할 수 있겠는가. 브라질리아는 거리에 흩어진 깨진 유리조각이다. 파편들. 브라질리아는 치과의사의 금속 도구이다. 또한 바로 그 오토바이이기도 하다. 소금을 흠뻑 뿌려 기름에 튀긴 숭어알 절임이기를 멈추지 않는. 나도 어쩌다 보니 삶을 열망하게 되었다. 너무 많이 바라고 너무 많이 이용한다. 모든 것이 너무 많다. ― 그래서 나는 부도덕해졌다. 그래 맞다. 나는 부도덕하다. 18세 이하에게 부적합하다는 건 얼마나 멋진지.

브라질리아는 매일 아침 5시에 운동을 한다. 그곳에서는 바이아 사람들만이 그런 일에 발을 들이지 않는 유일한 부류이다. 그들은 시를 쓴다.

브라질리아는 강철 서류 캐비닛 속에 분류되는 신비이다. 그곳에서는 모든 것이 분류된다. 그러면 나는? 나는 누구인가? 그들은 나를 어떻게 분류했을까? 그들은 내게 번호를 매겼을까? 나는 번호가 매겨지고, 전신에 압박이 가해진 느낌이다. 나는 나에게 잘 들어맞지 않는다. 나는 단지 약간만 나 자신이며, 그나마도 하찮다. 하지만 확실한 계급을 지녔다.

행복하다는 건 너무도 위대한 책임이다. 브라질리아는 행복하다. 브라질리아는 대담하다. 앞으로 브라질리아는 어떻게 될까? 예를 들면, 3000년에는? 뼈 무더기는 얼마나 커다랗게 쌓일지. 누구도 미래를 기억하지 못한다. 그것은 불가능하므로. 당국은 그것을 허용하지 않는다. 그러면 나는? 나는 누구인가? 순전히 공포에 사로잡힌 나머지, 내 앞에 서서 이렇게 말하는 가장 별 볼일 없는 병사에게 나는 복종해버린다. 당신은 체포되었어. 오, 나는 울음이 터지려고 한다. 가까스로. 일보 직전이다.

내가 브라질리아를 묘사할 방법이 없다는 사실이 점점 더 명확해지고 있다. 브라질리아는 목성이다. 잘 고른 어휘이다. 하지만 내 입맛에는 지나치게 문법적이다. 가장 나쁜 것은 문법에 의존하기. 하지만 나는 모르거든요, 나는 그 규칙을 모릅니다.

브라질리아는 공항이다. 스피커가 차갑고 공손하게 출발편을 안내한다.

또 뭐가 있을까? 중요한 사실은, 브라질리아에서는 무엇을 해야 할지 아무도 모른다는 것이다. 뭔가를 하고 있는 자들은 전부 미친 듯이 움직일 뿐이다. 미친 듯이 아이를 낳고 미친 듯이 서로 만나 별미가 가득 차려진 식탁에서 저녁식사를 한다.

나는 나시오날 호텔에서 묵었다. 800호실. 그리고 방에서 코카콜라를 마셨다. 나는 항상—너무나 바보라서—아무 대가 없이 공짜 광고를 해주고 있다.

저녁 7시에 나는 브라질의 아방가르드 문학에 대해서, 그냥 피상적으로만 이야기할 예정이다. 나는 비평가가 아니므로. 신은 내게서 비평의 잔을 거두어주셨다. 내 말을 열심히 듣는 사람들의 얼굴을 쳐다보기가, 나는 죽을 만큼 두렵다. 감전되는 듯이. 말이 나왔으니 말인데, 브라질리아는 전기가 통하는 컴퓨터이다. 보나마나 나는 너무 빠른 속도로 읽을 것이고, 그래서 금방 끝내버릴 것이다. 주제 길레르미 메르키오르가 나를 소개할 것이다. 메르키오르는 지나치게 활력이 넘친다. 나는 영광스러우면서도 뭔가 초라한 느낌이다. 무엇보다도, 까다로운 군중을 마주하고 있는, 나는 도대체 누구인가? 나는 내가 할 수 있는 일을 할 것이다. 언젠가 가톨릭 대학교에서 대담을 했는데, 아폰수 호마누지 산타나, 그 대단한 평론가가 갑자기 왜 그랬는지는 알 수 없지만, 내게 불쑥 이런 질문을 했다. 둘 더하기 둘은 다섯인가요? 잠시 동안 나는 할 말을 잃었다. 하지만 곧, 블랙 유머가 떠올랐다. 그 내용은 이렇다. 정신병자는 둘 더하기 둘이 다섯이라고 한다. 신경증 환자는 둘 더하기 둘이 다섯이지만 자신은 그걸 받아들일 수 없다고 한다. 그러자 웃음이 터졌고, 다들 긴장을 풀었다.

내일 나는 리우로 돌아간다. 내가 사랑하는 격동의 도시. 나는 비행기 타는 것이 좋다. 나는 강연도 좋다. 비센치와 함께 그가 모는 차를 타고 브라질리아를 총알처럼 빠르게 돌아다녔다. 나는 그의 옆자리에 앉았고 그와 많은 대화를 나누었다. 나중에 다시 만나요. 나는 회의장으로 데려다줄 차를 기다리면서 책을 읽는다. 브라질리아에서 당신은 예뻐졌다는 느낌을 받는다. 나는 지쳐빠진다는 느낌을 받았다. 브라질리아는 위험하고 나는 위험을 사랑한다. 그건 모험이다. 모험은 나를 미지의 것들과 대면시킨다. 나는 어휘를 말하는 것이다. 어휘는 문장과는 아무런 관련이 없다. 어휘는 단단한 바위이고, 반면에 문장은 한없이 미묘하며 찰나적이고, 극단적이기까지 하다. 브라질리아는 인간다워졌다. 오직 나만이, 그곳의 원형도로, 그곳이 반드시 갖추어야만 하는 모퉁이의 결핍을 참지 못한다. 그곳은, 심지어 하늘조차도 원형이다. 구름은 모두 아뉴스데이agnus dei(신의 어린 양)이다. 브라질리아의 공기는 너무도 건조하여 얼굴 피부가 바싹바싹 마르고 손도 거칠어진다.

'아틀라스 200'이라고 불리는 치과의사의 기계는 내게 말한다. 치!치!치! 오늘은 14일이다. 14는 나를 유예된 채로 남겨둔다. 브라질리아는 15.1이다. 리우는 1이다. 그러나 아주 적은 1이다. 아틀라스 200도 언젠가는 죽을까? 아니 죽지 않는다. 그것은 브라질리아에서 겨울잠에 빠진 나와 같다.

브라질리아는 매우 섬세한 물건을 집어 올리는 오렌지색 기중기이다. 예를 들면 작고 흰 달걀을. 저 흰 달걀은 나일까, 아니면 오늘 태어난 어린 아기일까?

사람들이 내게 부두 마법을 걸었다는 느낌이 든다. 내 빈한한 정체성을 훔쳐려는 자는 누구일까? 내가 할 수 있는 일이란 이게 전부이다. 도움을 청한 후에, 한 잔의 커피를 마시는 것. 그런 다음 담배를 피울 것이다. 오, 브라질리아에서 얼마나 끊임없이 담배를 피웠는지! 브라질리아는 할리우드 상표의 필터 담배이다. 브라질리아는 바로 이런 것이다. 바로 지금처럼, 대문 열쇠구멍에서 돌아가는 열쇠 소리를 듣고 있는 상황. 신비하다고? 그래

맞아, 신비하다. 나는 나가서 문을 열고 누가 왔는지 확인한다. 어떤 사람도 오지 않았다. 그런데 브라질리아는 어떤 사람이다. 붉은 카펫, 연미복에 실크해트.

브라질리아는 스테인리스스틸 가위이다. 나는 최대한 절약하여 간신히 살아간다. 이미 내 결심을 다 작성해놓았다. 거기 적힌 내용이 한가득이다.

브라질리아는 위스키 잔 안에서 달그락거리는 얼음덩이이다. 저녁 6시, 그 누구의 것도 아닌 시간.

브라질리아, 내가 "당신의 건강에 건배"라고 말하기를 바라는가? 나는 유리잔을 손에 들고 "당신의 건강에 건배"라고 말한다. 리우에서, 내 집의 식료품 저장실에서. 바닥도 허공도 아닌 곳에서 가볍게 떨고 있는 모기 한 마리를 죽였다. 이런 살해의 권리는 어디서 나왔나? 그것은 단지 날아다니는 원자에 불과했다. 내가 운명을 결정지어버린 그 모기를, 나는 결코 잊지 못하리라. 나, 운명을 갖지 못한 자는.

나는 피곤하다. 새벽에, 브라질리아 출신인 교육부 장관의 말에 귀를 기울이느라. 바로 지금, 나는「푸른 도나우」를 듣고 있다. 그 강물에 비스듬히 기대 앉아, 진지하게 정신을 집중해서.

브라질리아는 SF이다. 브라질리아는 겉과 속이 뒤바뀐 세아라(브라질 북동부의 주)이다. 상처를 줄 뿐 아니라 정복까지 해버리는.

믿을 수 없게 푸르고, 극단적으로 차가운 아침, 어린아이들의 합창 소리가 들려온다. 아이들이 작고 둥근 입을 열어, 티끌 하나 없는 순결함으로, 오르간 음악에 맞추어 테 데움Te Deum(하느님을 찬미하기 위해 부르는 가톨릭 성가)을 읊는다. 이것이 저녁 7시 스테인드글라스 교회에서의 일이라면 좋겠다. 아니면 아침 7시거나. 나는 아침이 더 좋다. 왜냐하면 브라질리아의 박명은 엉겁결에 벌어지는 포르투 알레그리(브라질 남부의 해안 도시)의 석양보다 더욱 아름답기 때문이다. 브라질리아는 대학입학시험에서 첫 번째 자리를 차지한다. 나는 하찮고 낡은 2위 자리에 딱 만족한다. 행복하다.

내가 숫자로 일곱을 적어놓은 것을 본다. 7. 그래, 브라질리아는 7이다. 3이다. 4이고, 8이며 9이다. — 나머지 숫자들은 건너뛰어버린다. 그리고 13에 이르면, 나는 신을 만난다.

문제는, 백지들이 내 글쓰기를 요구한다는 것이다. 나는 계속해서, 쓴다. 이 세상에 나 홀로, 드높은 언덕에서. 오케스트라를 지휘하고 싶다. 하지만 그들은 여자는 지휘할 수 없다고 말한다. 육체적인 스태미나가 딸리기 때문이라고. 오 슈베르트여, 브라질리아에 설탕을 약간만 쳐주기를! 이 정도로 나는 브라질리아에게 호의적이다.

바로 지금, 이 순간은 7시 10분 전이다. 메 무에로Me muero('나는 죽는다'라는 스페인어), 친애하는 분이여, 부디 집처럼 편하게 지내시기를, 내가 최고급의 서비스를 베풀 것이니. 누구든 원하는 자는 흥청망청 사치스럽게 살 수 있다. 브라질리아는 누구도 파기를 원하지 않는 500크루제이루(옛 브라질의 화폐 단위) 청구서이다. 그리고 숫자 1이 적힌 페니는? 그건 내가 가져야겠다고 강력히 주장한다. 참으로 희귀한 거니까. 행운을 가져다줄 것이다. 뿐만 아니라 특전도 가져다준다. 500크루제이루가 내 목구멍으로 넘어간다.

브라질리아는 다르다. 브라질리아는 초대한다. 초대를 받으면, 나는 참석할 것이다. 브라질리아는 다이아몬드가 박힌 담배 파이프를 사용한다.

그러나 사람들은 흔히 이렇게 말한다. 나는 돈을 원해. 그리고 갑작스럽게 죽고 싶어. 심지어 나조차도. 하지만 성프란치스코는 옷을 모두 벗어버리고 벌거벗은 채 갔다. 그와 나의 개 울리세스는 아무것도 요구하지 않는다. 브라질리아는 내가 신과 맺은 협정이다.

내 요청은, 브라질리아여, 오직 한 가지뿐이다. 에스페란토 말을 받아들이지 말라는 것. 에스페란토 어휘들이, 잘못 번역된 번역문처럼 비틀린 것이 보이지 않는가? 알았습니다, 나의 주여, 알았다고요. 할 말이 거의 다 끝났어요. 나의 주 대신에, 내 사랑. 하지만 내 사랑이 곧 나의 주이니. 아무 대답도 없나요? 오케이, 그 정도는 감당할 수 있어요. 그러나 가슴이 얼마나 미어지는지. 대답 한 마디를 듣지 못하는 것만으로도 마음을 다쳐 상처가 참으로 깊구나. 그래도 그 정도는 참을 수 있다. 하지만 누가 내 발을 밟는 건 참지 못한다. 그건 너무 아프니까. 나는 사람들과 친근하게 지내고, 주로 이름으로 불리며, 격식을 차리지 않는 편이다. 그 말은 곧 이런 의미이다. 나는 당신을 존경하는 선생님이라는 호칭으로 부르고, 당신은 그냥 내 이름을 부른다는 것. 당신은 그 정도로 정중하다, 브라질리아.

브라질리아에 보타닉 가든이 있는가? 동물원은 있는가? 그런 게 필요하다. 사람은 사람만으로는 살 수가 없으니까. 주변에 동물을 두는 건 필수적이다.

당신의 비극 오페라는 어디 있는가, 브라질리아? 나는 오페레타를 인정하고 싶지 않다. 그것은 지나치게 향수를 자극하여, 내가 어린 시절에 여자아이인데도 병정들을 갖고 놀곤 했다고 유도한다. 블루스는 감미롭게 내 가슴을 산산조각 낸다. 그래도 가슴은 여전히 블루스 자체만큼이나 뜨겁다.

브라질리아는 물리 법칙이다. 편하게 하세요, 부인, 거들을 벗고, 당황할 필요는 없어요, 설탕물을 한 모금만 마셔봐요. — 그런 다음에 천천히, 자연법칙이 어떤 건지 조금 살펴보세요. 당신도 그걸 좋아하게 될 테니까.

거기 혹시 '시간의 존재학'이라는 이름의 커리큘럼이 있지 않나요? 아무래도 있을 것 같은데.

아무래도 브라질리아에서는 표백제를 땅에 붓지 않았을 것이다. 아니 부었을 것이다. 살균을 위해서. 그렇지만 나는, 신이여 감사하게도, 철두철미하게 감염되었다. 그렇지만 폐 엑스레이를 찍으면서, 의사에게 말했다. 담배를 피워서 폐가 시커멀 거예요. 의사가 대답했다. 그런데, 실제로는 시커멓지 않군요. 건강하고 깨끗하네요.

그래서 계속된다. 나는 갑자기 입을 다물고, 할 말이 하나도 없다. 내 침묵을 존중해달라. 나는 화가가 아니에요 부인, 나는 작가고, 앞으로도 항상 작가랍니다.

브라질리아에서, 나는 꿈을 꾸지 않았다. 내가 잘못해서 그런 건지 아니면 원래 브라질리아에서는 아무도 꿈을 꾸지 않는지? 그리고 그 호텔 청소부는? 그녀는 어떻게 되었을까? 나 역시 고통받았답니다. 듣고 있나요, 청소부 여인? 고통은 느끼는 자들의 특권이죠. 하지만 지금, 나는 기쁨 그 자체랍니다. 아침 6시가 거의 다 되었다. 나는 4시에 일어났고 잠이 완전히 깬 상태이다. 브라질리아는 잠이 완전히 깬 상태이다. 내가 하는 말에 주의를 기울여달라. 브라질리아는 절대로 끝나지 않는다. 나는 죽고, 브라질리아는 남는다. 물론, 새로운 사람들과 함께. 브라질리아는 이제 막 인쇄가 끝난 책이다.

브라질리아는 웨딩 마치이다. 신랑은 북동부 출신이고 케이크를 통째로 먹어치운다. 여러 세대 동안 내내 굶주렸기 때문이다. 신부는 나이 많은 과부로, 부유하고 신경질적이다. 이 특이한 결혼식에 나는 증인으로 참석했는데, 상황상 도저히 어쩔 수가 없었으므로, 거기서 마치 군가처럼 울려 퍼지며 싫다는 나에게까지 결혼을 강요하는 웨딩 마치의 폭력에 완전히 박살이 나고 말았다. 나는 온몸에 밴드를 덕지덕지 붙였고, 발목이 삐었으며, 목덜미는 욱신거리고 가슴에 뻥 뚫린 상처는 쓰라리게 아팠다.

내가 하는 말은 전부 진실이다. 혹은 상징적 진실이다. 하지만 브라질리아의 통사론은 왜 이다지도 어려운지! 점쟁이는 내가 브라질리아로 가게 될 거라고 했다. 그녀는 뭐든지 다 안다. 메이에르(리우데자네이루의 북부 구역) 출신의 나지르 부인. 브라질리아는 며칠 전 집 근처 길모퉁이에서 마주친 노란 나비처럼 파들

파들 떨리는 눈꺼풀이다. 노란 나비는 좋은 징조다. 도마뱀들은
긍정도 부정도 하지 않는다. 그러나 S.는 피부를 벗어버리는 도마
뱀을 무서워한다. 내가 더 무서워하는 건 쥐들이다. 호텔 나시오
날에서 그들은 절대로 쥐 따위는 없다고 보장했다. 그래서, 그런
경우에 한해서만, 나는 묵었다. 보장이 있는 곳에서, 나는 종종 묵
는다. 머문다.

　일은 숙명이다. 이걸 보라, 브라질리아 저널, 점성술 코너를 싣
는 편이 낫다. 우리가 가장 먼저 알아야 하는 건 우리가 있는 위치
이기 때문이다. 나는 마법 그 자체이며, 내 분위기는 이미 말했던
그 교회의 사랑스러운 스테인드글라스처럼 밝은 청색이다. 내가
건드리는 모든 것이, 태어난다.

　이곳 리우는 이제 날이 밝아온다. 매혹적이며 차갑고 건조한
아침. 모든 밤이 이토록 환한 아침을 가지다니, 얼마나 멋진 일인
가. 브라질리아의 별자리는 찬란하다. 누구든 원하는 자는, 스스
로 감당하도록 내버려두라.

　6시 15분 전. 나는 음악을 들으면서 쓴다. 어떤 것이라도 상관
없다. 나는 까다롭지 않다. 이 순간 내가 듣고 싶어 했던 것은 리
스본의 아말리아 로드리게스가 부르는, 정말로 모골을 송연하게
만드는 파두이다. 오, 카프리가 얼마나 간절하게 그리운지. 하지
만 난 용서했다. 그것으로 끝이다. 카프리는, 브라질리아처럼, 아
름답다. 브라질리아에 바다가 없다는 사실이 가슴 아프다. 그렇
지만 짠바람이 불어온다. 나는 풀에서 수영하는 걸 싫어한다. 바
다 수영은 용기를 낳는다. 며칠 전 나는 해변으로 갔고, 그러고 싶

은 마음이 들어 바닷물 속에 들어갔다. 나는 짠 바닷물을 일곱 모금이나 꿀꺽꿀꺽 삼켰다. 바닷물은 싸늘하고, 온화했고, 아뉴스 데이와 같은 잔잔한 파도가 치고 있었다. 나는 지금 당신에게, 내가 구식 펠트 모자를 살 거라고 알리는 중이다. 꼭대기가 좁으면서, 위로 치켜 올라간 챙이 달린 모자. 그리고 코바늘로 뜬 초록색 숄도. 브라질리아는 코바늘로 뜨지 않았다. 그것은 절대 실수가 생기지 않는 특수 기계로 짠 니트이다. 그렇지만, 이미 말했듯이, 나는 순수한 실수다. 게다가 나는 왼손잡이의 영혼이다. 내 에메랄드그린 코바늘 뜨개질은 전부 엉켜버린다. 나는 완전히 엉킨다. 나를 보호하기 위해서. 초록은 희망의 색이다. 화요일은 재앙이 되리라. 내 최후의 화요일에 나는 학대를 당했고, 그래서 울었다. 하지만 대개 화요일은 좋은 날이다. 목요일로 말하자면, 달콤하면서도 살짝 슬프다. 웃고 싶으면 얼마든지 웃어라 광대여, 네 집에 불이 붙을 때조차도. Mais tout va très bien, madame la Marquise.(「만사 오케이예요, 마르퀴즈 부인」. 1936년 크게 히트한 레이 벤추라의 노래 제목으로, 집안은 만사 오케이예요, 점점 커지는 재앙을 제외하고는, 이라는 내용)

브라질리아에 파우누스fauns(고대 로마 신화의 숲의 신. 신체의 절반은 인간, 절반은 염소이다. 목신이라고도 번역된다)가 있을까? 결정했다. 숄과 어울리는 초록 모자를 사기로. 아니, 사지 말아야 할까? 나는 결정장애가 심하다. 브라질리아는 결정이다. 브라질리아는 남자다. 그리고 나는, 이런 여자다. 나는 우왕좌왕하면서 살아간다. 어쩌다가 여기서 뭔가와 부딪히고, 어쩌다가 저기서 뭔가에 걸려 넘어지면서. 그러다가 마침내 도착한다.

지금 이 순간 내가 듣고 있는 노래는 완벽하게 순수하며 한 점의 죄의식도 없다. 드뷔시. 차갑고 잔잔한 파도가 일렁이는 바다.

브라질리아에 놈gnome(땅속에서 생활하는 작은 노인 요정)이 있을까?

리우의 내 집은 놈들로 가득하다. 환상의 세계. 놈을 하나만 시도해보면, 금방 중독되어버린다. 엘프도 효과가 있다. 드워프는? 그들은 참 안됐다고 생각한다.

나는 결정을 마쳤다. 모자는 전혀 살 필요가 없다. 아니, 사야 할까? 세상에, 나는 도대체 왜 이러는지. 브라질리아, 나를 구해줘, 난 절실히 구원이 필요해.

언젠가 나는 브라질리아와 같은 어린아이였다. 그리고 너무도 간절히 전령 비둘기를 갖고 싶어 했다. 브라질리아에 편지를 보내기 위해서. 전령 비둘기를 가진 사람이 있을까? 있을까 없을까?

나는 결백하고 무지하다. 글쓰기 상태일 때는, 나는 읽지 않는다. 지나친 과부하이기 때문이다. 나는 그럴 만한 힘이 없다.

비행기에서 나보다 나이 많은 포르투갈 남자의 옆자리에 앉았다. 그는 일종의 사업가였는데, 그런데도 매우 품위가 있었다. 그는 내 무거운 여행가방을 들어주기도 했다. 브라질리아에서 돌아올 때도 나이 많은 신사 옆에 앉았는데 그는 참으로 멋진 대화 상대였다. 우리는 매우 즐겁게 대화를 나누었고, 나는 이렇게 말했다. 시간이 이렇게 빨리 흘렀고 우리가 지금 여기 도착했다는 것이 믿어지지 않는다고. 그러자 그가 대답했다. 나도 시간이 너무 빨리 흐른 것 같군요. 나는 그를 언젠가 다시 만나고 싶다. 그는 내게 가르쳐주리라. 그토록 많은 것을 알고 있으니.

그렇게 나는 길을 잃었다. 하지만 그것이 바로 우리가 살아가는 모습이기도 하다. 우리는 시간과 공간 속에서 길을 잃는다.

나는 판사 앞에 서기가 죽을 만큼 무섭다. 최고로 존경하는 재판관님, 혹시 담배를 좀 피워도 되겠습니까? 그럼요, 부인, 나는 파이프를 피웁니다만. 감사합니다, 재판관님. 나는 판사를 잘 다룬다. 판사는 브라질리아이다. 하지만 나는 브라질리아를 고소하고 싶지 않다. 나를 부당하게 취급하지 않았기 때문이다.

우리는 지금 한창 월드컵을 치르고 있다. 가난하고 무지한 어느 아프리카 국가가 유고슬라비아와의 경기에서 9대 0으로 패했다. 하지만 그들의 무지는 좀 다른 종류였다. 그 나라의 흑인 소년들은 이기지 않으면 죽는다고 들었다. 이토록 암울한 무력감.

나는 죽는 법을 안다. 이미 아주 어린 시절부터 나는 죽어가고 있었다. 그것은 아프지만, 우리는 아무렇지도 않은 척한다. 나는 간절하게 신이 그립다.

이제, 나는 약간 죽을 것이다. 정말이지 그래야만 한다.

맞다. 주여, 나는 받아들인다. 저항하면서.

그러나 브라질리아는 광휘를 번득인다.

나는 미칠 듯이 두렵다.

어느 날 그들이 암탉을 죽였을 때

"아빠, 내가 시를 썼어요."

"그래. 제목이 뭐지?"

"태양과 나." 그리고 소녀는 곧장 낭송을 시작했다. "마당의 닭들이 지렁이 두 마리를 먹어버렸지만 나는 아무것도 보지 못했네."

"그게 전부야? 너랑 태양은 시 어디에 나온다는 거지?"

소녀는 잠시 아버지를 바라보았다. 아버지는 이해를 못하는구나…….

"태양은 지렁이를 비추고 있어요, 아빠. 그리고 나는 시를 썼고, 지렁이를 보지 못한 사람이구요……."

『야생의 심장 가까이』 중에서

나는 이야기를 갖고 있을까? …… 이야기를 하려 한다. (「우르카 바다에서 죽은 남자」 중에서)

나는 가장 먼 이야기를 갖고 있을까? …… 그 이야기를 하려 한다.

그렇게, 이야기를 하려 한다. 잊을 수 없는 이름 중의 하나는 브라질의 산투 아마루이다. 여행을 떠나기 전, 바이아, 살바도르 지바이아, 산투 아마루, 칸돔블레와 같은 어휘들을 들었다. 모두 처음 들어보는 말이었다. 브라질에 정착한 아프리카 주술종교 칸돔블레를 연구하기 위해 산투 아마루에 머무는 대학원생이 있었고, 나는 그를 통해서 산투 아마루에 가게 되었다. 물론 나는 민속이나 종교를 연구하겠다는 의도는 전혀 없었다. 먼저 비행기를 타고 독일로 갔다가, 공항에서 몇 시간을 대기한 후에 다시 비행기를 갈아타고 그만큼의 시간을 날아 남미로, 브라질의 상파울루로 갔다. 그리고 세 번째로 브라질 국내선을 타고 불타는 2월의 북동부로, 바이아의 살바도르로 갔다. 마지막으로 택시를 타고 저녁 무렵에 작은 도시인 산투 아마루에 도착했다. 택시 문을 열자마자 도랑물에 발을 적시지 말라는 경고를 들었다. 그곳은 안토니우의 식당 앞이었다. 마치 아프리카 들개처럼 생긴 검은 점박이 누런 개 한 마리가 나를 노려보면서 지나갔다. 대기에는 불그스름한 색채가 가득했고 매캐한 연기 냄새가 났다. 식당 건너편은 주유소였고 그 뒤가 쓰레기 소각장이었다. 산투 아마루는 관광지가 아니고, 매일 연기를 뿜어 올리는 주유소 뒤편의 쓰레기 소각장과 정처 없이 배회하는 누런 개들을 제외하면 달리 구경거리가 없었다. 식당 2층에 있는 안토니우의 여관에 방을 빌려 지냈는데, 창을 열면 철로가 보였고, 새벽마다 기적을 울리며 열차가 지나갔다. 아침이면 식당 주인 안토니우가 내주는 빵에 식물성 마가린을 듬뿍 발라, 설탕을 넣은 검은 브라질 커피와 함께 먹었다. 커피를 항상 미리 끓여서, 설탕을 넣어 달콤하게 하여 양철 주전자 가득 내오는 것이 그곳의 습관이었다. 해가 채 떠오르기도 전부터 상상을 초월할 만큼 아찔하게 더웠고, 길가의 도랑에는 하수가 흘러 어두워지면 검은 모기떼가 극성을 부렸다. 에어컨은 물론 없었다. 내가 산투 아마루에서 본 유일한 에어컨은 무장 경비원이 지키는 은행 내부에 있었고, 내가 산투 아마루에서 본 유일한 백인도 그곳 은행 직원 중 한 명이었다. (바이아는 브라질 흑인들의 땅이었다. 남미의 사탕수수 농업을 위해서 대규모로 수입된 아프리카 노예들의 3분의 1이 브라질로 왔는데, 그들 대부분이 일단 바이아에 상륙했던 것이다.) 산투 아마루의 더위는 사람을 무책임하면서 슬프고도 낙천적이게 만들었다. 그래서 나는 한 달 동안 아무것도 하지 않았고, 단 한 줄의 글도 쓰지 않았다. 매일 모기에 물리면서도 말라리아 약 먹는 것을 중단해버렸다. 밤에는 모기장을 친 침대에서 책을 읽었다. 볼라뇨의 『2666』과 갈레아노의 『불의 기억』이 나를 사로잡았다. 아스투리아스와 코르타사르의 단편, 옥타비오 파스의 사랑의 시들을 읽었다. 이들은 모두 내가 좋아하는 남미의 작가들이다. 그러나 정작 브라질 문학에 대해서는 그때까지 거의 아는 게 없었다. 브라질 작가로는 세계적으로 유명한, 남미의 하루키라고 할 만한 코엘류와 조르지 아마두 정도를 알고는 있었으나 나는 처음부터 그들의 독자가 아니었기 때문이다.

그런데, 브라질 상파울루 공항에 도착했을 때, 검은 표지의 책 한 권이 내게 건네졌다. 내가 좋아할 거라고, 혹은 최소한 관심이 있을 거라는 말을 들었다. 왜냐하면 내가 이런 글을 읽고 싶어 했을 것이기 때문에, 특별한 여성 작가의 글을, 내가 좋아할 수 있는 여성 작가를 오랫동안 찾고 있었기 때문에, 하지만 뒤라스와 옐리네크 이후로는 전혀 발견하지 못했기 때문에, 그리고 다른 무엇보다도, 내가 지금 브라질에 있기 때문에, 바로 그 이유 때문에, 나에게 건네지는 그것은 다른 어떤 책도 아닌, 바로 그 책이어야 한다고 말이다. 한 번도 들어본 적이 없는 브라질의 여성 작가, 클라리시 리스펙토르의 『G.H.에 따른 수난』. 나는 책을 보면서 생각했다. 얼마나 기이한 제목인가.

내가 읽었거나, 아직 읽지 않았거나, 영영 읽을 일이 없는 존재로. 『G.H.에 따른 수난』. 산투 아마루에서 한 달을 보낸 뒤, 산투 아마루에 있었다는 사실 자체가 나에게는 하나의 이야기가, 아무런 내용도 구체적인 줄거리도 없는 이야기가 되었다. 불연속적인 인상만으로 이루어진 지루하고도 현란한 필름. 정처 없이 배회하는 누런 개들의 무리. 포르투갈풍의 낡은 타일. 식민지 시대를 연상시키는 발코니의 녹슨 철제 난간들. 더위를 잊기 위해서 끊임없이 마셔대는 맥주. 육중한 몸집을 흔들며 남자의 영혼을 자신의 몸에 싣고 너무도 기이한 남자의 목소리로 어떤 이야기를 말하던 칸돔블레 무녀. 내가 그 이야기의 정체를 몰랐기 때문에, 나는 그 이야기를 그대로 사라지게 두고 싶지 않았다. 나는 무언가를 해야만 했다. 그래서 여행에서 돌아온 후, 그 검은 표지의 책을 펴고 읽기 시작했다. 하지만 머릿속에서는 계속, 『G.H.에 따른 수난』이라니 얼마나 기이한 제목인가, 하는 생각만이 맴돌았다.

열 페이지 정도를 읽을 때까지도, 머릿속에서는 계속, 얼마나 기이한 제목인가, 하는 생각만이 맴돌았다. 얼마나 기이한 문장들인가. 얼마나 기이한, 이야기 없는 이야기인가. 그리고 얼마나 기.이.한. 목소리인가.

그리고 고백하자면, 열 페이지 정도를 넘길 때까지는 이 책을 계속 읽어야 할지 아니면 이쯤에서 그만두어야 할지 머뭇거리는 상태였다. 내가 지금 클라리시 리스펙토르에 관해서 이 글을 쓰고 있는 것은, 그 순간 책을 덮지 않고 계속해서 읽기로 한 내 결정 덕분이다. 그 결정은 당연히 대단한 의지나 결심은 아니고, 가

법고 단순한 우연이 작용한 결과이기도 하다. 당시 나는 이상하게 비행기나 기차를 탈 기회가 자주 있었고, 그때마다 우연히도 가방 속에는 항상 검은 표지의 그 책이 있었기 때문이다. 나는 오래오래 읽었다. 간혹 사람들이 내가 무슨 책을 읽는지 궁금해하면서 내용을 물어올 때마다, 나는 이렇게 대답하곤 했다. "이건 정말 이상한 책이야. 정말 이상한 언어야. 처음 들어보는 작가야. 아니, 아직 아무런 내용도 줄거리도 시작되지 않았기 때문에, 그리고 어쩌면 마지막까지도 아무런 내용도 줄거리도 시작되지 않은 채로 끝나버릴 것만 같으므로, 이 책에 관해서 아무런 설명도 해줄 수 없어. 어쩌면 도중에 읽기를 그만두게 될지도 몰라."

하지만 나는 그러지 않았다.

나는 서두르지 않고 느리게 읽었다. 그러는 사이, 내 주변에서는 클라리시 리스펙토르를 안다는, 적어도 그 이름에 관심을 가져보았다는 사람들이 아주 드물긴 하지만 하나둘 나타나기 시작했다. 놀라운 일이었다. 심지어 한 번역가는, 리스펙토르를 좋아한다는 말까지 했다. 그리고 이듬해 미국 여행 중에 들른 서점에서 클라리시 리스펙토르 단편전집이 영어로 번역 출간된 것을 발견하고 그것을 샀다. 너무도 멋진 표지의 책이었다. 내가 처음으로 읽은 단편은 「달걀과 닭」이었다. 거의 100여 편에 가까운 많은 단편 중에서 왜 하필이면 그것을 가장 먼저 읽기 시작했는지는 모른다. 그것은 번역하고 싶은 글이었다. 단순히 읽는 것으로 끝나지 않고 설사 출판의 기회가 없더라도 혼자서라도 반드시 '번역'하고 싶은 글은 분명히 따로 존재한다.

그리고 이어서, 하나둘 책이 늘어났다. 모두 클라리시 리스펙토르의 책이었다. 그리고 어느 시기에 이르자, 나는 클라리시 리스펙토르만을 읽고 있는 자신을 발견했다. 음, 이건 뭐지? 하는 생각이 들었다. 그리고 처음『G.H.에 따른 수난』열 페이지 정도를 읽은 후, 전혀 심각하지 않게, 내 중단된 독서목록에 이 책을 추가해야 하는 걸까? 하고 가벼운 마음으로 생각했던 것을 떠올렸다. 묘하기도 하고 오싹하기도 했다. 하나의 인생은 서로 영원히 만날 일이 없는 두 갈래로 갈라진 길이다. 지금『G.H.에 따른 수난』은 내 의식에 가장 깊게 달라붙은 책 중의 하나가 되었다. 설사 한 명의 고독한 인간 여자와 한 마리 벌레 이외에, 다른 모든 디테일은 없거나, 잊힌다 할지라도. 어떤 독자에게『G.H.에 따른 수난』은, 카프카 이래로 가장 신비한 작품이 될 것이다.

그렇다면 누군가는 내게 물을지도 모른다. 클라리시 리스펙토르의 글에서 어떤 인상을 받았느냐고. 예측할 수 없는 부조리와 돌연함으로 가득한 그녀의 글은 구조나 플롯으로 분석하는 것이 불가능해 보인다. 내가 받은 느낌은, 전체 이야기가 하나의 덩어리로, 한꺼번에 다가온다는 것이다. 마치 꿈이, 특히 악몽이 그렇듯이. 글쓰기의 테크닉을 전혀 발휘하지 않거나 혹은 아예 무시하는 듯 보임으로써 도리어 증폭되는 효과가 있다. 그녀의 글을 "원시논리와 초의식의 결혼"이라고 말한 평자도 있었다. 그녀의 글쓰기를 규정하기 위해 고른 매우 예외적인 용어만 보아도, 그녀가 오랫동안 이해받지 못하는 작가, 오해받는 작가였던 것은 이상하지 않다. 하지만 그런 식의 평 중에서 우연히도 정곡을 찌르는 표현이 나타나기도 한다. 미국에서 단편 「버팔로」의 낭독회가 있었을 때, 한 청중은 "이야기 전체가 마치 내장으로 만들어진 것 같다"고 했다.

클라리시가 죽기 직전에 발표된 마지막 소설 「별의 시간」에는, 이 글은 (독자들이) 읽고 있는 바로 그 순간에 (작가에 의해) 쓰이고 있다는 진술이 나온다. 내게는 그 말이 클라리시 리스펙토르 글쓰기의 핵심처럼 들렸다.

하지만 나는 이 '옮긴이의 말'이 클라리시와의 만남에 관한 이야기가 되기를 원하지, 해설이나 분석, 비평가들 말의 나열로 채워지는 것을 원하지 않는다. 그런 요소들이 불가피하게 들어가기는 하겠지만, 가능한 한 최소한으로 줄이는 방향으로 쓰고 싶다.

1977년 12월 9일 10시 30분, 클라리시 리스펙토르는 죽었다. 리우데자네이루의 라고아 병원. 57세. 몇 달 전부터 클라리시는 병의 징후를 느꼈지만, 정작 병원에 갔을 때는 이미 수술이 불가능한 지경에 이른 난소암 판정을 받았다.

1977년 2월, 클라리시는 상파울루의 TV Cultura와 생애 유일의 텔레비전 인터뷰를 했다. 가죽 안락의자에 깊숙이 앉아 불붙은 담배를 손에 든 채로. 카리스마 넘치는 분위기, 예리하고 깊숙하게 꿰뚫어보는 시선, 이집트 고양이를 연상시키는, 눈꼬리가 위로 치켜올라간 독특하고 신비로운 눈빛, 낮고 느린 템포의 말투, 메탈릭한 저음의 목소리와 살짝 이국적인 발음. 매우 강렬한 인상을 주는 이 인터뷰는 뭔가 불길한 것이 다가오고 있다는 징후적 기운으로 충만하다. 2월은 상파울루의 가장 더운 시기이며, 강렬한 조명이 비추는 스튜디오 안은 열기로 이글거렸다. 인터뷰의 마지막에, 종말을 예감하고 있던 클라리시는 카메라를 향해 자신의 임박한 죽음을 알린다. 인터뷰 말미에 클라리시는 이 영상을 자신이 죽은 다음에 공개해달라고 부탁했고, 그녀의 소망은 이루어졌다. 이 인터뷰는 유튜브에서 볼 수 있다.

"당신은 스스로를 인기 작가라고 여기는가?"

"아니다."

"왜 아닌가?"

"사람들은 나를 봉인된 작가라고 한다. 어떻게 봉인된 작가가 인기가 있을 수 있겠는가?"

"'봉인'되었다는 것이 무슨 의미라고 보는가?"

"나는 알지 못한다. 난 스스로 봉인된 것이 아니다. 그런데, 내 작품 중에서 나 자신도 잘 이해할 수 없는 것이 하나 있기는 하다."

"그게 뭔가?"

"「달걀과 닭」이다."

"보통 작가들에게는 돌아온 탕아 같은 작품이 있기 마련인데, 당신은 자신의 어떤 작품에 가장 애틋한 감정을 느끼는가?"

"「달걀과 닭」이다."

"당신의 어떤 작품이 젊은 세대에게 가장 설득력을 갖는다고 보는가?"

"경우에 따라 다르겠지. 각자에게 달린 문제가 아닌가. 예를 들어서, 페드루 2세 고등학교(리우의 엘리트 학교)의 포르투갈어 교사가 찾아와서 말하기를, 자신은 『G.H.에 따른 수난』을 네 번이나 읽었지만, 무엇을 이야기하려는 것인지 전혀 이해할 수 없었다고 말했다. 그런데 다음 날, 열일곱 살 난 소녀가 왔다. 소녀는 『G.H.에 따른 수난』이 자신이 가장 좋아하는 작품이라고 했다."

"당신 말은 그 난해함이란 것이 일부의 사람들만 느끼는 것이고 젊은 세대는 당신의 작품을 즉각적으로 이해하게 된다는 건가?"

"이유는 전혀 모른다. 난 전혀 알 길이 없다. 내가 아는 건 단지, 예전에는 아무도 내 글을 이해하지 못했지만 이제는 이해하고 있다는 것이다."

"그것을 어떻게 설명할 수 있을까?"

"내가 변하지 않았기 때문에 모든 것이 변했다고 생각한다. 난 절대로 변하지 않았다. ……내가 아는 한 나는 단 한 번도 타협하지 않았다."

……

"나는 좀 지쳤다."

"무엇 때문에?"

"나 자신 때문에."

"하지만 당신은 새로운 작품을 통해서 매번 새롭게 다시 태어나지 않았나?"

"글쎄."(깊은 숨을 몰아쉬었다가 다시 고개를 들고) "지금 나는 죽었다. 내가 다시 태어날 것인지, 그건 앞으로 보게 될 터이지만, 지금 나는 죽었다. …… 나는 지금 무덤 속에서 이 말을 하고 있다."

(TV Cultura 인터뷰 내용 중에서 발췌 인용)

「달걀과 닭」은 이 단편집에도 수록되어 있다. 『G.H.에 따른 수난』이 내게 어둡고도 둔중한 충격이었다면, 「달걀과 닭」은 희게 번득이는 빛의 칼날처럼 느껴졌다. 나는 그런 칼날에 베이는 것을 사랑한다. 한 페이지를 넘길 때마다, 종이의 촉감을 가진 광선이 피부 속으로 곧장 들어와 나라고 불리는 한 순간을 직선으로 투과하고 빠져나간다. 나는 희고 투명하게 피폭되었다. 그런 느낌은 이 단편집 번역 작업 내내 이어졌다. 그때 마침 나는 부산의 동아대 대학원생들과 함께 소설 공부를 하고 있었다. 나로서는 처음이자 마지막인 수업 경험이다. 나는 「달걀과 닭」 영문 텍스트를 매 시간 한 페이지씩 번역하면서 읽는 것을 시도했다. 번역을 통한 독서 체험을, 그리고 번역을 통해 창작에 이르는 과정을, 다른 작가가 아닌, 어떤 의미로는 유일무이한 작가 클라리시 리스펙토르의 텍스트를 읽으며 학생들과 나누고 싶었기 때문이다. 아마도 「달걀과 닭」을 접한 학생들은, 나와 마찬가지로, 첫 문단에서부터 마치 모종의 큐비즘을 연상시키는 듯한 언어와 문장에 당황했을 것이다. 시간이 부족하여 우리가 단편의 절반 정도밖에 함께 읽지 못한 것이 안타깝다.

처음 읽었을 때나 지금이나 변함없이, 나는 「달걀과 닭」이 『G.H.에 따른 수난』과 더불어 클라리시 리스펙토르의 세계를 가장 잘 나타내주는 작품에 속한다고 생각한다. 작가 자신이 그것을 자기 스스로도 이해하지 못하는 자신의 유일한 작품으로 언급한 것은 매우 의미심장한 발언이며 어쩌면 거기에 리스펙토르의 세계로 들어가는 비밀의 열쇠가 숨어 있을지도 모른다. 클라리시는 다른 자리에서 「달걀과 닭」에 관해서 이렇게 말하기도 했다.

"「달걀과 닭」은 신비하게 읽히며, 실제로 오컬트적인 요소가 있다. 난해하면서도 심오한 이야기인 것이 맞다. 그래서 아마도 (낭독회의) 청중들은, 내가 모자에서 토끼라도 꺼내서 보여주기를 바랄지도 모른다. 아니면 갑자기 트랜스에 빠지거나. 하지만 나는 일생 동안 그런 짓은 단 한 번도 하지 않았다. 내 영감은 초자연적 현상이 아니라 무의식의 정교한 작업이며, 그것이 저절로 누설되는 형태로 표면에 나타난 결과물이다. 게다가 내가 글을 쓰는 것은 타인에게 어떤 종류든 만족감을 주기 위해서가 아니다."

「달걀과 닭」뿐 아니라 클라리시 리스펙토르의 모든 글이 대체로 쉽게 읽히지 않는 것은, 타인에게 만족감을 선사해주지 않는, 문법과 기존의 언어 사용법을 초월한 묘사들이 넘치기 때문이기도 하다. 이런 특징은 그녀의 글을 한마디로 설명하거나 정의하기 어렵게 만든다. 이 책의 독자들도 느꼈을 수 있겠지만, 혹시 잘못된 것이 아닐까 하는 표현들이 불쑥불쑥 등장할 때가 있다. 예를 들자면 「사랑」에서처럼 "아이들은 자라났고, 목욕을 했으며, 늘 그렇듯이 버릇없이 굴면서, 점점 더 완벽한 순간들을 달라고 요구했다. 다행히도 부엌은 넓었지만, 오븐이 말썽이어서 툭하면 펑 하는 소리가 났다." 이런 문장들이 이어진다. 빠르게 읽어나가면 전혀 이상하지 않은 간단한 문장. 하지만 자세히 읽어보면, 각각의 내용들이 다 따로 떨어져버리는 듯한 문장. 또 "옆자리에는 푸른 옷을 입고, 얼굴을 가진 부인a lady in blue, with a face이 앉아 있었다. 그녀는 황급히 시선을 돌려 외면했다." 그리고 바로 이어지는 "한 여자가 자기 아들을 확 밀쳤다!a woman shoved her son!" 왜 표정이나 인상이 아니라 "얼굴"일까. 그리고 갑자기 등장한, 아이를 난폭하게 밀치는 여자는 또 무엇일까? 2015년 출간된 클라리시 리스펙토르 단편전집의 영어 번역자 도드슨에 따르면, 이전의 영어 번역자는 문장의 원활함을 위해서 이 부분을 "푸른 옷의 여인은, 그녀가 시선을 황급히 돌려 외면하게 만든 표정을 짓고 있었다. 인도에 서 있는 한 여자가 자기 아들을 흔들어댔다"라고 번역했지만, 자신이 보기에 포르투갈어 원문에 쓰인 'rosto'는 이 맥락에서 '얼굴'이라고밖에 달리 번역할 수가 없다고 했다. 도드슨은 번역 결과물의 이러한 차이를 세계문학에서 클라리시의 위상이 달라졌기 때문으로 풀이한다. 사후 40년이 지난 클라리시는 세계적인 명성을 얻었고, 독자와 연구자도 많아졌으며, 그 결과 예전에는 의심스럽게 여기던 기괴한 표현들을 작가 특유의 독창적 문체로 인정하는 분위기가 자리 잡았고, 따라서 자신은 예전의 번역자보다 유리한 입장에서 더 과감하게 번역할 수 있었다고 말이다.

클라리시 리스펙토르의 전기를 쓴 벤저민 모저Benjamin Moser는 그녀의 불가해하고도 초자연적인 언어의 기원을 유대 신비주의인 카발라에서 찾고 있다. 유대 신비주의 철학자들이 신성을 발견하는 방법—철자를 재배치하거나, 부조리한 맥락의 시구나 어휘들을 반복하거나, 합리적으로 보이지 않는 논리를 추구함으로써—을 리스펙토르가 활용했다는 것이다. 그녀의 아버지와 할아버지는 유대 신비주의자였다. 그녀의 이야기에서 이러한 '신성'은 주인공들의 잘 가다듬어진 고요한 일상의 표면 아래에서 돌연히 분출하듯 솟아나온다. 어떤 순간이 갑작스레 닥친다. 내면의 지진이 일고 감정들이 폭발한다. 혐오감, 고뇌, 충격, 공포, 분노, 그리고 환희와 격정. 신과 벌레가 몸 안에서 하나가 되는 순간. 입체적인 명상의 어휘들이, 환각과 최면의 어휘들이 쏟아진다. 어떤 평론가는 클라리시의 이러한 비종교적인 내면의 신성을 "종교적 무신론"이라고 표현하기도 했다. 난해하면서도 신비주의와 연결되는 그녀의 작품 탓에, (비록 그녀 자신은 끝까지 자신이 브라질에 속한다고 생각했지만) 외국 출신이라는 배경과 이국적인 외모 탓에, 클라리시는 자주 평단의 침묵과 무시뿐 아니라 소문과 오해의 대상이 되기도 했다. 그녀의 작품을 두고 문학이 아니라 요술이라고 말하는 사람조차 있었다.

1959년 클라리시는 두 아들과 함께 리우로 되돌아왔다. 대학에서 법학을 전공한 후 1944년 외교관인 남편 마우리 구젤과 결혼하여 이탈리아의 나폴리로 떠났고, 스위스와 영국을 거쳐 미국에 거주한 다음이었다. 그녀가 남편을 떠난 큰 이유 중 하나는, 외교관의 아내라는 틀에 박힌 삶을 벗어나 작가로 살기 위해서였다. 결혼으로 브라질을 떠나기 전, 이미 스물세 살에 클라리시는 주아나라는 주인공의 내적 감정에 강하게 포커스를 맞춘 첫 장편소설 『야생의 심장 가까이』를 발표했고 큰 센세이션을 불러일으켰다. 사람들은 이 작품을 읽자마자 즉시 그녀가 제임스 조이스나 버지니아 울프의 영향을 받았다고 생각했으나, 클라리시는 그때까지 조이스나 울프를 읽어본 적이 없었다고 한다. 그녀가 원하든 원하지 않든, 버지니아 울프는 클라리시의 작품 세계를 말할 때 항상 비교되는 이름이기도 하다. 예를 들자면 "남미의 버지니아 울프", 또는 "버지니아 울프처럼 글을 쓰는, 그레타 가르보의 외모를 지닌 작가"니 하는 식으로. 클라리시의 사후에 그녀의 작품 전반과 생애를 페미니즘의 시각에서 해석하려는 움직임이 일었다.

"마치 카프카가 여자인 것처럼, 릴케가 우크라이나 출신 브라질 유대인 여인인 것처럼, 만약 랭보가 어머니였다면……. 바로 그 지점에서 리스펙토르의 글쓰기는 시작된다." (엘렌 식수)

클라리시가 살았던 20세기 중반 이후까지, 여성이라는 성별에 구속받지 않고 활발하게 활약한 작가들 대부분은 당대의 여성들을 힘들게 하던 의무—결혼, 가사, 육아, 경제적 문제 등—로부터 벗어나 있던 입장이었다. 하지만 클라리시는 그렇지 못했다. 그녀는 주부로, 외교관의 아내로, 두 아들의 어머니로 살던 젊은 시절부터 글쓰기를 놓지 않았다. 여전히 여성 작가의 작품은 모종의 하위장르로 분류되었고, 클라리시 또한 천재적 여성 예술가들을 약물과 광기, 자살로 이끌었던 개인적인 절망을 겪었다. 그러나 버지니아 울프와 클라리시 사이에는 적어도 한 가지 분명한 차이가 있다. 버지니아 울프는 포기한 반면, 클라리시는 끝까지 포기하지 않았던 것이다.

그녀는 귀국 후 그동안 쓴 작품을 출판할 출판사를 구하기 위해, 그리고 두 아들과의 생계를 해결하기 위해 분투했다. 그동안 클라리시는 작가와 지식인들 사이에서 매우 유명한 이름이 되어 있었지만, "출판사들은 그녀를 전염병처럼 기피했다." 그녀의 작품이 당시 브라질 문학이 중요하게 가치를 두고 있던 '사회주의 리얼리즘'에 속하지 않고, 그렇다고 소시민 계층의 마음을 끄는 드라마도 아니었기 때문이다. 그녀가 현재 브라질에서 "여성 카프카"라는 타이틀을 달고 현대 브라질 문학의 상징처럼 자리 잡은 것을 생각하면 참으로 아이러니하다.

클라리시는 우여곡절 끝에 1960년 단편집 『가족의 유대』를 발표했다. 이 책은 친구이자 동료 작가인 페르난두 사비누로부터, "지금껏 브라질에서 발표된 최고의 단편집"이라는 찬사를 받았다. 당시 브라질에 머물고 있던 미국 작가 엘리자베스 비숍은 클라리시의 단편을 읽고, 영어로 번역하여 미국에 소개했다. 비숍은 친구들에게 보낸 편지에서 클라리시를 "보르헤스보다 더욱 훌륭하다"고 평가했다. "보르헤스는 훌륭합니다. 하지만 그녀처럼 탁월하게 훌륭하지는 않습니다."

데뷔 이후 외국에서 써서 발표한 두 장편 『샹들리에』와 『포위된 도시』가 극단적인 난해성으로 독자와 평단의 외면을 받은 뒤 거의 잊혔던 클라리시는 『가족의 유대』를 통해 다시 작가로서 명성을 얻었다. 이 책은 그녀의 책으로는 최초로 재판까지 찍었다. 전작에 비해서 비교적 읽기 쉽다는 점도 크게 작용했다.

클라리시의 문학적 생애는 겉으로 보면 불운의 연속은 아니었다. 이른 나이에 첫 책으로 성공을 거두었고 문학상을 받았으며, 주변에 좋은 평론가와 출판인 친구들이 있었고, 작품이 외국으로 번역되었으며 국제회의에도 초청받는 입장이었다. 하지만 대개의 경우 주변으로부터 외면당하는 고독한 입장이었던 것도 맞다. "아무도 클라리시를 찾지 않았다. 그녀의 작품에 관한 논의도 거의 이루어지지 않았다." 그런데 이는 단지 작품이 극단적으로 난해했기 때문만은 아니었다. 책을 읽고 감동받은 한 열렬한 젊은 독자가 "삶의 전환이 될 만남"에 대한 기대를 품고 클라리시를 찾아왔다. 추종자가 도착했을 때, 클라리시는 자리에 앉아서 독자를 빤히 쳐다보면서, 독자가 결국 떠나버릴 때까지 한 마디도 하지 않았다는 일화는 유명하다.

크게 놀라운 일은 아니지만, 난해한 작가라는 명성은 클라리시의 생계에 별다른 이익을 가져다주지 못했다. 남편과 헤어지고 홀로 두 아이를 키우는 입장에서 그녀는 경제적인 문제에 대해 늘 필요 이상으로 초조해했다고 한다. 그녀는 소설을 쓰는 이외에, 주로 영어·프랑스어 번역과 잡지에 칼럼을 발표하면서 생계를 해결했다. 하지만 그녀의 가장 큰 고민은 큰아들 페드루였다. 어린 시절부터 유난히 영특했던 소년은 사춘기를 거치면서 이상 증세를 보였고, 결국 정신분열증 판정을 받았다. 독한 약물만이 그의 광증狂症을 잠재울 수 있었다. 매우 깊이 자신의 모성을 자각하고 있던 클라리시—그녀는 어머니로서의 자신이 작가로서의 자신보다 더욱 중요하다고 밝힌 적이 있다—에게 이 일은 커다란 시련이자 죄책감을 유발하는 사건이었다. 또 전 남편이 클라리시와는 대조적으로 상류층 출신이자 젊고 아름다운 새 아내와 우루과이에서 결혼하자 그녀는 예민한 반응을 보였다. 1962년에 시작된 시인 파울루 멘지스 캄푸스와의 사랑이 원치 않은 결별로 끝나게 되면서, 클라리시는 더욱 고립되어갔다. 당시 브라질은 매우 보수적인 남성중심적 사회였고, 문학계도 예외가 아니었다. 심지어 1977년까지 브라질 내에서 이혼은 합법이 아니었다. 친구들은 클라리시가 남편과 헤어져 산다는 사실을 밝혀야 할 때마다 수치스러워했다고 전한다. 원래 클라리시는 우아한 태도를 매우 중시했고, 남들의 시선에 신경 쓰는 편이었다. 그런데 어느 순간부터 뭔가가 달라졌다. 1960년대에 들어와 그녀가 종종 새벽 3~4시에 친구들에게 전화를 걸곤 했다는 증언이 있다. 유부남인 캄푸스와의 사랑이 파국으로 끝난 것도, 새벽이고 밤이고 가리지 않고 전화를 걸었던 그녀의 무분별함이 큰 원인이었다. 그런 시기가 길어지자 나중에는 그녀를 최고의 작가라고 생각하는 이들조차도 그녀를 피곤하게 여기게 되었다.

그녀는 만성적인 불면과 불안에 시달렸다. 담배와 수면제 없이는 살지 못했다. 존재의 불안은 곧, 어쩌면 글을 쓸 수 없게 될지도 모른다는 궁극의 불안으로 이어졌다.

그러나 이 힘든 시기에, 그녀는 자신의 불안을 향해 목소리를 내었다. 1963년 말, 20세기의 가장 위대한 소설 중 한 편이 탄생한 것이다. 클라리시는 그 일을 이렇게 말했다.

"이상한 일이다. 나는 가장 최악의 상황에 있었고, 우울했으며, 모든 것이 복잡하게 꼬여 있기만 했다. 그러던 중에 『G.H.에 따른 수난』을 썼다. 당시의 내 상황과 아무런 직접적 관련이 없는 소설을."

1966년 9월, 클라리시에게 비극이 닥쳤다. 담배와 수면제 중독 때문이었다. 수면제 복용 후 불붙은 담배를 손에 쥔 채로 커튼이 쳐진 창가 침대에서 잠이 들었던 그녀는, 한밤중 불타는 침대에서 깨어났다. 원고를 구해내야 한다는 일념으로 손으로 불길을 마구 헤치는 그녀를 둘째 아들 파울루가 밖으로 데리고 나왔다. 전신에 화상을 입었고 다리와 손은 3도 화상, 특히 오른손은(글 쓰는 손이다!) 심각하게 절단을 고려해야 할 만큼 상태가 위중했다. 얼굴만은 화상을 면했다. 그녀는 생사를 오가는 상태로 석 달동안 병원에 있었다. 물리치료 덕분에 다시 타이핑이 가능할 정도로 회복되긴 했지만 이후 오른손은 새까맣게 구부러진 발톱 같은 모양으로 남았다. 아름다운 외모로 늘 주목받았던 클라리시는 나이가 들면서 화상의 여파와 함께 더이상 예전의 모습이 아니게되었다. 아들 파울루는 그녀가 젊음과 미모의 상실을 "참회하지 않은 환멸처럼 앓았다"고 말했다.

1962년, 클라리시가 남편 마우리를 떠나온 지 3년이 지났으나 그들 부부는 아직 완전히 결별한 것은 아니었다. 그해 바르샤바 대사로 승진한 마우리는 클라리시와 두 아들을 폴란드로 초청했고, 그녀는 초청을 받아들였다. 그 여행은 클라리시가 자신이 출생한 땅—우크라이나의 체첼니크—에 가장 가까이 갔던 유일한 경험이다. 제1차 세계대전과 러시아혁명을 거치면서 극심해진 인종청소와 박해를 피해 맨손으로 고향을 떠났던 유대인 난민 가족의 갓난아이가, 키 큰 금발의 브라질 대사 부인 자격으로 돌아온 것이다. 그녀가 그곳에 머무는 동안 한 소비에트 사절이 그녀의 고향 땅 방문을 주선해주겠다고 제안했지만 클라리시는 그 제안을 거절했다. 자신은 그 땅에 한 번도 발을 붙인 적이 없노라면서. 실제로 고향을 떠날 때 그녀는 부모의 품에 안겨 있던 갓난아기였기 때문이다.

우크라이나 유대인이었던 핀카스 페드루 리스펙토르의 부인 마니아는 내란으로 어수선하던 시절 러시아 군인에게 강간당한 후 매독에 감염되었다. 당시 우크라이나의 시골 마을에서 가난한 이들 부부가 매독 치료를 받을 수 있는 방법은 없었다. 자신의 출생에 대해 구체적인 언급을 피해온 클라리시는 1968년 오직 단 한 번 이렇게 말한 적이 있다.

"어머니는 병들어 있었다. 당시의 민간요법으로, 임신이 여자의 병을 고쳐준다는 믿음이 있었다. 나는 그런 목적으로 잉태되었다. 사랑과 희망을 실은 존재로. 하지만 나는 어머니를 고치지 못했다. 오늘까지도 깊은 죄의식이 나를 짓누른다. 부모님은 내게 특별한 임무를 주었으나 나는 그들을 실망시켰다. 내 부모님은 아무런 소용 없는 내 탄생을 용서했고, 그들의 희망을 배반한 나를 용서했다. 하지만 나는 나를 용서할 수가 없다. 어린 시절 내내 나는 기적을 소망했다. 내가 태어났으니 이제 어머니를 낫게 해달라고."

하지만 마니아는 낫지 않았고, 끔찍한 고통을 겪으며 온몸이 서서히 마비되어갔다. 매독에 걸린 것을 알고도 리스펙토르 부부가 세 번째 아이의 출산을 계획한 것은 매우 무모한 모험이었다. 1920년 12월 10일, 영하 20도에 이르는 혹한과 사방에 굶주림과 질병이 창궐하는 상황에, 학살을 피해 달아나는 난민 가족의 매독 걸린 어머니의 몸에서 클라리시가 건강하게 태어난 것은 엄청나게 운이 좋았다고 볼 수 있다. 행운은 그뿐이 아니었다. 병든 몸에도 불구하고 딸들을 위해 희생을 감수한 리스펙토르 부부 덕분에, 그들 가족은 수백만 명이 죽어가는 우크라이나를 빠져나올 수 있었다. 그들은 한밤중에 다른 난민들과 함께 도시를 떠나 숲으로 갔다. 등에 짐을 진 아버지는 갓난 클라리시를 가슴에 동여매 안았고, 한 팔로는 마비되어 거동이 불편한 아내를 부축했다. 다음 날 밤 달빛 비치는 드니스터 강에 도착하자, 그들을 루마니아로 실어줄 카누가 기다리고 있었다. 그날 밤 이후 가족은 아무도 다시는 고향에 돌아가지 못했다. 그들은 루마니아와 몰도바의 여러 도시를 거쳐 부카레스트에 도착했고, 거기서 비로소 그토록 고대하던, 브라질의 친척이 보낸 초청장을 받을 수 있었다. 1922년 1월, 러시아 여권을 발급받은 가족은 부카레스트를 떠나 프라하를 거쳐 함부르크로 갔고, 브라질행 배에 올랐다.

TV Cultura와의 마지막 인터뷰에서, 클라리시는 자신이 막 탈고를 마친 작품 이야기를 한다. 제목이 무엇이냐는 질문을 받자, "열세 개의 이름을 가졌다"라고 대답하고, 주인공의 이름에 대해서는 "그건 비밀이다"라며 대답하기를 거부했다. 그 작품은 클라리시의 마지막 작품 『별의 시간』이며 여자 주인공 마카베아는 브라질 북동부 지방 알라고아 출신이다. 가난한 변방 알라고아는 클라리시 가족이 브라질에 도착한 후 처음으로 자리를 잡은 곳이며, 마카베아라는 이질적인 이름은 성서에 나오는 유대의 영웅 유다스 마카베우스에서 따온 것이다. 여기서 알 수 있듯, 자전적인 성격은 클라리시의 작품 전체를 관통하는 큰 특징 중 하나이다. 그녀는 전 작품을 통해서, 가난한 이민자의 가족으로 북동부에서 보냈던 어린 시절과 성인이 된 후 리우에서의 시절을, 명백한 유대인으로서, 그리고 동시에 명백한 브라질인으로서, '사회적'이면서 동시에 추상적으로, 비극적이면서도 유머러스하게, 종교와 언어의 질문에 실어 표현해왔다.

나는 이 책에 실린 짧은 단편 「닭」에 관한 이야기로 '옮긴이의 말'을 끝맺기로 한다. 첫 문장은 다음과 같다. "그것은 일요일의 암탉이었다. 아직은 살아 있는데, 아침 9시밖에 안 되었기 때문이다." 이는 명백하게 유대인의 운명이며, 그리고 어쩌면, 자기 스스로도 알지 못하는 채로 알의 전달자로 태어난 암탉의 운명, 또한 그런 모종의 무의식적 임무를 띤 여성의 운명에 대한 강렬한 암시의 서막처럼 들린다. 일요일의 암탉은 "동족들의 도움도 없이" 생명을 건 탈출을 감행한다. 그녀는 "이 세상에 오직 홀로, 아버지도 어머니도 없"다.

그런데 이 대목에서 문득 읽기를 멈추는 독자가 있을지도 모른다. 닭의 의인화를 처음부터 눈치채지 못했다면, 갑자기 불쑥 튀어나온 "아버지도 어머니도 없이"라는 표현이 생경할 것이기 때문이다. 마치 닭이 지붕에서 지붕으로 달아나듯이 독자의 의식 범위를 뛰어넘어 도약하는 진술은 클라리시의 특징이며, 어떤 평론가는 이것을 부정적으로 비꼬아, 작가가 자신의 재능에 지레

압도당해버렸다고 말하기도 했다.

처음에 나는 이 단편의 첫 문장 "She was a Sunday chicken"을 "그녀는 일요일의 닭이었다"라고 번역하고 싶은 유혹에 시달렸다. "그것은"이나 "암탉은"으로 번역하는 편이 무난하겠지만, 그렇다면 이 작품에서 처음부터 치고 나오는 동물의 의인화, 닭의 여성화라는 클라리시 특유의 강렬한 암시를 눈치채기 어렵기 때문이다. 그러나 내 바람대로 "그녀는 일요일의 닭이었다"라고 번역하면, 암컷 동물을 '그녀'라고 칭하지 않는 한국어의 습성 때문에 비유를 넘어서는 과도한 노출이자 처음부터 너무 많은 것을 누설하는 셈이 된다. 하지만 나는 여전히, 독자들이 이 단편을 읽을 때 '닭'을 '그녀'로 치환해서 읽어도 상관없다고 생각한다.

"어리석고, 수줍고, 그리고 자유로웠"던 닭은 하지만 결국 잡히고 만다. 죽음이 임박한 순간, 닭은 스스로도 놀랍게도, 알을 낳는다. 이 퍼포먼스는 그녀를 "가정의 여왕"으로 만든다. 닭은 부엌 뒤편에서 "무관심하기, 그리고 화들짝 놀라기"라는 두 가지 타고난 재능을 사용하며 살아간다. 하지만 "모두 암탉을 까맣게 잊은 듯 조용한 순간이면" "위대한 탈출이 남긴 자그마한 용기의 잔여분을 모아…… 타일 바닥 위를 유유히 돌아다녔"지만, 어쩔 수 없는 "그 종족 특유의 두려움" 때문에 자신의 존재를 누설한다.

이 이야기는 유대 종족의 운명과 더불어, 임신한 채 생명을 건 탈출길에 나서지만 결국은 불행의 손아귀에 잡히고 만 어머니 마니아를 상징화한 것으로 읽힌다. 또한 "가정의 여왕"이란 표현은 클라리시 자신의 운명과도 무관하지 않다. 가난한 이민자의 딸이었지만 희생적인 부모 덕분에 당시 여자로서는 매우 높은 교육을 받았다. 외교관인 남편과 결혼하여 경제적으로 걱정 없는 생활을 했고, 아이들이 있었으나 가사와 육아를 돌봐주는 입주 가정부를 두고 글을 쓸 수 있었다. 이것은 클라리시의 소설에 매우 자주 등장하는, 두 세계를 자신 안에 폭탄처럼 품고 있으면서, 마치 장미와도 같은 완벽한 아름다움과 균형을 추구하지만 어느 날 필연적으로 내면의 파열을 겪게 되는 젊은 중산층 기혼 여성을 떠올리게 한다.

클라리시는 자발적으로 남편을 떠났다. 당시 브라질 사회는 설령 작가로서 성공한다고 해도 경제적인 보장이 약속되기 어려웠고, 실제로 그녀가 최후까지 돈 걱정에서 자유로워지지 못한 것을 생각하면 놀라운 결정이다.

하지만 「닭」의 마지막은 어떻게 되는가. "어느 날 그들이 암탉을 죽인 후, 암탉을 먹었으며, 그리고 오랜 세월이 흐르기 전까지는."

심플하고 명료한 어휘, 명상하듯 균형 잡힌 문장 속에, "자신이 달걀의 모순이라는 것을 납득하지 못하는 닭"의 신비하고도 잔혹한 종말이 있다. 이 마지막 문장은 내게 마치 "어느 날 그들이 그녀를 죽인 후, 그녀를 먹었으며, 그리고 세월이 흐르기 전까지는.Until one day they killed her, ate her and years went by."처럼 읽혔다.

배수아

달걀과 닭

초판 1쇄 발행 2019년 6월 24일
초판 6쇄 발행 2024년 11월 5일
지은이 클라리시 리스펙토르
옮긴이 배수아

발행인 박지홍 **발행처** 봄날의책 **등록** 제311-2012-000076호 (2012년 12월 26일)
서울 종로구 창덕궁4길 4-1 401호 (원서동 4층)
전화 070-4090-2193, E-mail springdaysbook@gmail.com

기획·편집 박지홍 **디자인** 공미경 **인쇄·제책** 한영문화사

ISBN 979-11-86372-67-8 03890

이 도서의 국립중앙도서관 출판예정도서목록(CIP)은 서지정보유통지원시스템
홈페이지(http://seoji.nl.go.kr)와 국가자료종합목록 구축시스템(http://kolis-net.nl.go.kr)에서
이용하실 수 있습니다.(CIP제어번호: CIP2019022183)